I Canguri
Feltrinelli

Manuel Vázquez

Montalbán

Millennio

1. Pepe Carvalho sulla via di Kabul

Traduzione di Hado Lyria

Titolo dell'opera originale
MILENIO. CARVALHO
I. RUMBO A KABUL

Traduzione dallo spagnolo di
HADO LYRIA

Prima edizione ne "I Canguri" ottobre 2004

ISBN 88-07-70160-X

A Lluís Bassets,
allora giovane giornalista del "Tele/eXpres",
al quale profetizzai nel corso di un'intervista
nel 1974 la scrittura di Millennio.

"Uffa! il Progresso, che fandonia!" e aggiunse: "E la Politica, una bella porcheria!".
"Non è una scienza" rispose Pécuchet. "È preferibile l'arte militare, si prevedono gli avvenimenti. Ci proviamo?"
"Oh, tante grazie" ribatté Bouvard. "Tutto mi fa schifo. Vendiamo piuttosto la nostra baracca e andiamo in qualsiasi accidente di posto, tra i selvaggi!"
"Come preferisci."

GUSTAVE FLAUBERT, *Bouvard et Pécuchet.*

E, avendo più idee, soffrirono di più.

Lifante pensava che sarebbe stato più logico se Pérez i Ruidoms fosse passato in commissariato e non il contrario, anche se il milionario era un alto esponente di Monte Pellegrino, una setta di neoliberisti più cosmici che multinazionali, e nonostante al riccone sembrasse tanto difficile spostare la Lincoln Grand Limousine, una delle dieci auto del suo parco mobile privato allestito per schiacciare il morale di amici e nemici. L'ispettore si sentiva a disagio non solo per la mezz'ora iniziale di attesa, ma anche per quei quindici minuti che dovette aspettare nell'ufficio dell'imprenditore, il quale inizialmente lo invitò con affabilità ad accomodarsi, per poi dimenticarlo mentre parlava al telefono con la Malaysia o con un villaggio dell'entroterra catalano, per non dire delle tre chiamate ricevute da Amsterdam. Del resto, le maniere del riccone non contribuivano a tranquillizzarlo: conversava, si muoveva, respirava atleticamente, con la consapevolezza di essere l'eccezione ginnica in un mondo di paralitici o di mutilati selettivi, vale a dire, vittime di paralisi settoriali, ciechi inclusi, in cui c'era spazio addirittura per le polizie private. Finalmente allargò le braccia in maniche di camicia costosissima e sparse negli spazi più ambigui due delle sue segretarie per poter infine contemplare il poliziotto a suo piacimento e dedicargli un sorriso niente affatto atletico, piuttosto disarmato, chiedendo con gli occhi al cielo che lo liberasse almeno di una parte di tanto immane lavoro.

"Le assicuro, signor ispettore, che capisco i fannulloni. Sono i soli in grado di compiere azioni grandi e impreviste. È dalle sei del mattino che non ho un attimo di respiro."

"Ginnastica, nuoto, a che ora?"

"Vedo che conosce le mie abitudini più sane. Ho una piscina

coperta e una palestra privata a venti metri da quest'ufficio e non alloggio mai in alberghi che, nei mesi invernali, non siano provvisti di piscina coperta. Lei che cosa sa di Pepe Carvalho?"

Lifante non si aspettava che glielo chiedesse così all'improvviso, per cui distolse lo sguardo verso un punto indeterminato dell'imponente ufficio, zeppo di legno e di sculture metalliche, ma forse si trattava di lampade.

"E lei?"

Pérez i Ruidoms sorrise sentendosi rispondere a una domanda con un'altra domanda e prese un dossier dalla scrivania per allungarlo al poliziotto. Poi lo invitò con un gesto a dargli un'occhiata, ma Lifante si era messo sulla difensiva e guardava Pérez i Ruidoms come si guarda un cretino con la piscina coperta, fatto che non lo esentava dall'essere un cretino. Il poliziotto rimase in attesa che il magnate facesse una mossa o dicesse una parola.

"È un assassino."

Emessa la sentenza, l'imprenditore inchiodò gli occhi in quelli di Lifante come per dirgli: "È in stato di arresto", ma il poliziotto continuò a lasciar vagare lo sguardo per tutta la stanza.

"Sono lampade spente?"

"Quella lì, sì. Ma tutte le altre sono sculture di metallo. Ce ne sono di Alfaro, Álvarez, Solano, Àngels Freixanet e Fajardo. Quelle di Chillida me le tengo in casa o nelle mie residenze. Ho una vera passione per quest'artista. Mi scusi se insisto, ma credo che non abbiamo tanto tempo a disposizione. Carvalho è un assassino, come si dimostra in questo dossier. Ho persino dei testimoni pronti a dichiarare di averlo visto uccidere sulla scogliera Jordi Anfruns, il famoso sociologo."

"Il famoso sociologo," mormorò Lifante, mentre leggeva la scheda di Anfruns, che gli scorreva nella mente come negli studi televisivi scorrono i testi sui gobbi. Famoso sociologo. Un rosso sporcaccione fra i tanti, che era riuscito a diventare il teologo di una qualche religione e uomo di fiducia di quel nuotatore da piscina coperta.

"Finora non è che uno dei molti corpi senza vita rinvenuti in questa città. Ma la sua morte porta la firma di Carvalho."

"Carvalho ha ucciso molto poco, e non firma i cadaveri che gli vengono attribuiti."

Il sorriso di Pérez i Ruidoms era ridiventato atletico.

"Questo qui porta la sua firma, ma se non siete riusciti a leggerla non ve ne faccio una colpa. È stato un omicidio passionale, improprio per Carvalho."

"Era innamorato di Anfruns?"

"No. Ma si legga il dossier."

Lifante non accennò nemmeno ad avvicinarsi al dossier e sostenne il gioco di sguardi e silenzi con l'altro, finché questi sospirò, rassegnato, e chiese all'interfono:

"Irasema, mi faccia parlare con Julia".

Irasema, pensò Lifante, è un nome da segretaria o da receptionist possibile soltanto nell'ufficio di un nuotatore da piscina coperta privata. Tamburellò con le dita sul suo ginocchio più vicino e finalmente disse:

"Continuo a non capire perché mi ha fatto venire. Se lei è in possesso di tutte queste prove, può portare il caso in tribunale".

"Non voglio apparire come il promotore del processo. Questo lavoro spetta alla polizia."

Julia era ormai all'altro capo della linea telefonica e Pérez i Ruidoms la interrogava enigmaticamente:

"È tutto pronto? Bene. Bene".

Riattaccò la cornetta e si alzò, invitando Lifante a seguirlo.

"Se vuole avere la gentilezza, forse nella sala di proiezione troverà tutte le risposte che le servono."

La sala di proiezione era quella accanto ed era lì che li aspettava Julia, con un codino biondo, occhiali e due tettine precise sotto il golf di alta primavera. Era una sala di proiezione, secondo l'apprezzamento di Lifante, degna quantomeno di Hollywood e, non appena il poliziotto si fu seduto accanto al magnate, le luci si spensero e sullo schermo apparve la scritta: "Dossier Anfruns". Un uomo cammina di spalle sulla scogliera e si ferma davanti ad alcune rocce che scendono verso il mare. A un tratto si sente uno sparo e l'uomo cade a terra. La cinepresa inquadra il corpo e, quando questo scompare, al suo posto se ne scorge la sagoma tracciata con il gessetto.

"Questi sono il punto esatto e la posizione in cui venne rinvenuto Anfruns. Mi aveva detto che stava andando a un appuntamento con Carvalho. A quell'ora c'erano sul posto diverse persone che facevano footing. Ho dedicato alla faccenda molto tempo e mi è costata non poche seccature, ma posso portarle due o tre testimoni in grado di descrivere l'uomo che aveva sparato, e tutti concordano: l'uomo somiglia molto a Carvalho."

Sullo schermo, ora, i testimoni. Conoscono la loro parte. Sono bravi perfino a balbettare.

"Vede, Lifante? Bisogna arrestare Carvalho quanto prima."

"Non c'è."

"Come, non c'è?"

"È partito. Ha sprangato la casa. Si è persino portato dietro il suo aiutante, Biscuter. È partito in macchina."

"Controlli alle frontiere?"

"Quella francese non ne fa più. In Marocco non risulta, e nemmeno in Portogallo. Se è andato da qualche altra parte, può anche averlo fatto sotto falso nome. Può essere andato a Maiorca, Genova..."

"Vedo che ha seguito le sue tracce. Ci sarà una ragione."

"Sono stati i miei capi a suggerirmelo. Suppongo che lei abbia fatto pressione su di loro."

Sul film che continua a scorrere per conto proprio, la cinepresa inquadra ora il mare, dove alcune navi da carico sono alla fonda al largo delle acque del porto di Barcellona e dove Pérez i Ruidoms crede di percepire nettamente la scia dei traghetti in viaggio verso Genova.

"Non ci stia troppo a pensare, Lifante. Il nostro uomo sta per arrivare a Genova."

Biscuter passò l'intera traversata al cellulare o parlando con quella signora francese che gli somigliava. "Madame Lissieux", così si era presentata. Erano presi da una discussione che a Carvalho parve maieutica, perché lui rispondeva sempre come lei si aspettava e i suoi gridolini di emozionata sorpresa sembravano far parte del sottofondo musicale della traversata Barcellona-Genova. Carvalho cercò quindi un po' di pace in coperta ed esaminò da lontano gli andirivieni della coppia, legata da parole e sguardi, e addirittura da una certa somiglianza fisica. Forse anche madame Lissieux era nata con l'aiuto del forcipe, pur nascondendo meglio le tempie scavate grazie a una zazzera biondo cenere, non troppo folta.

"Esperto nei diminutivi della letteratura medioevale spagnola," così si era presentato Carvalho quando madame Lissieux gli aveva chiesto della sua professione, e Biscuter aveva confermato, non senza avergli rivolto un cenno di sorpresa con un breve aggrottamento di fronte. Era la prima volta che sentiva Carvalho mentire sulla sua professione, e attribuì il fatto alla voglia di prendersi una vera vacanza con l'intenzione di fare il giro del mondo, il che è sempre qualcosa di più di un'ansia di verifica geografica. In realtà, a Barcellona Biscuter aveva proposto un curioso piano di previe falsificazioni, consistente nel portarsi dietro documenti doppi, a loro nome e non, oltre a qualche accredito come funzionari internazionali in grado di aprire molte porte.

"Ho pensato alla Fao e all'Oms. Non c'è nulla di più innocente che occuparsi di nutrire e guarire la gente."

"Eccellente idea."

"Bisogna decidere i nomi e poi farò fare i doppi documenti. I nostri veri nomi, José Carvalho e Josep Plegamans Betriu, o come lei preferisce."

Carvalho pensò a lungo, rassegnandosi al fatto che Biscuter si chiamasse Josep Plegamans Betriu, poi contemplò se stesso e il suo aiutante e decise:

"Bouvard e Pécuchet, francesi, fingeremo di essere francesi del Sud, nel caso ti sfuggisse qualche 'catalanata'. Io, per via del mio carattere, somiglio di più a Bouvard. Poi ti scriverò i nomi per esteso".

Ripescò un volume della Pléiade dedicato a Flaubert che non aveva mai voluto bruciare perché troppo costoso e riscoprì che Bouvard si chiamava nientemeno che François Dionis Bartolomé Bouvard, e Pécuchet, Just Roman Cirile.

"Semplifichiamo. François Bouvard e Just Pécuchet."

Carvalho assecondò completamente la via cospiratoria intrapresa da Biscuter e, approfittando della magrezza del suo basso ventre e del porto internazionale d'armi, adattato da Biscuter alle loro diverse personalità, vi nascose una piccola pistola e convenne di convertire il suo denaro prevalentemente in traveller's e carte di credito, intestati ai loro veri nomi e a quelli di Bouvard e Pécuchet, con uno strano conto olandese che Biscuter era riuscito ad aprire mettendo insieme le sue attuali relazioni culinarie con quelle carcerarie di altri tempi. Viaggiavano, quindi, protetti da diversi sistemi in grado di nasconderli, Biscuter sfruttando a fondo le sue conoscenze culinarie che estasiavano madame Lissieux. Dissertava con spiegazioni o critiche su quanto offriva il buffet di bordo, eccessivamente convenzionale per i suoi gusti, mentre sarebbe stato così interessante presentare insieme le varietà della gamma della cucina mediterranea, da Barcellona fino a Genova. "La patria dei pesto più curiosi," proclamò il luogotenente attribuendo le sue conoscenze alla lettura di Paolo Lingua, autore di *La cucina dei genovesi* nonché sostenitore di un piatto tanto povero e insieme tanto barocco come il "bianco e nero d'agnelletto", semplice ma indovinato incontro di delicate frattaglie come polmone, fegato e intestini di agnello giovane. Non era solo la dama a sorprendersi della cultura gastronomica di Biscuter, ma perfino Carvalho, erroneamente convinto di essere padrone assoluto del sapere e della vita del suo aiutante. La sorpresa del detective aumentò quando gli vide tra le mani libri, libri e libri sui percorsi che in teoria pensavano di permettersi e, innanzitutto, una monografia sul cimitero genovese di Staglieno, prima meta di visita per soddisfare un vecchissimo desiderio di Carvalho, innamorato di un camposanto progettato secondo i principi dell'Illuminismo e di uno scarso senso del sacro. I ripetuti commenti eruditi di Biscuter fecero sì che la francese volesse prender parte al corteo funebre, e apparve immediatamente chiaro che il percorso sarebbe stato seguito da loro tre insieme, anche se Carvalho cercava di avvertire Biscuter con lo sguardo che non gradiva un allargamento della compagnia. Non accontentato nei suoi desideri, Carvalho scelse di contemplare il mare rapidamente solcato e ascoltare ancora una volta il richiamo originario delle acque, come se in esse attecchissero le due metafore essenziali: vita e morte. In quale pozzanghera era stato incubato il disegno biologico dell'uomo? Non si poteva dire che Carvalho fosse triste o in vena metafisica per mancanza di cibo o di roba da bere, aveva assaggiato tutti i cocktail probabili e improbabili presenti nei ricettari di bordo, ed era riuscito a dormire profondamente per tutte le cinque ore precedenti lo sbarco. Lo svegliarono le sirene e le canzoni canticchiate da Biscuter, che intanto raccoglieva i loro averi che non erano rimasti in auto.

"Giusto il tempo per fare colazione e avvisteremo Genova. Capo, vorrei chiederle un favore. Madame Lissieux segue il nostro stesso percorso: Roma, Brindisi, da dove prenderà una nave per la Grecia. Potremmo portarla in macchina con noi?"

"Cadono entrambe a pezzi."

"Madame Lissieux?"

"Madame Lissieux e la macchina."

Biscuter fece una smorfia e Carvalho assentì con gli occhi. Dove ci stanno due naufraghi della strada ce ne stanno anche tre, ma niente e nessuno riuscirà a farmi cambiare un itinerario che inizia dal cimitero e continua fino alla porta aperta dei Dardanelli e del Bosforo per l'Aldilà. Dopo, tutto sarebbe dipeso dal denaro rimasto e dalla voglia sopravvissuta di un viaggio troppo improvvisato. Carvalho chiese come raggiungere in macchina la necropoli di Staglieno per poi imboccare la strada per Roma; si trattava soltanto di salire, salire sempre dal livello del mare fino alla cornice dove spiccava il taglio implacabile dell'autostrada. "E Genova?" domandò Biscuter. Genova, forse il vecchio quartiere preportuale, un labirinto medioevale dove le facciate si toccano quasi e talvolta celano palazzi che si direbbero clandestini, rovinati dal capitalismo e dall'umidità. Madame Lissieux si accomodò sul sedile posteriore dell'utilitaria, unì le ginocchia ossute e vi appoggiò sopra la forcella delle sue braccia, che le consentiva di sorreggere l'improbabile peso del piccolo viso e del quasi altrettanto piccolo cranio. Anche Biscuter sembrava armato di forchetta e coltello in attesa del banchetto del mondo quando arrivò il turno di Carvalho di scendere dal traghetto e affrontare un confuso paesaggio di porto convenzionale e di superstrade elevate. Non aveva rivelato a nessuno il suo itinerario genovese, ma Biscuter estrasse da una poderosa valigetta-biblioteca il libro più adatto, la cartina della città e tutto quanto era necessario sapere per raggiungere il cimitero. Stava lì, ai piedi della collina su cui strisciava la strada di uscita, e condizionava una spianata zeppa di auto presumibilmente non di proprietà dei clienti del camposanto, visto che era primo mattino. Non appena furono aperti i cancelli, il terzetto guidato dal detective Carvalho oltrepassò i portici con la voce di Biscuter, per Carvalho fuori campo, che spiegava le virtù di una necropoli ideata da spiriti razionalisti e romantici.

"Il cimitero di Staglieno fu aperto ufficialmente al pubblico il primo gennaio 1851, secondo il modello di cimitero monumentale già sperimentato in alcune importanti città europee." Carvalho sapeva che lo sviluppo di quella città della morte era stato influenzato dal pensiero illuminista e scarsamente religioso di parte dell'intellighenzia genovese, e che nel corso del XIX secolo era cresciuto come maestoso scenario di un'opera necrofila grazie all'intervento di architetti e scultori importanti, nonché di eloquenti scenografi che avevano calcolato con maestria gli itinerari più adatti al dolore privato e ai riti pubblici. "Mark Twain, Guy de Maupassant, Nietzsche, Hemingway, Waugh...," leggeva Biscuter, "hanno passeggiato per queste stradine e questi viali attratti da quello che, già alla fine del XIX secolo, veniva considerato uno dei cimiteri più significanti d'Europa.

"Che cosa vuol dire significanti, capo?"

"Più esplicativi, suppongo, che trasmettono un maggior numero di segnali," intervenne madame Lissieux consentendo così a Carvalho la tranquillità del silenzio, interrotta dall'irruzione sonora di una voce estranea, quella di un solido signore con la barba grigia che li affrontava con gli occhi pieni di amabilità.

"Scusate se mi faccio avanti. Mi presento: il mio nome è Giuseppe Marino, vi ho sentito parlare in spagnolo e io sono quasi spagnolo, cioè quasi basco, perché ho vissuto in quel paese molti anni, ci passo molte settimane e ho sposato una basca con la quale ora sono postmaritato. I miei legami con la Spagna sono molteplici e talvolta insospettati. Voi eravate franchisti? Scusate l'indiscrezione."

Negarono tutte le teste, compresa quella di madame Lissieux, e Giuseppe respirò, sollevato.

"Io ho fatto la resistenza contro Franco. Ho militato nel Pci di

Togliatti e Berlinguer e nel Partito comunista di Euskadi negli anni terminali del franchismo."

Il signore calcolava la possibile sorpresa suscitata, ma soltanto Biscuter la esternò con un contundente:

"Cacchio! Che coincidenza!".

Marino mostrò un biglietto da visita in cui figurava la sua condizione di commerciante di conserve, allargò le braccia quasi a comprendervi l'ampiezza del cimitero, e sospirò alleggerendosi di qualche aria eccessivamente densa.

"Genova ha almeno una cosa durevole: il suo cimitero. Non conserva nemmeno quanto basta la sua memoria storica, almeno quella memoria storica ormai relativamente moderna che ci permetterebbe di spiegare il nefasto presente di un'Italia governata da un blocco reazionario. Lo sapevate che l'unica vittoria aperta dei partigiani contro l'esercito nazista durante la Seconda guerra mondiale ha avuto luogo qui, a Genova? Questa è stata una delle culle più singolari della sinistra italiana, ma cos'è oggi? L'emblema stesso di un'Italia passata dal sogno di Berlinguer alla realtà di Berlusconi e dei postfascisti. Questo paese è in piena involuzione, un fatto difficile da spiegare tenuto conto del livello di coscienza politica da noi raggiunto negli anni settanta, quando si era reso addirittura possibile il sorpasso, ossia che noi comunisti fossimo la prima forza elettorale in grado di proporre il compromesso storico ai democristiani più progressisti. Perdere quell'aspettativa fu come perdere una speranza laica cementabile sia con l'ottimismo marxista sia con quello del capitalismo avanzato. Non resta quasi più nulla di nessuno dei due. Il capitalismo trionfante ha tanta paura di pensare a se stesso, di autoidentificarsi, che nega la possibilità di staccarsi dal realmente esistente, di ripensare il mondo. Un concetto magnificamente espresso da uno scrittore italiano, nel parlare del 'presente come inquisizione': mi riferisco a Leonardo Sciascia, un uomo che non si può definire marxista."

Forse lo sguardo sfuggente, non ricettivo, di Carvalho dissuase l'oratore dalla possibile volontà di proseguire con una diagnosi del presente reale dello sviluppo capitalista. Si offrì come guida complementare all'erudito Biscuter, il quale diede inizio alla visita sistematica della necropoli, sottolineata dalle spiegazioni di Marino.

"In un certo senso, un cimitero è una rivendicazione del carattere democratico della morte, ma non sfugge all'influenza della morale di ciascuna epoca o di quel che è stato considerato il prestigio rappresentativo. Quella lì è la cappella del Suffragio, ispirata al Pantheon romano."

Visitarono le statue o le steli di Cevasco, Santo Varni, Iusola, Benetti, Rivalta, Orengo, Monteverde, Saccomanno, Moreno, la tomba White del 1905, quella di De Paoli, che attirò lo sguardo di Carvalho, commosso dalla grazia dei corpi e dal pathos della loro desolazione, tra l'ammirazione generale per le sculture preimpressioniste di Orengo o per la modernità "materica" (l'aggettivo venne dalla bocca di madame Lissieux) della tomba De Luca di Pietralata, scolpita da Alfieri nel 1961. Biscuter era rimasto estasiato davanti alla tomba dedicata da Grasso a Giuseppe Mazzini, uno dei padri della patria più fondamentali, e si mostrò entusiasta anche di un mausoleo neogotico, la tomba Raggio, disegnata da Luigi Rovelli.

Carvalho guardò l'orologio allarmato dal protrarsi dello sfogo necrofilo. Roma, il papa e Brindisi, oltre a qualche inevitabile rovina per poi acquisire lungo la strada il senso di finalità celato nella spontaneità di un viaggio che poteva somigliare a una fuga in avanti. Giuseppe Marino li accompagnò all'uscita e pregò loro di accettare, senza offesa, un lotto di conserve di prima qualità che teneva nel bagagliaio dell'auto come campionario.

"Nessuna offesa, capo, diamo il nostro benvenuto alle sue sardine perché il viaggio sarà lungo e il denaro poco," confessò Biscuter e quasi subito la Bmw di Marino si accostò alla quasi trentenne Ford Fiesta di Carvalho: diverse scatole di sardine, ventresca di tonno, cappesante e vongole trasformarono gli angoli liberi dell'auto degli spagnoli nel reparto conserve di un supermercato su ruote.

Fu necessario stringersi le mani con intensità per ricambiare in qualche modo la gentilezza dell'italiano. Particolarmente convinto fu l'abbraccio di Biscuter, che sembrava appeso al poderoso corpo del genovese, mentre gli annunciava:

"Non si scoraggi. Genova sarà di nuovo la culla della resistenza e saremo noi a vincere. Non so quando, ma vinceremo. Avanti popolo, alla riscossa, bandiera rossa!".

Ormai in autostrada, Carvalho osservava con la coda dell'occhio Biscuter, quando finalmente si decise a domandargli:

"Vinceremo noi, ma chi è questo noi?".

"Il popolo."

"E chi vinceremo?"

"Il nemico di classe. Anche se lei non se n'è mai accorto, capo, io ho sempre creduto nella lotta di classe."

"Com'è che conosci l'inno del Partito comunista italiano?"

"Quando ero giovane, ad Andorra, non si cantava altro."

Ebbero tempo per mangiare dei panini all'Autogrill della Motta. Carvalho fu felice della sosta, si sentiva sopraffatto dall'intenso traffico delle autostrade italiane e dal sospetto che le carreggiate fossero più strette che in qualsiasi altro posto: i tir sfrecciavano come se volessero strappare le orecchie alla povera Ford Fiesta.

"Non si è più abituati alle lunghe distanze, capo."

Anche se Biscuter e madame Lissieux si offrirono di sostituirlo al volante, Carvalho rifiutò, come se la poca vita rimasta alla macchina dipendesse esclusivamente dalle attenzioni del proprietario. "L'occhio del padrone ingrassa il cavallo," ricordò al suo aiutante, il quale non badò alla risposta per via della continua e animata conversazione con la francese, Mimieux da nubile e Lissieux da sposata e vedova. La donna parlava francese con quella musica di qualità che suole distinguere un cittadino colto da un altro che utilizza la melodia tronca o l'apocope tipica della lingua di Parigi, o la musica da strozza ed espettorazione di gole più rustiche; una musica d'operetta degna al servizio del testo confessionale della sua vita e delle sue opinioni, sempre in perfetta concordanza con quelle di Biscuter, nel quale Carvalho scopriva un'ignota capacità di dialogo e giudizio.

"Tra mille anni l'egemonia dell'uomo sulla Terra sarà finita, e verrà quella delle donne."

La francese fu entusiasta dell'affermazione di Biscuter, ma Carvalho non era disposto a sostenere aspettative banalmente ottimistiche.

"Dopo quella dell'uomo, l'egemonia futura sarà quella degli acari. La lotta finale avrà luogo tra le donne e gli acari, e vinceranno gli acari."

Suppose che la donna si fosse irritata e si sentì contento, estraneo alla conversazione che la signora intratteneva con Biscuter sul sedile posteriore dell'auto. C'erano due vite che si comunicavano i loro scopi proprio mentre si trovavano a bordo di un'auto vecchissima che aveva osato dare inizio al giro del mondo. L'Italia passava davanti ai finestrini del veicolo senza la minima possibilità di essere altro che una somma di proposte fuggevoli di città trasformate in segnaletica stradale, ma d'altronde bisogna scegliere quali orizzonti abbandonare per essere in grado di cogliere l'intero universo. "Un giorno tornerò." Avrebbe avuto abbastanza tempo per tornare in Italia? Bisogna cenare a Roma e cercare di presenziare alla rappresentazione papale del giorno dopo prima che il polacco vada in vacanza a Castelgandolfo. Ragionò a voce alta perché voleva cenare nel ghetto romano o al ristorante Checchino dal 1887, di fronte al vecchio mattatoio.

"Conosco un ristorante che si chiama o si chiamava, sono passati tanti anni, Il Bolognese, in piazza del Popolo. Adoro la cucina bolognese, soprattutto il bollito. Ma siamo in estate e questa sera dobbiamo scegliere tra le due cucine romane di maggior spicco. Quella che eredita un presunto gusto del ghetto o un evidente gusto dei trafficanti, degli allevatori e macellai che hanno a che fare con il mattatoio di una volta. Ho prenotato da quest'ultima: abbiamo un tavolo da Checchino."

Carvalho aveva anche prenotato due camere in una pensione nei pressi di piazza Navona, sufficienti per poterci passare una notte senza bisogno di disfare i bagagli, e non si curò dei problemi di madame Lissieux, ospite di un albergo a Villa Borghese e angosciata a priori dai problemi del traffico romano, non appena seppe di essere stata calcolata nell'invito a cena. Biscuter, nel ruolo di cavalier servente, accompagnò la francese in albergo dopo aver fissato un appuntamento con Carvalho al ristorante, il che permise al detective di passeggiare intorno a Campo dei Fiori, in cerca di via Giulia, una strada che l'aveva affascinato fin da quando l'aveva scoperta, una trentina d'anni prima. Apparentemente, era la scenografia di una decadenza, ma quasi tutte le case erano abitate da ricchi di nuova stirpe ben sistemati in edifici color ocra, labirintici, coronati da terrazze vegetali che si affacciavano sulle vicinanze del Tevere con la promessa del vicino Trastevere. Dovevano partire la mattina dopo, troppo presto per poter fare qualche acquisto al mercato di Campo dei Fiori, una piazza presidiata dalla statua di Giordano Bruno, proprio dove era stato giustiziato, e l'austero martire sembrava un po' a disagio in mezzo a tante sensualità in vendita. O forse avrebbe fatto in tempo a comprare dei sacchettini con un misto di erbe aromatiche, accompagnate sempre dalla giusta dose di peperoncino sminuzzato, senza il quale buona parte delle cucine d'Italia tra Roma e il Sud più infinito mancano della necessaria malizia. Avrebbe attraversato il mondo intero in compagnia di sacchetti di erbe aromatiche italiane o aspettato l'incontro con condimenti più propizi e sorprendenti? Forse a Samarcanda. Era indispensabile verificare l'esistenza o l'improbabilità di Samarcanda, come quella di Asmara e Granada, le città che affabulatori e poeti hanno immaginato come inaccessibili. Dalle trattorie di Campo dei Fiori proveniva un discreto odore di formaggi gratinati e origani indomabili da sentirsene sedotto, e lottò contro la tentazione di dare buca a Biscuter e alla sua dama, ma il ricordo del ricettario di Checchino dal 1887 ebbe la meglio sul suo senso del dovere. Prese un taxi per non rovinarsi la serata guidando nel traffico, e si trovò quasi subito sotto la scala d'accesso all'immaginario di una cucina romana dove il *camouflage* conduceva a piatti come bucatini alla gricia, abbacchio alla cacciatora, gnocchi alla romana, coda alla vaccinara, allo straordinario fritto misto alla romana, autentica cerimonia della confusione in cui cervella, fegatini, zucchine, carciofi, ricotta, mele e pere impanati acquisivano una finta uniformità compensata dalla ricchezza delle consistenze e degli intimi sapori. Frascati, per rispetto al vino romano più popolare, ma subito dopo Carvalho ordinò anche un Barolo, il suo rosso italiano preferito. Ristorante pieno e, in fondo, in uno spazio delimitato, qualcosa che somigliava a una celebrazione con applausi e oratori, presieduta da cinque insegne – Arcigola, Slow Food, Il lardo di Colonnata, Vacca chianina e Biodiversità – che gli sembrarono enigmatiche ma suggestive. La coppia ideale, Biscuter e madame Lissieux, era già seduta a tavola e fu soltanto questione di scegliere il menu e tentare di ignorare il discreto giubilo che proveniva dai celebranti, anche se Biscuter sembrava interessatissimo e cercava di capire.

"Si tratta di una setta di gastrosofi, così mi ha detto un cameriere, nata nella sinistra italiana, soprattutto nel Pci, che è diventata un importante movimento riformatore a protezione del gusto delle diversità autoctone di fronte alle normative imperscrutabili del Mercato Comune. Si trovano nella fase di difesa di un qualcosa che chiamano la Biodiversità."

"*Bibamus, mea Lesbia, atque amemus...*" si lanciò Carvalho in latino, pieno di entusiasmo per via della gioia dei sapori e della situazione, e, chiarito il riferimento ai versi di Catullo, brindò ai commensali.

Quasi si trattasse di un segnale, i cucchiaini tintinnarono sui calici dei crociati del mangiare lento e si alzò un san Giovanni Battista canuto seppur calvo, dalle guance rosee fin dove consentito dalla barba, che annunciò il Messia:

"Il nostro Carlo Petrini ha qualcosa da dirci".

Un coro di consensi cercò di smuovere il presidente della tavolata, un uomo solido e dotato degli occhi ironici del viaggiatore partito dall'estrema sinistra in difesa del lardo proveniente dalla zona di Carrara, il lardo di Colonnata, o della vacca chianina.

"Cari amici, soltanto noi possiamo non sorprenderci di aver reso possibile quest'incontro, e compiere così un nuovo passo in difesa del nostro miglior grasso animale storico, il lardo di Colonnata, e della varietà della vacca chianina, uno dei molti passi che ci porteranno agli incontri del Salone del Gusto di Torino. Evidentemente, le rivendicazioni sono tollerate come movimenti sociali e come fronti di opinione, ma possono prosperare soltanto se spalleggiate da un ampio fronte sociale. Sotto le dittature fasciste, i democratici difesero maremme e piantagioni, abitazioni umane e tane di animali, diritti di quartiere e diritti umani pensando di ricostruire la ragione democratica. Ma anche nella democrazia la battaglia ha un senso, perché esiste una nuova dittatura: quella del mercato come elemento intelligente protetto da un'importante banda di politici somari.

"Darwin spiegò la faccenda della selezione delle specie e oggi si parla di darwinismo di sinistra e di darwinismo di destra, a seconda di come si interpreti l'apporto scientifico di fronte alla versione religiosa della dialettica della vita o in quanto alibi per giustificare la vittoria del forte sul debole ritenendola inevitabile. Sta di fatto che, in quella parte del globo terracqueo che solitamente abitiamo noi lettori e scrittori di Slow Food, tale selezione è condizionata dalla logica interna biologica di ciascuna specie e dalla logica di mercato, e soltanto l'intelligenza umana condizionata dalla curiosità o dalla compassione può contrapporsi a tale fatalità. Davanti alla speculazione immobiliare o industriale bisogna salvare un bosco o un fiume, e davanti al gioco di vita o morte delle specie bisogna talvolta salvaguardare la sopravvivenza di alcune di esse particolarmente minacciate per via della loro stessa fragilità o del mercato di tutte le vanità, da quella scientifica a quella alimentare.

"Noi italiani dobbiamo essere gli europei più impegnati ad approfondire il campo della conoscenza alimentare, e al di là della benedetta gastronomia o del sapere meramente erudito sui vini e sui cavolfiori, abbiamo considerato la conoscenza di quanto c'è di commestibile come parte importantissima della cosiddetta cultura materiale. L'Italia è un paese propizio per salvare la produzione e il consumo dell'atavico e profumato lardo di Colonnata, una gloria della cultura materiale che si produce insieme a un'altra gloria della cultura assoluta: Carrara e i suoi marmi, che hanno reso possibili le migliori sculture e architetture della nostra memoria, o un vegetale minacciato dalla negligenza del contadino e dall'ignoranza del consumatore alienato, e adesso è sempre l'Italia a potersi vantare di aver creato addirittura movimenti di massa per salvare una vacca, una vacca minacciata dalle normative assurdamente burocratiche del Mercato Comune. Majakovskij fu uno dei più emblematici poeti rivoluzionari sovietici e dovette subire i rigori del razionamento. Si venne a sapere che parte della poca carne che gli spettava lui la offriva al suo cane e che, censurato per questo dall'Unione degli scrittori proletari, rispose che salvare il suo cane era salvare la vita, scommettere su di essa, anticipando così di quasi settant'anni la proposta testamentaria di Bobbio, il quale sosteneva che dovevamo rivedere i nostri rapporti con gli animali.

"La vacca chianina, come sostengono gli esperti, è una delle più antiche e importanti varietà bovine d'Italia. Originaria della Val di Chiana, è diventata un poderoso seppur timido ed elegante animale sul punto di scomparire al momento della meccanizzazione dell'agricoltura, quando i buoi non furono più necessari come forza di trazione. La chianina, minacciata di estinzione, è considerata da tutti gli esperti come una garanzia di carne squisita, e anche se la si salva per mangiarla, si tratta di un destino assai migliore dell'estinzione e dell'essere divorata da quegli esseri dissoluti, predatori ignoranti, convinti che tutte le proteine siano uguali, da dovunque esse provengano. Slow Food sviluppa una campagna di conservazione e ampliamento dell'allevamento di tali bovini provenienti dalle montagne aretine e oggi in Toscana, Umbria e Alto Lazio. In questa campagna di recupero intervengono argomentazioni etnico-patriottiche necessarie che ricordano l'esistenza di questa vacca fin dal III secolo a.C. e il suo prestigio internazionale prima della Seconda guerra mondiale, quando già la sua fama si trovava a competere con i più eccelsi bovini dei Paesi Bassi, di Francia o d'Inghilterra. Un lungo viaggio nei secoli durante i quali l'animale aveva mosso aratri, prodotto latte e ceduto le sue carni senza un rimprovero, convinto che proprio a tale scopo nascano le vacche, persino le migliori. Arrivò addirittura a favorire un certo razzismo bovino quando gli esperti la descrissero come una bestia dalla testa libera con le corna ben disposte, di statura giusta, linea dorsolombare quasi perfetta, eccellente rapporto fra prua e poppa, straordinaria profondità toracica e rapporto ideale fra sterno e suolo. Bisogna aggiungere una prodigiosa convessità della natica per avvicinare le forme della chianina a quella delle migliori Miss Universo della specie umana, l'esempio valga come semplice metafora.

"Militanti nel fronte opposto a quello del fast food, noi seguaci di Slow Food ci siamo sviluppati senza interruzioni fino a comporre un fronte interventista a proposito di qualsiasi livello ed elemento potenzialmente alimentare. Senza perdere di vista il fatto che bisogna insegnare a mangiare a chi non sa farlo, Slow Food è una scommessa sul sapere come fattore principale di condizionamento della necessità alimentare. Salvare le specie non è solo un esercizio ludico o un'operazione più o meno narcisistica di rispetto nei confronti della propria memoria del palato, ma anche una filosofia di vita, perché conservare la sopravvivenza di una specie contribuisce alla cultura della vita nella sua totalità. L'intensità dimostrata da questo movimento in Italia non è paragonabile ad altra analoga iniziativa sviluppatasi in Europa, anche se negli ultimi vent'anni è aumentata la sensibilità per quanto riguarda il rapporto con gli animali, cosa che tuttavia non impedisce di allevare i più commestibili come se fossero condannati a morte nei campi di concentramento progettati dai peggiori nazisti. In un'Europa in cui gli allevamenti di maiali o di polli sono quanto di più simile a Buchenwald o Mauthausen, salvare la chianina non va visto come un modo per mettere a tacere la nostra cattiva coscienza, ma come un modo per creare una nuova coscienza. Salvare la vacca chianina è salvare noi stessi!"

Biscuter e madame Lissieux applaudirono ancor più degli stessi seguaci del cavalier Petrini e, forse per questa ragione, il presidente del movimento gastronomico più progressista del mondo alzò verso di loro un bicchierino di grappa millesimata firmata da Angelo Conterno. Biscuter continuava ad applaudire pieno di entusiasmo attirando l'attenzione di alcuni membri della riunione, e ne approfittò per avvicinarsi a loro e spiegare che erano spagnoli, di Barcellona, e disposti ad appoggiare la filosofia del gruppo, tanto necessaria in questi tempi di globalizzazione in cui il mercato diventa il grande dittatore. I gastrosofi rimasero sorpresi dalla brillante analisi dello scudiero di Carvalho e come premio gli regalarono due libri, *Il buon paese*, inventario dei migliori prodotti alimentari d'Italia, e *Salumi d'Italia*, un rapporto quasi esaustivo sulla norcineria del paese. Fu in particolare il libro sulla norcineria a entusiasmare Biscuter, che se lo mise sul cuore con la dichiarazione segreta di farlo diventare il suo *livre de chevet* per tutto il viaggio.

"Che cazzuti! Ha sentito, capo? Questo è un paese serio. In Spagna non c'è niente di simile. Da noi gli animali vengono difesi solo quando li si uccide più brutalmente del solito o quando, scioccamente, sono loro a ucciderci."

"È la fede che mi manca. In fondo, questi gastronomi ecologisti militano in una religione. Sono ottimisti, la loro religione è il futuro, nonostante siano materialisti. Si credono capaci di salvare la vacca chianina dall'indifferenza di milioni di ghiottoni di proteine, vengano da dove vengano, perfino dagli hamburger dei McDonald's. Davanti a tanto ottimismo, difendo il mio pessimismo originario. Il mio totale disaccordo con la Creazione così come viene intesa da tutte le religioni, cioè, come un atto maiestatico e generoso di un Dio buono o di un'ignorata intelligenza superiore, di un artefice. La Creazione è un pastrocchio impresentabile che non regge alla benché minima analisi etica proprio perché è basata sul bisogno di uccidere per mangiare, trasformando così ogni essere vivente in un assassino diretto o indiretto. Un'interpretazione riformista del pastrocchio giungerebbe alla conclusione che sei giorni furono pochi, tenuto conto della complessità della sfida, e che riposare il settimo fu una deplorevole prova di negligenza. Davanti a un quadro simile, perché salvare la chianina?

"Ricordi l'esempio del poeta comunista citato dal capo del movimento? Dando la carne del razionamento a un cane, sprecava la carne o esaltava invece la vita stessa, il diritto di vivere?"

C'era un grande raduno di fedeli in piazza San Pietro e circolava l'impressione che il papa si fosse affacciato alla sua finestra abituale. Ma Carvalho e i suoi accompagnatori si consumarono gli occhi nel tentativo di confermarla, senza riuscirci. Dato che Carvalho non la smetteva di guardare l'orologio, Biscuter gli raccomandò:

"Slow Food, Slow Food...".

"Biscuter, non dobbiamo confondere né i termini né il titolo. Questo viaggio si potrebbe intitolare *Il giro del mondo in ottanta giorni*, ma non *Cent'anni di vacanze*. Il tempo abbonda, ma il denaro no, e bisogna sempre tener conto del rapporto tempo-denaro."

Il papa si affacciò alla finestra quando ormai dovevano partire verso il Sud. Giovanni Paolo II aveva l'aspetto di un papa al tramonto dei suoi ultimi anni, anche se la cornice della finestra sembrava pronta a fermarne l'inclinazione verso il nulla. I fedeli l'applaudirono, alcuni addirittura l'acclamarono in un crescendo fino a scaldare la festa e meritare che gli amplificatori di piazza San Pietro emettessero il saluto papale in più lingue del normale perché c'erano gruppi di religiosi africani e asiatici, benché non fosse chiaro se il pubblico capisse quelle parole balbettanti e mal respirate. Posti al confine della cerchia di piazza San Pietro, di spalle a via della Conciliazione, piena di pullman e di fedeli, aspettarono che il papa apparisse a bordo della Papamobile per benedire i presenti, e Carvalho cercò di cogliere qualche emozione umana dietro la ieraticità di un volto senza sorrisi né lacrime, dove soltanto il ciglio aggrottato, o l'ostinazione di vivere o l'irritazione, sottolineavano la fatica di dover benedire tanta gente a quell'ora del mattino.

"Una personalità notevole," opinò madame Lissieux.

"È costretto ad averla, altrimenti crollerebbe tutta la baracca.

Anche questo fa parte dello star-system e del marketing. Il mercato delle religioni è sempre più competitivo, e il grande problema per i cattolici sta nel trovare un'altra figura dello spettacolo come questo papa polacco che ormai si sta spegnendo."

La francese rise alle irriverenti spiritosaggini di Carvalho, deciso a farsi strada tra la folla in cerca della lontanissima macchina carica di bagagli e in posizione di riposo in un parcheggio custodito. Uscire da Roma in automobile non è facile per uno straniero non avvezzo a tutte le trasgressioni commesse dai romani per sopravvivere come guidatori in una città tanto piena di trasgressori e di lapidi. Poi bisognava scegliere se visitare Napoli o evitarla per fare una scappata a Pompei e Paestum. No, non c'era tempo per Ercolano se volevano arrivare a Brindisi in orario per il traghetto. E cosa aveva Ercolano che non avesse anche Pompei, essendo state entrambe vittime delle stesse ceneri? Se Carvalho non poté negare la grandezza di Paestum come magazzino di ruderi, si sentì subito commuovere da Pompei, quasi percepisse le angosce dei suoi fantasmi riscattati dai lapilli, nudi di storia di fronte allo sguardo dei turisti della postcultura. Particolarmente imbarazzati i fantasmi dissotterrati nel grande cesso pubblico, poveri cagoni sorpresi da uno stupido vulcano. Biscuter e la francese non lesinavano le esclamazioni di fronte agli esempi di poesia amministrativa e necrologica che aveva battezzato e riumanizzato i diversi spazi della città della cenere: via dell'Abbondanza, casa del Menandro, casa di Proculo, di Assellina, di Julia Felix, delle Nozze d'Argento, dei Vetti, degli Amori Dorati, del Poeta Tragico, e la Villa dei Misteri con il suo affresco sui cicli di iniziazione dionisiaca. E atri, portici, stanze private ora spalancati ai cieli e alla terra, in attesa non di essere riseppelliti dalle ceneri vulcaniche, ma della disintegrazione definitiva fino a perdere la loro condizione di rovine per tornare polvere, terra, pietre senza ragione, e cioè perdere quanto loro era rimasto della memoria concretata e fare ritorno alla natura originaria.

"Quanto tempo ci costerà scoprire l'inutilità delle rovine?"

Madame Lissieux sosteneva che le rovine falsano la realtà che dicono di riprodurre, come se la storia fosse sempre avvenuta in bianco e nero e sempre tra le macerie, ma che proprio in questo sta la loro bellezza. Le rovine sono l'alternativa a ciò che un tempo fu reale.

"Monsieur Carvalho, la bellezza delle rovine dipende dalla loro capacità di mentire. I cinesi comunisti, durante la Rivoluzione culturale, manifestarono contro le rovine come testimoni della memoria dominante, uno dei molti strumenti di controllo sociale dell'oligarchia. Ma credo che l'obiezione sia più semplice. Vale la pena lottare contro l'inerzia del ritorno di queste pietre alla loro totale perdita di significato?"

La bellezza dei templi di Paestum dedicati a Giunone o Cerere, e specialmente quello a Nettuno, fece gridare di entusiasmo alla strana coppia che lo accompagnava. Carvalho invece si era commosso ben di più per la morte dei cagoni pompeiani sotto il fuoco del vulcano che per il deterioramento molto ben portato di Paestum, il quale gli ispirò un ironico: "Ma come si conserva bene!", quasi commentasse l'aspetto pietrificato di un funzionario in pensione. Dalla soffitta della sua cultura gli giungevano messaggi mutilati sugli dèi evocati, in particolare su Cerere, una delle prime divinità entrate nella sua vita come madre di una nuda Proserpina sequestrata da Plutone, disegnata come mamma la fece in un *Diccionario Enciclopédico Sopena*, nonostante la repressione del dopoguerra. Madame Lissieux li guidò fino al museo dove a suo parere c'erano ricchezze inevitabili, come i dipinti nella Tomba del Tuffatore o le ceramiche. Carvalho non volle scandalizzare gli amici con le sue assai solide teorie sui musei, buchi neri del sapere umano che non avevano contribuito a evitare nessuno dei disastri suscitati dalla necessità di creare dei musei. Tra la gioia ricettiva di Biscuter e la sua c'era una distanza commensurabile soltanto mediante tutti i libri letti e bruciati dal detective. Biscuter aveva lo sguardo di un innocente, e madame Lissieux quello di una complice.

A Eboli scelsero di prendere l'autostrada per Bari, con l'intenzione di raggiungere Brindisi scendendo lungo la costa adriatica. Appena arrivati alla statale scorsero un paesaggio pieno di vivai e di recinti per le bufale, vacche produttrici di mozzarella che tuttavia non si erano meritate la rivendicazione patriottica della chianina, poiché è scritto che l'essere umano dà più valore alla scarsità che all'abbondanza, al caviale che alle sardine. Madame Lissieux si lamentava dell'impossibilità di viaggiare in Italia come aveva fatto Goethe, con uno sguardo addirittura più innocente di quello dei futuri viaggiatori romantici, perché per Goethe l'Italia era una realtà sommersa dopo il naufragio della propria cultura urbana nel XVI secolo e dopo l'imposizione di un nuovo ordine europeo basato sulle monarchie assolute. Biscuter beveva sapienza dalle labbra della donna e di tanto in tanto cavava da Carvalho un'ammissione, se non convinta, quantomeno amabile.

"Lei è davvero molto ben informata," si lasciò sfuggire Carvalho, provocando un sospiro malinconico nella francese e un breve riassunto della sua biografia culturale. Stavano parlando con una professoressa frustrata dell'Università di Vincennes, frustrata non da problemi di indole accademica, ma di salute.

"*L'amour*" esclamò la Lissieux come se avesse acquisito la volontà di trasformarsi in Edith Piaf. Biscuter conosceva già la storia, ma insistette perché mettesse Carvalho a conoscenza delle sue rovine. "Il mio nome da nubile è Mimieux, da sposata Lissieux. Lissieux era un illustre professore di biologia che conobbi quando eravamo entrambi studenti sulle barricate del maggio '68."

"Accidenti a quelle barricate. Dovevano essere estese come la Grande Muraglia, perché non ho mai incontrato né un catalano né un francese contemporaneo che non si sia scontrato con il capitalismo e il generale De Gaulle sulle barricate del maggio francese."

"Barricate in senso generale. Ci sposammo una volta laureati. Poi ci fu un lungo allontanamento progressivo motivato dalla sua ambizione e dal mio senso di colpa. Venni educata al senso di colpa giudeo-cristiano e pensavo che tutti i rimproveri di mio marito avessero una ragion d'essere. Ma un giorno scoprii che conduceva una doppia vita e che aveva un figlio con una biologa svizzera di dieci anni più giovane di lui e di me. La mia vita si spezzò, crollai del tutto. Lasciai la cattedra e chiesi il prepensionamento per una lunga malattia. Del resto, il mio infedele marito morì velocissimamente di cancro: cinque giorni. Ho tardato tanti anni a reagire e mi ha aiutato molto l'aver raggiunto la condizione di viaggiatrice, di viaggiatrice, insisto, non di turista. Paul Bowles diceva che la differenza tra un viaggiatore e un turista consiste nel fatto che un turista sa quando inizia e quando finisce il viaggio; un viaggiatore vero, no: ne conosce l'inizio ma non la fine."

"Come il nostro viaggio, capo! Siamo dei viaggiatori!"

Mangiarono in una trattoria accanto alla stazione di servizio di Altamura: capocollo, salumi assortiti e un piatto di melanzane ripiene di carne magra, olive, acciughe, capperi, pomodori, erbe aromatiche, il tutto annaffiato da un vino locale pieno di buona volontà ma incompleto, come certe sinfonie e romanzi importanti, per esempio, quello già entrato a far parte delle loro vite, *Bouvard et Pécuchet*, di Flaubert. Tornarono in auto, ripresero la strada, e alla prima discesa piena di curve Carvalho si rese conto che i freni non funzionavano.

"Dubito che si possa arrivare così fino a Bari."

Cercò di essere flemmatico, ma le due testoline che lo accompagnavano si accesero come segnali di allarme.

"E quello a mano?"

Carvalho si lanciò sulla cunetta e cercò di tirare il freno a mano, che però era diventato molle come una salsiccia e non ne volle sapere. La macchina, in accelerazione per via della discesa, non era all'altezza di situazioni drammatiche e sembrava un vecchietto con incontinenza di velocità che cercasse di disegnare le curve come se le stesse tracciando per la prima volta.

"Bisogna prendere una salita e aspettare che questa stronza si blocchi. Pronti al capitombolo. Possiamo farcela, ma preferisco provarci in salita."

A un tratto, Carvalho vide sulla sinistra una strada di terra e pietre che cercava di collegarsi a un rado boschetto, e la imboccò. A metà percorso, ormai vicina la minaccia degli alberi, la Ford Fiesta perse velocità e Carvalho colse l'occasione per svoltare a destra e ancorare l'auto su un monticello sabbioso. Uscirono dalla vettura al rallentatore per non darle pretesti per una resurrezione e, una volta sulla terraferma, madame Lissieux lanciò dozzine di volte ai venti l'esclamazione "*Oh, là, là*", mentre Biscuter si serviva del catalano per dire: "Puttana Eva" e "Madonna santissima!".

"Se non troviamo un'officina dovremo scendere a Brindisi in autostop."

"E se si sono rotti i freni?"

"Se si sono rotti non ci resta che l'autostop e il viaggio si complica. Faremo il giro del mondo a piedi."

Il meccanico esaminò i freni e uscì da sotto la macchina con la faccia di chi sta per porgere le sue condoglianze.

“Questa macchina è agli sgoccioli. Non si è rotto niente, ma i freni erano staccati e in un modo che rivela lo zampino di qualcuno. Ha tardato molto a scoprire che non funzionavano?”

“Appena ho messo in moto. Se qualcuno ci ha messo lo zampino, lo ha fatto mentre pranzavamo. È un guasto provocato?”

“Così pare. Se vuole sporgere denuncia, le scrivo una nota con tutti i dettagli tecnici.”

“Non denuncio mai niente, oggi ancora meno. Potremmo perdere il traghetto per Patrasso.”

Di nuovo in viaggio, con madame Lissieux e Biscuter all’oscuro delle inquietanti rivelazioni del meccanico, Carvalho ruminò da solo le cause di quell’aggressione, e dopo aver girovagato nei territori dell’errore o di uno scherzo pesante, il volto di Pérez i Ruidoms, l’effigie della sua setta Monte Pellegrino, apparve come un’oscura divinità sullo sfondo che sguinzagliava assassini in tutto il mondo in cerca di un uomo che lo aveva sfidato al punto da lasciarlo senza il sociologo di corte. Quel superuomo doveva avere ben altre preoccupazioni, e più importanti, che vendicarsi di un personaggio marginale come Carvalho, ma era l’unica causa con una logica in grado di spiegare il perché dei freni staccati. Se non era stato lui, chi altri? Raggiunsero l’Adriatico a Polignano a Mare, senza il tempo per provare pietà per quanto era rimasto del veicolo, come se la giustificazione di non perdere il traghetto fosse l’unico proposito razionale possibile, anche a spese dello strumento su cui contavano per arrivare ovunque fosse. Mare basso, pomeriggio inoltrato, e in alcune spiagge e porti colsero la presenza delle navi intente a ripulire i fondali pieni di alghe che rendevano ancor più verdi le acque già di per sé verdi.

"Qui finiva la Via Appia e qui morì Virgilio di ritorno da un viaggio in Grecia," spiegò Biscuter mentre entravano a Brindisi dopo aver consultato ostinatamente certi libri che uscivano, sembrava, da una valigetta senza fondo.

Non potevano trattenersi a controllare la veridicità dei fatti a proposito della Via Appia e di Virgilio perché la nave stava per partire.

"Per fortuna, qui non è più come ai tempi delle incursioni degli albanesi o delle razzie turche, perché altrimenti non visitare la città sarebbe stato imperdonabile. Proprio questa città così suggestiva."

"Le città suggestive non sono più come quelle di una volta. Ormai somigliano tutte a quelle che non suggeriscono niente. Qui in Italia, almeno, conservano splendidi centri storici, ma per noi oggi Brindisi è solo una città di passaggio verso la Grecia."

Di traghetto in traghetto, Carvalho aveva la sensazione che il viaggio non fosse ancora cominciato, e quando uscirono dalle profonde insenature del porto, uno dei più sicuri del mondo, come annunciava la propaganda storica che cercava di sembrare turistica, l'Adriatico cominciò a promettere le rotte verso la fine del mondo, verso quella porta nel Bosforo dalla quale gli Argonauti guidati da Giasone cercarono di raggiungere il Vello d'Oro e dalla quale gli esseri umani temettero di sprofondare nell'Oscurità Finale. Poi calò l'oscurità reale, ma transitoriamente per via delle nuvole, e la nave scese lungo un paesaggio grigio in cerca di Patrasso, sulla costa greca, un possibile abbordaggio che Carvalho aveva scelto nonostante Biscuter volesse arrivare in Grecia previo scalo all'isola di Corfù.

"È piena di cipressi selvatici, e c'è anche un palazzo di Sissi, l'imperatrice d'Austria."

Ma Patrasso li portava verso Olimpia e verso l'autostrada per Atene, con la sosta d'obbligo al canale di Corinto, che a Carvalho ricordava un vecchissimo viaggio sentimentale profumato dalla salvia degli spiedini greci serviti nelle bancarelle prossime a un canale, insignificante se non c'è il sole, ma padrone del più bell'azzurro del mondo quando il sole lo esalta. Tutta la costiera, da Bari a Brindisi fino a Leucade, era punto d'arrivo dell'emigrazione clandestina albanese, antica quanto la disuguale povertà dell'Italia e dell'Albania e messa in moto dalla disperata fuga dalla miseria del postcomunismo o del precapitalismo. Al di là di Leucade, fino alla punta di Reggio Calabria e alla Sicilia, le spiagge servivano agli immigrati clandestini maghrebini o subsahariani, all'interno di un curioso gioco di fuggitivi dalla penuria che rimbalzavano sui muri dell'Europa ricca e sazia. Biscuter puntò materialmente i gomiti sulla ringhiera di coperta in attesa di veder spuntare le carrette del mare albanesi come tristi fiori grigi sull'Adriatico, perché aveva letto da qualche parte che quella era tra le rotte più trafficate dall'emigrazione clandestina. Ma il cielo chiuso occultava la luna e il mare era di una solidità oscura oltre la zona scarsamente illuminata che lo stesso traghetto delimitava. Sul far dell'alba, una sirena annunciò l'inizio dello spettacolo, e un riflettore spazzò i mari fino a sorprendere una mezza dozzina di imbarcazioni che puntavano verso le coste italiane cariche di albanesi nel tentativo di raggiungere il nulla dalla povertà, denunciando su ogni natante la presenza di soggetti unificati dalla luce che non solo li uniformava ma celava l'esiguità dei corpi e l'angoscia degli sguardi allarmati dalla possibilità che il bagliore provenisse da una pattuglia della guardia costiera. L'inquietudine si somiglia ovunque e quelle carrette erano attese dal servizio di vigilanza, avvertito in quel momento dell'arrivo di una nuova invasione albanese.

"Non sono soltanto albanesi," fece sapere un italiano con un abito di Armani per le *soirées* sulla coperta dei traghetti greco-italiani; teneva in mano un martini dry con un accenno di scorza di limone. "Ci sono anche curdi, pachistani, russi e cittadini di altre repubbliche ex sovietiche asiatiche. Tutti quelli che non vengono assorbiti dai mercati neri di Istanbul cercano di arrivare in Italia, in un'Europa che loro considerano come l'America più vicina. Per quegli sventurati, Brindisi è Manhattan."

"L'Italia è in crisi," esclamò più volte in italiano un accompagnatore dell'uomo-Armani, vestito secondo la moda estiva delle offerte dei grandi magazzini; un martini dry, stavolta con l'oliva, gli socchiudeva le labbra.

Gli italiani presenti unirono le mani come per mettersi a pregare, ma in realtà le mani giunte erano come le lame di un aratro, facevano strada ai loro ragionamenti e, allo stesso tempo, li trattenevano, seguendo un ritmo di gesti veementi che cercava di evocare una passione transitoria e forse non tanto profonda. "O ci difendiamo dall'invasione dei nuovi barbari, o che ne sarà di noi? Non abbiamo bisogno di barbari che vengono da fuori, ne abbiamo già abbastanza dentro." Il commento, sulle labbra di un italiano apparentemente settentrionale, non piacque ai pochi italiani del Sud. "A quali barbari si riferisce? A noi siciliani?" L'interpellato non voleva dire né sì né no, e preferì agitare le braccia, senza trovare parole all'altezza della risposta, ma c'erano già nuovi fronti aperti e in alcuni la parola compassione cercava di far breccia nella trincea dell'intransigenza. "Noi italiani siamo emigrati in tutto il mondo in fuga dalla miseria. Come possiamo mettere in discussione che altri esseri umani facciano altrettanto?" Biscuter era d'accordo con chi la pensava così e si lanciò nel suo migliore italiano, un italiano che sembrava strutturato da tutti gli infiniti del mondo, secondo l'innocenza verbale dei pellirossa nei doppiaggi dei film sul Far West. Ma si fece capire e finì per diventare capo della frazione integrazionista, mentre Carvalho si chiedeva dove ci si potesse procurare dei martini di così eccellente aspetto come quelli sorseggiati dagli italiani che avevano provocato l'incontro parlamentare. Lo domandò a uno di loro, a quello dei saldi di Armani, il quale gli strizzò l'occhio invitandolo a seguirlo in cabina. Lì teneva tutti gli utensili alchemici necessari, con la variante che, invece del Martini bianco, utilizzò del Nouilly Prat per aromatizzare il ghiaccio e poi versò sulla scogliera appena profumata un potente fiotto di gin Bombay, mettendo così in discussione l'egemonia del Bombay come alternativa modaiola non del tutto in grado di sostituire i gin tradizionali.

"Oliva o limone?"

"A quest'ora, limone, come il suo amico."

"Giusto. Quanto a me, che sono un mangione, un martini dry che non mi faccia masticare qualcosa non mi soddisfa completamente. Viviamo tutti una certa ansia, ci sentiamo insoddisfatti. L'Italia è in crisi. L'intera Italia è in crisi, l'intero mondo."

Lo invitò a sedersi per degustare a dovere un martini perfetto, e, cogliendo l'ammirazione negli occhi di Carvalho, l'improvvisato barman disse di aver imparato a preparare i suoi eccellenti martini in Sicilia, sotto la guida di un barman italiano che aveva lavorato negli Stati Uniti, ma non a New York, no, a San Francisco, Baltimora, Newport. Era un barman che aveva ricevuto molti premi e il suo segreto stava nella quantità, piccolissima, di vermut, quanto basta per un accenno di profumo necessario a mutare il sapore, vagamente di formalina, presente nei gin migliori.

"Detesto il gin puro. Lo adoro, invece, nel martini o nel gimlet" ribatté Carvalho con il suo personale e assai meditato discorso sul posto del gin nel mondo, reso discutibile dalle perversioni della memoria di diverse generazioni che si erano ubriacate eccessivamente di gin con ghiaccio. Era un cocktail molto planetario, molto adolescenziale, molto seducente, che però aveva finito per suscitare un esteso rifiuto del gin in quasi tutta l'Europa e quasi tutti gli Stati Uniti. Scuoteva complice la testa l'italiano, il quale offrì un bis di martini, ma Carvalho ricordò tutti i medicinali preventivi che viaggiavano insieme a lui e immaginò il quadro delle sue arterie indolenzite, aggredite alle tre di notte da una serie di martini dry e rifiutò la proposta.

"In vacanza in Italia?"

"No. Abbiamo dato inizio a un giro del mondo molto sui generis. Per il momento, su una Ford Fiesta vecchissima parcheggiata di sotto, targata Barcellona."

"Una Ford Fiesta, targata Barcellona. Un'auto quasi invisibile, no?"

Tornarono in coperta, dove la discussione era degenerata in ironiche allusioni sul ruolo della Comunità Europea in difesa delle frontiere davanti all'invasione dei barbari. I più progressisti parlavano di dare un nuovo senso alla logica inevitabile della globalizzazione, e i più scettici scelsero di tornare nelle rispettive cabine a dormire le poche ore rimaste prima dell'arrivo a Patrasso. Così fecero Carvalho e Biscuter, che si spartivano la tana, mentre madame Lissieux preferì restare in coperta nel caso si ripetesse il fenomeno delle carrette del mare in fuga o semplicemente per vedere l'alba come se il nuovo giorno potesse essere, fortunatamente, "meglio di quello prima", disse senza chiarirne la ragione, anche se Carvalho attribuì le sue parole alla strizza dovuta all'assenza dei freni o a quell'incontinenza metafisica che suole cogliere le donne in menopausa.

Per quasi un'ora aspettarono sul molo di Patrasso che madame Lissieux scendesse dal traghetto, inutilmente, con disperazione, perché Biscuter si era fatto più volte il percorso tra la scaletta della nave e l'uscita dalla dogana, casomai la donna li avesse preceduti. Arrivarono fino al nostromo seguendo l'ordine gerarchico che iniziava dal responsabile delle pulizie del ponte dove si trovava la cabina della Lissieux, un finto cinese che si rivelò un suddito dell'Urss, ex comandante dell'Armata Rossa e in gioventù ex campione mondiale di pallavolo. A Carvalho questi dati interessavano parecchio, ma Biscuter sembrava udire solo quei suoni in grado di riportargli l'amica e tardò ad accettare l'evidenza.

"Se l'è svignata. Forse si è spaventata per la storia dei freni e ha pensato che viaggiare con noi fosse pericoloso."

"Cosa c'entrano i freni?"

"Qualcuno li ha staccati."

"E questo qualcuno non può essere lo stesso che ci ha staccato da Caroline?"

Biscuter sapeva che la Lissieux si chiamava Caroline e, impressionato, Carvalho lo aiutò nell'indagine successiva che lo condusse a una confusa informazione su una signora dall'aspetto straniero salita in macchina con due accompagnatori. Il ritratto idealizzato che uscì dalle labbra di Biscuter non coincideva con la descrizione poco concreta di un cameriere che aveva assistito alla scena senza troppo interesse, ma la donna vista da lui somigliava a quella descritta da Biscuter. Quest'ultimo era convinto che la sua amica era stata rapita, ma tre ore dopo Carvalho lo persuase della necessità di proseguire il viaggio. In caso contrario, poteva restarsene a Patrasso in attesa degli eventi, e si sarebbero rincontrati ad

Atene. L'aiutante si disse d'accordo e si congedò da Carvalho in partenza per Olimpia con una tristezza da addio importante in una prestigiosa stazione ferroviaria, a Central Park o alla Stazione Termini, per via di una tragedia inevitabile. Carvalho rimase solo con poca voglia di viaggiare senza antagonisti a rischio di perdere la tensione, quasi sempre silenziosa, contro quel che gli altri pensavano di quanto vedevano, come se soltanto quella disputa implicita rendesse il percorso interessante.

Arrivò a Olimpia così stanco che rimase a dormire in auto per quasi un'ora, svegliandosi giusto in tempo per entrare nel recinto archeologico e visitarlo a una velocità da mezzofondista dei Giochi Olimpici del IV secolo a.C. La magia dei luoghi culturalmente obbligatori deriva dall'impatto che suscitarono quando entrarono nella nostra memoria, e Carvalho ricordava esattamente il momento in cui la signorina Carmela aveva segnato una svolta nella storia della Grecia per darle una dimensione ludica o originaria di tutti gli sport che da bambino l'avevano attratto. "No. Il calcio no: non si giocava a calcio alle Olimpiadi."

La signorina Carmela si soffiava la frangetta quando si sentiva scavalcare dagli eventi, e la domanda del piccolo Casas Millán l'aveva sconcertata. "Il calcio fu inventato dagli inglesi." La signorina Carmela non provava troppa simpatia per gli inglesi, in parte perché avevano rubato Gibilterra alla Spagna e in parte perché era stata un'adolescente dell'immediato dopoguerra sottoposta alla complicità pangermanista del franchismo. In quello stadio sbeccato di Olimpia, una partita fra il Barcelona e il Real Madrid, per esempio, sarebbe sembrata una parodia simbolica o una sfacciata usurpazione. Olimpia.

L'autostrada per Atene iniziava a introdurre il detective nella polifonia dei mari della Grecia, degli infiniti mari della Grecia, poiché sia la parte più continentale sia la semi-isola del Peloponneso o le migliaia di isole che formavano il paese giustificavano il mare, come se esistessero per dare un senso alle acque che le circondavano. I viaggi di gioventù avevano quasi tutti il comune denominatore del piacere e della compiacenza nei confronti di un sistema di vita liberato da ogni fretta, un po' fatalista in quanto Carvalho aveva conosciuto una Grecia che, sotto una monarchia anodina, era passata da una guerra civile a una dittatura militare. E in una lunga camminata sul Monte Athos insieme al pittore Artimbau, l'incontro con i pope e gli alambicchi dove elaboravano l'*ouzo* aveva raggiunto il fondo della relazione reale fra il tempo e lo spazio greci. Era un paese, fra i tanti, che non aveva fatto a suo tempo la Rivoluzione industriale e, come la Spagna, dipendeva ancora dai colonnelli e dai pope, dai cantanti e dagli esuli che esibivano a Parigi la nudità livida e tumefatta della Grecia rimandata o torturata.

Adesso era rimasto solo con la sua valigia Louis Vuitton con le ruote, modesta riduzione del grosso baule Vuitton senza il quale i ricchi di una volta non partivano mai in viaggio. La piccola valigia portava l'illustre nome scritto sulle rifiniture di una maniglia e attestava la sua condizione nel mondo. Si fermò a Corinto per appoggiare i gomiti sul parapetto del ponte sotto il quale passava lo stretto, scavato nella roccia con una precisione geometrica da scalpellino ciclopico, fiducioso nell'infallibilità del suo unico occhio. Poi cercò le bancarelle dove anni prima aveva comprato gli spiedini di carne di agnello aromatizzata e notò che erano stati assorbiti da centri turistici composti da immense caffetterie, toilette pubbliche e negozi di souvenir dove la Grecia classica posava riprodotta in cartoline in serie. Arrivò a comprare fino a dieci spiedini perché fatti di piccoli bocconcini di carne e si sedette illuminato dal sole del tramonto, accompagnato da una bottiglia del popolare Domestica, un vino che gli consentiva di recuperare viaggi di gioventù vissuti con meno soldi, perfino, di quelli di cui disponeva ora.

"Capo, mi sono arreso all'evidenza."

Credette che la voce di Biscuter fosse un'illusione sonora che gli giungeva da qualche anfratto della cattiva coscienza, ma no, ecco il suo uomo, con le mani piene di valigie e il piccolo viso che sembrava toccare per terra.

"È come se fosse svanita o se si fosse trattato di un sogno e non di una presenza reale. Dopo aver parlato con la polizia, sono salito su un superpullman che andava a centotrenta e ho fatto in tempo ad annusare i suoi spiedini, capo, perché quel profumo la seguiva come una scia. Ho fornito alla polizia tutti i dati a mia conoscenza sul nostro viaggio, nel caso riescano a trovarla."

"Itinerari? Alberghi?"

"Conoscevo solo quello di Atene e quello di Nauplia."

"A loro basta e avanza."

"A chi?"

"A quelli che manomettono i freni delle macchine."

Biscuter andò a prendere i suoi spiedini e se li mangiò pensoso sul ponte, cercando di verificare con i suoi stessi occhi le eccellenze dell'azzurro dell'acqua del canale. Ma ormai era troppo buio e le acque non riverberavano a sufficienza per raggiungere la bellezza minerale. Tornò da Carvalho con una domanda come risposta.

“Cosa possiamo fare?”

“Per il momento, andare ad Atene, vedere la Plaka e l’Acropoli e perderci nella Grecia il più presto possibile.”

Ma Carvalho aveva tramato qualcos’altro, perché scaricò Biscuter e i bagagli davanti alla porta di un albergo a tre stelle, in una strada che ormai prometteva il quartiere Plaka, e andò per lasciare la macchina in un parcheggio posto in un vicolo dietro piazza Sintagma. Biscuter fu disposto a girare per le strade, a fare brevi soste nei bar, nei ristoranti, in particolare nell’apoteosi delle sue piazze alberate dove venivano sublimati gli aromi in concerto delle erbe e dell’agnello. Mangiò con poco appetito il menu standard quasi obbligatorio, insalata di pomodoro con feta, *taramà*, enormi olive nere, *dolmades*, *brochettes* di pesce spada, gamberi o agnello. Al di sopra delle colline, un formicaio di turisti presi dagli acquisti e di commensali, il Partenone presidiava la notte come un megagioiello illuminato, un eccesso del passato che riusciva addirittura a impressionare Carvalho.

“Qui si fa sul serio, Biscuter. Domani bisogna salire presto al Partenone per vedere le pietre e non i culi di migliaia di turisti con la cellulite che strisciano verso le glorie archeologiche del tempio di Atene e delle Cariatidi. Vorrei anche passare cinque minuti al museo di Atene. Il tempo sufficiente per vedere un glorioso Poseidone in bronzo che si muove come se fosse vivo, come se fosse stato appena pescato, e un bambino in groppa a un cavallo che esprime il movimento come si poteva fare solo nell’epoca ellenistica. Devo confessarti che, da giovane, per un momento provai la tentazione di studiare archeologia e solo l’arduo problema dialettico del passaggio dalla quantità alla qualità o la constatazione scientifica della corruzione del capitalismo monopolistico, secondo le tesi di Sweezy e Baran, o la necessità di imparare l’economia politica, come allora raccomandato dal partito mediante il clandestino *Manuale dell’Accademia delle Scienze dell’Urss*, si imposero sulla mia vocazione di ispettore di rovine.”

Lungo la strada in discesa comprarono delle camicie da pescatore, delicate bluse bianche con i ricami, magliette turistiche, un abbigliamento che si poteva indossare soltanto in Grecia e in estate, con cui Carvalho cercò di far tornare in sé Biscuter, che viaggiava ancora dietro la scia fuggitiva di madame Lissieux.

“O è scappata o se la sono portata via.”

“Suole accadere. Gli altri o se ne vanno o ce li portano via.”

“Se la sono portata via con la forza.”

Carvalho negò con la testa ma non trovò argomenti da opporre. Più tardi, in camera, faceva caldo e l'aria condizionata si rifiutò di mettersi all'altezza delle circostanze, nonostante gli abili trucchetti di Biscuter che arrivò addirittura a cantare una canzone sentimentale, e così fecero le quattro del mattino, mentre Biscuter cercava di ricostruire sul soffitto il viso dell'amica e Carvalho il senso di un viaggio.

Appena si aprirono le porte del recinto del Partenone, Carvalho e Biscuter riuscirono a entrare per primi e salirono i gradini a una velocità sufficiente per impedire che un sedere o qualsiasi altro oggetto ostacolasse la scoperta della meraviglia. Con l'ossessione di camminare davanti a tutti, percorsero la via crucis più o meno completa che spetta al visitatore di Atene, senza escludere le piccole cappelle bizantine, il Licabetto, il vecchio stadio o la contemplazione a distanza di una città che era tutta un cantiere in previsione dei Giochi olimpici del 2004. Il giorno dopo c'era in programma Delfi, e Carvalho espose a Biscuter la necessità di cambiare itinerario, salire in cerca delle Meteore, oppure scendere verso Micene, Epidauro e Nauplia prima del previsto. La puntata a Mikonos in nave significava tornare ad Atene, ma solo per imbarcarsi di nuovo e, da Mikonos, individuare la distanza più breve per Istanbul e la stretta porta dei Dardanelli verso il Bosforo, anche se Carvalho supponeva che tale distanza passasse di nuovo per Atene. Fece in modo di non avvicinarsi in macchina all'albergo per non essere identificati, ma concluse che la vecchia Ford Fiesta era diventata un elemento di disturbo in grado di annunciare la loro presenza ovunque si trovassero.

"Il peggio che possa capitare a un paranoico è essere inseguito per davvero. Ma ci inseguono per davvero?"

Biscuter fece i suoi compiti ateniesi: non rinunciò a commuoversi davanti al Partenone e al Poseidone del museo, ma un interesse superiore lo portò a chiedere alla reception se ci fossero messaggi per loro: non ce n'erano. Carvalho si decise a prendere l'iniziativa e telefonò a Charo a Barcellona con il cellulare di Biscuter. Era imbronciata per tutto il tempo passato prima che lui si mettesse in comunicazione con lei e lo fu ancor più quando il suo amico le disse che doveva andare a trovare l'ispettore Lifante. "Digli che abbiamo avuto dei problemi. Come se qualcuno di indesiderato viaggiasse dietro di noi a un metro di distanza. Cerca di capire che cosa ne sa."

Charo riattaccò senza salutare per far notare a Carvalho quanto fosse seccata dalla sua mancanza di considerazione e, inoltre, dallo sfacciato modo di adoperarla senza nemmeno scusarsi. Carvalho studiava il profilo piccolo e scoraggiato dell'intristita testa di Biscuter e si chiese se fosse il caso di tirargli su il morale oppure no, nella singolare circostanza che faceva di lui non solo un compagno di viaggio ma anche di stanza, dato che è impossibile spartire una stanza con qualcuno che piange dentro o fuori di sé. Biscuter piangeva dentro di sé, ma la proposta di cercare un ristorante di prestigio dove la cucina greca si presentasse libera dal corsetto dell'industria turistica lo stimolò. Alcuni dei ristoranti raccomandati erano in ristrutturazione, dato che l'intera città sembrava pronta a farsi fare la plastica facciale prima dei prossimi Giochi olimpici. Ma finalmente, all'Alezeia, i due viaggiatori poterono verificare la varietà ed eccellenza di una cucina inserita nella *koyné* del Mediterraneo orientale, condizionata da trecento anni di una dominazione turca giunta anche all'interno delle cucine, nonostante i greci sostenessero che i turchi si erano limitati a copiare le loro ricette, inclusa quella del caffè alla turca, che in realtà è caffè greco. Notevole, in particolare, la *taramà*, un'emulsione o purè, a seconda del ruolo svolto dalle patate nell'elaborazione di una colla squisita a base di uova di pesce, soprattutto muggine, anche se Carvalho sapeva cucinare qualcosa di simile con le uova di merluzzo in scatola. Quella *taramà* gli ricordava la più squisita che avesse mai assaporato, nel quartiere ebraico di Parigi, talvolta poco prima di imbarcarsi per tornare in Spagna, dove la *taramà* arrivava ancora conservata nel ghiaccio.

Era una cena con spettacolo, variante che Carvalho detestava, ma che accettò di buon grado notando che Biscuter sembrava cominciare a distrarsi, e addirittura si portava la punta delle dita alle labbra per indicare ai camerieri quanto gradiva i manicaretti.

"*Excel.lent! Excel.lent!*", esclamava indicando con un dito la squisitezza appena degustata.

Dedicò analogo entusiasmo alla giovane cantante che diede inizio alla conquista del locale avanzando lentamente, come le regine di prima della guerra del Golfo, dopo aver annunciato mediante un gesto senza concessioni la trascendenza di quanto si accingeva a cantare. Due martini dry, due bottiglie di rosso di Samo e diversi bicchierini versati dalla bottiglia di *ouzo* lasciata dal cameriere a loro disposizione avevano ridato coraggio al cuore e al cervello di Carvalho, come se gli avessero cancellato i calendari facendolo sprofondare ancora una volta nella dimensione assoluta del vivere e sentire. La cantante dalla chioma bruna, lucida e riccia, con occhi verdi e collo lungo, aveva una bella voce da marinaio, senza dubbio inaugurata in alto mare cercando di dominare i rumori delle tempeste. E la voce le usciva dal vertice della scollatura lunga fino all'ombelico; strada facendo, due seni di consistenza prevedibile e orientamento diverso segnati dai capezzoli tremavano emozionati forse dal testo e dalla musica, fatto che manifestavano con una volontà da polena. Carvalho rimase intontito dalla propria capacità di farsi ancora abbindolare dal richiamo delle caverne dalle quali le donne profonde suscitano i desideri, e allontanò la tentazione di reprimersi con il pretesto che alla sua età le estasi non erano permesse, nemmeno quelle immaginarie. Aveva invece recuperato la muscolatura del cacciatore e guatava i movimenti della cantante sperando che uno di questi gli concedesse qualcosa, anche solo parte dello sguardo della donna, o gli spruzzasse addosso la tristezza di quella canzone di Elitis che Theodorakis aveva trasformato in un'elegia complice della malinconia collettiva di un popolo sempre tra due occupazioni, due guerre civili, due colpi di Stato. Carvalho percepì che gli era penetrata in corpo un'aspettativa di caccia sessuale non provata da tempo, e scrutò tutti i tavoli del locale sperando quantomeno in quell'incontro di sguardi eccitanti che i ristoranti propiziano con la strategia dei tavoli separati. Una bionda gli sostenne lo sguardo con ironia e una signora di Shanghai, invece, sembrò dapprima ipnotizzata e poi innervosita dalla persecuzione oculare che la costringeva a sorridere appena con le labbra pallide. Le donne apparentemente greche sembravano vaccinate contro le battute di caccia da ristorante cosmopolita, e il resto dell'harem era costituito da solide statunitensi o tedesche che o portavano il loro uomo a spasso dal Partenone al coito settimanale, oppure nel loro isolamento di nubili o divorziate assaporavano quanto offriva il locale come un complemento sensoriale di un viaggio che dava ragione a quel che avevano imparato sui libri. Alcune americane colte occupavano un tavolo ed erano così emozionate per via della canzone di Elitis e Theodorakis che dovevano appartenere alla frazione progressista della società yankee, ma l'emozione poteva anche derivare dall'abbondante cena e dalle molte bottiglie che riempivano il tavolo simili a stalagmiti. Giunto il momento degli applausi, Carvalho si mise in piedi e rese omaggio alla cantante in un inglese americanizzato con cui non si limitò a gridare brava o ai complimenti, ma arrivò a comporre una frase intera:

"Grazie per questo bell'inno alla libertà!".

L'iniziativa di Carvalho fu assecondata dalle americane e si stabilì un legame di complicità varie con tre tavoli di mezzo. Gli altri commensali non vollero a loro volta sottrarsi e l'intero locale in piedi si aggiunse all'ovazione, mentre la cantante, che non aveva mai vissuto una situazione simile, piangeva senza ritegno. Carvalho lasciò il suo tavolo e si avvicinò a quello delle americane senza smettere di applaudire, indicando a Biscuter con un cenno di restare dov'era. Le donne e Carvalho scambiarono commenti a voce alta, al di sopra del frenetico vocio circostante.

"In Grecia vive ancora la speranza! In Grecia vive ancora la speranza e ci sono sibille con gli occhi verdi e le brune chiome al vento!"

Carvalho ascoltò le sue stesse parole convinto di essere stato un po' ridicolo, ma le donne le accolsero manco si fosse trattato del discorso di Lincoln che il detective aveva ascoltato a Disneyland, recitato da un pupazzo, riproduzione esatta di un presidente tanto equivoco quanto supervalutato. Lo invitarono a sedersi con loro e invitarono anche Biscuter, dopo che Carvalho lo aveva indicato come suo socio, mentre le donne si scambiavano occhiate che si potevano interpretare come una distribuzione dei ruoli, il cui risultato fu che la bionda alla Shelley Winters prima di ingrassare, la quale sembrava quella con maggior carattere, rivolse a Carvalho uno sguardo avvolgente e valutativo.

"Spagnolo?"

"Si nota così tanto il mio accento?"

"Più che l'accento, il temperamento. Mi chiamano Leyla."

E gli porse la mano perché Carvalho gliela stringesse. Li invitarono a bere bourbon o ginger ale con Pymms, che Carvalho non rifiutò ma a Biscuter andò di traverso quasi si fosse trattato di un disinfettante.

"Siete venute in viaggio di studio, di approfondimento o di verifica?"

"Niente affatto. Facciamo parte di un'associazione di gay e lesbiche di Seattle e tutti gli anni organizziamo un viaggio in un paese qualsiasi dove, fin dalla più remota antichità, l'omosessualità sia considerata una libera scelta dell'essere umano e non un peccato, nonostante i processi come quello contro Trimarco, che rivelano l'esistenza di una prostituzione maschile nell'antica Grecia. Le raccomando *Greek Homosexuality*, di Dover."

"La Grecia classica era così?"

Anche se Carvalho le vedeva solo dalla vita in su, era evidente che le donne si sfregavano le mani sotto il piano del tavolo. Finalmente si erano imbattute in un uomo sensibile e inferiore, ma in grado di capire che cosa significhi l'interpretazione gay del mito di Castore e Polluce, secondo Leyla "una squisita metafora malintesa da una lettura virile della storia".

"In realtà, erano innamorati l'uno dell'altro e avanzavano nella vita e nella morte come due pazze non represse. Un *mélo*. Un magnifico *mélo*."

Non solo Castore e Polluce rappresentano la fatalità della rottura del legame sessuale e del fagocitare il vino a beneficio del morto, ma la metafora dell'omosessualità è presente in tutta la cultura greca con una libertà di espressione assai superiore a quella della Roma classica, anche se le poesie di Catullo sono state presentate come la panacea della poetica gay, come dimostrato da Mrs Leyla Samuelsson, docente all'Università di San Diego.

"Persino Zeus era gay o, in ogni caso, bisessuale, ecco perché rapì Ganimede, un dono erotico del dio più dio di tutti, o la ragione di quella terracotta di Zeus che porta in braccio Ganimede, eseguita nel 470 a.C. e rinvenuta, pezzo dopo pezzo, a Olimpia, nel corso di tutto il XX secolo."

Fino alle tre del mattino, Mrs Coleman e le sue colleghe continuarono a imbottire Carvalho e Biscuter con la trasfusione di una nuova gerarchia di valori e si dichiararono favorevoli a un'interpretazione ideologica della storia e della cultura, con un'ideologia non classista come quella proclamata dal marxismo, ma sessista: la storia dal punto di vista delle vittime sessuali, le donne per prime e gli omosessuali e le lesbiche come immediato gradino verso l'emancipazione. E subito dopo le vittime sessuali, quelle razziali o sanitarie, come gli ebrei, i comanche, i maya e i malati di Aids. Il bene era quel che stava dalla parte della logica dell'emancipazione, e il male quanto le era contrario o indifferente, al di là dei molti meriti artistici o linguistici raggiunti.

"Per esempio, Picasso è un maschilista schifoso le cui opere andrebbero distrutte oppure bisognerebbe scegliere soltanto quelle talmente orribili da risultare utili per una didattica della storia della dominazione sessuale. Altrettanto potrebbe dirsi del pessimismo antiumano di Francis Bacon, nonostante fosse omosessuale, o di quegli scrittori che hanno tenuto nascoste le loro tendenze in tempi in cui, rivelandole, non avrebbero più rischiato la pelle."

Anche se Mrs Coleman si dichiarò sufficientemente emancipata per poter scopare, "scopare," disse, "con un uomo", selezionava tuttavia i suoi partner considerando in particolare le dimensioni o l'efficacia del loro sesso, il che venne colto da Carvalho come avvertimento dissuasorio, e appena gli riuscì di staccare Biscuter da un'appassionata discussione con le altre signore sull'omosessualità a Hollywood, nel calcio e nella politica britannica, usò la scusa di doversi alzare presto per visitare l'auriga di Delfi per offrire il bicchiere della staffa nell'ultimo bar aperto della Plaka.

"Osservi bene l'auriga e consideri lo sguardo che l'ha creato."

La Coleman strizzò l'occhio e un intrigato Biscuter domandò non appena si furono allontanati:

"L'auriga di Delfi era frocio, capo?".

"Domani cercheremo di accertarlo."

Il giorno seguente, la faticosa salita lungo le rampe espositive dei tesori di Delfi e la sensazione di lieto fine arrivando allo stadio dopo una scalata meritevole dell'oro olimpico furono ritenute come preamboli pieni di meraviglie prima dell'emozione di affrontare l'auriga. Era lì, la stella principale nel rinnovato museo studiato strategicamente per l'impatto finale del giovane guidatore, immutabile nonostante fosse stato abbandonato da carro e cavalli, e per quanto Carvalho e Biscuter soppesassero la gracilità della figura e la tenerezza del gesto come possibile cenno di effeminatezza propria o supposta dall'occhio dell'artista, la scultura si imponeva per il valore più alto della sua conservazione miracolosa, poiché più che a una conservazione stavano assistendo a una resurrezione o a qualcosa di somigliante all'eternità asessuata.

Tra mangiare cullati dalla trasmissione televisiva della partita di calcio Corea-Spagna, o comprare olive annunciate dal prodigioso bosco di olivi che scendeva verso il mare e Itea, scelsero la seconda opzione. Così ottennero un bidoncino da cinque chili di olive che avrebbe girato mezzo mondo insieme a loro, olive meno perfette di quelle di Kalamata, ma altrettanto compatte e meno uniformi, nate a una a una, raccolte a una a una. Biscuter comunicò a Carvalho che la Spagna aveva perso ai rigori quando già Carvalho aveva mezzo corpo dentro l'auto e sentiva una strana febbre per addentrarsi nel bosco e raggiungere il mare promesso che dall'altro lato della costa del Peloponneso odorava di calamari fritti e orate alla brace.

"Il bosco di olivi, questo sì che è una meraviglia paragonabile alla statua dell'auriga."

"A me invece il ragazzo, l'auriga, non è sembrato frocio, ma triste, e non riesco a capire il perché della sua tristezza, dato che quando fecero la statua sia il carro sia il cavallo, o i cavalli, erano al completo."

"Più che di tristezza, si tratta di una certa ieraticità. Le statue hanno imparato a ridere e a piangere un po' più tardi."

Scesero verso Itea, sul mare, e cercarono un ristorante ai confini dell'abitato, dove furono invitati a visitare la dépendance destinata a cella frigorifera, obitorio per cadaveri di pesci suggestivi e freschi come acquerelli. Mangiarono i soliti antipasti, e tra questi Carvalho introdusse peperoni verdi ripieni di riso e un impasto di formaggio fresco, aglio, paprika e olio, un unguento adatto all'eccellente pane greco e a preparare lo stomaco alle consistenze del pagello arrostito a puntino e dell'anguria più assoluta di tutte le angurie, rigorosamente greca, essenzialmente greca, che a Carvalho ricordava quelle della sua infanzia, quando nel dopoguerra in penombra le piazze dei quartieri popolari di Barcellona si riempivano di bancarelle di venditori di meloni e angurie. I venditori le tagliavano a fette e le si mangiava per strada, un rinfresco impudico, precedente a qualsiasi possibile, anche se allora inimmaginabile, futuro da consumatori. I marciapiedi dei quartieri popolari potevano diventare un suk transitorio, e talvolta clandestino, di fibra di tabacco ricavata dai mozziconi o di canzonette cantate da vocalisti con l'aiuto di un imbuto a mo' di megafono o di guaritori che puzzavano di unguenti di serpente per curare i geloni del dopoguerra o di inventori di prodigi sintetici, come benzina ricavata dalle erbe delle rive dei fiumi o caffè ottenuto dalla cicoria.

"Non prenderò più un caffè se non è fatto alla greca."

"È come il caffè con i fondi della Spagna di prima che arrivassero le caffettiere italiane."

"Lei e io, capo, siamo nati prima delle caffettiere italiane."

"Quasi tutto è arrivato dopo, tranne gli oceani, i venti e la crudeltà. Ma io sono tranquillo, e non credo sia il caso di cadere nel timore degli ultimi giorni."

"Così mi piace. Non possiamo fare il giro del mondo con la morte alle calcagna."

"Volendo, si può. Ci sono stati giri del mondo per tutti i gusti, perfino finti giri del mondo."

Si diressero verso Delfi per tornare indietro protetti dal Parnaso. Biscuter si addormentò vicino a Tebe e Carvalho dovette canticchiare buona parte delle poche canzoni del suo repertorio per non crollare come il suo aiutante. Fermò infine l'auto all'ingresso di una stradina di terra battuta ed esitò tra il dormire e il camminare. Decise di dormire, a lungo, tanto a lungo che ormai il cielo si stava oscurando quando riuscì ad aprire gli occhi per verificare che Biscuter continuava a dormire a bocca aperta, emettendo una varietà insospettabile di rumori senza sotterfugi, tanto che si sarebbe potuto dire che russava mediante le vocali. Uscì dall'auto in una zona piena di negozi ormai chiusi dediti alla vendita di souvenir archeologici e cercò di criticare l'organizzazione di tale industria, come se i greci contemporanei abusassero banalmente della grandezza degli antichi Greci; forse, semplicemente, gli antichi Greci avevano avuto tutto o quasi tutto da pensare e da fare e i moderni avevano ormai accumulato troppi anni di fallimenti nel tentativo di civilizzare l'universo e, pertanto, avevano ogni diritto di guadagnarsi da vivere reificando il passato. Il XXI secolo nasceva altamente incapace per i miti, non prometteva nemmeno nuovi eroi del rock, ormai erano quasi tutti sessantenni o pronti a esserlo, come sciamani che conservano il posto di lavoro per via dell'età. Quando Carvalho era un giovane comunista, le tracce e il sangue della guerra civile in Grecia erano ancora freschi, e lui amava i poeti comunisti greci o turchi, Ritsos o Hikmet, Hikmet o Ritsos, quasi a dimostrare che una filosofia veramente emancipante passava al di sopra dei luoghi comuni nazionalisti. Adesso che non era più giovane e probabilmente nemmeno comunista, tutta la poesia del XX secolo gli sembrava una collezione di ninne nanne per aborti o di discorsi funebri per nostalgie inutili. La sola pietà possibile per un secolo così fallito sarebbe la costruzione di un parco a tema con tutti gli eccessi di un falso centenario. Di fatto, il XX secolo era cominciato con la Rivoluzione sovietica ed era finito con la scomparsa dell'Unione Sovietica, per poi prosperare in una confusa installazione del rapporto spazio-tempo commercializzato con il marchio di “Millennio”. Siamo ancora in pieno millennio, sconcertati per la mancanza di prodigi millenaristi, se si esclude la distruzione delle Torri Gemelle di New York. Rimangono sempre i padroni, i re e gli dèi, anche se è del tutto scomparsa la capacità di mitizzazione che ci era rimasta, e non puoi più credere manco nei cantanti delle canzoni dell'estate, come invece era accaduto durante il suo secondo viaggio, in quell'estate del 1975, con la Grecia liberata di recente dai colonnelli, quando Carvalho si godeva la catarsi nel constatare che, in tutti i juke-box di tutte le Grecie, ciascuna nella sua isola, le canzoni dell'estate fossero di Theodorakis, sempre di Theodorakis. Biscuter aveva smesso di russare e tornava alla vita sfregandosi gli occhietti tondi.

"Dove siamo?"

"In Grecia, nel primo anno dell'era della Libertà duratura. La guerra di annessione dell'Iraq è sul punto di scoppiare."

Lifante era stato breve e chiaro: come poliziotto e come persona, raccomandava a Carvalho di tornare a Barcellona quanto prima. Charo non era riuscita a cavargli altre parole, solo qualche gesto di serena preoccupazione, molto correttamente emesso da un ispettore dedito nelle sue ore libere alla semiologia.

"Cioè, ti ha detto che mi devo consegnare, ma a chi, e perché?"

"Niente di più, Pepe: questo è quanto. Vuoi qualcos'altro?"

"Quanti amanti hai nel governo autonomo?"

"Quello di sempre."

"Puoi farlo parlare? Il potere intreccia sempre rapporti con i suoi simili, e sono certo che il tuo cavalier servente ha un qualche potere, sebbene subalterno."

Non volle comunicare a Charo l'itinerario futuro, e il giorno seguente diedero inizio alla discesa verso Nauplia, una via crucis di rovine estreme fino a raggiungere il teatro di Epidauro. A Micene, Biscuter pronunciò una frase memorabile: "Com'è duro essere una rovina!", e nella tomba in penombra di Agamennone fu sul punto di passare la mano su un volto che credette di una statua mentre era di un turista tedesco, ieratico, anche se bavarese. Arrivarono a Epidauro quando stavano per chiudere il recinto ai turisti e aprirlo agli spettatori di *Edipo Re*, con i tecnici impegnati nella preparazione dell'acustica e dell'illuminazione e i visitatori occupati a parlare a mezza voce dal centro dello scenario perché i loro famigliari seduti nell'ultima fila confermassero di sentirli alla perfezione. "Vaffanculo," gridava un italiano a sua moglie.

Al di là dello spettacolo terminale turistico o della tragedia teatrale annunciata, Carvalho e Biscuter si lasciarono andare alla proposta di riposo visivo emanata dall'intero spazio, come se una rasserenata magia dei secoli fosse rimasta fra le pietre e la vegetazione, una magia che non erano riusciti a sradicare nemmeno i lavori di costruzione di un parcheggio sistematico in sostituzione di quel prato, in genere appassito, come lo ricordava Carvalho in estate, dove in passato si potevano lasciare le macchine e superare l'ossessione per rovine così aggressive come quelle di Micene.

Un rumore simile a uno sparo ruppe la quiete della sera, e l'istante impiegato da Carvalho per capire che si trattava realmente di uno sparo servì a produrre un secondo colpo, che questa volta rimbalzò sulla portiera dell'auto che Biscuter aveva socchiuso. Carvalho si gettò su Biscuter e lo buttò a terra sotto di sé, con i cervelli di entrambi più confusi degli stessi corpi davanti a quello che Carvalho sospettava e Biscuter ignorava. Una terza pallottola rimbalzò sulla carrozzeria e strappò frammenti di vernice e metallo. Questa volta Carvalho aveva visto da dove provenivano gli spari, una zona protetta da una staccionata dove erano esposti i resti archeologici delle terme dell'antica Epidauro, e gli parve di percepire il vuoto prodotto da un corpo umano in fuga. Ma gli spari potevano arrivare da qualsiasi altro punto, e non solo chi aveva fatto da bersaglio aveva notato l'aggressione. Alcuni turisti fuggivano tornando verso il teatro e i venditori di bibite fresche si erano gettati a terra sotto le bancarelle. Passarono tre minuti che a Carvalho parvero sufficienti per ritenere chiuso l'avvertimento.

"Avvertimento? Ci staccano i freni della macchina e ci sparano in un'area culturale, in pubblico, all'aria aperta, e lei lo chiama avvertimento?"

"Oggigiorno gli attentati di questo tipo sono sempre perfetti. Se non ci hanno colpito è perché non volevano."

"Che cosa vogliono, allora?"

A poco a poco tornavano i testimoni dell'accaduto, ma non osavano commentare alcunché a Carvalho e Biscuter, come se fossero tanto pericolosi quanto gli autori degli spari. La parola "polizia" risuonava in tedesco e in italiano, probabilmente in greco, ma Carvalho non volle attendere la conclusione dei commenti, salì in macchina e, quando Biscuter si fu accomodato, partì con il sorriso sulle labbra e un leggero cenno della mano per congedarsi dai presenti. Forse potevano pensare che si trattava di una ripresa cinematografica o televisiva e non era il caso di attirare su di loro l'attenzione della polizia, neanche con l'intento di proteggerli.

"È un altro avvertimento per farci tornare? Come quello di Lifante?"

"È un avvertimento per dirci che ci stanno marcando, vigilando, ma ignoriamo chi sono e il perché di tutto quanto."

A Nauplia presero alloggio in un albergo dei dintorni che aveva una piscina non meno spettacolare della commessa della gioielleria, pura proteina bionda. Carvalho entrò in piscina sperando che le acque lo aiutassero a pensare, e infatti gli suscitarono diversi progetti per mutare la situazione: il più rocambolesco, prendere subito auto e valigie, attraversare l'Arcadia, tornare a Patrasso e, da lì, ripartire per il giro del mondo risalendo l'Albania, la Iugoslavia, la Russia, la Siberia, la penisola di Kamčatka, l'Alaska, il Polo Nord, Barcellona, Lifante o Pérez i Ruidoms. O forse non tornare mai più a Barcellona, fino a trovare quel luogo dal quale non si vuole far ritorno che aveva ispirato i sogni migliori della sua adolescenza.

"Se sono avvertimenti dissuasivi, chi vuole dissuaderci? Che senso ha in questo pasticcio la scomparsa di madame Lissieux?"

"Sia quel che sia, non intendo rinunciare al mio progetto di fare il giro del mondo. Non ne avrò un'altra occasione."

"E io con lei, capo. Ciascuno di noi è nato, come si dice, con un destino. Il mio ce l'ho ben chiaro in testa: fare il giro del mondo."

"Bisogna scomparire. Cambiare identità e macchina. Non so se abbiamo abbastanza soldi per entrambe le cose."

"Non si preoccupi dei soldi. Sarebbe sensazionale travestirci da marocchini, da sceicchi arabi, non da arabi scalcagnati, che vengono trattati malissimo dappertutto. Ho i miei risparmi."

Come era riuscito Biscuter a mettere via dei risparmi? Lo pagava così tanto Carvalho? O faceva la cresta sulla spesa?

"Lei, capo, non sa niente della mia vita visto che volta le spalle e sale a Vallvidrera a vedere una Barcellona che non esiste più, che ricorda soltanto lei, come per contemplare se stesso da lontano. Lei mi considera ancora un ex ladro di Mercedes ad Andorra per vantarsi nella Spagna del Biscuter e della Seicento. Sono passati quarant'anni da allora; sono cresciuto. Lavoro come professore invitato di zuppe e insalate presso la scuola Hoffman, tengo regolarmente conferenze alle signore della terza età sul rapporto fra la cucina delle nostre nonne e quella dei nostri maestri, ho una corrispondenza piuttosto fitta con Ferran Adrià, il genio della cucina postmoderna, scrivo regolarmente articoli di gastronomia per diverse riviste, da quella del circolo degli amanti delle danze tipiche catalane a quella dei pompieri o dei tassisti, ed esercito il mestiere di cuoco, soprattutto la sera, nelle feste private. Ho quasi trenta clienti fissi, non famosi, ma paganti, e mi avvalgo di un'équipe reclutata tra il proletariato della ristorazione del Barrio Chino, e ci sono eccellenti professionisti, marocchini inclusi – alcuni fanno dei cuscus prodigiosi –, e pachistani o coreani che danno il tocco esotico, e certe cameriere indie dell'Ecuador che sembrano appena uscite da un film di Hollywood degli anni cinquanta, tutti sotto la mia regia, perché in cucina è interamente ancora da scoprire il ruolo dello stratega, non meno importante di quello del cuoco o dello chef, come ammesso da Ferran Adrià in una delle sue lettere. Avrà notato che, di tanto in tanto, utilizzo il cellulare, e lo faccio per tenere insieme la mia équipe. Abbiamo già impegni per i primi di settembre e io dirigerò l'azienda da lontano."

Si recarono al porto di Nauplia per cenare in uno dei ristoranti di fronte all'isolotto-fortezza e passarono tutto il tempo a dar da mangiare a dei gatti con diversità di ossatura più che di colori o di carni, in particolare a uno schifiltoso gatto dorato che aveva gli occhi verdi a mandorla e un miagolio straordinariamente persuasivo, quasi di denuncia dell'ingiusta disuguaglianza che accentuava la differenza tra un uomo addomesticato e un gatto altrettanto addomesticato. A un tavolo qualsiasi poteva essersi seduto l'autore degli spari a Epidauro e, parlando con i camerieri, Biscuter e Carvalho ripeterono più volte che sarebbero rimasti a Nauplia il tempo necessario per percorrere la costa dell'Argolide e soprattutto per attraversare l'Arcadia, per verificare se somigliava all'Arcadia simbolica ricreata dai poeti e romanzieri pastorali. "Professore di letteratura," insistette a ripetere il detective davanti ai camerieri incuriositi dalla sua ostinazione a percorrere una regione senza dubbio piena di pastori e agnelli immaginari e felici. Passeggiarono fiduciosi sull'interminabile lungomare, come una coppia di turisti attempati che non camminano più con tanta leggerezza, una commedia soprattutto per Biscuter, che era un camminatore coriaceo e un grande arrampicatore di scale educato nei quartieri più poveri di Barcellona, dove non ci sono ascensori né la minima logica a regolare interruttori della luce e distanze. Ma appena rientrati in albergo, caricarono i bagagli, incluso il bidoncino con le olive, si giustificarono con un'emergenza imprevista e partirono per Atene.

Pensarono a lungo a come chiamarsi d'ora in avanti e a Carvalho passò per la mente l'idea di adoperare i documenti falsi già pronti con la nazionalità francese e di prendere i nomi di Bouvard e Pécuchet, come convenuto a Barcellona, in omaggio al libro da lui ammirato in gioventù come favola del fallimento della ragione, una satira della petulanza e del disordine della coscienza nel XIX secolo, che ben potevano equiparare alla situazione del XX.

"Non c'è mai stato secolo più disgraziato. Sapeva quasi tutto il necessario per rattoppare la condizione umana e non è riuscito a riparare alcun guasto importante."

Aveva bruciato quel libro di Flaubert? Quello della Pléiade? No, era un volume troppo costoso. Si trattava di un romanzo incompiuto e nell'edizione letta da Carvalho trent'anni prima apparivano in fondo le note di Gustave Flaubert con il piano per finire l'opera. L'immagine di un romanzo incompiuto l'aveva inquietato più di quella di una sinfonia, come la musica di Mozart insufficientemente dedicata a Praga. *Bouvard et Pécuchet* meritava di essere bruciato. Da quanto non bruciava più un libro? Di fatto si era portato dietro alcuni volumi con quest'intenzione e aspettava che le circostanze gli offrissero le adeguate novità librarie, ma per il momento era urgente interrompere il viaggio e fermarsi per bruciare un libro come si brucia un'ansia. Perché non *The Wind Blows Away Our Words*, di Doris Lessing, "un'impegnata testimonianza sulla distruzione dell'Afghanistan"? In uno dei suoi testi, la Lessing diceva che un afghano su tre è morto, uno è in esilio o vive in un campo di rifugiati, un dato di fatto da lei constatato nel 1986, quando l'Unione Sovietica in Afghanistan dava l'addio alla sua capacità d'impero e i talebani non avevano ancora imposto la loro dittatura, né gli americani la loro malcelata guerra santa. La Lessing ci aveva dato un libro sui talebani allattati al seno statunitense e sull'invasione e distruzione dell'Afghanistan a opera della guerra santa americana diventata metafora: "Libertà duratura". Parcheggiò l'auto sulla cunetta, scelse il libro tra i cinque o sei che gli esibì il bagagliaio aperto, lo fece a pezzi e lo posizionò su un mucchio di fango e alcuni pezzi di vasellame rotto per dargli fuoco senza rischiare di attaccare le erbacce, non senza prima avergli concesso l'ultima grazia leggendo a caso una pagina: "Era come guardare un carcere piccolo, caldo. Mentre mi smarrivo in questi pensieri, che sarebbero stati considerati eccentrici sia dagli uomini sia dalle donne afghane presenti, loro continuavano a parlare della jihad e dei russi".

"Dobbiamo passare per l'Afghanistan."

"Non è permesso."

"Passeremo per l'Afghanistan."

Biscuter aveva contemplato il falò senza scendere dalla macchina, senza alcuna voglia di disapprovare il rituale, né con l'espressione né con un gesto. Aveva un gran bisogno di dormire e accettò volentieri la proposta di Carvalho di prendere due stanze in un albergo per camionisti sulla strada, dove un receptionist semiaddormentato non avrebbe notato che i loro nomi non corrispondevano a quelli sul passaporto. Ancor meglio: fece riempire il foglio regolamentare senza nemmeno chiedere i documenti, ragion per cui i signori Bouvard e Pécuchet resuscitarono nel XXI secolo e finirono in due stanzucce impuzzolentite dai gabinetti appena passati attraverso l'esperienza di due camionisti in viaggio da Tessalonica che avevano trattenuto istinti e feci finché i loro corpi avevano detto basta. Cambiarono le lenzuola, ma sotto il letto erano rimasti il cellofan di un pacchetto di sigarette, mezza confezione di biscotti al cioccolato e un calzino che aveva abbandonato il suo piede in un momento di drammatica sonnolenza.

"Comincia ad allenarti, Pécuchet, conosceremo alberghi ben peggiori."

"Monsieur Bouvard, lei e io abbiamo dormito nello stesso carcere e i materassi di Aridel senza dubbio provenivano da un saccheggio della guerra del '14 e facevano paura persino alle cimici."

La tranquillità di non essere quelli che erano li fece dormire fino a metà mattina, e appena bevuto il caffè alla greca al bancone del bar e dopo aver assaggiato la ciambella di pane ai semi di papavero, Biscuter cercò il tono di voce giusto per avvertire che intendeva parlare sul serio.

"Capo, lei conosce il mio passato e sa che da giovane non c'era macchina che mi opponesse resistenza e che sono esperto in certi traffici ai quali lei invece si oppone."

"Dove vuoi andare a parare?"

"Intendo risolvere il problema della macchina, ma lei deve darmi retta e non mettermi i bastoni tra le ruote. Per cominciare, è disposto a fare a meno della sua deplorabile Ford Fiesta?"

"Per me è come un paio di vecchie ciabatte che hanno preso la forma dei miei piedi. Ma riconosco che è un pericoloso elemento di identificazione."

"Bene. Usciamo da questo albergo, andiamo in una rivendita di auto usate e il resto spetta a me. Mi dia il suo passaporto, monsieur Bouvard."

Trovarono un cimitero, più che una rivendita di auto usate, che Biscuter osservò con occhi da ladro esperto e poi ordinò a Carvalho di prendere la strada verso il mare, vicino al golfo di Corinto, e soprattutto di cercare un percorso in salita che si avvicinasse a qualche scogliera dalla quale inabissare la Fiesta. Una volta localizzato il punto adatto, Biscuter lo esaminò come se vi stesse giocando lo sbarco in Normandia e scosse la testa, deciso.

"Adesso mi porti al deposito di auto usate, torni qui e mi aspetti. Intanto prenda dalla macchina tutto quello che ci può servire."

Escludendo i bagagli, un ombrello pieghevole, il kit degli attrezzi, un coltello multiuso e alcune monete spagnole inservibili, mezzo pacchetto di tovagliolini di carta umidificati e una borraccia con whisky Knockando di vent'anni, la sua vecchia macchina non aveva nulla da offrirgli, quell'antica compagna di viaggi troppo regolamentari, tranne quella volta, nel caso della *Rosa di Alessandria*, in cui se ne servì per andare a sud di Albacete, ad Águilas. Con il bagagliaio aperto, alzò la stuoia che occultava la ruota di scorta e vide che non era al suo posto. Trovò invece un sacco di plastica pieno di confezioni di borotalco, tutte con la faccia di un bambino sorridente stampata sopra. Carvalho non ebbe esitazioni e aprì il sacco, prese in mano quel che sembrava essere un barattolo di borotalco, gli strappò il sigillo di garanzia, si versò un po' di polverina bianca sulla mano, l'annusò, ne raccolse un pizzico con la punta della lingua, l'assaggiò e giunse subito alla conclusione che aveva in auto milioni di euro o di dollari di eccellente cocaina. Ripose il sacco nel suo nascondiglio e ricostruì il percorso del viaggio per intuire in quale momento gli avevano sostituito la ruota con la droga. I traghetti Barcellona-Genova o Brindisi-Patrasso gli parvero le situazioni più propizie, pur non escludendo la possibilità di essere stato incastrato nel parcheggio di Atene o una qualsiasi delle volte in cui si era fermato in autostrada o davanti a qualche rovina. Eppure un ricordo confuso cercava di farsi concreto, come se da esso dipendesse la soluzione del mistero, ma venne interrotto da Biscuter che gli frenava accanto con una Ford Explorer fuoristrada con targa tedesca.

"Monsieur Pécuchet le offre di condividere quest'auto immatricolata a suo nome, signor Bouvard. Benzina senza piombo a 95 ottani. Cambio automatico. Il motore può andare avanti per altri centocinquantamila chilometri. Il giro del mondo è bello che pronto."

Carvalho invitò Biscuter a guardare nel bagagliaio della Fiesta e, davanti all'evidenza del carico clandestino, Biscuter esitò tra il dire: "Siamo perduti" o "Siamo ricchi". Finalmente trovò i termini adeguati:

"Bisogna disfarsi dell'auto e della cocaina, ma separatamente, perché se trovano l'auto con la droga ci inseguiranno con maggior accanimento".

"Ci hanno inseguiti per la cocaina."

"È possibile. Ne riparleremo."

Biscuter prese la droga e la nascose in mezzo ai bagagli deposti per terra. Poi salì sulla Fiesta, l'avviò portandola sull'orlo di un precipizio che prometteva scogli e grandi fosse marine sul fondo. Mise in folle. Saltò giù dal veicolo e, dopo aver verificato che erano soli, chiese a Carvalho di aiutarlo a spingere. La Fiesta scese con un certo ritegno iniziale, poi si aprirono le portiere, quasi pretendendo di essere ali di salvataggio, e capitombolò più volte senza scampo prima di schiantarsi contro le rocce e le acque e fermarsi come un animale anfibio e agonizzante in attesa che il mare mettesse fine alla sua paralisi.

"Bisogna mollare la droga lontano da qui, in modo che non possano associarla alla macchina nel caso in cui non affondi del tutto. La terremo tra lei e me e, se c'è qualche problema con i posti di blocco, la buttiamo dal finestrino, vorrei che non ci beccassero con questa rogna."

Ripresero l'autostrada per Atene e Biscuter svoltò verso la zona industriale posta di fronte all'isola di Salamina. Su un monticello si percepivano diverse discariche che potevano sembrare un magnifico cimitero per la cocaina, e in una di esse fu gettato il sacco, seppellito poi con il sufficiente peso di certe strane farine che sembravano di ferro arrugginito. Biscuter sospirò sollevato.

"Siamo ricchi. Se ci permettiamo di buttare via milioni di dollari vuol dire che siamo ricchi. Riflettiamo. Siamo stati minacciati fin dal nostro arrivo in Grecia. Prima scompare madame Lissieux, poi ci lasciano senza freni, e infine ci sparano addosso."

"No. Non è andata così. La faccenda dei freni ci è capitata in Italia. Madame Lissieux era ancora con noi."

"Il nemico ci tallona fin dalla Spagna? Ci mette la cocaina nell'auto? Ci stacca i freni? Non mi convince per niente."

"A meno che il nemico non sia più di uno. La faccenda dei freni era per ucciderci; la sparatoria soltanto per spaventarci. Possiamo supporre che il primo nemico ci seguisse fin da Barcellona e che il secondo sia entrato nella nostra auto durante il viaggio."

"Chi? Perché proprio con noi?"

"Forse madame Lissieux."

"Non dimentichi, capo, che era in macchina con noi quando sono saltati i freni."

Carvalho cancellò nell'aria quanto aveva detto e chiese a Biscuter di guidare fino al Pireo per decidere su quale nave imbarcarsi. Così, come viene viene? Così, come viene viene. "Importante è procedere," ragionò Carvalho, "e non rifugiarsi in piccole ossessioni." Voleva passare per il Bosforo mosso da un affetto che veniva da lontano. Culturalc, scnza dubbio. Ma, a differenza degli Argonauti che temevano l'Aldilà di quella porta stretta, lui sapeva già che cosa c'era dall'altra parte del Bosforo: il Mar Nero. Cosa andava a cercare nel Mar Nero? D'improvviso nella mente di Carvalho affiorò il ricordo che aveva tentato di precisare: uno degli italiani con il vestito di Armani, quello che gli aveva offerto un martini e con il quale aveva parlato dell'auto. Era stato lo stesso Carvalho a indicargliela fra le tante che attendevano parcheggiate l'ora dell'uscita collettiva a Patrasso. "È quasi invisibile," aveva commentato l'uomo-Armani, ed era stato questo a interessarlo, quanto fosse irrilevante una Ford Fiesta vecchia di oltre vent'anni. Chi l'avrebbe mai notata? Ma allora, chi li aveva presi di mira? L'italiano non si era più fatto vedere.

"Ci ha messo la droga nella macchina, ma la droga non era sua, e qualcuno ha cercato di metterci addosso un po' di strizza per farcela mollare."

"Adesso siamo Bouvard e Pécuchet," protestò Biscuter mentre gli allungava due passaporti: *Bouvard y Pécuchet*, una falsificazione corretta in cui non mancava l'impronta del timbro a secco sulla foto. Carvalho si tenne quello intestato a Bouvard e non fece domande. E non ne fece nemmeno Biscuter quando, al Pireo, Carvalho comprò i biglietti per quella stessa sera con destinazione Alessandria.

Carvalho teneva con sé la pagina di *Justine* che aveva selezionato: "Avevamo ancora due o tre ore di navigazione prima di avvistare terra, quando improvvisamente il mio compagno si mise a gridare indicando un punto all'orizzonte. Capovolto nel cielo, come dipinto su un polveroso drappo di seta, luminoso e tremolante e tuttavia preciso fin nei minimi dettagli, vedemmo un miraggio a grandezza naturale della città. Potevo distinguerne gli edifici, il palazzo di Ras-el-Tin, la moschea Nebi Daniel, e così via. Era uno spettacolo da mozzare il fiato, come un capolavoro dipinto con la rugiada. Rimase disegnato in cielo a lungo, forse un venticinque minuti, e poi svanì lentamente fra le brume dell'orizzonte. Un'ora più tardi apparve la vera città, che da macchia informe si dilatò via via fino a raggiungere le stesse dimensioni del miraggio".

Se non conoscessimo la storia delle città, saremmo privi di immaginari aprioristici, e sarebbe ancor meglio se ignorassimo la letteratura o i film per i quali hanno posato simili a modelle. Tra l'Alessandria del faro prodigioso, dell'ellenismo e della più grande biblioteca dell'antichità e quella del *Quartetto* di Durrell o delle poesie di Kavafis, Carvalho costruiva la sagoma di una città più mediterranea che egizia, con il pregiudizio di un Mediterraneo orientale di cui si erano impadroniti greci ed ebrei a partire dalla decadenza dell'Impero ottomano.

Appena messo piede al porto della città reale, Carvalho rimase affascinato dallo spettacolo di chilometri di facciate corrose sul litorale, come se stessero lì a difendere una città vinta da se stessa, una città malinconicamente depressa per sempre, qualcosa di simile alla sensazione comunicata da Tangeri, ma in grado superlativo. Erano centinaia i palazzi in quella in altri tempi chiamata

Grande Corniche, descritta da Durrell come piena di poderosi caffè dai tendoni a righe, oggi edifici irrecuperabili, quasi sull'orlo dello smantellamento, condannati a essere rovine contemporanee e destinati forse a ricevere nel futuro commenti analoghi a quelli dedicati alle rovine vere e proprie. Il centro di Alessandria conservava la coerenza di una città razionalista, quasi da piccoloborghese impoverita, dove i punti di riferimento dell'Alessandria classica erano consapevoli di far parte di un *pastiche* troppo punito dalla decadenza di un Mediterraneo non ancora troppo ferito dall'intrusione del magma di colori tipico dell'Oriente. Da un qualche punto cardinale spuntava pure un'Alessandria industriale in crisi, orribile quanto tutte le città industriali in crisi. Si sentiva a disagio.

"Questa città la conosco per via di due o tre perversioni colte, forse quattro. Vale a dire, mi fa paura. Per cominciare, l'Alessandria dell'antichità, con le sue biblioteche e il suo splendore logicamente mitizzato. Poi, l'Alessandria di un poeta che da giovane mi piaceva tantissimo in quanto ambiguo e con placide manie di persecuzione, sessuali e vissute storicamente. Era omosessuale. Il capitano della poesia omosessuale del XX secolo. Mi pare di aver bruciato tutti i suoi libri. Si chiamava Kavafis. Poi ho ancora un'altra Alessandria oscenamente letteraria, quella che dà il titolo a una tetralogia di Durrell, *Il quartetto di Alessandria*. Non so se oggi l'apprezzerei come quando la lessi la prima volta. Forse oggi mi interessa di più l'opera di suo fratello, esperto di isole greche e di gastronomia. Infine, c'è un egittologo catalano che ha creato molto subbuglio con i suoi romanzi ambientati in Egitto: Terenci Moix. È un suicida, non ha quasi più i polmoni e continua a fumare come se volesse ridurli del tutto in fumo. A lui piace un'Alessandria presunta, credo. Non ho mai bruciato i suoi libri, ma ho una gran voglia di trasformare in cenere *El pes de la palla*, un racconto equivoco sui confini del mio quartiere e dell'onanismo. Non voglio vedere decadenze contemporanee. Andiamo alle catacombe."

Più ambiziose di quelle di Roma, disposte su tre livelli, costruite nel I e nel II secolo dell'era cristiana, erano state depredate in occasione di ogni sconfitta bellica della città eppure, all'inizio del XX secolo, venne scoperta questa sintesi di arte greco-romana ed egizia che sedusse Carvalho per la sua capacità di collage e perché faceva parte del sottosuolo, di un determinato sottosuolo della costruzione sempre fallita della convivenza umana. Il *pastiche* ottenuto con il passaggio dell'arte faraonica attraverso lo sguardo greco produceva una sintesi quasi postmoderna, destoricizzata, come se le catacombe fossero state appena affidate dal comune di Atene a un architetto di Las Vegas. Biscuter, invece, si sentiva commosso perché ne associava la vista all'immaginario della morte, di tutte le morti albergate da quegli spazi.

Carvalho lasciò che Biscuter si emozionasse senza obiettare alcunché, che si emozionasse e si turbasse ogni volta che udiva la parola "sarcofago", convinto che quelle catacombe fossero qualcosa di più, molto di più di una tomba disabitata.

Carvalho propose di andare in cerca delle piramidi e di smettere di consumare le ossa dello squisito cadavere alessandrino. Lungo la strada per il Cairo, a venti chilometri da Alessandria, furono sorpresi dall'autostop di quattro uomini con la barba incanutita che portavano in testa dei berretti, forse di lana, nonostante il sole estivo. Uno di loro farfugliava l'inglese e chiese che li portassero nei pressi di un luogo sacro, Wadi Natrun, un insieme formato da un monastero e da alcune chiese copte dove certi uomini santi predicavano le virtù della compassione. Carvalho si rifiutava di collaborare a qualsiasi fandonia religiosa, ma Biscuter obiettò con la logica della necessità:

"Hanno bisogno di arrivarci e non saremo noi a cambiare la loro fede".

"Forse, se diciamo loro che non contribuiamo alla sopravvivenza dell'irrazionalismo religioso, capiranno che ogni religione non è che puro e macabro irrazionalismo."

"Non credo che cambino opinione tanto in fretta. Lei ha detto molto spesso che non si cambia mai la banca, la stilografica, la squadra di calcio né la religione."

I quattro viaggiatori salirono in auto dopo aver caricato alcuni fagotti nel bagagliaio e Biscuter li affrontò con la scusa di intavolare un'impossibile conversazione, dato che loro non capivano una parola di spagnolo né Biscuter di egiziano.

"*Parlez-vous français?*"

A Carvalho fece ridere la trovata dell'amico.

"Perché non gli hai chiesto: *Aimez-vous Brahms?*"

Tuttavia, uno di loro parlava francese perché aveva lavorato come stivatore nel porto di Marsiglia e narrò la storia del significato del convento copto di Wadi-el-Rayan, come prova della pluralità religiosa dell'Egitto davanti alle tentazioni del fondamentalismo.

"Perché siete copti?"

"Perché i nostri padri lo erano."

Per loro era un argomento non meno naturale dell'essere bipedi riproduttori perché i loro padri lo erano e Biscuter si profuse in lodi nei confronti di una religione che aveva conservato un così bel nome.

"È una religione africana," concluse l'ex stivatore, a quanto pareva un panafricanista.

Quando raggiunsero i muri ocra che cintavano Wadi Natrun, furono invitati a seguirli: volevano che il padre priore salutasse degli stranieri tanto amabili e generosi, e prima che Carvalho si opponesse adducendo il bisogno di arrivare in fretta al Cairo in tempo per visitare le piramidi, Biscuter aveva già accettato l'invito spiegando il grande rispetto che provava per gli uomini santi, da qualsiasi luogo provenissero, perché, li aveva ben osservati, si somigliavano tutti e parlavano tutti con lo stesso tono di voce: "Come se si stessero, e ti stessero, preparando alla morte".

Passarono sotto lo sguardo e le buone maniere di diversi uomini santi, finché arrivarono al più santo di tutti, che esultò venendo a sapere che erano spagnoli, e appartenenti quindi a un popolo religioso in questi tempi di irriverenza e materialismo, un materialismo più pericoloso di ogni altro nel passato, in quanto negava ogni tipo di trascendenza, persino la possibilità del progresso e del bisogno di un futuro migliore. A Carvalho il discorso dell'uomo santo parve quello di un teologo della liberazione copto, varietà teologale emancipatrice che ignorava e che era la riprova di come tutte le religioni cerchino di sopravvivere falsando la modernità, poiché viceversa la modernità le lascia con il culo per aria. Era ottimo il tè alla menta che venne loro servito in qualcosa di simile a un portico pieno di vegetazione, proseguimento di un giardino dotato dei verdi ottenuti solo dalle acque delle oasi, sottolineati ulteriormente dall'ocra brillante che copriva le pareti esterne di tutte le dépendance del recinto sacro. Sembrava un monastero fragile, una specie di rifugio precario fatto di fango e vento, soprattutto se paragonato ai monasteri europei fatti di pietra e volontà di ricchezza. Proposero loro di restare a dormire e approfondire così la mutua conoscenza, ma questa volta Carvalho, come contagiato dal tono salmodiante del priore, rispose con dolcezza:

"Lunga è la nostra strada. Quanto basta per meditare sulle parole profonde di sua eminenza reverendissima".

"Ben detto. Nessun interlocutore è migliore del silenzio offerto dalle strade ignote."

No, le piramidi non erano più aperte, né le gigantesche e un po' tetre moschee del Cairo, ragion per cui Carvalho, una volta lasciate le valigie e la macchina in un albergo nei pressi della sfinge di Giza, accettò una visita in pullman turistico nella Città dei Morti, la necropoli trasformata in seconda residenza di cadaveri reali e in residenza a tutti gli effetti di viventi poveri, abituati a coabitare con l'acre sentore di tanta morte accumulata. Anche se l'autista si faceva passare per esperta guida turistica, prestava più attenzione alla trasmissione di una partita di calcio attraverso gli amplificatori del veicolo che alla brama di sapere di una ventina di fuggiaschi autotravestitisi da turisti bianchissimi e, per la precisione, tutti francesi, tranne due maestre per dislessici di Tarragona, che seguivano il rituale egittologico come se da esso dipendesse un'indulgenza plenaria. Biscuter tradì le sue origini compaesane rivolgendosi loro in catalano, lingua per la quale provavano profonda nostalgia, come anche del pane e pomodoro, dissero, perché erano in viaggio ormai da un mese, ma lui si presentò come monsieur Pécuchet e presentò Bouvard come suo socio, il che lasciò le maestre sconcertate finché Carvalho non ebbe spiegato che erano francesi del Midi residenti in Catalogna dai tempi della Seconda guerra mondiale.

"Noialtre non facciamo mai viaggi archeologici, a meno che non si possa abbinare l'archeologia alla storia e alla vita. Siamo state più volte nel Chiapas con i neozapatisti o nel Guatemala, nei comitati di protezione dei diritti umani, e stiamo studiando la possibilità di trasferirci in Colombia, nell'infinita periferia di Bogotá, per mettere in pratica le nostre conoscenze sulla dislessia. I viaggi di piacere non ci interessano. Crediamo nella globalizzazione, questo sì, ma non in quella progettata dai globalizzatori, bensì in quella subita dai globalizzati. Che cosa può apportare alla storia dell'umanità una visita alle piramidi?"

"Forse ricordare una poesia di Brecht in cui si constata che le piramidi si sono conservate, ma non le case degli operai che le costruirono."

"Bellissimo, e verissimo! Noi le piramidi le abbiamo già viste e, che vuole che le dica, sono più emozionanti quelle del Guatemala o del Chiapas, perché sembrano quasi nascoste o resuscitate; sono, di per sé, simboli di repressione. Inoltre, tutte le piramidi di queste parti puzzano di pipì, soprattutto quando la salita è molto lunga e qualcuno si innervosisce e piscia appena arriva in alto. Invece, questa Città dei Morti è straordinaria. Come l'incarnazione della dualità del fallimento umano: la morte e la miseria."

La squadra avversaria aveva fatto gol, tant'è che l'autista mollò il volonte, lo colpì con il pugno e disse sconcezze a proposito di qualcuno difficile da individuare, poi si voltò verso i passeggeri e spiegò loro assolutamente tutte le cause della sua irritazione finché notò che non lo capivano. Dovette intervenire la guida, ancora spaventata dall'incavolatura dell'autista, per informarli che l'arbitro aveva dato per buono un gol illecito e che le due squadre si battevano per la Supercoppa. Ormai con un tono di voce più basso, la ragazza spiegò che si sospettava della squadra prima in classifica in quanto fra i suoi tifosi c'erano parecchi ministri e direttori generali, e che addirittura lo stesso Mubarak aveva espresso in più di un'occasione il proprio entusiasmo per lo stile di gioco della squadra in questione.

"Tutto il mondo è paese, capo."

"Cosa intendi dire?"

"Che c'è sempre una squadra ufficiale, governativa, che approfitta della situazione. Come in Spagna."

Biscuter non ironizzava, incoraggiava una convinzione che non bisognava nemmeno esprimere, perché anche una delle aggiustadislessici di Tarragona annuiva con la testa e riprendeva dalle labbra di Biscuter il "come in Spagna", convinta che non bisognasse aggiungere altro, e la sua amica risalì a Nietzsche per avvalorare quanto si stava dibattendo.

"Alcuni popoli nascono per fare la storia e altri per subirla."

Le due linguiste facevano comunella con Biscuter e non fu necessario nominare l'innominabile, dato che tutti e tre militavano contro il Real Madrid, persino in quel tanto fugace territorio di un pullman egiziano fabbricato in Cecoslovacchia molto prima non già della caduta del Muro di Berlino ma addirittura della sua costruzione. Le tre anime levitavano sugli immaginari campi delle battaglie perdute e si sostenevano a vicenda ovunque si trovassero. "Il cosmopolitismo sarebbe impossibile," si disse Carvalho e subito dopo si chiese: "È possibile il cosmopolitismo?". L'interpretazione positiva del cosmopolitismo era la cittadinanza universale, ma cinquant'anni dopo che era stato di moda vantarsi di questo concetto, tale cittadinanza era rimasta come una materia spirituale invecchiata. I suoi compagni, con le loro confidenze, lottavano contro la cittadinanza universale sentendosi membri del Barcelona Fútbol Club, nemico mortale del Real, il che consentiva loro di entrare a far parte della crociata antiglobal senza sentirsi smarrire in una piega del nulla. Ma si trattava dello stesso sistema adoperato per sentire la religione come una consolazione strumentale davanti all'evidenza della truffa biologica. Essere del Barcelona Fútbol Club contro il Real Madrid aveva evitato loro non già la lucidità suprema, ma la sua conseguenza: la solitudine più lucida e pertanto più assoluta.

"Tuttavia, le piramidi sono obbligatorie."

"E alcune imprescindibili," convennero le due donne, colte da un impeto di trascendenza culturale.

A Carvalho interessava maggiormente il Nilo o il Mar Rosso o il Sinai, perché le piramidi erano come di famiglia, e conosceva addirittura il nome di quelle più importanti. Avrebbe ricordato più tardi questa riflessione iniziale a mano a mano che visitavano le piramidi obbligatorie, da lui conosciute per nome fin dall'adolescenza. Per Biscuter, invece, non erano che un semplice immaginario referenziale di quel che fu l'antico Egitto. Poté quindi commentare impunemente che la cosa più sorprendente della Valle dei Re era la quantità di cani famelici, non resuscitati dalle tombe, ma convocati dalla compassione dei turisti, soprattutto dalle turiste inglesi, che portavano loro interi vassoi di plum-cake sottratti dal buffet dell'albergo, quando non gli avanzi sistematici di ciascun pasto. Se Biscuter si era lasciato commuovere dal richiamo di una cultura come quella greco-romana, che faceva parte della sua fragile memoria convenzionale, tardò invece a mettersi in contatto con i fantasmi emozionali dell'antichità egizia.

"Erano molto geometrici, no, capo?"

Si sentì scosso dall'impatto con Abu Simbel, un'insospettata aggressione storica che appariva a un tratto dietro una svolta della strada, e visse estasiato la breve crociera sul Nilo che partiva da Assuan, in particolare la malinconia della fluidità delle acque e la sensazione che le verdi rive affollate di bambini e di animali solitari fossero una scenografia ad hoc per i turisti fluviali. E gli sembrarono scenografie anche Karnak e Luxor, così invadenti con i loro spettacoli di luci e suoni, mentre gli pareva vero il finto zafferano economicissimo che i viaggiatori compravano sognando piatti di riso giallo che probabilmente non avrebbero mai cucinato. Le scosse culturali che colpivano Biscuter facevano parte dello spettacolo del viaggio, o ancor meglio, degli spettacoli, e sia Carvalho sia gli altri viaggiatori si aspettavano l'annuncio di un assassinio e l'apparizione di Hercule Poirot per risolverne il mistero. Il video di maggior successo era il film *Assassinio sul Nilo*, basato sul romanzo di Agatha Christie e interpretato da Peter Ustinov nella parte di Poirot, a bordo di una nave identica a quella che li ospitava, anche se tra la pellicola e la realtà c'era di mezzo l'effetto-massificazione. In realtà, Ustinov e compagnia bella sembravano vivere una crociata imprescindibile nonostante la sua teatralità, presente perfino nel comportamento dei camerieri che servivano le cene lanciando grida di entusiasmo e urla beduine, forse per compensare la tendenza alla frugalità e la monotonia del menu esposto sui buffet, dove quel che non era convenzionalmente italiano era egiziano. O, ancor meglio, siriano libanese decaduto, come le polpettine di carne o le *brochettes*, tranne quando la curiosità antropologica li spingeva verso il *ful*, un piatto di fave secche reidratate, o la *mélukhia*, una zuppa vegetale arricchita talvolta con riso bollito e pollo. Assaggiarono anche alcuni vini locali, come il rosso 'Omar Khayyam o il rosato Rubis d'Egipte, e arrivarono alla conclusione che, tranne i vini fermi e irreversibili, ovunque ti capiti di berli, tutti gli altri dipendono da un momento interiore difficile da codificare. Sarebbe stata auspicabile la sfida di resuscitare ricette della cucina faraonica, che Carvalho recitava a voce alta per sorprendere Biscuter.

"Salse alessandrine per pesci alla brace, vuoi conoscerne la composizione? *Garum* incluso, naturalmente, in quanto suppongo si tratti di una ricetta adattata al gusto dei Romani. E un *ful medames* di fave, cumino, olio, prezzemolo, cipolla, aglio, pepe e sale? Un piatto un po' povero, suppongo. Del resto, l'antica cucina egizia non era tale da suscitare entusiasmi, loro si preoccupavano parecchio di quel che si mangiava da morti, nell'Aldilà. Nel loro *Libro dei morti* si esprimono desideri e promesse, come quella di non mangiare escrementi né bere urina nell'impero dei defunti; vi furono addirittura imperatori che si vantarono di aver mangiato la carne degli dèi per acquisirne la forza. In un canto cannibalesco inciso sulla tomba del re Unas si dice che lui mangiasse le viscere degli dèi strangolati. Frattaglie raffinate, assai meglio di quel che ci stanno servendo ora."

Del resto, il paesaggio e il tempo nutrivano, insieme alla sensazione di sazietà procurata dalle soste archeologiche, come se la storia e il fiume fossero lì ad aspettarli da sempre.

"Ogni volta che vedo un fiume simile, capo, penso a noi spagnoli, a quanto siamo sfortunati con i fiumi. Ne abbiamo pochi e rachitici e invece, appena attraversi i Pirenei, è una vera goduria, come se tutta l'acqua andasse a finire dai francesi. Aveva mai visto un fiume così impressionante?"

Carvalho ricordò tutti i fiumi di grande portata che aveva conosciuto, ma a imporsi sulla sua memoria non fu il San Lorenzo o il Rio delle Amazzoni o il Mississippi, ma un fiume irlandese non eccessivamente importante. Si trovava forse nella penisola di Connemara, o il pretesto era stato quantomeno un viaggio a Connemara per proseguire verso le favolose isole Aran, che non poté raggiungere per via del mare grosso; a un tratto si erano fermati in un albergo reso storico dalla presenza di De Gaulle che dominava come una vedetta i meandri di un fiume in piena dove chiarori e ombre segnavano l'ambito di un tempo dolce, perfetto in se stesso, il tempo in favore del vivere lento nella bellezza di una natura che decorava con l'acqua la propria brutalità consustanziale.

La maggior parte dei negozi di quella regione dell'Irlanda si chiamava Joyce, ma non in omaggio all'autore dell'*Ulisse*; semplicemente, quasi tutti si chiamavano Joyce.

Il ritorno al Cairo suggerì a Carvalho un percorso che gli avrebbe permesso di soddisfare il suo desiderio di raggiungere il Bosforo, ma attraversando Israele, la Palestina, brevemente il Libano, ancor più brevemente la Siria e, quanto prima, la Turchia. Biscuter applaudiva entusiasta. Un itinerario duro. "Un itinerario *heavy*," ripeteva, come a contrastare tante rovine e tanti dati eruditi, e a nulla valse che Carvalho lo avvertisse che avrebbero visitato orizzonti assai letterari come quelli biblici, o del fatto che lungo le coste della Turchia mediterranea c'era ancora buona parte delle migliori rovine greche. "Prima di tutto, Suez," annunciò Carvalho, perché gli era rimasta impressa in mente l'immagine infantile di un film visto al cinema Padró sulla costruzione del canale, con Tyrone Power nelle vesti di Ferdinand de Lesseps o qualcosa del genere. Quale volto avrebbe attribuito a Ferdinand de Lesseps un bambino precinematografico?

"Quando vedi un personaggio storico in un film, continui a vederlo come l'attore che l'ha interpretato. Non ricorda il Maigret di Jean Gabin?"

"Maigret non era un personaggio storico, ma letterario."

"Bene, le faccio un altro esempio, il Cid di Charlton Heston. Chi può immaginare un Cid diverso da Charlton Heston? O una Salomè diversa da Rita Hayworth?"

Finita la crociera, tornarono al Cairo in aereo. La macchina era lì ad attenderli, mezzo nascosta – Carvalho riteneva opportuno non farsi identificare proprio dall'auto –, in un parcheggio improvvisato accanto all'aeroporto, dove due dozzine di macchine sembravano aspettare più lo sfasciacarrozze che il loro padrone. Sul cofano del fuoristrada studiarono un percorso che ignorava la qualità delle strade, o almeno quando cessavano di essere asfaltate per diventare sterrate, sperando tuttavia che fino a Suez le necessità del traffico commerciale garantissero una buona pavimentazione. Non era male, ma quasi tutte le indicazioni erano scritte in arabo, e se Suez era un obiettivo nitido, accessibile, in technicolor, quasi fosse nato per una scenografia da filmare, dopo avrebbero trovato il deserto del Sinai e la possibilità di entrare in Israele dal Sud, da Eilat, tenuto conto della battaglia campale tra israeliani e palestinesi che quotidianamente ostacolava l'ingresso dal Nord, da Gaza. Quando il Sinai diventa il deserto del Negev ci si trova a calpestare il territorio dello Stato di Israele, e i due si erano accordati di lasciare da parte Tel Aviv e percorrere l'asse più o meno stabilito lungo la frontiera giordana, il Mar Morto, Masada, Gerusalemme, fino a Nazareth e al Lago di Tiberiade, attraversare velocemente il Libano e con più calma la Turchia, nella speranza di visitare i Dardanelli e raggiungere la porta del mistero con le vibrazioni a posto.

Tyrone Power non si trovava a Suez e la via del petrolio aveva perso prestigio e quasi immagine, non diversamente dal canale di Panamá, simile quasi a un pretesto per due o tre colpi di Stato. Così come a Cheope o nella Valle dei Re Carvalho e Biscuter avevano dovuto misurare il fascino provato per le rovine mediante l'archeologia, a Suez percepivano la presenza di un nuovo tipo di rovina, la rovina della modernità o l'invecchiamento della modernità, per la precisione.

"Il nostro stesso invecchiamento. Siamo cresciuti incantati dal mito degli stretti. Quale ragazzo di oggi prova la benché minima attrazione per quest'opera minore se la paragona a quanto lui può considerare moderno?"

"Ma adesso a viaggiare siamo noi, e abbiamo il diritto di toccare i miti," ragionò Biscuter, e Carvalho gli diede ragione mentre cominciava a provare una certa inquietudine per le difficoltà previste nel Sinai, lamentandosi degli dèi del passato che avevano la brutta abitudine di apparire nei deserti.

"Elvis Presley, almeno, lo faceva a Las Vegas. All'attuale papa di Roma, così mediatico, non passerebbe mai per la testa di sprecare un'apparizione attuandola in mezzo a un deserto."

La strada per Eilat li costrinse a pernottare in macchina, sotto la propizia volta celeste presente in tutti i deserti. Biscuter temeva di essere morso dagli scorpioni, ma Carvalho gli ricordò che non si era mai saputo della morte di un catalano nel deserto del Sinai vittima di uno scorpione. Con le braccia incrociate dietro la nuca, Biscuter sembrava in estasi e spiegava a Carvalho quanto sarebbe stata felice sua madre vedendolo compiere un viaggio così importante, lei che non si era mai mossa da Lérida, la Seu d'Urgell, Andorra, il quartiere del Clot, tranne una volta che si era spostata fino ad Aridel, dove suo figlio scontava la pena inflittagli per aver rubato una Bmw ad Andorra la Vecchia. "Mia madre era una grande viaggiatrice, mentalmente, mentre mio padre, che non amava i viaggi, ha passato metà della sua vita a fare l'emigrante in cerca del proprio Eldorado, o almeno così diceva lui." Il passato di Biscuter metteva Carvalho a disagio perché sottolineava quanto poco sapeva della persona con cui aveva convissuto di più negli ultimi trent'anni, e fu sul punto di ricambiare le confessioni del suo aiutante con una notizia che potesse sorprenderlo: "Biscuter, io ho una figlia ultraquarantenne". Ma persino la semplice enunciazione mentale gli sembrava ridicola e si limitò a collaborare con i rimpianti del compagno:

"Anche mia madre era una grande viaggiatrice. Mentalmente. Solo mentalmente".

Carvalho si addormentò dopo aver combattuto con sua madre che si ostinava a occupare uno spazio permanente nella volta del Sinai, e dopo una serie di immagini rotte che gli inumidivano gli occhi dello spirito, chiuse quelli del corpo con forza perché non vi si intrufolasse il minimo briciolo di nostalgia, con la miserabile impressione che lui e Biscuter fossero soltanto due formiche rifugiatesi in un granello di sabbia del cosmo e che le loro madri avessero la stessa importanza cosmica delle madri delle formiche, di ogni genere di formiche, convinte che le proprie creature siano gli esseri più belli e intelligenti della Terra. All'alba, Biscuter gli offrì un thermos con del caffè, gli inevitabili pani tondi, un po' di olive nere e tre fette di salame catalano di Vic che aveva superato il viaggio con assoluta dignità, agevolato dal freddo della notte nel deserto. Di nuovo sulla strada per Eilat, a un tratto tre deviazioni indicate in arabo prospettarono tre dubbi laceranti, perché da nessuna parte appariva qualcosa che somigliasse a Eilat, e potevano incamminarsi indistintamente verso l'Arabia Saudita, Ismailia o il Mar Rosso.

"E se andassimo alla Mecca?"

"E il Bosforo?"

"Vediamo se passa qualcuno. Deve pur passare qualche auto o qualche camion da queste parti."

Pochi minuti dopo videro sulla cresta del deserto pietroso un numeroso gregge di pecore guidato da un pastore che sembrava uscito da un presepe natalizio italiano o spagnolo. Gli si avvicinarono e gli esposero, con i migliori sorrisi, la loro intenzione di raggiungere Eilat. Ma non pronunciavano bene il nome della città, per cui ritennero necessario indicargliela sulla cartina, finché capirono che non sapeva leggere. A un tratto, il pastore si mise a parlare in inglese e a ricordare la sua condizione di giovane soldato dell'esercito di Nasser durante le spietate lotte del 1967.

"Io ero nel settimo reggimento agli ordini di ufficiali formati sotto l'occupazione inglese, ma era stato loro insegnato ben poco, perché si misero a correre più in fretta di noi e arrivarono per primi al Cairo."

Quando rideva i soli quattro denti che gli erano rimasti si muovevano ribelli. Indicò le pecore e disse che erano sue. In quella zona del Sinai lui era il pastore più importante, e portava avanti la tradizione di famiglia, perché suo padre e suo nonno erano stati pastori, mentre suo figlio non lo sarebbe mai stato, lui era uno scienziato di non so cosa, all'Università di Houston, negli Stati Uniti.

"Quando noi arabi arriveremo a sapere come gli altri, saremo invincibili, perché Allah è con noi. Voi siete ebrei?"

Negarono più volte e, quando dissero che erano spagnoli, il pastore si emozionò ricordando che il loro popolo era amico dei palestinesi e allungò un otre di pelle di capra con acqua che sapeva naturalmente di capra non sepolta, ma che Biscuter e Carvalho bevettero come se si trattasse del miglior rinfresco del mondo. Il pastore si alzò con una certa solennità e, altrettanto solennemente, scrutò le tre strade possibili indicando tassativo quella in mezzo.

"Eilat vi attende alla fine di questa strada. È una città molto moderna che i coloni ebrei costruirono per fare propaganda razzista della loro abilità, ben al di sopra di quella palestinese, quella di tutti noi. È una dannata città emblema e un giorno l'acqua del mare o il fuoco del cielo la trasformeranno in fango o in cenere, come accadeva ai bei tempi, o almeno in tempi migliori di questo."

La strada da percorrere non era più agevole di quella già percorsa, ed Eilat diventò una possibile città chimerica, una di quelle città che scompaiono e tardano secoli a farsi ritrovare. Carvalho era preoccupato per lo stato di guerra tra israeliani e palestinesi e ricordò che non si chiamavano Pécuchet e Bouvard e che il Mossad era ritenuto uno dei più efficienti servizi di intelligence del mondo.

"Credo che dovremo riprendere la nostra identità, non mi fido un pelo del tuo falsario."

"Il falsario sono proprio io e finora non sono mai stato pescato con le mani nella marmellata. Forse è il caso che lei sappia, capo, che sono ricercato fin dall'inizio degli anni settanta per un furto eccessivo che, a dire il vero, mi interessava ben poco. Eppure, il mio passaporto falso mi ha aperto frontiere di ogni genere, come per esempio quella francese. Orbene, può sempre capitare che ci si imbatta in un ebreo infrancesito che abbia letto il romanzo in questione e capisca il nostro gioco."

"Per esempio."

Biscuter, che era al volante, fermò l'auto e prese il suo passaporto insieme a quello di Bouvard e li nascose entrambi in uno strano vano sotto la carrozzeria, sulla destra. Quando tornò al posto di guida portava già con sé i documenti di Carvalho, investigatore privato, e quelli propri, suo aiutante in investigazioni e servizi sociali.

"Noterà, capo, che sia il suo passaporto sia il mio non riportano il visto di ingresso in Israele, che non ci consentirebbe di entrare né in Siria né nel Libano."

Carvalho applaudì e Biscuter gridò, pieno di gioia:

"Eilat!".

Al posto di frontiera vennero trattati come europei. In apparenza, i passaporti vennero esaminati con sagacia e un doganiere parlò con Biscuter in spagnolo:

"A Madrid fa sempre bel tempo".

"Sì, a Madrid, sì."

Carvalho osservò che facevano passare rapidamente i documenti da una fotocopiatrice nascosta supersensibile, senza perdere un'amabilità un po' militaresca, quasi volessero far presente che si trovavano in un paese dove si moriva e si uccideva al di sopra delle statistiche. Ubbidirono quando venne loro chiesto di non timbrare i passaporti perché forse avrebbero fatto una puntata in Siria o nel Libano. Fu appena una dissolvenza in cachi, perché una volta a Eilat vennero colti da un senso dell'armonia che non rievocava nemmeno quella imborghesita dell'Europa, ma l'armonia che puoi trovare in ogni piccola città statunitense costruita come l'immaginario del paradiso delle vacanze. Biscuter fischiò e commentò: "Siamo a Las Vegas". Carvalho cercava di individuare il senso di quella città così sorprendentemente aperta e accogliente in un angolo del deserto del Negev, aperta al mare ad annunciare ovunque i suoi impianti alberghieri o gli oltre trecento giorni l'anno senza pioggia o i paradisi marini e terrestri che attendevano i turisti. Intorno all'imbarcadero e alla zona chiamata Spiaggia Nord era stata tracciata una piccola Venezia con canali colmi di acque azzurrissime, acque e colori specialmente approntati grazie allo sforzo militante di una parte dell'ingegneria israeliana capace di inventarsi un paese. Come se si trattasse del suo design più sofisticato, e trascurando la sopravvivenza delle origini, la città aveva un'aria francese evidenziata dai cartelloni e dalle insegne di alcuni stabilimenti.

"Non saremo mica a Disneyland?"

"Siamo alle porte dell'Eden, in un posto dove cinquant'anni fa c'era soltanto una fattoria collettiva di pionieri sionisti. Adesso, la cosa più interessante che possiamo fare qui è la pesca subacquea o, invece, partire in pellegrinaggio per La Mecca. Alla tua destra, Biscuter, attraverso quella montagna dai colori tanto privilegiati, sopravvive un'antica via che porta alla città sacra. Ma non sono venuto in Israele per fare i bagni, né ho intenzione di recarmi in Arabia. Voglio arrivare quanto prima a Gerusalemme."

Erano a più di trecento chilometri da una delle città più sante della Terra e dovevano prendere il Canyon Rosso verso Be'er Sheva. Carvalho si era messo al volante perché Biscuter potesse ammirare e applaudire convenientemente la spettacolare geologia che prometteva persino di migliorare se avessero preso la strada della valle della Luna, una delle tante valli della Luna ubicate in diverse geografie, una valle della Luna fra le tante su un pianeta Terra timoroso di non avere una valle definitiva. All'entrata di Beer Sheva si imbatterono in un posto di controllo militare israeliano eterosessuale, ragazze dai capelli ricci e dalle tette grosse con pistoloni bisex e un questionario che recitavano a memoria mentre esaminavano i dati sul passaporto. Una di loro osservò la macchina con un'attenzione particolare, ne controllò la documentazione e poi commentò qualcosa con l'ufficiale; quest'ultimo si avvicinò a Carvalho e Biscuter con le carte in mano, fece il saluto militare e indicò la vettura.

"Abbiamo dati contraddittori sul suo veicolo. Sul libretto di circolazione c'è il suo nome, ma noi avevamo localizzato la macchina, come tante altre, oltre le frontiere dell'Egitto, dove figurava a nome di Bouvard e Pécuchet."

Carvalho sorrise, accondiscendente.

"O è stato un errore del suo satellite-spia o una sortita della sua spia a piedi."

"Non controlliamo la documentazione delle macchine con il satellite. Ma sta di fatto che nel vano del cruscotto di questo veicolo c'era un libretto intestato a Pécuchet e Bouvard."

"Facile da spiegare. L'abbiamo comprato di seconda mano in Grecia, un fuoristrada in grado di fare questi percorsi, e forse ci è rimasta la documentazione dei vecchi proprietari."

Biscuter assentiva e dettava a Carvalho quel che doveva tradurre in inglese.

"Il mio aiutante mi dice che questa documentazione è rimasta nel vano del cruscotto sino alla frontiera israeliana. Siamo qui di passaggio. Vorremmo, se possibile, visitare i Luoghi Santi per poi partire verso il Bosforo."

"Avete un indirizzo fisso in Israele?"

"No."

"Un cellulare?"

Biscuter mostrò il telefonino e ne fornì il numero su richiesta dell'ufficiale, mentre la ragazza armata prendeva nota.

"Potete proseguire, ma tenete il cellulare acceso. Verificheremo quanto avete detto; vi consiglio, finché restate in Israele o in quel che chiamano Palestina, di andare solo in posti sicuri."

"Ce ne sono?"

"No, non più. Ma evitate soprattutto Ramallah, la cosiddetta capitale di Arafat. Di tanto in tanto la occupiamo con i carri armati e presto non rimarrà più niente di intero. Se volete essere al sicuro, lasciate la Palestina appena possibile."

Non intendevano fare marcia indietro, era necessario andare verso Masada e il Mar Morto prima di raggiungere Gerusalemme attraverso un paesaggio nel quale lo spazio veniva messo dai palestinesi e il tempo dagli israeliani con i controlli stradali o con i blindati, nonché con gli impianti industriali, i sistemi d'irrigazione, una complessa infrastruttura di occupazione tecnico-scientifica vogliosa di eternità. Ciascun nome appartenuto alla Storia Sacra si incarnava nella banalità di città indeterminabili che non somigliavano a quelle immaginarie, e altrettanto accadeva con il Mar Morto in una giornata dal cielo sempre più nuvoloso e particolarmente brumoso sulle dense acque di un mare denso come olio. Alcuni turisti si introducevano in quel liquido pesante che li faceva galleggiare in modo vistoso, e Carvalho utilizzò Biscuter come cavia prima di concedersi un bagno necrofilo.

"Sembra una specie di salsa e puzza di zolfo," gli gridò Biscuter con l'acqua fino alla cintola, e Carvalho considerò che stava per fare qualcosa che non avrebbe più potuto ripetere, il bagno in un mare che faceva parte della sua più profonda educazione mitologica.

"Dovevo fare questo bagno: in caso contrario sarebbe stato come se, dopo molti anni di ricerca, a un tratto mi fossi rifiutato di prendere il Vello d'Oro o il Sacro Graal."

Biscuter guazzava accanto a lui con una piccola smorfia di scontento.

"È molto meglio il Mediterraneo, persino quello della Villa Olímpica a Barcellona. Questo è un mare prefabbricato, capo, ne sono certo."

A mano a mano che moriva per via dell'evaporazione, il mare

apportava un numero sempre maggiore di ricchezze chimiche e mitiche, le prime poste soprattutto sulla riva occidentale del Sud e le seconde intorno all'industria cosmetica e al mercato epico di Masada, la fortezza che rappresenta la capacità di resistenza e sconfitta di Israele. Dai tempi di Mosè, il livello di quel mare si era abbassato di duecento metri, e adesso era ampiamente contrassegnato da alberghi per pellegrini pieni di buona volontà e da negozi di cosmetici derivati dai materiali forniti dalle acque e dalle sabbie dove sedimentavano prodotti chimici, a quanto pareva indispensabili per la cura o la buona manutenzione della pelle, come se l'industria cosmetica si fosse impadronita più di ogni altra del mistero di dolore insito nel Mar Morto.

Ormai sulle rovine di Masada, la fortezza costruita a circa quattrocento metri sul livello del mare, una guida bionda e dalla pelle che lasciava trasparire tutte le vene spiegava a un gruppo di ebrei argentini che quel monumento archeologico rappresentava la pulsione perdente degli ebrei fino alla Seconda guerra mondiale e il tentativo di creare uno Stato tanto artificiale quanto teologico a guisa di garitta o di avanscoperta delle grandi potenze nella trincea contro gli Stati arabi nati dalla disgregazione dell'Impero ottomano. L'irruzione dei romani nel I secolo d.C. aveva demolito quasi tutto e, tuttavia, Masada faceva grande impressione, quasi fosse la scatola nera di tutte le sconfitte di Israele. La guida o era argentina o aveva imparato lo spagnolo in Argentina, tant'è che alcune descrizioni epiche e liriche della difesa e della distruzione della fortezza sapevano di tango. Carvalho le dimostrò di conoscere bene Buenos Aires perché quella bionda era appetitosa come una promessa di carne fresca e sentimentale con la quale bastava stabilire una certa complicità basata sul fatalismo. Rimasero a lungo sulla porta occidentale, coronata dalla rampa da cui erano saliti gli assalitori romani.

"Eppure gliel'avevano detto e ripetuto che sarebbero entrati da quella porta."

Carvalho rise e, davanti alla curiosità di Malena, la guida, le spiegò che lei aveva parlato come El Zorro, un comico argentino il quale, nei suoi monologhi pieni di buffe sventure, soleva commentare: "Eppure gliel'avevano detto e ripetuto". Malena era troppo giovane per conoscere la comicità di Pepe Iglesias, El Zorro, ma ammise di aver utilizzato elementi della narrativa orale argentina. Sta di fatto che gliel'avevano detto e ripetuto, ma non riuscirono a evitare l'assedio romano, l'impossibilità della fuga, e dieci soldati, dieci ebrei giusti, ricevettero l'ordine di sacrificare i quasi mille compatrioti rinchiusi nella fortezza per consegnare ai romani nient'altro che un cimitero. Sopravvissero cinque bambini e dieci donne che, ad alta voce, spiegarono l'accaduto; ora Masada è il luogo preferito del pionierismo israeliano e l'esercito si è assunto il compito prioritario di ricostruire la fortezza quanto basta per farla diventare congettura, ma non tanto da farla smettere di essere una rovina.

"Le rovine commuovono più delle congetture," concluse Malena.

"Il popolo di Israele ha bisogno delle sue tracce e non le identifica con quelle cristiane; sono precedenti. Per molti ebrei, Gesù è un responsabile della sconfitta e dispersione in quanto si batté contro lo status quo esistente tra i romani e i loro sudditi. Fu qualcosa di simile a un massimalista che provoca una risposta devastante, come quei terroristi che provocano la reazione smisurata e incontestabile del potere costituito."

Pochi tra i presenti capirono il discorso di Malena, in cui Carvalho credette di cogliere una confessione. Si avvicinò alla donna per chiederle a tu per tu:

"Montonera o trotzkista?".

Lei rise, ma non per tutti, per Carvalho, come per stabilire una complicità solo tra due persone.

"E se le dicessi entrambe le cose?"

"Non mi faccia perdere tempo. Alla mia età..."

"Montonera, quasi per niente. Con l'Erp sì, mi ci identificai, ma fui subito sopraffatta. I miei maestri furono i militari e i miei genitori negli anni settanta. Mio marito negli ottanta."

"E adesso?"

"Adesso la penso come Borges. La luna di Buenos Aires è anche la luna di Costantinopoli. O no?"

"Mi è indifferente."

Malena viveva a Hebron fin da quando i suoi genitori si erano trasferiti in Israele nel 1978, in fuga dalla dittatura argentina e no, non era necessario che Carvalho l'accompagnasse con la macchina, ma si intrattenne in una conversazione che lei considerò maliziosa e Carvalho meramente strumentale, nel caso la snella e bionda ragazza provasse un po' di curiosità per quello spagnolo, gallego, come sono tutti gli spagnoli per gli argentini. Invece, sì, lei aveva un amico, un borsista russo che nei prossimi giorni forse avrebbe avuto bisogno di un mezzo di trasporto per spostarsi verso nord, molto, molto a nord, a Istanbul.

"La nostra strada, capo!"

La parola "capo" sulle labbra di Biscuter mise sulla difensiva l'argentina, "presissima", disse, in quanto aveva un appuntamento a Hebron verso sera e doveva pianificare con l'agenzia le prossime visite dei turisti.

"Peccato che sia così di fretta, potremmo parlare della faccenda del suo fidanzato."

"Non è il mio fidanzato, soltanto un amico. Domani è sabato e qui nessuno alza un dito. Se volete, ci possiamo rivedere a Gerusalemme. In quale albergo alloggiate?"

"Al più caro di tutto il viaggio: il King David."

Il nome non fece colpo sulla donna, e nemmeno su Biscuter, non troppo informato sui progetti alberghieri o sulle reali possibilità economiche di Carvalho, e il detective si ritrovò con sua stessa sorpresa a dare una goffa ma sincera giustificazione del perché di quell'albergo di lusso.

"Una fissazione quasi infantile. Ma ricordo di averne letto il nome su un giornale molti, molti anni fa, a proposito delle lotte per la costituzione dello Stato di Israele. Da queste parti uccisero un conte svedese, Bernadotte, credo, il mediatore dell'Onu e, soprattutto, quel che più mi aveva colpito allora, fecero saltare in aria quest'albergo dal nome tanto carismatico (un re lirico), e lo fece esplodere proprio un gruppo terrorista ebraico. Pare che il responsabile fosse un giovane dirigente che, con il tempo, venne premiato con il Nobel per la Pace."

"Menahem Begin."

"Proprio lui. Condivise il premio con Sadat e questo è stato uno dei fattori a rivelarmi che la storia ha una morale, contrariamente a quanto pensavano alcuni puristi della sinistra quando studiavo per diventare un uomo di sinistra. La storia senza una morale. No, non è vero. La differenza tra un terrorista e un premio Nobel per la Pace è la stessa che c'è tra la sconfitta e la vittoria. Se il terrorista perde, sarà un miserabile terrorista per sempre, ma se vince, diventerà uno statista e, perché no?, gli verrà conferito il Nobel per la Pace."

"Ed è sempre stato così, mio caro signore. Non c'è combattente in armi che non sia oggettivamente un criminale, ma se vince diventa un elemento sociale positivo. Io sono sociologa, ma mi guadagno da vivere spiegando il simbolismo della resistenza del popolo ebreo contro i Romani."

"Ci diamo appuntamento per domani al King David? La invito a cena, insieme al suo amico, così potremo parlare del viaggio a Istanbul."

"Non vorrei farvi perdere tempo, né ingannarvi. Il mio amico è piuttosto strano e va a Istanbul in cerca di una donna, di una sua compatriota, compagna di studi o qualcosa del genere, che sta passando un brutto momento."

"Qualsiasi scusa è buona per andare a Istanbul. Lei non viene?"

"Domani cenerò con voi, ma non posso accompagnarvi a Istanbul. Non posso lasciare il mio lavoro. Questo è un paese difficile ma un lavoro ce l'ho; l'Argentina, invece, è un paese impossibile. Si sa come vanno le cose lì, con la disoccupazione al di sopra del venti per cento, il blocco delle pensioni, dei conti correnti, bambini che muoiono di fame nel paese del bestiame e del frumento: me ne sono andata che ero una ragazzina. Non ho quasi più legami famigliari. I miei genitori continuano a vivere qui, nello stesso kibbutz dove eravamo finiti al momento del nostro arrivo."

"Una ragazza del kibbutz. Lei è sionista?"

"Sono una superstite, e domani ceneremo insieme e potremo parlare, parlare, parlare..."

Ormai soli e sulla strada per Gerusalemme, Biscuter recitò un monologo sulla bionda argentina, una donna trasparente, delicata, che suscita tenerezza e ti porteresti a casa per metterla in una scatoletta con il carrillon da aprire di tanto in tanto per farla uscire con la sua pallida luce dorata. Carvalho assisteva muto all'esibizione lirica del compagno, inquieto perché, dopo una convivenza di trent'anni e una conoscenza di quaranta, Biscuter rimaneva sempre uno sconosciuto al quale non poteva proporre: "Mi faccia un conciso riassunto della sua vita e della sua opera", era implicito che entrambi si conoscessero a vicenda quanto basta per non ricorrere all'abbiccì dello svelamento. Per ora sapeva che Biscuter era stato un giovane ladro d'automobili, suo compagno nel carcere di Aridel, salvato da uno stupro grazie all'intervento di Carvalho e di altri prigionieri politici; a partire dal 1974, suo cuoco, confidente, fattorino, guardiano dell'ufficio, receptionist al massimo, e pochi giorni prima era venuto a sapere che Biscuter sapeva ben più di quanto supponesse ed era più ricco del suo datore di lavoro, praticando il doppio e triplo lavoro nelle ore libere, in realtà le più impegnative. E ora eccolo lì, cotto per quella merluzzetta bionda argentina, tutta lische e fascino, ma non meno effimera di una cometa o di una lucciola.

Apparve Gerusalemme, una città rosea per via della pietra calcarea di Giudea con cui sono fatti i suoi edifici e per via del tramonto, ammucchiata su tutte le sue archeologie, un orizzonte attraente che accentuò la voglia di arrivarci, voglia frustrata da un militare sulla strada, macchina dopo macchina, in seguito all'esplosione di un kamikaze palestinese in una caffetteria all'ingresso del quartiere ebraico lungo la zona del rione di David, anche se era consuetudine che gli ebrei ostacolassero in tutti i modi possibili l'accesso a Ramallah. I militari controllavano le facce una a una, passaporto dopo passaporto, un bagagliaio dietro l'altro.

"Biscuter, ricordati, che non siamo più Bouvard e Pécuchet."

Ebbe tutto il tempo per ricordarlo, in quanto cominciava a fare buio quando raggiunsero il posto di blocco, e anche se l'interrogatorio era di routine, i soldati lo eseguivano con la muscolatura mentale a posto, come se tre ore a ripetere le stesse domande non li avessero scomposti, e davanti a ciascun passeggero ritrovassero la capacità di sospetto, accettando il loro destino di vivere circondati da nemici, e che i nemici erano ormai la regola. Entrarono a Gerusalemme costeggiando il cimitero ebraico sul Monte degli Ulivi; poi, l'annunciato sepolcro dei profeti, l'orto del Getsemani. Il sepolcro della Madonna, il propriamente chiamato Monte degli Ulivi, e a partire dal museo Rockefeller, il viale svoltava a sinistra in cerca del centro storico, lo sfiorava e proseguiva per via King David, dove si trovava l'albergo, che a Biscuter parve progettato dagli stessi architetti di Abu Simbel o di Luxor.

"Che ricchezza! Che dettagli!"

Altro posto di blocco militare alla porta d'ingresso, che in seguito scoprirono provvisorio e conseguenza immediata dell'ultimo attentato, benché l'hotel disponesse sempre di un servizio di sorveglianza speciale, in quanto centro di incontri politici ad alto livello.

"Rabin discuteva tutte le faccende importanti in quest'albergo," li informò il receptionist, parlando in spagnolo con l'accento argentino.

"Argentino?"

"No, la mia famiglia è della Georgia, nell'antica Unione Sovietica, ma avevamo qualche parente a Buenos Aires, i Simonovich."

Carvalho confermò che intendevano restare due notti e perse di vista Biscuter, inebetito nella contemplazione dei dettagli – "i dettagli," insisteva, "è pieno di dettagli" – dell'albergo più costoso in cui avesse mai messo piede. Il receptionist consigliò loro di non uscire di notte, a meno che non si recassero in posti relativamente sicuri e sempre in compagnia di una guida israeliana. Di giorno era possibile visitare i cosiddetti "Luoghi Santi" dei cristiani, in quanto c'era il tacito accordo di non infierire sulla convivenza religiosa, esistevano già fin troppi motivi per gli attentati nelle altre convivenze. Data l'insicurezza della zona, il turismo era talmente diminuito che a loro parve di essere gli unici ospiti dell'albergo. Carvalho aveva rinunciato al dibattito politico ed era già in possesso di tutte le informazioni necessarie grazie a oltre quarant'anni di curiosità nei confronti di Israele, condizionato da un precoce innamoramento per un'ebrea sefardita di Barcellona, quarant'anni di compassione per il modo in cui la strategia internazionale aveva costretto la popolazione araba a passare sotto le forche caudine, una popolazione che era rimasta ad assistere nel più completo abbandono e sottosviluppo come Israele costruiva uno Stato artificiale teologico, nutrito dal coraggio e dall'emozione di una coscienza etnica ebraica sostenuta in millenni di diaspora.

"Biscuter, a questa situazione manco Dio può porci rimedio."

"Quale Dio?"

"Questo è il problema. Appena intervengono gli dèi, tutto va a farsi fottere. Gli dèi furono sul punto di rovinarci il vino e la birra, per questo preferisco le bevande create dai barman, i cocktail sono le uniche bevande umane, e nota che nessun dio si è mai attribuito un miracolo a spese del martini dry o del singapore sling che prenderemo all'Hotel Raffles di Singapore durante il nostro giro del mondo. Invece, in un qualche momento della gestazione dei vini o delle birre, gli dèi ci misero lo zampino, persino per favorire gli incesti, come narra la tradizione giudeo-cristiana, episodi che ho sempre considerato come remoti precedenti del cinema porno."

Non osavano disubbidire al receptionist, ma la tentazione di Gerusalemme di notte era fortissima, e decisero di noleggiare un'auto con guida, una guida che parlava spagnolo, come no, con accento argentino.

"Argentino?" domandò Carvalho, ostinato a semplificare le cose.

"No, la mia famiglia è di Smirne e io ho imparato lo spagnolo all'Università di Haifa."

"E questo accento argentino?"

A quanto pareva era la prima volta che glielo si faceva notare e lui lo attribuì a un ignoto incrocio di substrati linguistici, forse l'accento e l'uso delle sibilanti e delle fricative erano stati ereditati dal modo di parlare dei genitori, appartenenti a una saga famigliare stabilitasi a Smirne nel corso della diaspora. La guida si presentò come colonnello dell'esercito israeliano in riserva, fatto che attribuì a un problema di salute.

"Stasera seguiremo diversi itinerari e visiteremo facciate, mura, giardini. Non è il momento migliore per entrare nei Luoghi Santi, questa città è labirintica, soprattutto il centro vero e proprio, dove coesistono il quartiere cristiano, l'ebraico e quello musulmano."

Come se percorressero una città notturna e proibita, passarono davanti ai punti più mitologici e la guida indicò loro l'itinerario per l'indomani, quello che avrebbero seguito in pieno giorno, ma sempre con molta prudenza e sperando che il conflitto non gli scoppiasse sotto il naso.

"Com'è possibile prevedere un kamikaze? Sono sempre più giovani, a volte sono persino donne."

Tornò alla descrizione profetica della città e la sua fu una narrazione assai professionale, quella di una Gerusalemme proposta dalla memoria e dallo sguardo, indipendentemente dal conflitto tra israeliani e palestinesi. Solo una volta gli sfuggì una valutazione ideologica:

"Vedete quel gruppo di musulmani accovacciati intorno a uno spazio circolare? Potrebbe trattarsi di musulmani collaborazionisti, anche se ogni giorno aumenta il numero di collaborazionisti assassinati dai terroristi palestinesi. O forse si tratta di gente che ha caldo e non sa cosa fare. Questa gente ha sempre caldo e non sa quasi mai che cosa fare, tranne quando vogliono buttarti addosso una bomba o scoppiare di persona davanti ai tuoi occhi".

Tornati in albergo dovettero aspettare che uscisse un gruppo circondato da guardaspalle, e tra gli uscenti riconobbero Shimon Peres, un politico socialista che aveva governato in coalizione con Ariel Sharon, per i palestinesi il carnefice di Sabra e Chatila. Biscuter fu eccitato dalla vicinanza con il potere e chiese a Carvalho di raccontargli le sue esperienze nel campo, sia ai tempi di supposto agente della Cia e guardia del corpo di Kennedy, sia in seguito, quando nei casi investigati si facevano avanti ricchi o politici potenti. Il caso di *Il premio*, per esempio, o di *Assassinio al Comitato Centrale*.

"A Madrid è più facile toccare il potere. Come sono?"

"Differenti."

"Migliori?"

"No, ma hanno potere e acquisiscono modi di fare legati all'uso di questo potere. Possiedono una cultura del comando e dello sfruttamento del prossimo."

Il giorno dopo vennero aperte alcune località simboliche e loro rimasero a lungo davanti al Muro del Pianto, registrando i diversi abbigliamenti degli ebrei accorsi a piangere mediante un analogo rituale del lamento, anche se alcuni quasi battevano la testa contro il muro e altri si limitavano a premerla con prudenza. Davanti agli occhi della memoria di Carvalho sfilarono i messicani che avanzavano sulle ginocchia verso il monastero della Madonna di Guadalupe o i penitenti spagnoli scalzi sulle braci residue di quel che era stato un falò. La fede si esprime soltanto mediante l'irrazionale e non sopporta il minimo approccio della ragione, a meno che non si tratti di un approccio patteggiato dal cinismo o dall'autocompassione o dalla paura o dall'amore per esseri amati molto fragili e insostituibili. Oggi è possibile sapere le cause di quasi tutti gli effetti, e la religione non è più un succedaneo del sapere, ma un'abitudine e un prodotto del mercato, marketing pertanto. Era sconcertante che nel XXI secolo continuassero a esistere a Gerusalemme ciò che i dépliant annunciavano come "le tre grandi religioni monoteiste", senza la presenza dell'offerta religiosa più recente, una Gerusalemme ordita come scenario della lotta finale tra le religioni tradizionali. Dalla drammaturgia religiosa ebraica si passava pochi metri più in alto a quella musulmana, alla moschea di Al-Aqsa, vietata ai non musulmani, nonostante la sua cupola dorata sembrasse un richiamo che ebrei e cristiani contemplavano dalle loro trincee, un'impressione costante in Israele e in Palestina: come se ciascuna comunità difendesse a gomitate la propria posizione in un banco di una scuola dalla sacralità molteplice.

Per un momento pensò che fosse una liberazione dalla sua personale via crucis turistica l'introdursi in un suk che sembrava la copia esatta di qualsiasi altro suk, con una vocazione originale obbligatoria per il labirinto e le stesse ostinate proposte del succedaneo dello zafferano già comprato nei pressi del Nilo. Tutti i mercati popolari si somigliano, ma quelli che erano stati i confini dell'Impero ottomano e dell'Impero arabo erano canonici, rispettavano un disegno fondamentale difficile da capire per un cittadino del mondo dei grandi centri commerciali, un po' meno per gli spagnoli della sua età che avevano visto analoghi mercatini ambulanti; persino in una città come Barcellona, che disponeva di una stimolante rete di mercati fissi razionalizzati e che ancora oggi poteva vantarsi di quello di plaza de las Glorias, un sabba di tutti i prodotti in apparenza inutilizzabili e di conseguenza così difficili da trovare. Ma nei mercati dell'antico perimetro arabo e turco il fatto prodigioso è che fossero redditizie, seppur minimamente, le centinaia di banchi raggruppati a seconda dei prodotti esposti, un rito mercantile che Carvalho supponeva medioevale, ma che forse derivava dal mercato originale, dal primo mercato di tutti i mercati.

Chiese a Biscuter una tregua e mangiarono in una bettola del quartiere arabo, e Carvalho decise di dedicarsi alla cucina ebraica durante l'incontro serale con Malena e il suo amico russo. Il "Jerusalem Post" commentava i duri attacchi quotidiani scagliati dall'esercito israeliano a caccia di terroristi palestinesi, oggi rivolti ancora una volta contro Gaza, mentre gli alti comandi militari ammettevano che gli ultimi bombardamenti su Gaza erano dovuti a un errore: avevano scambiato dei frigoriferi per dei barili pieni di armi.

“Com’è possibile, capo, con i loro servizi di intelligence...”

“Ormai nessuno li smuove dalla logica del bombardamento. Hanno sempre più paura. Sono passati dall’intifada agli attentati kamikaze, immagina il senso di insicurezza che comporta vivere qui e prendere un caffè a un bar o salire su un autobus. Qualcuno ha detto che il peggio che possa capitare a un paranoico è essere perseguitato per davvero. Sono passati più di cinquant’anni dalla costituzione dello Stato di Israele. Osserva le proposte sui dépliant. Gli ebrei hanno sviluppato una vita culturale e scientifica straordinaria, un’oasi in questa parte del mondo. Eppure vivono braccati, dal terrorismo e da loro stessi, dalla loro paura, dalla cosiddetta ‘teologia della sicurezza’.

“L’Unione Europea sostiene di avere un piano per instaurare uno Stato palestinese entro il 2005, cioè tra più di due anni.” Carvalho indicò il titolare a Biscuter, il quale non sapeva se ridere o rattristarsi.

“Non capisco niente di politica, capo, ma ho l’impressione che si siano scelti una serie di problemi senza soluzione. Ma, a quale scopo? Forse cercano di educare la gente all’evidenza che il lieto fine non esiste. Ormai, manco nei film ce n’è uno che lo sia per davvero. Ricorda, capo? Quarant’anni fa tutti i film finivano bene e invece oggi non capita più. Chi ha ucciso Kennedy?”

Carvalho tardò a capire che Biscuter metteva in dubbio non la malvagità di per sé ma la logica stessa della malvagità o, almeno, che le persone come lui potessero capire una simile logica. Ma ormai avevano davanti agli occhi il campionario dei primi e assai numerosi piatti che stavano per introdurli alla cucina locale in modo ben superiore di quanto era loro capitato in Egitto, dimostrazione che si stavano avvicinando alla Siria e alla Turchia. Le parole sembravano essere custodi del segreto dei piatti ed esibivano una grande ricchezza enunciativa: *felafel*, *hummus*, *mudammas*, *muttubal betinjan*, *kibbeh*, *mjadarah*, *shakrieh*... Quel piattino tondo che spartiva con Biscuter si chiamava *shakrieh* e il menu riportava la traduzione in inglese: la Riconoscente. Cosa contiene un piatto che si chiama la Riconoscente? Yogurt, cipolla, uova, carne trita, olio di oliva, mezzo cucchiaio di *fulful bhar* o miscela di spezie, cannella, sale, limone... Era come un poema mentale semplicissimo ma con effetti magici sul palato e preparava a un assortimento di farciture che esaltavano le eccellenze di ciò che andava farcito, zucchine, melanzane e l’osannato “sceicco dei ripieni”, anch’esso a base di melanzane, questa volta arricchite di carne trita, salsa di pomodoro, cipolla, l’inevitabile *fulful bhar*, sale, prezzemolo, coriandolo, *samneh* o burro chiarificato, olio di oliva e sugo di carne o di carni.

"La melanzana, Biscuter, è il Mediterraneo. È l'unico prodotto che per davvero unifichi il Mediterraneo e dia un senso a quest'invenzione che è la mediterraneità. Immagino la bandiera: melanzana rampante su un cielo con luna."

Il banchetto culminò con un altro assortimento, questa volta di dolciumi, e Carvalho rimase fermo come un boa intento a digerire per non morire. Ma Biscuter non faceva il giro del mondo soltanto per mangiare, e trascinò il suo capo verso un itinerario questa volta politico, la chiosa della resistenza ebraica impegnata a non scomparire, dal I secolo dell'era cristiana fino al I secolo dell'Impero americano, duemila anni di storia di persecuzione e paranoia del popolo più eletto fra i tanti popoli eletti, il tutto esposto nel museo di Israele, sul Monte Herzl o Monte del Ricordo, nel museo della Storia dell'Olocausto, nel cimitero dei Bambini. Carvalho seguì Biscuter in quel percorso pomeridiano sulle tracce di un'epopea con la strana sensazione di spartire il paese con il terrorismo palestinese, il terrorismo di Stato israeliano e la volontà di alienazione dei diversi credenti che senza dubbio approfittavano della visita ai Luoghi Santi per pregare per la pace e tornarsene a casa confortati e pronti a votare ancora una volta in favore di partiti politici che amministravano il massacro della Palestina, come se i popoli delle grandi potenze avessero deciso un giorno, eroicamente, di resistere, a ogni costo, fino all'ultimo ebreo o all'ultimo palestinese.

Chiese dove si poteva mangiare la miglior cucina ebraica e il receptionist gli indicò una zona dell'albergo spiegandogli che vi avrebbe trovato un buffet di specialità a sua disposizione. Carvalho chiarì che preferiva i ristoranti, un albergo è un luogo di passaggio e un ristorante può diventare addirittura una patria. L'uomo non si fece pregare oltre e gliene raccomandò uno, a suo giudizio quello che riproduceva con maggior fedeltà e meglio la memoria gastronomica del popolo di Israele che, come Carvalho ben sapeva, aveva integrato piatti diversi da tutti i luoghi del mondo visitati durante la diaspora, ma "filtrati da una coscienza del sapore", coscienza del sapore, ripeteva il receptionist, soddisfatto della sua trovata.

Quando Malena gli telefonò, poté leggerle l'appunto con il nome del ristorante: Mishkenot Shaananim, via Yemin Moshe, 23.

"Si capisce che lei è ospite del King David. È il ristorante più caro della città."

"Non tornerò più a Gerusalemme."

Ma il Mishkenot era in ristrutturazione e a stimolare l'immaginazione del frustrato cliente c'era solo la sua ubicazione, di fronte al Monte Sion, rivelato dalla luna e dalle muraglie che puntellavano o accerchiavano la storia per impedirne la fuga. Si servì di una delle guide di Biscuter e tornarono verso l'albergo, dato che su quella stessa strada il ristorante Le Tsriff prometteva cucina ebraica specializzata in pasticci di verdure e con un ambiente all'altezza dei suoi prezzi, non troppo cari. Il servizio sembrava aver ottenuto il master in ristoranti pensati su misura per l'uomo intelligente, e Carvalho, dopo aver avvertito Malena del cambiamento, si tuffò nel menu per vedere se rappresentasse per davvero i cibi profondi di Israele. Ricordava i banchetti in un ristorante ebraico di Parigi, a pochi passi dalla sinagoga bombardata da uno spagnolo di estrema destra, e vicino a rue des Blancs Manteaux, che si era meritata una canzone con il testo di Sartre, interpretata da Juliette Gréco. Nomi per una mitologia che non aveva più superato. Non aveva mai militato in un altro olimpo culturale: Sartre, Brassens, Merleau-Ponty, Prévert, Pavese, Calvino... La prodigiosa intelligenza con cui Francia e Italia erano uscite da sotto le macerie della Seconda guerra mondiale, pur avendo creduto alle bravate liriche dei prodigiosi anni sessanta, il detective aveva sempre saputo che le sue capacità di emozione e sorpresa erano rimaste nella Parigi di Sartre, nella Roma di Rossellini o in quel carcere a cui fa ritorno il personaggio poetico di Pavese "ogni volta che morde un pezzo di pane". E poi un lento consumo di risparmi culturali, come se fosse partito dall'evidenza che sapere è inutile e che non aiuta mai a superare la sensazione di truffa insita nel fallimento, nell'umiliazione, nella morte. La malinconia della sua riflessione contrastava con la gioia del corpo ritemprato dal vino rosso di Richon le Zion, appartenente all'eredità vinicola lasciata da Rothschild a Israele, ordinato in ottemperanza all'impegno preso di "mangiare il pane e bere il vino di ciascun paese".

"Un'affermazione di Marx."

"Mi sembra molto assennata."

"Forse lui l'aveva ripresa dalla saggezza convenzionale del suo tempo, perché non è necessario essere un filosofo posthegeliano per capire che un paese lo si conosce bene solo bevendone il vino e mangiandone il pane."

"Cosa vuol dire posthegeliano, capo? Che cosa viene dopo Hegel?"

"Tutto e nulla e ogni possibile combinazione: il tutto del nulla e il nulla del tutto."

"Vale a dire, niente."

"Assai probabilmente, sì."

Ma ecco Malena un po' in ghingheri, lo si notava soprattutto dai tacchi alti delle scarpe su cui era salita, ed ecco il suo accompagnatore, che sembrava travestito da violinista tisico che si è appena impegnato il violino, secondo l'apprezzamento di Biscuter, che però non lo poté comunicare a Carvalho finché non rientrarono in albergo. In fuga dal ruolo di cattivo angosciato da qualche romanzo di Dostoevskij, Samuel Sumbulovich non disse parola dopo la presentazione di Malena e sembrava interessato piuttosto a quel che ascoltava dalle cuffie di un piccolo registratore: tanto interessato che il suo corpo vibrava con la musica e le sue labbra si muovevano, quasi cercassero di impadronirsi delle parole del cantante. Fu Malena a parlare per Carvalho e il ragazzo Sumbulovich, aiutata da Biscuter che aveva preso a chiacchierare a lingua sciolta e ritrovato la capacità di esprimere opinioni su ogni cosa. Guardarono e valutarono di nuovo il giovane violinista spacciato quando Malena lo descrisse come l'eminente biologo sul punto di firmare un importante ingaggio con lo Stato di Israele, un fatto assai probabile nonostante Sumbulovich continuasse a seguire la canzone e ad agitare le spalle commosso dagli ululati finali del cantante che gli fecero rovesciare gli occhi e salivare un po' le labbra. Chiese a Malena di sceglierli qualcosa dal menu e osservò con curiosità gli altri commensali, in particolare Biscuter, senza dubbio una curiosità biologica. Malena aspettò che finissero i primi per indicare Samuel e mormorare con una voce scarsamente udibile:

"Sembra facile ma è difficile. Perché Samuel non prende un aereo per Istanbul, se ha tanta urgenza di viaggiare? Mancanza di soldi? No, non si tratta di mancanza di soldi, né che lo diverta rimandare l'arrivo a Istanbul grazie a un tragitto romantico con due viaggiatori che hanno davanti a sé tutto il mondo da percorrere".

Trattenne le parole perché il cameriere si avvicinava con i secondi.

"Samuel non può lasciare Israele senza un permesso speciale. Si tratta di uno scienziato ormai di una certa fama impegnato in un campo strategico ad alto rischio: armi di distruzione biologica. Forse in periodi meno pesanti la cosa più logica sarebbe stata chiedere il permesso, ma siamo in guerra, signori miei, in guerra, e non in una guerra qualsiasi. C'è tanto odio che indubbiamente questa guerra è decisiva, non so per cosa, ma comunque decisiva."

Carvalho e Biscuter si guardarono e stabilirono un dialogo muto dal quale il detective trasse, in tutta libertà, le sue conclusioni.

"Vale a dire che lei ci chiede di fare da tutori a questo filarmonico ragazzo, senza avere la benché minima idea di chi siamo. Potremmo essere agenti del Mossad o della Cia o del Cesid, il servizio che in Spagna va per la maggiore. O, al contrario, potremmo essere terroristi dell'Eta in contatto con Hamas."

Malena sorrideva, come se mentalmente si stesse già preparando a chiarire i dubbi di Carvalho.

"Voi non siete niente del genere. Siete due detective spagnoli, di Barcellona, un po' sospetti perché vi siete fatti chiamare Pécuchet e Bouvard durante una tappa del vostro viaggio e avete l'auto intestata a questi nomi. Il servizio informativo israeliano vi ritiene due fuggiaschi minori, con qualche problema in Spagna, ma pensa che non facciate parte di alcuna trama, né dei servizi di intelligence né di quelli mafiosi."

"E lei, come fa a sapere tutto questo?"

La domanda un po' adirata di Biscuter suscitò un pizzico di delusione negli occhi biondi della ragazza, delusione rivolta contro se stessa.

"E lei che ne pensa?"

"Fa parte dei servizi segreti israeliani?"

"Non esattamente, anche se le mie informazioni possono essere richieste dal Mossad, visto che frequento tanti turisti e su un palcoscenico tanto rivelatore. Forse voi pensate che il Mossad sia una combriccola di agenti alla 007, ma è qualcosa di più: è una rete. E in questa rete hanno un ruolo importante, per esempio, gli impiegati degli alberghi o di qualsiasi altro centro di ricezione o irradiazione del turismo. Vi dico chiaramente che siamo stati notati durante il nostro incontro a Masada e che mi hanno chiesto da dove nascesse la nostra complicità. È stato allora che mi hanno detto chi eravate."

"Vale a dire che lei ci chiede di aiutare il suo amico a raggiungere Istanbul clandestinamente quando abbiamo già puntati su di noi gli occhi del Mossad e ignoriamo se in questa fetta di salame di agnello si nasconda o meno un microfono."

"No, non ci sono abbastanza microfoni occulti, e non credo che gli occhi del Mossad siano puntati su di voi, perché ci sono altri problemi ben più gravi. Comunque, voi dovreste solamente raccogliere Samuel all'altro lato della frontiera del Libano e portarlo fino a Istanbul o il più vicino possibile a quella città."

"Quel giorno, il suo amico Sumbulovich sarà assente al lavoro e loro si metteranno in moto. La frontiera del Libano non esiste per il Mossad, e nemmeno per l'esercito israeliano."

"La frontiera del Libano comincia a esistere a mano a mano che ti inoltri nel paese. Che giorno è oggi?"

"Giovedì."

"Che giorno pensate di entrare in Libano dalla Turchia?"

"Sabato."

"*Shabbat*. Vi dice qualcosa, questa parola? Il sabato in Israele non lavora nessuno, tranne il Mossad, certo. E neanche Samuel è tenuto a lavorare. Se tutto fila liscio, è possibile che lunedì o martedì stesso possa già essere di ritorno."

"Chi lo riporterà lunedì o martedì?"

"Questo riguarda noi. Come riguarda noi che voi riusciate ad attraversare la frontiera del Libano da Israele. Qualcosa di politicamente impossibile e cospirativamente possibile. È qui che interverremo noi. Vi sistemeremo sulla macchina un'insegna luminosa della Fao e avrete un permesso speciale dell'Onu per attraversare le frontiere bloccate."

Nonostante la qualità del vino, Carvalho e Biscuter avevano smesso di masticare, interrotti dall'operazione del mangiare in quanto assorti nel pensiero del perché e dello scopo dei pericoli che stavano per correre. La loro macchina era stata identificata e non erano certi di non essere stati seguiti, e inoltre ignoravano le intenzioni finali di Malena, nel caso si fossero rivelate diverse da quelle dichiarate.

"Viaggiamo o facciamo turismo, Biscuter?"

"Viaggiamo, capo, viaggiamo."

Ma quando Carvalho si mise a osservare Sumbulovich smarrito nelle sue musiche segrete, come se di tutto il resto non gli importasse un accidente, provò ben poca solidarietà per il giovane davanti alla prospettiva di un viaggio più o meno lungo con quel centro di ricezione di messaggi rock nella sua Ford Explorer. Oppose l'ultima resistenza:

"La nostra macchina è stata identificata".

"Una faccenda che domani può essere risolta. Dove andate?"

"A Betlemme e a Tiberiade."

"Se potete fare a meno dell'auto per cinque o sei ore, risolviamo tutto proprio a Betlemme."

"Chi? Chi lo risolve?"

D'un tratto parve che Sumbulovich recuperasse interesse per la conversazione che lo riguardava: staccò gli auricolari e parlò a Malena all'orecchio, senza smettere di fissare Carvalho. Finalmente si decise e indicò il detective con un dito:

"Lei mi odia. Lei emana cattive vibrazioni contro di me".

"Lei non è in grado di cogliere alcuna vibrazione che non sia emessa da quell'infernale aggeggio che mi pare una protesi per uomini-elefante. Ha sentito niente di quel che abbiamo detto?"

Sumbulovich si tolse gli auricolari e li mise a Carvalho senza chiedergli il permesso, poi fece ripartire il nastro e all'udito di Carvalho arrivò una canzone che non aveva mai sentito, cantata da un cantante a lui sconosciuto ma con un testo necessario, si sarebbe detto splendido, per esprimere la necessità di combattere persino con la malinconia:

Five to one, baby
One in five

No one here gets out alive
Now
You get yours, baby
I'll get mine
Gonna make it, baby
If we try

The old gets old and the young gets stronger
May take a week and it may take longer
They got the guns but we got the numbers
Gonna win
Yeah, we're takin' over
Come on

Your ballroom days are over, baby
Night is drawing near
Shadows of the evening crowl across the years
You walk across the floor with your flower in your hand
Tryin' to tell me no one understands
Trade in your hours for a handful of dimes
Gonna make it baby
In our prime

Get together one more time
Get together one more time.

"Che gliene pare?"

"Gran bella canzone. Anche se non so né il titolo né chi la canta."

"È *Five to One*, di Jim Morrison. La canta lui stesso. Le pare che potendo ascoltare questa meraviglia avrei dovuto ascoltare voialtri?"

"Uno a cinque o cinque a uno. Ma di chi parla? Chi vince chi? Israeliani, palestinesi."

"Gli israeliani e i palestinesi passeranno e, invece, questa canzone continuerà a essere necessaria."

Come addio a Gerusalemme Biscuter volle seguire la Via Dolorosa – il percorso che si suppone abbia seguito Gesù per raggiungere il Calvario – a guisa di conferma delle molte volte che, durante l'infanzia, lo avevano costretto a percorrerla per le strade di Lérida o di La Seo. Lo aveva fatto così spesso che ricordava le stazioni e le enunciava a mano a mano che gli si presentavano davanti nell'ipotetico tragitto: "Gesù è caricato della croce; Gesù cade per la prima volta; Gesù incontra Sua Madre". Il Santo Sepolcro non rappresentò la fine di un'indagine seccante per Carvalho messo alle strette dall'erudizione religiosa esibita da Biscuter, acquisita senza dubbio non nell'infanzia, ma dall'arsenale bibliografico di cui il suo aiutante era munito. Ma tutte le archeologie religiose erano vuote, come se il turismo praticasse un'assenza più preventiva che di castigo, nel timore che finalmente scoppiasse la guerra in Iraq. Si mosse lungo il monastero etiope che custodisce il Santo Sepolcro come un fratello laico e la sua emozione fu più da saggio viaggiatore che da santo, in quanto i suoi occhi visitarono il sepolcro più sepolcro di tutti i sepolcri senza la minima emozione.

"Chissà poi chi hanno seppellito qui, capo. Mi sembra un sepolcro troppo importante, tenuto conto di quanto era povero Gesù e della tirchieria dei suoi apostoli, che non cacciavano un soldo per niente al mondo."

Invece, il Monte degli Ulivi commosse Carvalho, non per l'evocazione evangelica, ma per la sua materialità di cimitero ebraico fatto di blocchi compatti, come se la morte temesse la volontà di fuga dei cadaveri. Uscirono da Gerusalemme per andare verso nord ed era inevitabile contemplare la linea rosata nel cielo lasciata da una città dove si ammucchiavano troppi inferni mascherati da sepolcri. Dovettero superare un'altra fila di carri armati e di autoblindo israeliani che procedeva verso settentrione, come nei giorni precedenti ne avevano visti avanzare verso est o verso ovest, un gigantesco bruco vendicativo che applicava la legge del taglione dopo ogni attentato palestinese. Un kamikaze aveva fatto scoppiare una bomba a Tel Aviv e i cinque morti e cinquanta feriti israeliani sarebbero diventati dieci morti e cento feriti palestinesi. "È una supposizione, Biscuter, una supposizione."

"Questo paese mi mette un po' a disagio. La vendetta e l'odio tra le comunità sono eccessivi e sembrano programmati per non finire più. Hanno bisogno di odiarsi per essere quelli che sono."

Fecero una deviazione verso Ramallah per vedere quanto fosse rimasto della sovranità simbolica di Arafat e, anche se la città non era più occupata, le sedi governative erano calcinacci allo stato puro, tranne l'edificio dove il capo di al-Fatah esercitava il suo potere assediato e minato. Erano scomparse le pareti delle costruzioni tutt'intorno e al loro posto ondeggiavano delle tende dietro alle quali si scorgevano soldati e mitra, soldati di una truppa quasi disinformata e armi che sembravano riscattate dalla soffitta delle memorie belliche. Poterono entrare nel recinto del mutilato potere palestinese, circondati da edifici trasformati in mucchi di macerie e un soldato nero, quando seppe da dove provenivano, assicurò loro di essere stato a Barcellona anni prima. "Cazzo, palle, fica," disse il palestinese nero in catalano, le frasi di saluto imparate dagli amici di quella città. Arafat avrebbe addirittura potuto riceverli, sempre che avessero aspettato la fine di un'udienza con membri di un'organizzazione non governativa passati a porgere al capo le loro condoglianze o a esprimere solidarietà. Ma avevano una gran fretta di arrivare a Betlemme per risolvere la faccenda delle carte dell'auto, come indicato da Malena, e vedere la basilica della Natività, a quanto pare eretta sul luogo di nascita di Gesù, segnato da una stella d'argento come se lì, esattamente lì, fosse caduta la virginale placenta della Madonna. Lasciarono il fuoristrada nelle mani di una coppia che si presentò come il contatto di Malena e visitarono altre chiese che non potevano vantarsi di tanto lignaggio, quell'accumulo di sacro che conferisce alla rotta dei Luoghi Santi una certa aria di riassunto documentale sulle origini del cristianesimo, che in qualche modo ricordava un parco a tema cristiano progettato da uno sponsor ebreo statunitense.

"Non intendo mettere più piede in un paese santo, Biscuter. Che croce!"

"Eppure, quasi tutti i paesi sono santi, perché nessuno rinuncia al privilegio di essere stato scelto da Dio per fare qualcosa di importante."

Bastarono quattro ore per riavere un'auto dipinta con i colori convenzionali dell'Onu, sulla cui carrozzeria figurava addirittura il distintivo dell'organizzazione, e una mazzetta di documenti di copertura, compreso un salvacondotto indispensabile per varcare le frontiere, firmato da qualche alto papavero della burocrazia dell'Onu. Si fermarono brevemente a Nazareth, perché a Carvalho premeva raggiungere il Lago di Tiberiade prima che facesse buio, ma bisognava sorbirsi la quota di teatralità mitica custodita dalla basilica dell'Annunciazione, dove l'angelo annunciò a Maria che stava per diventare madre immacolata del figlio di Dio.

"E come fanno a sapere che avvenne proprio qui, capo? Perché non sanno, invece, chi ha ucciso Kennedy? È ovvio che qualcosa non quadra."

Passarono vicino al Monte Tabor, "astuzia geologica che presenziò a tante battaglie bibliche", come la vocetta di Biscuter ricavava da una delle sue guide assolute.

"Il monte segnava l'antico confine fra i territori appartenenti alle tribù di Zabulon, Issacar e Neftali. Dalla sua vetta, la profetessa Deborah ordinò a Barak di formare un esercito di diecimila guerrieri per combattere Iabin, il re cananeo che da vent'anni opprimeva i figli di Israele. Lo menziona anche il profeta Osea quando rimprovera i capi di Israele per la loro idolatria e, infine, la tradizione cristiana vuole che proprio sul Monte Tabor abbia avuto luogo la trasfigurazione di Gesù."

Carvalho scuoteva la testa oppresso dai molti significati del monte e rifletté sul rapporto che di norma viene attribuito tra le montagne e il sacro.

"Non si è mai annunciato niente di trascendentale in un avvallamento. Né una religione, né una nazione."

Persino i nazionalismi partono dall'immaginario di una montagna, forse per la sua vicinanza al cielo. Quello spagnolo parte dalla montagna di Covadonga, e il più moderno nazionalismo catalano dal Tagamanet, un vulcano estinto, dalla cui cima l'adolescente Pujol promise la liberazione della Catalogna e l'odio eterno ai Romani. Biscuter seguiva il discorso di Carvalho in un silenzio reverenziale con qualche commento lagnoso sulla distanza che li avrebbe sempre separati.

"Lei, capo, ha studiato. Io ho soltanto letto."

Il Lago di Tiberiade apparve davanti a loro con volontà di rimandare il tramonto e Carvalho lamentò la pochezza della propria coscienza mitica, perché gli parve un lago ludico, come quello catalano di Bañolas, o qualcosa di analogo, un posto adatto a un turismo interno da fine settimana, con le frittate di patate nel portavivande o la possibilità di fare l'agnello arrosto, di riprodurre la cerimonia delle cotolette di agnello alla brace, non meno rituale di ogni altro rituale religioso. Ma fu nel Lago o Mare di Tiberiade che Gesù vinse tempeste, camminò sulle acque, compì il miracolo della moltiplicazione dei pani e dei pesci, curò malati, predicò alle folle, perché le acque hanno memoria di tutte le origini e gli dèi le riconoscono come territorio privilegiato.

Lasciarono Cafarnao e il Golan alla loro destra e presero la strada del litorale verso Akko, detta dai crociati San Giovanni d'Acri. Carvalho voleva fermarsi in qualche posto vicino alla frontiera del Libano, come per esempio Rosh Hanikra, ma gli parve più intelligente utilizzare una città importante come Akko per passare inosservati. Entrarono a San Giovanni che era ormai buio e Carvalho si prese la briga di passare dall'ufficio del turismo posto di fronte alla moschea, dove spiegò che venivano dal Libano diretti a Haifa e Tel Aviv, e si fece consigliare un albergo non troppo costoso. Ripeté più volte che erano due spagnoli in viaggio di piacere e chiese informazioni su Haifa e Tel Aviv con entusiasmo, come se per loro fosse determinante raggiungere quelle città, anche se a Carvalho cominciava a infastidire la recitazione un po' sopra le righe di Biscuter, al quale era venuta una voce da vedova inglese in un film di Hitchcock, mentre chiede quando arriverà a Londra il treno pieno di cadaveri. Gli venne suggerito di sostare presso un kibbutz non lontano dalla città, a Gesher Aviv, con la raccomandazione di non prendere alloggio nella guest-house, ma nel country club, più economico e altrettanto confortevole. Ed è lì che si recarono, evitando le tentazioni di Biscuter, convinto che San Giovanni d'Acri valesse proprio la pena, ma dissuaso infine poiché la teologia della sicurezza aveva imposto qualcosa di simile al coprifuoco. Nella parte del kibbutz riservata agli alloggi c'era un servizio di vigilanza visibile e un altro invisibile, formato in buona parte da donne notevoli, ben nutrite e dai capelli riccioluti sotto il kepi, particolarmente adatte quelle che facevano la ronda lungo i giardini e intorno alla piscina, con i soldati, i giardini e le acque sottolineati dalla notte e dalle luci più complici. Quando l'incaricato del kibbutz chiese loro chi erano e da dove venivano, spiegarono ancora una volta di essere due viaggiatori spagnoli provenienti dalla Turchia e che dopo aver ammirato la smagliante Turchia greca s'incamminavano verso l'Israele moderno, così interessante nonostante l'incertezza dei tempi.

"Proprio tempi di incertezza. Altroché. Ma voi non noterete niente qui. I terroristi palestinesi agiscono di tanto in tanto in luoghi imprevisti e pubblici. Ieri, proprio a Tel Aviv. Ma poi ci sono zone senza infrastrutture, come per esempio Akko, quella che voi chiamate San Giovanni d'Acri, e i suoi dintorni. Questo kibbutz è sicuro. Non oserebbero mai attaccare un kibbutz."

Cenarono con una minestra di verdure e un piccolo assortimento di insaccati di agnello e vitello affumicati, che Biscuter si ostinò ad accompagnare con del pane e pomodoro che si preparò da sé, perché ormai erano lontani dalla Catalogna da troppi giorni e provava nostalgia per la patria del pane con il pomodoro strofinato sopra, sale e olio. "O il palato ha una memoria o esiste una memoria del palato," cercò di ragionare Carvalho, "ma forse si tratta soltanto di un misto di avidità e nostalgia delle cellule della lingua e di quella caverna oscura dove cerchiamo di occultare il misfatto di uccidere e mangiare." Non ebbe tempo per filosofare, perché uscendo sul terrazzo davanti alla piscina, a un tratto provò qualcosa di simile a un rumore visivo, poi quasi di violenza visiva e mentre si chiedeva il perché, trovò la risposta in uno dei tavolini posti sul bordo dell'acqua, dove quattro uomini bevevano e chiacchieravano abbondantemente. Spinse Biscuter a uscire da un fiotto di luce che sembrava centrare proprio lui e lo incitò a seguirlo tra le siepi, in modo da non essere visti dagli altri ospiti.

"Hai notato chi c'era a quel tavolo, accanto alla piscina?"

"Non ho fatto in tempo."

"Gli Armani."

"Non li conosco."

"Ricordi il viaggio sul traghetto da Brindisi a Patrasso? Quegli italiani che sembravano in divisa Armani, è stato uno di loro a rifilarci la droga, sicuro, perché abbiamo parlato della mia macchina, gli ho detto com'era e deve essere sceso nella stiva per fregarci."

"E ci ha seguiti fin qui?"

"Non necessariamente. Ma, per prudenza, subito a letto e ben coperti dalle lenzuola."

Ormai in camera, spensero la luce, Carvalho cercò la "pistola culattona", come la chiamava Biscuter, e la mise sotto il cuscino. Il suo compagno quella sera non leggeva. Respirava piano piano, forse per non fare rumore o perché i suoi piccoli polmoni contenevano poca aria. Con gli occhi bene aperti fissi sul soffitto, inseguiva la logica di quel che stava accadendo senza riuscire a trovarla.

"Sarebbe magnifico, bellissimo, ma è assurdo supporre che ci stiano seguendo."

"Eppure, non è assurdo supporre che agiscano in questa zona e che un incontro con loro non sarebbe affatto piacevole. Gli dobbiamo un sacco di droga e un sacco di soldi."

"E se fosse gente del tutto normale? E se ci fossimo immaginati tutto, senza sapere nulla, senza alcuna ragione?"

"Hai il coraggio di uscire dal giardino, andargli incontro, salutarli, chiedere del signor Armani o del signor Berlusconi?"

"Certo che no."

Carvalho si infilò nel letto e Biscuter si alzò.

"Dorma, capo. Monteremo turni di guardia. A me il primo."

"Biscuter, questo non è un film western. Non ci hanno visto, ne ho la certezza."

Biscuter non gli rispose. Si era seduto su una sedia d'angolo che gli consentiva di vedere i due ingressi della stanza, il balcone e la porta, e iniziò a immaginare che cosa fare nel caso entrasse il nemico dall'uno o dall'altra.

Secondo la nota di Malena, l'accordo era di attraversare la frontiera da Rosh Hanikra e prima di raggiungere Naqoura, ormai in Libano, fermarsi al primo distributore di benzina sulla strada. Lì avrebbero trovato Sumbulovich ad aspettarli, "un incontro difficile", pensava Carvalho, che non era riuscito a superare il ricordo di un Sud del Libano periodicamente invaso da Israele, soprattutto a spese dei campi di rifugiati palestinesi da dove uscivano le nuove leve di guerrieri e terroristi. Ma passare la frontiera non ebbe nulla di turistico, questo fu il giudizio negativo di Carvalho, tenuto conto della lentezza delle formalità e delle consultazioni telefoniche dei doganieri, che non pronunciavano mai la parola Israele, al quale si riferivano come al "paese accanto" o "quelli lì sotto". Tuttavia, la documentazione preparata da Malena ebbe successo, ed entrarono in Libano da Israele come se si trattasse di un fatto allo stesso tempo eccezionale e normale. E all'interno della stessa convenzione di normalità incontrarono l'ospite Sumbulovich, vestito come la sera in cui lo avevano conosciuto, con lo stesso nastro attaccato a un orecchio e uno zaino da boy-scout. Si limitò a chinare la testa a guisa di saluto e ascoltò il riassunto del viaggio di Carvalho.

"A seconda delle condizioni delle strade, ci sono quasi tre ore sino alla frontiera con la Siria e altre tre a quella con la Turchia. Non ci sarà tempo per fare del turismo, anche se passeremo da Tiro, Sidone e Byblos, e in Siria spero di vedere almeno le rovine di Palmira e quel che resta della colonna di Simeone lo Stilita. Un piccolo omaggio a Buñuel. Siamo nel cuore delle civiltà preromane."

"Jounieh mi sembra più interessante, capo."

Biscuter si voltò strizzando un occhio al russo, che fece finta di niente.

"Perché?"

"È uno dei centri più importanti per il gioco e la prostituzione di tutto il Medio Oriente, e inoltre si mangia libanese."

Carvalho guidava e di tanto in tanto osservava Sumbulovich dallo specchietto retrovisore, sempre assorto nella sua musica, finché fu l'ospite in persona a tagliare corto, togliendosi gli auricolari e mettendoli alle orecchie di Carvalho e la canzone, con il volume troppo alto per i gusti del detective, gli affondò nel cervello come una lama.

Riders on the storm
Riders on the storm
Into this house we're born
Into this world we're thrown
Like a dog without a bone
An actor out of a loan
Riders on the storm.

There's a killer on the road
His brain is squirning like a toad
Take a long holiday
Let your children play
If you give this man a ride
Sweet family will die
There's a killer on the road.

Girl you gotta love your man
Take him by the hand
Make him understand
The world on you depends
Our life will never end
Girl you gotta love your man.

Riders on the storm
Riders on the storm...

Carvalho si tolse gli auricolari e li tenne in mano aspettando che il russo se li riprendesse.

"Mi era piaciuta di più quella dell'altro giorno. Sono dello stesso autore, no?"

Il biologo annuì e non si tappò di nuovo le orecchie. Lasciò gli aggeggi sul sedile e sembrava contemplare il paesaggio, ma in realtà aveva voglia di parlare e Carvalho intuiva che, se l'avesse fatto, avrebbero ascoltato un lungo monologo interessante solo all'inizio, tant'è che si mise a fischiettare per ostacolare col suono la voglia di comunicare del russo. Ma non gli valse a nulla perché, senza smettere di guardare i boschi di cedri vicini al mare, Sumbulovich diventò la voce fuori campo della propria storia.

"La donna che cerco si chiama Irina Bulgakova, era stata mia compagna di liceo, di università, anche se in seguito lei aveva studiato musica, violino. Compagni di giochi nell'adolescenza e nella gioventù, di militanza politica sui fronti a favore del ritorno dello zar, con i quali ci opponevamo a quanto era rimasto della dittatura comunista senza interessarci minimamente al fatto se la principessa Anastasia fosse sopravvissuta o meno. Con rivendicazioni di questo genere, così ludiche, così chimeriche, si poteva influenzare la società, in quanto il potere in disgregazione non poteva sostenere che lo zar fosse in grado di tornare a trasformarsi in nemico. Irina era una ragazza portentosa, bellissima, bruna con gli occhi verdi, con le fattezze un po' asiatiche, forse per via di una nonna siberiana che viveva ancora con lei negli appartamenti dell'Università di Mosca. I suoi genitori erano cattedratici e traduttori, molto stimati, e disponevano di due appartamenti minuscoli, due autentiche tane dove abitava una famiglia numerosa, i genitori e i sette fratelli di Irina, vale a dire, otto bambini oltre alla nonna siberiana. Come intellettuali di prestigio internazionale, i genitori viaggiavano all'estero, potevano vedere come vivevano i loro pari negli Stati Uniti, in Inghilterra, in Germania, e tornavano scandalizzati al loro paese, al loro stesso paese, dove dovevano iscriversi alla lista d'attesa per ottenere un tergicristalli di ricambio per il parabrezza di un'auto che cadeva a pezzi. Cinque anni di attesa per ottenere un tergicristalli, e questo capitava a due eminenti eruditi, capite? Quando Gorbaciov diede inizio alla riforma sapevamo già che tutta quella storia stava per finire. Per settant'anni i moscoviti avevano preso in giro il punto della città in cui figurava qualcosa che doveva più o meno essere la prima pietra del gran monumento alla rivoluzione. Non era mai stato fatto; non sarebbe mai stato fatto. Mi trovai con Irina in tutti i fronti di lotta contro quanto era rimasto del sistema comunista, specialmente dalla parte di Eltsin, contro l'indeciso Gorbaciov. Qualcuno aveva preparato un cartello in cui si vedeva Gorbaciov dirigere un'orchestra, ma sul leggio non c'era alcuna partitura. E così cadde. Eltsin era già lì e allora, come se avessero aspettato in catacombe segrete, cominciarono a spuntare gli avventurieri del denaro e della politica, gangster, mafiosi, talvolta provenienti dallo stesso partito, il Pcus, la cui influenza si cercava di liquidare. Sfasciarono i meccanismi sociali assistenziali, e per di più il paese era, ed è, in rovina, a causa di un'economia bellica mal pianificata cui gli americani l'avevano spinto mediante la guerra delle Galassie. Irina e io finimmo gli studi nel 1994, fra terribili difficoltà. Suo padre era andato negli Stati Uniti e da lì annunciò che non sarebbe più tornato e che si separava dalla moglie, dagli otto figli e dalla suocera siberiana, capite? Con il ridicolo stipendio della madre e la pensione della nonna non potevano vivere né stare al passo di un'economia di mercato. Tutti i fratelli si misero a cercare lavoro in un paese passato dalla piena occupazione più o meno chimerica alla disoccupazione al trenta per cento. Io riuscivo a cavarmela perché vivevo da solo e non dovevo nemmeno badare alla sopravvivenza dei miei genitori a Odessa, e proposi a Irina di andare a vivere insieme per tirare avanti un po' meglio. Un giorno o l'altro le cose si sarebbero aggiustate, e mi avvalsi di qualche nozione in mio possesso per produrre in casa della vodka da vendere nei mercatini e nelle strade. Irina suonava il violino nelle piazze e nella metropolitana, ma non c'erano i soldi per dare l'elemosina o non si capiva perché mai, dopo oltre settant'anni di comunismo, la gente dovesse sfamarsi mendicando. Inoltre, la gente non sapeva chiedere. La rivoluzione aveva creato almeno un canone di dignità collettiva, una disgraziata morale dell'emancipazione che non consentiva nemmeno di chiedere l'elemosina, come sanno fare gli sventurati in ogni altra parte del mondo. Irina e io decidemmo di lasciare quella merda di paese per tornarci forse un giorno, quando ci sarebbe stato uno zar e si fosse infine scoperto chi cazzo era la principessa Anastasia. Io provenivo da una famiglia di origini ebree, anche se né i miei genitori né io eravamo praticanti, e attraverso contatti ottenni un lavoro provvisorio in Israele, ma all'inizio non riuscii a farmi accompagnare da Irina. Preparammo diversi progetti di viaggio che non poterono realizzarsi in quanto Irina spendeva tutto quel che guadagnavo per mantenere la sua numerosa famiglia. Per giunta, la nonna morì di polmonite all'inizio dell'inverno del 1999 senza riuscire a vedere, come avrebbe desiderato, "l'anno delle luci", così chiamava il 2000, quando la felicità non solo sarebbe scesa dal cielo sulla Terra, ma dalla Terra sarebbe salita in cielo e Dio e il diavolo avrebbero firmato i Patti Lateranensi. Capite? La povera vecchia aveva in testa un autentico pastrocchio storico e ideologico. Lasciai a Irina cento bottiglie di vodka che avevo distillato rischiando grosso in un laboratorio, che era stato legale, e allora era alla portata di chiunque ne pagasse l'affitto, e convenimmo di incontrarci tre mesi dopo in Israele. Lei poteva arrivarci attraverso una rotta che passava dalla Bulgaria fino in Turchia e, se necessario, io sarei andato a prenderla. Ma d'un tratto, mentre ero a Tel Aviv, smisi di ricevere le sue lettere, lei non telefonò più, non riuscivo a contattare la sua famiglia, i fratelli si erano sparpagliati e chissà dov'era finita la madre. L'ultima notizia di Irina era che stava per partire e poi di colpo nulla, nulla, nulla, capite?"

Fosse anche solo per adeguarsi all'intercalare di Sumbulovich dicevano che sì, sì, capivano. Era rimasto in silenzio. Carvalho e Biscuter si guardavano con la coda dell'occhio come a incitarsi affinché uno dei due chiedesse di continuare il racconto. Il viaggiatore sembrava sprofondato in un pozzo di memoria e malinconia e si rigirava gli auricolari tra le dita, come se stesse per rimetterli e distaccarsi dagli accompagnatori.

"E...?"

Bastò quell'*e* inquisitivo di Biscuter perché il biologo malinconico si schiarisse la voce e desse a se stesso una spinta emozionale.

"Due settimane fa ho ricevuto notizie indirette di Irina attraverso un amico comune che l'aveva incontrata per caso a Istanbul."

Tacque di nuovo e la curiosità degli ascoltatori si addensò al punto da rendere irrespirabile l'aria nell'abitacolo della Ford Explorer.

"Irina era a Istanbul, faceva la prostituta. Irina è una prostituta."

La densità dell'aspettativa si sciolse. Biscuter fuggì come se cercasse di raggiungere i cedri che scorrevano veloci oltre i vetri e Carvalho si concentrò sulla strada che annunciava di continuo la necessità statale di arrivare a Beirut. La voce di Sumbulovich emerse dal fondo del pozzo della sua angoscia. Quasi un sussurro.

"Ma ha detto al mio amico che la cosa che più desiderava a questo mondo era vedermi."

Sumbulovich aveva cercato di riascoltare l'interminabile registrazione di Jim Morrison, ma si era addormentato a bocca aperta, spettinato, con gli occhi socchiusi, come capita agli animali infestati dai vermi, e un respiro ritmico, contagiato dalle musiche che ascoltava per tutto il giorno. Biscuter lo guardò con affetto, senza reprimere la madre frustrata che aveva dentro di sé, e Carvalho tentò di ricavare un qualche bilancio positivo dall'esperienza, perché prevedibilmente non si compie l'ultimo viaggio ambizioso della propria vita per perdere tempo risucchiando la costa del Libano come se si trattasse di un provvedimento amministrativo. Fu necessario svegliare l'ospite per passare il controllo alla frontiera con la Siria. Erano ridiventati funzionari internazionali con il passaporto immacolato, dato che non lo avevano timbrato alla frontiera israeliana, e anche Sumbulovich aveva la documentazione dell'Onu, cittadino iugoslavo a tutti gli effetti. Samuel – Carvalho e Biscuter ormai lo chiamavano per nome – seguì con sonnacchiosa indifferenza le procedure alla frontiera. Non erano esattamente in missione ufficiale vera e propria, ma in gita verso la costa turca, dove speravano di poter vedere gli esempi di archeologia greca più straordinari del mondo. L'ufficiale non ci credeva del tutto, turchi e greci? La Turchia è la Turchia e la Grecia è la Grecia. Ma nel passato le carte geografiche non erano quelle di adesso, e l'ufficiale convenne che la cosa era possibile e si segnò il nome di Efeso per parlarne con il figlio, che sapeva tutto a proposito di storia, battaglie e rovine.

"Suo figlio ha un brillante avvenire davanti a sé."

L'ufficiale fece spallucce mentre con lo sguardo abbracciava la dimensione della garitta e lo spazio sul quale esercitava il proprio potere.

"Spero migliore del mio."

Più tardi, Carvalho considerò con i compagni d'auto l'insolita esperienza vissuta. Non si era trattato di un dialogo convenzionale di frontiera e l'ufficiale aveva ragionato e parlato come una *guardia civil* dell'entroterra spagnolo, di León per esempio, non molto contento del suo lavoro, o come un facchino chicano all'aeroporto di Austin, consapevole che non sarebbe diventato presidente degli Stati Uniti, e forse nemmeno della General Motors o della Coca-Cola.

"Il cliché non serve. I nostri cliché sulle guardie di frontiera sono svaniti."

"Io non avevo alcun cliché, capo. Per me un siriano è come un turco o un indù: stanno al di là della Sicilia."

"Io ero passato velocemente da queste parti, durante il caso della ricerca di Roldán, e quasi non avevo avuto il tempo per le associazioni di idee. Ma, questo sì, avevo cenato magnificamente, non a caso la miglior cucina di questa zona la si conosce al solito come siriano-libanese. Dovremmo mandar giù qualcosa che non ci impegni troppo a lungo; degli spuntini e un po' da bere. Perché non vai a cercare qualcosa, Biscuter?"

Samuel Sumbulovich sosteneva di non avere fame, ma Biscuter lo sgridò cortesemente avvertendolo che, tenuto conto di quanto lo attendeva a Istanbul, era preferibile affrontare la faccenda dopo aver ben mangiato, o quantomeno, mangiato. L'auto si fermò davanti a quella che sembrava una bettola per camionisti, appoggiata quasi a un distributore di benzina che spuntava da terra come se ricevesse direttamente il liquido dal giacimento petrolifero e Biscuter scese a rintracciare qualcosa di commestibile. Tornò con un vassoio di carta stagnola pieno di palline di riso che chiamò *kebbé* e di panzerotti alla carne, di manzo gli avevano spiegato in francese. Da bere non aveva trovato né vino né birra, ma uno sciroppo al tamarindo scelto piuttosto di un altro ai datteri, e bicchieri di caffè turco che gli occhi di Carvalho accolsero come vere leccornie. Non esitò a lamentarsi per le difficoltà trovate sia in Libano sia in Siria per assaporare le eccellenze di una cucina da lui fugacemente conosciuta a Parigi e a Damasco, ma ricordò i *mezés*, antipasti geniali, o le marinate.

"Deliziosa quella di melanzane alle noci. E questo *kebbé* di riso che stiamo assaggiando, a parte la sua discutibile qualità, è il *kebbé* più umile del mondo, paragonabile a quello di carne trita cruda e frumento. E cosa dire dell'agnello stufato con le melanzane?"

Samuel lo ascoltava, sulle prime allarmato, poi divertito e infine così eccitato che cominciò a declamare, quasi fosse una poesia, una lista di piatti di una cucina presuntamente russa davanti ai due accompagnatori sempre più sconcertati:

Idromiele con mirtilli aspri
mirtilli rossi in marmellata
aringhe arrostite con uova
kasha con semola di frumento nero
foglie di vite ripiene
storioni freschi arrostiti o, in loro mancanza, in scatola con panna acida e patate
filettini di salmone ripieni alla maniera del Don
pomodori con salsa di brodo bianco e uvette
zazuska salata con quagliata
zapezanka cotto nel latte o con le mele o bollito nella panna acida fino alla morte.

Il ragazzo proseguiva e Carvalho, stanco di tradurlo mentalmente mentre Biscuter naufragava nello stupore, interruppe il recital di piatti che comunque non l'attiravano e sollecitò i compagni di viaggio a studiare un itinerario segnato dalle priorità dell'ebreo errante.

"Se deve tornare nei giorni indicati da Malena, è necessario raggiungere Istanbul prima possibile."

Bisognava scegliere o la rotta trasversale che appena varcata la frontiera turca collega Yayladagi con Ankara e Istanbul o quella che, iniziando dal litorale, li conduceva ad Antalya e da lì direttamente a Istanbul senza passare da Ankara.

"E il Bosforo, capo? I Dardanelli. E la porta di Giasone?"

"Ogni cosa a suo tempo. Che gliene pare?"

Samuel preferiva il percorso Antalya-Istanbul. Le strade non erano in cattivo stato e supponeva che fossero tutte asfaltate, anche se in Turchia abbondavano le cosiddette strade stabilizzate, coperte di ghiaietto o quelle secondarie, di terra battuta. Antalya era uno dei centri turistici più importanti del paese e le strade avrebbero rispecchiato tale circostanza. Avrebbero raggiunto la frontiera all'inizio del tramonto e progettarono di dormire ad Antalya per poter risalire il giorno dopo fino a Istanbul in modo che si avverassero le previsioni del passeggero. La severità della polizia turca diventò quasi un interrogatorio di frontiera a proposito dello strano miscuglio evidenziato da un fuoristrada dell'Onu occupato da un russo e due francesi, Bouvard e Pécuchet. Carvalho spiegò che le loro famiglie avevano stretti rapporti con il Libano fin da prima della guerra, quando il paese era considerato la Svizzera del Medio Oriente, e che il signor Sumbulovich proveniva da una famiglia sefardita passata per la Russia, l'antica Iugoslavia, Francia, Israele. "Il mondo non ha frontiere," ragionava Biscuter in francese, mentre i due funzionari non lo degnavano neanche di uno sguardo, come se non ne valesse la pena. Carvalho era al corrente del dato culturale secondo cui la polizia turca ritiene ogni essere umano, turco o non turco, non solo un individuo sospetto, ma colpevole della caduta dell'Impero ottomano, anche se poi decide di tollerarlo perché contemplato dallo stipendio. Furono tollerati e Samuel li avvertì di moderare la velocità.

"Sono implacabili con le multe agli stranieri. E lenti a metterle, soprattutto lenti."

La parola "lenti" in quel fuoristrada suonava più come un lamento che come una constatazione, e Carvalho cercò di incoraggiare la marcia senza superare troppo il limite di velocità e sempre più pentito di aver accettato di fare quel favore che gli rubava l'iniziativa come viaggiatore e lo trasformava in un autista al servizio di un biologo russo ebreo e di una guida turistica argentina membro del Mossad. Commentava con Biscuter le eccellenze della costa turca che non avrebbero più visto dopo la svolta ad Antalya, come Kuşadasi, Efeso, Smirne, Troia. "No, a Troia ci andremo scendendo verso i Dardanelli." Biscuter-Achille cominciò a scagliare frecce contro l'orizzonte incorniciato dal parabrezza e invano Carvalho l'avvertì che tutte le città della Troia mitica sono sepolte sottoterra e che, pur riempiendo di gioia gli scavatori, lasciano i visitatori nel dubbio su come potessero vivere e morire esseri così interessanti in fondo all'Anatolia.

"Non vedrai né Elena, né Paride, né Ettore, né Ulisse, né Achille e nemmeno Agamennone, la cui tomba tuttavia hai già visto a Micene."

"Io tutta questa gente la conosco dal cinema e quando lei mi parla di Ulisse io, zacchete, faccio uscire Kirk Douglas dal cilindro della mia memoria e sono felice come una pasqua. Che Ulisse! Così si spiega come mai Rossana Podestà e Silvana Mangano se lo vogliano portare a letto. Del film *Ulisse* mi piaceva il lieto fine. Lui riesce a tornare a Itaca, fa fuori tutti quei rompipalle che gli assediano la moglie e diventa di nuovo re, molto amato dal figlio Telemaco, un ragazzo pieno di risorse. Cose che non accadono più. Essere re è un'immensa cazzata che ti fa passare mezza vita ad ascoltare discorsi o a inaugurare tavoli da biliardo, so quel che dico."

Arrivarono ad Antalya con l'alba alle spalle, affamati e con le ossa maciullate dagli scossoni del fuoristrada. Alloggiarono nell'albergo di una stazione di servizio senza entrare nella città vecchia per non perdere altro tempo o denaro, come se il senso del viaggio fosse determinato dalle necessità di Samuel. Cenarono nello stesso albergo, sulla strada per Termessos, con panini al formaggio e al prosciutto cotto. Lì Carvalho scoprì l'*ayran* che – giurò – non avrebbe più abbandonato finché restava in Turchia: frullato di yogurt e acqua, freschissimo. Biscuter, quando ormai Sumbulovich si era chiuso nella sua stanza, si lamentò più volte dell'impossibilità di vedere quel che c'era da vedere, per esempio la Termessos vecchia e il parco naturale che la circonda.

"Una meraviglia, capo."

E mostrava le sue guide e i dépliant come inutili testimoni.

"Potremmo tornare indietro in seguito. Un giro del mondo non deve essere la conseguenza di una linea continua. Sarebbe una convenzione troppo primitiva."

Faceva caldo, soprattutto negli alberghi a buon mercato, in quel mese d'agosto, in un anno di canicole insufficienti e di piogge abbondanti in Europa, come se l'assenza di sudori volesse avvertire i corpi dell'imminenza della catastrofe denunciata dagli ecologi nel recente incontro in Sudafrica. Dal piccolo balcone della sua camera, le luminarie di un incrocio stradale lo posizionavano in un qualsiasi punto del mondo segnato dalla necessità di luce e dalla fretta. Soltanto la lingua sulle insegne rivelava che non era a casa, nemmeno in un presumibile mondo da viaggiatore occidentale, ma che era un fuggiasco crocefisso da quattro strade di cui poteva prendere soltanto quella che portava a Istanbul attraverso Eskişehir e

Adapazari. Dormì male e lasciò sui guanciali il segno del suo tormento e del caldo patito, per cui provò un certo sollievo quando Biscuter bussò alla sua porta dandogli una scusa per dichiarare la fine della notte. Ma Biscuter non era contento.

"Se n'è andato."

"Chi se n'è andato?"

"Samuel Sumbulovich. Non è nella sua stanza. Non c'è traccia del bagaglio, di quel poco bagaglio che aveva con sé, e alla reception mi hanno detto che stamane è partito per l'aeroporto. Ci sono dei voli Antalya-Istanbul."

"È partito da solo?"

"È passato da solo dalla reception e da solo è salito sul taxi."

Carvalho si strinse nelle spalle e, mentre facevano colazione con marmellate, yogurt ed *ekmet*, il pane ai semi tipico di tutto il Mediterraneo orientale, ristudiarono il tragitto sollevati. Innanzitutto, vedere Antalya, poi Termessos, Pamukkale, Efeso, Smirne, Troia e, finalmente, affacciarsi dai Dardanelli sulla porta stretta che apriva il Mar di Marmara e la possibilità del Bosforo; più oltre, il Mar Nero, Samarcanda, la doverosa Samarcanda, adesso più che mai.

"Dove si trova Samarcanda, capo?"

"Prima era tra l'impero del Gran Tamerlano e Hollywood, dal momento che l'industria cinematografica è molto propensa a inventarsi una città miticamente doverosa per secoli. Una delle più belle città delle trincee dell'Asia, dove bisognava accorrere per incontrare il Gran Khan, come fece un ambasciatore spagnolo chiamato Rui González de Clavijo. Adesso è una delle tante città uscite da una di quelle strane repubbliche spuntate da sotto i tavoli dove veniva impartito il materialismo storico nella sua fase terminale. Oggi Samarcanda si trova nella repubblica dell'Uzbekistan."

"Adoro questi paesi che finiscono in *tan*. Il Turkestan, per esempio."

Erano nel centro della città vecchia di Antalya quando Carvalho decise che Biscuter doveva telefonare a Malena.

"Ti ha dato il suo numero di cellulare."

"Ma insomma. Non avevamo deciso che il viaggio era di nuovo il nostro?"

"Ricorda la scomparsa di madame Lissieux. Sei certo che fosse di sua volontà, dopo aver vissuto un'esperienza come quella della cocaina? E la persecuzione successiva? E se questo ragazzo fosse stato costretto ad andarsene?"

Biscuter ripescò la sua minuziosa agenda e la avvicinò agli occhi per leggere il numero di telefono dell'ebrea argentina. Sulle prime udì rumori ambientali, chiacchiere di turisti intorno alla loro guida e poi la voce canterina di Malena che risuonava nello spazio aperto. Bastarono poche parole. Samuel era scomparso. Li aveva piantati in asso in un alberghetto di Antalya e tutto faceva pensare che fosse andato all'aeroporto.

"Forse la fretta," disse Biscuter cercando di sminuire il problema.

"I tempi erano stati calcolati. Così come la sicurezza del viaggiare senza doversi identificare. Cosa intendete fare?"

Biscuter espose il loro piano e Malena lo pregò di continuare a chiamarla, soprattutto di farle sapere il nome dell'albergo dove avrebbero alloggiato a Istanbul. Carvalho lo sapeva già, con sorpresa di Biscuter: l'Hilton. Finita la telefonata, Carvalho capì lo sconcerto del suo aiutante.

"Lo so che andare all'Hilton è contro le mie idee sugli alberghi di stile americano. Ma Istanbul è una città estenuante e per molti versi asiatica; voglio riposare in un albergo convenzionale e che non sia di superlusso: l'Hilton. Due giorni. Poi, il Bosforo, la Turchia del Nord, il Caspio... l'infinito. Chissà dove dorme l'infinito e se c'è un buffet per la colazione. Adoro i buffet per la colazione e le città con la spiaggia."

Ma Antalya aveva la sua spiaggia migliore a dieci chilometri e Biscuter una voglia urgente e paleourbanistica di quartieri vecchi, in questo caso generosi sotto la vigilanza di un minareto striato, elemento storico funzionale ben assortito con una moschea dal minareto tronco; il quartiere appariva troppo rimesso a nuovo e riabilitato da negozi e ristoranti, soprattutto botteghe zeppe di tappeti tanto simili a quelle di Alicante che Carvalho avrebbe giurato che fossero di Alicante. Biscuter venne in appoggio a tale tesi, sapendo che certi amici di amici di amici di amici avevano comprato tappeti in Medio Oriente per poi scoprire, al loro ritorno in Spagna, quasi decerebrati, che erano "made in Onteniente", provincia di Alicante.

"Non c'è dubbio, Biscuter. Erano tappeti volanti."

Era faticoso per i pedoni sopravvivere all'agguato dei venditori di tappeti, i quali disponevano di una rete di ragazzini persuasori che inseguivano i turisti poco accompagnati, di negozio in negozio, aiutati in questo caso dall'interesse mal celato di Biscuter.

"Biscuter. Togliti quel sorriso di beatitudine dalla faccia, altrimenti un tappeto ce lo rifilano di sicuro."

Per sfuggire alla persecuzione, propose di partire quanto prima da Antalya per Termessos, una gita che ora si potevano permettere e che Biscuter accolse con entusiasmo quando lesse che per goderla appieno bisognava camminare più di tre ore. Squillò il cellulare di Biscuter, e un po' di soprassalto verificò la provenienza della chiamata. Più tranquillo, si mise a parlare con Malena ripetendo a voce alta quanto gli diceva per mettere al corrente Carvalho della conversazione.

"Che sarebbe assai conveniente non arrivare troppo tardi a Istanbul. La faccenda di Samuel può avere qualche strascico. È possibile che il ragazzo abbia dei problemi."

Carvalho patteggiò con se stesso due giorni di vacanza. Al terzo sarebbe partito per Istanbul.

"Mi chiede se si può arrivare prima, capo."

"No."

L'aiutante fu colpito dalla risposta risoluta del detective e la comunicò alleggerita da spiegazioni circostanziali che l'argentina fu costretta ad accettare. Si diedero appuntamento all'Hilton per tre giorni dopo. "Con lei, sì, con lei," assicurò Biscuter all'incredulo Carvalho che considerava impossibile una visita a Masada senza la presenza di Malena come traduttrice per argentini postebrei e spagnoli postsessantenni, vittime della Storia Sacra sorbita a scuola nella loro infanzia.

"Va bene essere generosi, ma non bisogna buttare via la propria libertà per il capriccio altrui. Noi siamo stati di parola e l'uccellino è fuggito dalla gabbia. Siamo tra adulti. Facciamoli aspettare."

A Termessos entrarono in un parco seguendo la promessa di una città antica arenata tra le montagne come una nave leggendaria raggiungibile con una camminata di un'ora dopo aver lasciato l'auto nel parcheggio. Bisognava essere fiduciosi, perché la nebbia avvolgeva la città elevata e la strada richiedeva piedi concentrati come cervelli. Biscuter camminava stordito, come se avesse già quasi tra le mani il Sacro Graal, mentre Carvalho si divideva tra il desiderio di stupirsi e quello di non stancarsi. Per il momento lo sorprendeva la sincerità delle rovine, capaci di trasmettere la passata grandezza senza quasi adoperare la parte di sovvenzioni nazionali destinate a conservare qualcosa di tanto etereo come il patrimonio autoctono. Le tombe e le acque segnavano la tensione tra la morte e il suo contrario, le necropoli sparse tutt'intorno, l'acquedotto e le cisterne furono i relitti preferiti da Carvalho, mentre Biscuter vagava lungo l'agorà, i templi e soprattutto il teatro, come se questi avessero aspettato per anni la sua visita. Si mise nella posizione teorica del primo attore armato di monologo e iniziò a cantare in catalano *Nella taverna di Mallol*, con sufficiente voce perché tutti i visi di Oriente e Occidente si voltassero verso di lui:

Nella taverna di Mallol
ci son state pugnalate,
nella taverna di Mallol
dicono che erano in quattro
contro un uomo solo.

Come stabilito arrivarono a Pamukkale alle tre in punto del pomeriggio e sentenziarono che sarebbero andati in spiaggia di mattina, sempre che quest'ultima lo meritasse e il tempo lo rendesse possibile, destinando i paesaggi geografici o intellettuali, per esempio le rovine, ai passatempi del pomeriggio e della sera. Fu Carvalho soprattutto a insistere di non lasciarsi sfuggire le spiagge e la costiera, mentre Biscuter tirava fuori il suo personale supplizio d'autodidatta disposto a non trascurare una sola pietra firmata. Per il momento, Pamukkale era inevitabile: ogni insegna turistica turca ne riproduceva i bancali calcarei a gradinate con bacinelle piene d'acqua, come una costruzione prodigiosa di un qualsiasi ingegnere importante o architetto idraulico e invece totalmente da attribuire alle acque termali, non sempre presenti nelle grosse pozzanghere per via dell'uso fattone dagli alberghi eretti in un'ampia zona famosa fin dalla più antica antichità. I malati di reumatismi venivano a fare il bagno in quei liquidi policromi, doppiamente miracolosi, per i loro effetti terapeutici e per la capacità di teatralizzare il loro stesso paesaggio.

Si lasciarono Efeso alle spalle e pernottarono a Kuşadasi, in un albergo per tasche medie, l'Oskar, gestito da due coniugi francesi a quanto pareva interessatissimi alle teorie sulle zuppe di Biscuter il quale, a sua volta, si fece spiegare tutto sui *mezés*, gli antipasti turchi che costituiscono "i suggestivi aperitivi di una cucina fortunata", come assicurò la signora, anche se la buona fama va tutta a libanesi e siriani. Il giorno seguente verificarono che la città somigliava alla Benidorm spagnola o a qualsiasi altro incubo da spiaggia per turisti e che bisognava percorrere diversi chilometri per trovare spiagge da cartolina, come quella di Kustur, e di nuovo il Mediterraneo che erano stati costretti a rimandare dopo la Grecia. A Carvalho si illuminarono gli occhi quando vide nel porto i traghetti che collegavano Kuşadasi con Samo, da dove era raggiungibile l'isola in cui san Giovanni aveva scritto l'Apocalisse in grotte che si offrivano ai cristiani turisti vogliosi di trovare sulle loro pareti le unghiate dell'evangelista più interessante e possibilmente più perverso.

"Samo, Icaria e Patmo formano un triangolo nell'Egeo, ma più di tutte mi interessa Patmo."

Esitò a rivelare il segreto che aveva taciuto fin dall'inizio del viaggio, ma infine gli parve fosse giunto il momento adatto.

"Avevo visitato Patmo durante qualcosa di simile a una luna di miele."

Biscuter gli rimandò solo un sorriso.

"In un certo senso sono stato sposato, sposato addirittura in chiesa. Immagina, nella Spagna degli anni cinquanta, dei sessanta. Mia moglie si chiamava Muriel ed era una compagna di partito e di università. Non avevamo il becco di un quattrino. Nemmeno le nostre famiglie l'avevano, e cogliemmo l'opportunità di un Incontro della Gioventù ad Atene. Da Atene a Patmo, e poi io sarei andato in Iraq a una riunione delle gioventù comuniste. Una notte si udirono spari, l'avanzare di carri armati, ronzii di aerei che volavano rasoterra e il giorno dopo Baghdad fu piena di impiccati, re compreso. Nonostante gli impiccati, fu un viaggio entusiasmante; Patmo, più di tutto. Furono gli unici momenti felici di quel matrimonio cominciato già male, in una chiesa di Pueblo Seco, quattro parenti, quattro studenti rossi e una certa antipatia tra me e il prete. Quando mi domandò se volevo sposare Muriel gli risposi: 'Sì'. E lui, davanti a tutti, mi aggredì: 'Forse vuole dire: sì, padre'. 'Sì, padre.' Ormai ero un uomo sposato. Ne valse la pena per via di Patmo."

Biscuter lo guardava accigliato, quasi non sapesse bene come reagire.

"Scusi, capo, ma ero già al corrente del suo matrimonio. Anche Charo. Capita che lei parli quando beve e una volta ha ricevuto una lettera da sua figlia; è rimasta dimenticata sulla scrivania dell'ufficio."

"Non la conosco. Non l'ho più vista da quando aveva tre anni."

Non volle proseguire con la confessione della propria vita e delle proprie opere e tornò a proporre la necessità di andare a Patmo. Significava bruciare una giornata, rifletté Biscuter, ma si disse disposto a farlo sempre che approfittassero del pomeriggio a Efeso, che aveva "rovine romane davvero cazzute, perché da queste parti tutto era greco e romano, capo, fino all'arrivo dei turchi dalle steppe dell'Asia centrale". La storia semplificata da Biscuter era pur sempre una spiegazione sancita dalla presenza stessa delle rovine di Efeso, a guisa di periferia della grande idra greco-romana. La basilica di San Giovanni ricordava vita e morte dell'evangelista nella città, dopo aver scritto l'Apocalisse, e la Grotta dei Sette Dormienti consentiva loro di recuperare la morbosa insicurezza degli intrusi in necropoli e catacombe storicamente tormentate. La concentrazione archeologica riuniva resti romani e bizantini dall'inquietante conservazione, uno spazio per perdersi durante la giornata sorbendo pietre, colonne e statue come frammenti di squisitezze inghiottite dalla violenza e dal tempo. E, quasi a ricordare il ruolo della violenza, d'un tratto, di ronda intorno alla fonte di Sestilio Polio, una pattuglia militare in uniforme mimetica, con il mitra in resta, impose la storia contemporanea attraverso le sue vigili sentinelle. Vigili su che cosa, sulle rovine di Efeso?

"Su cosa vigilano, capo?" domandò Biscuter.

"Noi. Credi forse che non siamo sospetti?"

"Lei e io?"

"E anche quel branco di vecchietti italiani o quella famiglia giapponese che si veste come se fosse in Uganda. Li pagano per vigilare su un mondo che non sono riusciti a controllare del tutto. Fino a quattro giorni fa in questo paese c'era ancora la forca per questioni politiche, e se adesso l'hanno abolita e non la si applica è perché far parte dell'Europa unita presuppone una servitù umanitaria, ma la pena di morte esiste. È quasi un secolo che hanno smesso di essere un impero e ancora non sanno cosa sono, ma lo Stato sa che deve vigilarli e vigilarci."

Il giorno seguente decisero di alzarsi presto per arrivare quanto prima a Samo, a una distanza di due ore e mezzo di navigazione, percorrere l'isola e poi raggiungere con un piccolo aereo Patmo, dove Carvalho intendeva pernottare nel caso gli apparisse san Giovanni, disposto a confermare quella sua apparizione di oltre quarant'anni prima, in una notte di luna di miele, accanto a Muriel, lui e lei come due cospiratori adolescenti che non abbandonarono l'osteria del porto nemmeno per andare a dormire, sazi di vini buoni, cattivi, di *retsina* e di *ouzo* raffinati o andanti, faceva lo stesso, l'importante era levitare in quella comunione dei santi in attesa che san Giovanni apparisse, e lo fece quando ormai cominciava ad albeggiare in un'aria piena di rugiada, mentre loro recitavano frammenti dell'Apocalisse sulle strade che portavano alla grotta residenziale del santo: "E adorarono il dragone perché aveva dato l'autorità alla bestia selvaggia, e adorarono la bestia selvaggia con le parole: 'Chi è simile alla bestia selvaggia, e chi può guerreggiare contro di essa?'. E le fu data una bocca che diceva bestemmie e le fu data l'autorità di agire per quarantadue mesi. Ed essa aprì la bocca in bestemmie contro Dio, per bestemmiare il suo nome e la sua dimora e quelli che dimorano in cielo. E le fu concesso di far guerra contro i santi e di vincerli, e le fu data autorità su ogni tribù e popolo e lingua e nazione".

Quando il giovanissimo Carvalho finì di leggere il brano dell'Apocalisse che gli era toccato in sorte, vide, non diversamente da Muriel, molto più materialista e storica di lui, san Giovanni uscire dalla grotta, sgranchirsi e dire qualcosa in greco che non capirono nemmeno quei greci che si erano alzati ed erano accorsi sul posto sentendo la recita dello straniero. Il santo non aveva nulla di amichevole e bestemmiava in modo tanto evidente che Carvalho cominciò a dubitare che quella fosse la voce di un santo, attribuendola piuttosto a un mendicante svegliato da quella laica manifestazione di spiritualità da parte di giovani rossi, una coppia di pellegrini semiclandestina nella patria del mito comunista, Manolis Glezos, e del poeta corrispondente, Ghiannis Ritsos.

A tutto questo pensava Carvalho mentre aspettavano a Kuşadasi che i passeggeri scendessero dal traghetto e, se non fu una compagnia in pieno della VI Flotta americana, a sbarcare furono senz'altro dozzine e dozzine di statunitensi che erano stati giovani quando lo erano pure Doris Day, Sandra Dee e Troy Donahue, e che adesso, ormai in pensione, spendevano parte dei loro soldi nel sicuro Mediterraneo, vestiti ai grandi saldi di fine stagione, con scarpe gialle, giacche a scacchi principe di Galles verde bottiglia, le dentiere brunite dagli hamburger insanguinati dal ketchup, nei sorrisi la soddisfazione di sbarcare in un nuovo possedimento che ancora si chiamava Turchia. Occuparono il loro posto sul traghetto e stavano arrivando a Samo quando squillò il cellulare di Biscuter a cui questi tentò di rispondere in disparte finché non verificò che si trattava di Charo. Passò il telefono in tempo perché la donna ripetesse i lamenti già sopportati da lui.

"Se il problema sono i soldi, chiamate a carico del destinatario. Ma non è giusto che facciate non so che cavolo intorno al mondo senza chiamare manco per educazione, manco per educazione."

"Al contrario. Cerca di capire che fare il giro del mondo continua a essere una cosa seria e che non puoi telefonare a parenti o amici un giorno sì e un giorno no. Qualche novità?"

"Data l'esperienza che state vivendo, che cos'è per te una novità?"

"Una novità su misura per me e per Barcellona."

"Hai lasciato la polizia sul chi vive. Continuano a fare domande sul tuo conto, nel quartiere dell'ufficio e a Vallvidrera."

"Cosa domandano?"

"Nulla di troppo concreto. Sembra far parte di una procedura, pura routine. Per giustificare lo stipendio."

Carvalho promise di telefonare da ogni nuovo paese, e si tenne per sé le inquietudini di Charo finché non arrivarono a Samo, dove si limitò ad attendere il salto a Patmo nonostante le urla di Biscuter, meravigliato in eccesso da tutto quel che vedeva, compresa una copia di "El País" in un negozio di sigarette e souvenir.

"Questa è la civiltà, capo, tabacco greco, olive di Kalamata, pubblicazioni di ogni genere, 'El País', magliette da capitano delle navi della mia infanzia..."

Fu inevitabile una puntata a Pythagorios, forse perché a Biscuter suonava quel nome o perché non voleva bruciare Samo troppo in fretta, e sottolineò la magnificenza dell'Heraion come se la sua grandezza e il buono stato di conservazione giustificassero il viaggio.

Aveva prenotato allo Xenia di Patmo, un albergo della catena turistica ufficiale, a Grigos, dove era stato con Muriel più di quarant'anni prima. Il porto di accesso all'isola era Skala e vi trovò la stessa osteria dove aveva bevuto e mangiato con Muriel tanto da stupire l'allora vecchia proprietaria che non la smetteva di chiamarli "pazzi! pazzi!" per tutto quel bere, discutere, amarsi. Ma ora l'osteria non campeggiava più su uno striminzito numero di case di pescatori e pensioni per i traghettatori, era inserita nei nuovi piani urbanistici di un turismo ancora controllato perché Patmo era molto lontana e insieme troppo vicina a un Mediterraneo orientale pieno di conflitti. Carvalho provò solo qualcosa di simile a un'emozione quando raggiunsero l'albergo a Grigos e vide la stessa spiaggia, la stessa scogliera, lo stesso mare poco profondo e con le alghe che invitava a gite in barca o sul pattìno, in cerca di altre insenature, e forse c'era pure lo stesso pescatore dello stesso poderoso polpo che il detective aveva visto sbattere contro gli scogli, già morto, per intenerirne le carni.

Fecero il bagno e poi noleggiarono un taxi per recarsi a Patmo e visitare il monastero di Agios Ioannis, che aveva reso possibile la rifondazione dell'isola già abbandonata a causa delle razzie dei barbari. Procedendo verso nord raggiunsero il monastero dell'Apocalisse ed entrarono nella santa grotta dove si diceva che san Giovanni avesse scritto la delirante fantasticheria catastrofica durante il suo esilio, dal 95 al 97 dell'era cristiana. Muriel era lì, sorridente, alticcia, bruna, complice di un Carvalho che recitava:

Puttane raffreddate
nel porto di Patmo.

San Giovanni se lo mena
nelle grotte di Patmo.

Ho invidia dei santi
nel vedere come glielo mena l'aria.

Esitava tra il cenare a Skala in ricordo di una situazione felice o allo Xenia, dove aveva vissuto insieme a Muriel giornate di splendido isolamento. Scelse infine lo Xenia e lo comunicò a Biscuter, occupato in una segreta conversazione telefonica con i suoi soci di piccoli traffici barcellonesi, anche se di tanto in tanto si metteva a parlare in francese, abbassando la voce, trasferendo a un piano intimo la sua segretissima seconda o terza vita, con un misterioso interlocutore con cui comunicava sempre lontano da Carvalho, come se non volesse mescolare le situazioni.

Appena preso possesso della stanza, provò un irrefrenabile desiderio di andare via, come se tutto quel che poteva aspettarsi da Patmo fosse già avvenuto, e senza perdere altro tempo si presentò nella stanza di Biscuter, che sorprese in mutande mentre esercitava bicipiti e tricipiti davanti allo specchio.

"Ti seccherebbe se ce ne andassimo?"

"Dove?"

"Torniamo in Turchia, i Dardanelli, Istanbul, Samarcanda."

Biscuter guardò fuori dalla finestra, quasi a convocare lo splendido paesaggio perché lo aiutasse a capire Carvalho. Ma non volle comunque obiettare dato che, in realtà, quel che gli interessava era il viaggio per il viaggio, così disse a Carvalho, e Patmo non era nemmeno un luogo al quale pensava di fare ritorno. "Capisce, capo? Lei da giovane ha viaggiato molto e ha dei posti dove ritornare. Io no." Durante il viaggio con Muriel li aveva sorpresi la somiglianza della responsabile dello Xenia con la regina Federica di Grecia e quarant'anni dopo la responsabile sembrava una ragazza all'ultima moda incubata tra le pagine di "Vogue" o "Cosmopolitan", in grado di capire perché due ospiti lasciavano l'albergo poche ore dopo il loro arrivo, sempre che pagassero la prenotazione.

"L'ha infastidito qualcosa dell'isola, capo? Qualche ricordo, forse?"

"No, niente del genere. All'improvviso ho pensato che le mie nuove esperienze non saranno mai così totali, così magnifiche come quelle del primo viaggio, ma ho scoperto di essermi sbagliato. Non avrei dovuto tornare a Patmo."

Ma né l'aeroporto, minuscolo, né il porto erano disposti a soddisfare la voglia di esilio di quella coppia di stranieri, e avrebbero dovuto aspettare l'alba per salire sul piccolo aeroplano che li avrebbe riportati a Samo in modo da prendere il traghetto per Kuşadasi, dove era rimasta parcheggiata l'auto. Presero alloggio in una pensione di Skala e mentre Biscuter cenava con una *mussaka*, Carvalho si ingozzò di calorie grazie a diversi bicchieri di *ouzo*, con la voglia di stordirsi e propiziare un sonno di pietra che tardò ad arrivare perché l'alcol l'aveva eccitato con i ricordi da un luogo imprecisabile di se stesso che non osava identificare con l'aiuto della memoria. Erano immagini rotte del viaggio con Muriel rimaste in qualche angolo della coscienza e che ora accorrevano, non ad aiutarlo, ma a deprimerlo, ad affondarlo nel sospetto di come nulla di importante gli fosse capitato in seguito, perché a un tratto scopriva che la sua breve relazione con Muriel occupava una parte della sua capacità di nostalgia. Lo sorprendeva il lieve senso di angoscia, di vuoto che l'aveva colto quando, perché lui potesse visitare il sacro Monte Athos, Muriel dovette aspettarlo a Sikia, poiché non era permesso l'accesso ad alcun animale senza peli sul volto, incluse arbitrariamente le donne che non si depilavano.

Muriel fu sostituita da Artimbau, un pittore barcellonese scovato tra gli stranieri in attesa del salvacondotto per circolare sul Monte Athos. Era un formidabile disegnatore di pope e un elucubratore della propria pittura e di quella altrui, particolarmente caustico contro le mafie creatrici di canoni estetici. Quattro giorni senza Muriel e con Artimbau, vagando a piedi o in autostop su camion addetti al trasporto di legname, dormendo nei monasteri saturi di bellezza e del risentimento dei pope, ricchi al tempo in cui venivano appoggiati dagli Stati ortodossi e di colpo poveri a partire dalla Rivoluzione sovietica prima e dopo la Seconda guerra mondiale, quando quegli Stati ortodossi caddero nelle grinfie del comunismo ateo contrario a sovvenzionare le religioni. Nonostante la decadenza, i monasteri erano ancora in grado di produrre il miglior *ouzo* della Grecia, che regalavano ai pellegrini stranieri come elisir finale dell'ospitalità. La caduta del comunismo forse aveva restituito lo splendore ai monasteri che segnavano come pietre miliari la geografia di una penisola governata dai preti, quei pope simili a cavalloni, alcuni con i capelli raccolti in un codino, che indossavano sottane nere ingiallite dal bucato e dal sole e che adoravano la regina Federica e i principi Costantino, Irene e Sofia, le cui fotografie dominavano le stanze dove ricevevano i pellegrini e versavano l'*ouzo*. Il giovane Artimbau si guadagnava la vita e il viaggio suonando la chitarra in ogni posto adatto, si trattasse di un'osteria, un'agorà o un teatro in rovina, e aveva un repertorio ispanico con qualche aggiunta messicana o francese. "Innanzitutto, il folklore. I luoghi comuni funzionano. Adorano quella canzone cantata dalla Piquer a proposito di un torero: 'Storia di coraggio... Attacca, toro bello...,' e via dicendo. Anche i *corridos*. Quello di Simón Blanco, per esempio, e canto sempre qualcosa in francese perché l'inglese non lo conosco, e con il francese mi guadagno una dimensione cosmopolita. Canto *Milord* e *Les feuilles mortes*."

Anni dopo aveva recuperato Artimbau a Barcellona, quando ormai era un pittore noto che non aveva bisogno di cantare nelle osterie, nelle agorà e nei teatri in rovina.

Muriel lo aspettava a Sikia, tormentata dal morso di una medusa – così le aveva spiegato il farmacista –, anche se in mezzo al petto irritato c'erano due piccoli buchi, come il segno di due denti, che Carvalho attribuì più a un pesce ragno trascinato fra le soavi onde che muoiono sulle sabbie della spiaggia. Muriel aveva la febbre, faceva un caldo greco in un albergo rinfrescato unicamente dalla finestra aperta su una notte particolarmente afosa, e Carvalho preferì sdraiarsi su un piccolo terrazzo sopra il tetto con le sole mutande addosso e un grillo accoccolato nella notte a fargli compagnia. Quando si avvicinava al letto, Muriel dormiva e sudava, e per la prima volta provò la sensazione che sua moglie fosse un corpo estraneo in possesso di una storia che non gli apparteneva.

Quarant'anni dopo, perfino la pensione di Skala aveva qualcosa di simile all'aria condizionata. Squillò il cellulare di Biscuter, che scivolò fuori dal letto e andò in bagno, dove ricorse a una svariata gamma di monosillabi in francese per rispondere. Carvalho era sorpreso dallo zelo con cui di tanto in tanto Biscuter occultava certe chiamate telefoniche, in particolare quando si vedeva costretto a rispondere in francese, come se desiderasse porre fine quanto prima alla conversazione. In qualche occasione aveva giustificato quel genere di chiamate spiegando che cercava di mantenere i buoni rapporti con le persone conosciute a Parigi nel 1992 quando frequentava il corso intensivo di zuppe e salse.

"Mi piacerebbe molto seguire un altro corso. Forse di pasticceria, perché ammetto che è il mio punto debole, capo."

Biscuter continuava a parlare e Carvalho a restare in silenzio, quasi lo degustasse, anche se talvolta lo inquietava la sua progressiva tendenza a isolarsi e non intervenire. Guardare sì, guardare guardava come sempre, pur ammettendo che la sua capacità di sorprendersi si era ridotta e invece assai spesso gli seccava udire, semplicemente udire, soprattutto le voci che non aveva convocato. Al di là di quanto quelle voci potessero dire, anche se apportavano osservazioni o esperienze interessanti, non gli piaceva sentirle, quasi fossero particole intruse nel territorio del suo sacro sé. Biscuter si addormentò al telefono e Carvalho rimase sveglio. Aveva voglia di scendere in strada a cercare quell'osteria dove lui e Muriel avevano tanto bevuto e cantato tra i molti baci, mentre la vecchia ostessa rideva chiamandoli pazzi, eccitata dallo stupido esibizionismo di vitalità e desiderio di quei giovani tanto imprevisti che si proclamavano spagnoli. Non poteva dormire perché aveva scoperto dentro di sé la sopravvivenza di quel ragazzo di vent'anni che dipendeva da quella ragazza di vent'anni, come cisti dello spirito in una fase di crescita, così come poteva percepire se stesso in un'altra fase decisiva della sua vita, e in un'altra ancora, a guisa di esistenze sepolte che costituivano la sua stessa archeologia, città scavabili della sua esperienza o della sua memoria. Il viaggio arrivava troppo tardi. "A quest'età," si disse, "non vale la pena conservare nulla di quel che vivi né di quel che temi, e si può solo impregnare la pelle di percorsi, visto che qualcuno ha scritto, saggiamente, che la parte più profonda dell'uomo è la pelle."

Saturo delle eccellenti pietre di Smirne e Pergamo, fu alla fine della visita all'Acropoli di quest'ultima che Carvalho chiese a Biscuter di telefonare a Malena, perché sperava di pernottare a Bursa e di arrivare il giorno dopo a Istanbul. Accelerò il più possibile per vedere Troia prima dell'imbrunire, nell'illusa speranza di riesumare tutte le città sepolte, una sotto l'altra, mediante un prodigio della memoria e degli scavi archeologici. Da questa fantasticheria derivò la delusione nel vedere quei sassi ammucchiati che avevano ingoiato per sempre l'equivoca Elena, l'incauto Paride, l'eccessivamente tragica Andromaca e la sibilla Cassandra, che gli era sempre parsa una grandissima stronza. Di quel passato non erano rimaste tracce, se non un'imitazione del cavallo di Troia simile a un marchingegno da kolossal in technicolor. Le mura di quelle che erano state le inespugnabili fortificazioni troiane sembravano a malapena gli argini di un terrazzamento e, come spiegava uno dei dépliant di Biscuter, il meglio che si poteva fare a Troia era ricordare l'*Iliade*.

E se Troia era stata una delusione, ancor peggio fu l'accesso allo stretto dei Dardanelli, contemplato a partire da Çanakkale come una bellissima via azzurra e luminosa che non giustificava affatto i terrori argonautici se non a causa del grande peso della mitologia. Ciò che gli antichi chiamavano stretto dell'Ellesponto aveva avuto origini chimeriche, come quelle che lo dicono aperto dalla caduta di Elle da un montone alato o quelle che sostengono che le sue acque avessero presenziato al frustrato attraversamento a nuoto di Leandro in cerca dell'amata Ero. Affogò nell'impresa. Biscuter leggeva a voce alta la peripezia definitiva di lord Byron che, pur zoppo, l'aveva attraversato a nuoto per emulare lo sventurato Leandro. Come nel caso di Troia, il meglio dei Dardanelli era la sua letteratura. Le acque si erano allargate per formare il Mar di Marmara e Carvalho scelse con piacere un albergo di Bursa con piscina di acque termali coperta da un lucernario dai vetri colorati. Si misero i costumi da bagno e si abbandonarono alle delizie evidentemente turche di una grande piscina esagonale di marmo, con temperatura giusta e vapori aromatici, che sembrava costruita soltanto per loro, finché non comparve una giovane donna con un bambino che si tuffò immediatamente, mentre la madre apriva un libro e si guadagnava così uno splendido isolamento. Era una donna bruna con uno smalto color lilla su tutte le dita, un po' di pancetta, forse per la posizione, e due seni evidentemente belli sotto la maglia del costume intero. Carvalho sentì la fitta del desiderio che accolse con speranza, perché da quando si erano separati da Malena le donne per lui erano tornate a essere paesaggio o uno scomodo richiamo per le insicurezze sessuali. Propose a Biscuter di cenare come due gourmet in esilio approfittando delle eccellenze della cucina turca.

Camminarono a zonzo intorno a splendide moschee seguiti da un cane color cannella che capì l'istinto protettore di Biscuter, plasmato grazie all'acquisto di qualche brioche in una pasticceria e il regalo delle medesime all'animale, nonostante le proteste di Carvalho, convinto che i dolci facciano venire il diabete ai cani, ragion per cui comprò un po' di formaggio e il cane color cannella si poté godere la miglior merenda della sua vita e decise di non abbandonare quegli amabili stranieri che, di tanto in tanto, camminavano più veloci cercando di depistarlo, o addirittura si nascondevano dietro i portoni nel tentativo di disorientarlo. Ma l'odore dei suoi padrini doveva essere attraente e il quattrozampe non si congedò fino alla porta del ristorante, forse dopo aver visto il disegno di un cane cancellato da una "x". L'illustre bettola si chiamava Yussuf e Carvalho, mentre mordicchiava il *simit* – il nome turco per l'inevitabile ciambellone ai semi di sesamo, spalleggiato da un informatissimo Biscuter che faceva ininterrottamente da suggeritore – ordinò una collezione completa di *mezés*, preceduti da *dolma* e *bareg*, seguiti da melanzane affumicate, *taramà*, *haydari*, cuori di carciofi o *lakerda*, sottili fette di tonno affumicato con limone, pollo circasso guarnito di nocciole, per poi passare a un menu convenzionale inaugurato da una zuppa di legumi e yogurt, misto di *kebab* di diverse carni e verdure, magnifiche tagliatelle con trito di carne aromatizzata e, per coronare la festa dei sensi, dell'*asure*, noto anche come pudding di Noè, un misto di frutta secca e legumi. Il vino di Kavaklidere era buono e anche il *raki*, l'equivalente dell'*ouzo* greco, ottimo il caffè che i turchi considerano turco e i greci greco e stavano vivendo queste soddisfazioni quando a Biscuter si inumidirono gli occhi e disse che avrebbe dato dieci anni di vita perché sua madre potesse presenziare a quella festa.

"Le ho procurato tanti dispiaceri, povera donna, e non poteva immaginare che un giorno sarei arrivato tanto lontano. Per il momento a Bursa, e se non succede nulla di grave farò il giro del mondo, e forse si sta scrivendo il mio destino nel punto più alto del firmamento."

A Carvalho sembrò troppa altitudine per il destino di Biscuter, ma lo sostenne annuendo e riempiendogli il bicchiere di *raki*.

"Capo, a volte penso che tutto quel che possiamo fare su questa terra sia già stato fatto e non vada bene, e che bisognerebbe esplorare nell'Aldilà. Un Aldilà materiale. Che ne penserebbe di una diaspora nei cieli e persino al di là dei cieli?"

"A quale scopo? La malvagità e l'impotenza viaggerebbero con noi."

Biscuter ruminò l'affermazione per tutto il tragitto di ritorno all'albergo, seguito di nuovo dal cane color cannella. Prevedendolo, Carvalho si era ficcato due *kebab* di agnello in tasca e l'animale confermò di aver trovato il miglior amico del cane, curiosamente un uomo. Ma di nuovo lo bloccò una porta, stavolta quella dell'albergo, e il tentativo di mollargli un calcio da parte del custode fu frenato dal gesto di Biscuter che cercò di frapporsi tra l'animale e il piede.

"La malvagità e l'impotenza viaggerebbero con noi se ci portassimo dietro gli stessi interessi e le stesse paure che ci assillano qui."

Dalla fuga verso le tenebre esterne Biscuter passò al ricordo del cane e propose a Carvalho di portarlo come compagno di viaggio. "Te lo immagini, il casino alle frontiere? Dovremmo ottenere un permesso sanitario in ogni paese."

"Dovrebbe essere facile. Di cani ce n'è un fottio. Se accade qui, si figuri in Asia."

"Siamo già in Asia," obiettò Carvalho. "E se l'auto ci pianta in asso e dobbiamo viaggiare in treno o in autobus? Saremmo costretti ad abbandonarlo in qualche posto, peggiore per lui di Bursa. Qui, almeno, conosce la strada da un albergo all'altro, le moschee, i ristoranti e di nuovo gli alberghi."

L'alcol sufficiente lo inzuppò di sonno e si svegliarono più tardi del voluto, dato che intendevano approfittare della giornata a Istanbul e che aspettavano la chiamata di Malena a proposito della misteriosa fuga di Samuel Sumbulovich. Entrarono a Istanbul dall'autostrada di Ankara e attraversarono il Bosforo in cerca delle cupole dei monumenti che più li attiravano, anche se l'hotel era un po' discosto dal centro, a Cumhuriyet Cadesi, su un poggio con vista sul Bosforo e il Mar di Marmara dove questi si incontrano al Corno d'Oro. Dal ponte di Galata si arrivava al centro della città, dove si trovavano le sue delizie storiche, da Santa Sofia alla Moschea Blu e il Topkapi, il Gran Bazar e la torre di Galata. La matita del receptionist continuava a infilare quei luoghi che a loro sembrava così doveroso visitare, sia che fossero in un giro del mondo sia che fossero in un viaggio da fine settimana.

"Forse diventano più doverosi in un viaggio da fine settimana, perché quando fai il giro del mondo ci sono tante meraviglie che puoi anche accantonare qualcosa. Sono lacune che si possono colmare in seguito grazie ai documentari televisivi o ai libri fotografici."

Biscuter non si lasciava eccitare e assentiva senza perdere il sorriso di benevolenza di fronte alla voglia di provocarlo di Carvalho.

"In ogni caso, capo, io intendo vedere tutto quello che il receptionist ci ha indicato."

Carvalho scrollò le spalle davanti all'irrimediabile e, anche se un po' ci scherzava sopra, in qualche modo lo rattristava la crescente indipendenza di giudizio dimostrata da Biscuter, anni prima incapace di proporsi nulla che non fosse stato proposto dal suo capo. Carvalho non attribuì il cambiamento a una crescita di Biscuter, ma al suo stesso rimpicciolimento, che l'aveva reso quasi incapace di sopportare le situazioni estreme o di irritarsi davanti a ogni tentativo di metterlo in secondo piano. Sembrava che Biscuter avesse mutato i rapporti di dipendenza, come se si stesse svegliando dall'adolescenza e volesse costruire il proprio io.

"Di fatto, il viaggio sarebbe del tutto convenzionale se non avessimo subìto un sabotaggio alla macchina, se madame Lissieux non fosse scomparsa e se non fosse invece comparso un carico di cocaina nel bagagliaio. Poi, in Israele, abbiamo aiutato un apprendista biologo russo a marinare la scuola, quello svanisce nel nulla e noi vediamo in un albergo uno dei fratelli Armani del traghetto Brindisi-Patrasso. Ma non abbiamo interamente perso il senso di linearità di ogni giro del mondo ed è perfino possibile che si riesca a compierlo in ottanta giorni, un record sciocco fra tutti i record sciocchi che si possono raggiungere. Il giro del mondo andrebbe fatto in ventiquattro ore o in tutta una vita o più volte, seguendo percorsi monotematici. Un giro del mondo senza visitare una rovina, per esempio, o mangiando solo ai McDonald's o supponendo di visitare un paese che non è quello che si sta visitando. Immagina, Biscuter, che questa non sia la Turchia, ma il Portogallo o l'Argentina, e filtra tutto quello che vedi, senti e sai attraverso le tue conoscenze portoghesi o argentine. Il Bosforo sarebbe l'estuario del Tago o i canali del Tigre di Buenos Aires e noi saremmo qui ad aspettare una guida tedesca alle rovine di Misión o per la visita a Fatima. C'è un altro modo di alterare la geografia?"

"La geografia è quella che è." Biscuter possedeva il dono dell'ovvietà, ma aggiunse: "Alla fine del nostro viaggio potremo trarre conclusioni simili, perché lei lo ha iniziato da un posto e io da un altro, anche se in apparenza siamo partiti dallo stesso porto e a bordo della stessa nave. Del resto, non dobbiamo nemmeno coincidere nel finale".

"E nella finalità?"

"Non cerchi di strafare con la sua cultura. Che cosa intende per finalità?"

"Lo scopo. Il perché tu fai questo viaggio e il perché lo faccio io."

Biscuter non rispose immediatamente, ma i suoi occhi illuminati indicavano di aver capito alla perfezione la domanda e di avere una risposta che diede gioioso, scoppiando in una risata rotta:

"Io faccio il viaggio per crescere, capo, e lei per accomiatarsi".

Carvalho stava digerendo la risposta quando Biscuter gli propose di andare a vedere se ci fosse un messaggio di Malena, dato che non si era messa in contatto telefonico.

"Istanbul *la nuit*, che gliene pare? Per il momento non dobbiamo aspettare Malena."

"Non mi pare che questa città sia adatta per iniziare a conoscerla di notte."

"Nell'albergo annunciano dei tour. Ti sposti con le guide, ti insegnano l'abbiccì."

Istanbul *la nuit*. Sommare e sottrarre. Una notte di più. Una notte di meno.

Alla reception arrivò un nuovo messaggio di Malena accompagnato dalla musica di *bandoneón* a guisa di addio.

Consigliava di lasciar perdere la faccenda perché molto oscura e lei stessa prendeva le distanze dall'accaduto. "Buon giro del mondo!" augurava raccomandando loro di tornare in Israele: "Prima che abbiate la fronte appassita e le nevi del tempo imbianchino le vostre tempie", in un evidente riferimento al tango *Volver*. Non fecero in tempo a digerire la proposta di rinuncia perché venne annunciata la partenza della gita "Istanbul by night". La guida era un razionalista turco che prima di salire sul pullman avvisò che avrebbe riservato i grandi monumenti alle gite diurne, consigliò alle poche donne della spedizione di non allontanarsi dagli accompagnatori maschi e assicurò che, in loro assenza, sarebbe stato lui stesso a proteggerle. Subito dopo comunicò ai passeggeri che l'Unione Europea non aveva accettato la Turchia tra i suoi membri.

"Ci preferiscono asiatici."

Gli porsero burloni le condoglianze tre latinoamericani, cinque russi e due statunitensi, mentre gli europei comunitari – la maggioranza – si astennero. Quella spedizione nottambula avrebbe permesso a tutti – annunciava la guida – "di penetrare nell'anima della notte di una città tanto corporea di giorno". Carvalho accettò quelle divagazioni psicosomatiche metropolitane, nella certezza che, se appena appena le persone o le cose l'avessero annoiato, si sarebbe lasciato andare al sonno sul sedile del pullman, che supponeva comodo, anche se non gli era stato ancora concesso di salirvi.

"Non voglio che poi vi sentiate ingannati e soprattutto ingannate. Cena con spettacolo. Questo è il programma. Danzatrici e lotta libera turca, negozi di tappeti e ricordi, le rive del Bosforo illuminate, lo splendore monumentale che luccica come il sole, il quartiere a luci rosse, che tuttavia le signore dovrebbero evitare, con o senza accompagnatore. La cosa più sensata sarebbe di riportarle all'albergo e continuare da soli la passeggiata."

Tutte le donne protestarono indignate e una tedesca dovette essere trattenuta dal marito perché non saltasse addosso alla guida, e fu un eroico atteggiamento da parte del consorte che si prese tutte le manate scagliate dalla moglie che lo considerava complice di quel turco reazionario. Chiamava altri tedeschi a testimoniare che il machismo dei turchi era risaputo: lei non era disposta ad accettarlo.

"Prima o poi devono prenderla, una lezione. Esigo che ci proteggano le guardie! Vogliamo visitare il quartiere a luci rosse protette dalle guardie!"

La guida era un uomo alto, robusto, con un po' di pancia, e solo i molti anni di mestiere gli permisero di sorridere timidamente davanti all'oratoria scomposta della donna.

"Non posso fare ricorso alla polizia, signora."

"Perché?"

"Perché, se viene, si crea un precedente che la costringerebbe tutte le notti dell'anno a proteggere signore come lei, vogliose di visitare il quartiere a luci rosse."

"A me di questo quartiere non me ne frega un bel niente: è una questione di principio. E che cosa c'è poi da vedere?"

La guida alzò i palmi delle mani, mosse la testa a destra, poi a sinistra, senza perdere la verticalità del collo, come una ballerina thailandese. Poi ballò la danza dei sette veli senza i veli e gradì gli applausi rivoltigli da Biscuter. I primi a fare un passo indietro e poi quelli sufficienti per rinunciare alla spedizione furono i tedeschi, seguiti dagli statunitensi, e infine tutte le donne inizialmente disposte all'avventura preferirono tornare nella hall dell'albergo. Rimasero sette uomini quando nel pullman c'era posto per cinquanta persone, per cui la guida cercò di annullare la gita finché un russo si mise in punta di piedi per parlargli, più che faccia a faccia, labbro a labbro, e il suo tono di voce era così minaccioso che la guida abbassò gli occhi e assentì a tutto quel che gli andava dicendo il russo sull'obbligo di rispettare gli impegni se non voleva rischiare grosso. Sette uomini senza pregiudizi né senso della solidarietà occuparono l'immenso veicolo, contenti di essere soli, di viaggiare belli larghi e delle promesse di una notte piena di possibili avventure dalla cintola in giù e dalla cintola in su. Soltanto la guida era a disagio e umiliata e, non appena si sentì protetta dal suo pullman, mollò un pugno sul primo sedile gridando in italiano: "Brutta troia! Brutta troia!", un insulto che tutti supposero rivolto alla poderosa tedesca che aveva osato mostrargli il pugno.

In silenzio raggiunsero la riva sinistra del Bosforo, che la vettura percorse, e apparve la convenzionale voce fuori campo della guida che descriveva la bellezza di quel posto al buio, una bellezza sempre maggiore, sosteneva, a mano a mano che si lasciava Istanbul e si entrava nelle zone residenziali fino ad arrivare al Mar Nero, un'esperienza che raccomandava di fare alla luce del giorno. Poi attraversarono il canale dal ponte Atatürk, verso la zona della vita notturna sparsa intorno alla torre di Galata, dove li attendeva un ristorante con spettacolo, e la guida ripeté il suo show personale in due versioni differenti, ballerina thailandese prima e principessa Shahrazad poi, costretta alla danza del ventre.

La guida e il maître del ristorante discussero, senza dubbio per l'esiguo numero di clienti, che poi furono fatti accomodare a un tavolo laterale dal quale vedevano a malapena lo spettacolo, a meno che non si chinassero verso destra con una certa esibizione ginnica corale. Non si presentò nessuna ballerina thailandese, con grande rammarico di Biscuter, ma un'abbondante danzatrice dotata di un ventre che sembrava vivo, come un alter ego non del tutto controllato. Il menu era un campionario della cucina turca più decaduta, ma si faceva mangiare e nel tutto compreso c'era anche lo champagne, che risultò essere di Rodi, la sola cosa greca del ristorante "anche se per lo stesso prezzo posso darvi champagne della Crimea", proclamò la guida ormai entusiasta. Poi invitò i signori a partecipare alla festa: diede per primo l'esempio andando in trance e lasciandosi scivolare verso il centro della pista, dove la ballerina cercava di dominare il linguaggio del suo ventre bruno, ornato da una grossa perla verde nell'ombelico. L'uomo girò diverse volte intorno alla donna, che quasi non lo guardava, e quando lo faceva non riusciva a nascondere il disagio dietro a un sorriso di circostanza. E parve ancora più a disagio quando, incitati dall'esempio, altri nottambuli le finirono intorno fingendo un ballo. Era previsto che questo accadesse perché spuntarono altre due ballerine per diversificare il rischio della collega, e a Carvalho parve un trucco simile a quello usato nelle arene per circondare con due tori docili un toro non adatto e portarlo via. Il ballerino straniero che più si faceva notare era Biscuter, piccolo, muscoloso come un batrace, che confondeva senza dubbio la danza del ventre con le acrobazie dei ballerini del coro dell'armata sovietica, e partendo da una posizione accovacciata lanciava in avanti prima un piede e poi l'altro, minacciando talvolta la stabilità dei compagni d'orgia, cavalloni normanni paragonati alla snellezza translucida di quella rana.

Uno strepito di tamburi profondi annunciò che lo spettacolo cambiava. Ballerine e invasori si ritirarono: allora si spensero le luci e nella sala si inserì la suspence per le emozioni future. Si accesero di nuovo le luci e apparvero faccia a faccia due corpulenti lottatori, i muscoli lucidi come le loro teste rasate, baffi lunghi e profilati, identici pizzetti sul mento a riprodurre l'immagine convenzionale dei minacciosi tartari. Il presentatore disse i loro nomi e li definì i più grandi lottatori del Beyoglu, la zona di Istanbul dove si trovavano. Subito dopo spiegò che la lotta turca era tanto popolare che ciascun quartiere, ogni città, aveva i suoi campioni. Di nuovo i tamburi a interrompere la scena, il presentatore si ritirò e i due lottatori si studiarono a vicenda per aggredirsi in cerca di chiavi e colpi decisivi, provati con cura per non farsi troppo male, come se si trattasse di una lotta concertata fra la sobria e quasi noiosa lotta greca e la lotta libera americana. Carvalho osservava l'entusiasmo alienato con cui Biscuter seguiva le mosse e si sentì quasi mutilato, incapace di partecipare a quella festa e a qualsiasi altra, sprofondato nella svogliatezza più assoluta.

"Ho bisogno di vitamine," disse a voce alta ma a se stesso.

Biscuter trattenne i suoi entusiasmi per studiarlo e prese dalla tasca della giacca un tubetto arancione.

"Redoxon, capo. Se le prende con costanza la rimetteranno in sesto. Sono vitamine gradevoli perché effervescenti, sembrano una bibita gasata."

Quell'uomo era un baule vivente pieno di passaporti falsi e vitamine.

"Il Redoxon frappé è sensazionale."

Biscuter chiamò il cameriere e gli chiese un bicchiere con del ghiaccio tritato, lo riempì d'acqua e vi gettò dentro la pasticca che, all'istante, rispettò il suo obbligo magico di trasformarsi in elisir, liberando le energie concentrate. "Adesso diventerò Mr Hyde o il dottor Jekyll", una battuta che gli tornava in mente ogni volta che si trovava davanti a una bibita effervescente, frammento della sua memoria cinematografica in cui le trasformazioni sono sempre precedute dall'ingestione di liquidi effervescenti e fumanti. Il presentatore cercava di convincere qualche cliente a sfidare i lottatori e Biscuter era sul punto di accettare la proposta quando Carvalho lo fermò per mollarlo solo quando un giovane italiano si prestò all'incontro per mezzo minuto, il tempo necessario al lottatore per prenderlo in braccio e restituirlo, ridotto a un oggetto fragile, alla moglie seduta a un tavolo.

Riscattarono la notte e la guida consigliò loro di prepararsi per l'avventura nel quartiere malfamato, che raggiunsero oltre la torre di Galata. Il pullman non riusciva quasi ad avanzare in mezzo alla folla per cui il condottiero li esortò a proseguire a piedi lasciando le macchine fotografiche sul veicolo, in quanto la gente del quartiere poteva reagire negativamente nel vederle.

"Non amano essere fotografati. Molti di loro sono schedati."

Per accedere alle strade dove stavano le puttane dovevano superare, uno alla volta, lo sbarramento della polizia. La vecchiaia del quartiere permetteva l'esistenza di grossi e decrepiti palazzoni con i piani occupati da un campionario completo di puttane con e senza fiore, da quella possibilmente minorenne fino a quella che sfoggiava tette da balia e varici da donna statua agli angoli della città-bordello. In ogni postribolo era esposto da qualche parte il listino dei prezzi perché lo consultassero le file di uomini accorsi per verificare la reale esistenza dello spettacolo, e alcuni si fermavano strada facendo come risucchiati da qualche donna che li portava con sé, tenendoli per mano, all'altro lato del paradiso.

"La prostituzione è legale," avvertì la guida, strizzando l'occhio.

Nemmeno nei migliori tempi di calle Robadors o di calle de las Tapias, strade oggigiorno pastorizzate o usurpate dalla Barcellona postolimpica, aveva visto un simile spettacolo antropologico, talvolta spettacolo tout court, come quello della bella ragazza bionda quasi nuda, probabilmente straniera, che d'un tratto prese un violino e si mise a suonare le vibranti *czarde* di Monti, davanti allo stupore dei forestieri con maggior capacità di sorpresa. Carvalho e Biscuter ebbero bisogno di guardarsi per poi ammirare di nuovo la prostituta violinista. Poteva essere il sogno adolescente di Sumbulovich e fu Biscuter a indicare nervosamente una scala dalla quale dozzine di guardoni seguivano il traffico dei corpi e delle carni.

"È Samuel!"

Sembrava Samuel. Contemplava le evoluzioni della violinista con le mani in tasca. Biscuter gli andò incontro e commise l'errore di chiamarlo per nome. L'uomo con le mani in tasca scomparve come un'ombra cinese e quando Carvalho volle avvicinarsi alla violinista per chiarire ogni dubbio, anche lei e il suo violino si erano dissolti nell'aria fumosa del locale.

Avvertirono la guida che aspettavano un amico e che avevano bisogno di un po' di tempo per fare un giro nei dintorni. L'uomo li salutò come fanno i sultani nei film anglosassoni su storie indostane e si mise a ridere. Quei due andavano a puttane e non sapevano come spiegarlo. Non c'era ragione per farlo. Fecero, invano, più volte il giro dello spazio sul quale si aprivano i magazzini del sesso: nessuna traccia di Samuel, della violinista e del violino. Stizziti dalla sensazione che chiunque li osservava potesse pensare che erano a caccia di puttane o di puttani – presenti anch'essi nella doppia gamma di efebi biondi depilati e tartari con mustacchi e muscoli in bella vista –, fecero infine ritorno al pullman.

"Avete finito presto!"

"Nel locale dove siamo entrati c'era una ragazza bionda, molto snella, quasi nuda. Insomma, quella che suonava il violino. Lei viene da queste parti quasi tutte le sere. L'ha vista altre volte?"

L'uomo era diffidente e Biscuter trovò l'argomentazione opportuna:

"Suo padre la sta cercando. Ci sono molte possibilità che si tratti di una ragazza russa che si è vista costretta a fare la puttana per mancanza di soldi".

"Nella prostituzione più scelta di Istanbul, le russe, alcune ucraine, le iugoslave, ma soprattutto le russe, sono quasi sempre ragazze molto fini, laureate, che ora si trovano qui, dopo aver lasciato i loro paesi per via dei cambiamenti economici. È finito Babbo Stato, e hanno dovuto levare le tende. Si sorprenderebbe nel vedere quante russe con studi artistici o musicali si dedicano a questo mestiere. Ma è raro trovarle in un locale come quello che abbiamo visitato, è più normale che lavorino in night-club di prestigio o negli appartamenti della mafia della prostituzione. Quella ragazza sì, l'ho già vista altre volte, ma fa da esca, voglio dire: se paghi, puoi anche scoparla, ma serve soprattutto per attirare l'attenzione."

Samuel, la violinista, la misteriosa e assente Malena erano persone adulte e non dovevano sentirsi responsabili nei loro confronti finché morte non li separasse. Dedicarono il giorno dopo alle sfacchinate della cattedrale di Santa Sofia, della Moschea Blu, del palazzo di Topkapi, che colpì Biscuter più di ogni altro monumento, con le emozioni divise tra le stanze dell'harem e il tesoro, tante volte materia prima per film su alti ladrocinii. Carvalho si sentì ben inserito nella relazione che poteva stabilire tra la cattedrale di Santa Sofia imparata sui libri e quella che cresceva fisicamente attraverso la sua navata centrale, coperta da una cupola di cinquantasei metri di altezza. Se l'arte bizantina delle piccole cappelle gli sembrava asfissiante, eccessiva, applicata invece alle dimensioni della cattedrale, che era stata la polena dei confini orientali del cristianesimo, gli faceva percepire addirittura la possibilità non solo dell'emozione religiosa, ma anche il senso di partecipazione in una comunione dei santi ricchi e invincibili. Come rendersi conto che Giustiniano e Teodora erano dei nostri. Lo commosse anche la cisterna della basilica, come un prodigio di acque istoriate, magiche, come magiche gli sembravano tutte le acque di tutte le cisterne come contrappunto al buco nero dei pozzi.

Comprarono dei *kebab* e li mangiarono annaffiandoli con l'*airan* mentre percorrevano il Gran Bazar, avidi di ombra e di frescura, una sosta per la visita alle meraviglie del Sultanahmet, ed ecco davanti a loro il Corno d'Oro; era possibile risalire la riva sinistra del Bosforo in cerca di ristoranti squisiti dove servivano la miglior *taramà* del mondo, come aveva spiegato il receptionist bulgaro in albergo. Ma prima di muoversi in tal senso, Carvalho sentì il richiamo olfattivo del Bazar delle Spezie, un tempo parte del complesso della nuova moschea, dedito in origine alla vendita di chiodi di garofano, zenzero, cannella, pepe di ogni sorta, anice stellato, ma ora aperto a nuove mercanzie. Dagli odori passarono alle consistenze visive dei condimenti ammucchiati in pentole di coccio nelle prime linee, rinchiusi invece in barattoli di vetro sugli scaffali nelle retroguardie delle botteghe, ovunque l'odore trasformato in cento aromi dominati dalle varietà di paprika e di coriandolo, e poi zafferano, cumino, curcuma, chiodi di garofano, crescione, noce moscata, anice, pepe nero, zenzero, vaniglia, proponendo un aroma misto che aveva impregnato venditori e compratori, sorpresi europei o americani che non avevano superato i limiti del pepe, della senape e del ketchup.

Comprarono spezie ed erbe aromatiche "per tutta la vita", come giustificava i suoi capricci Biscuter, così entusiasta degli acquisti che Carvalho dovette mettergli fretta, quasi spingerlo perché uscisse dal bazar, dove li aspettava la riva sinistra del Bosforo. A mano a mano che si allontanavano dalla città, le rive del mitico canale acquistavano serenità nella baia di Tarabya, vegetazione, residenze notevoli che servivano o erano servite da rifugio ai ricchi fuggiti dalla città o ai presidenti della repubblica, che a Istanbul dovevano avere una seconda casa. La bellezza delle periferie opulenti aveva resistito alla riforma dell'onnipresente Atatürk, ma non avrebbe sopportato il grande falò di una rivoluzione classista reale, e tutte le controrivoluzioni avevano cercato di salvare le singole vite di coloro che le potevano vivere singolarmente. Ma si godettero la gita contemplativa senza appetiti storici, spartendola con Giasone alla ricerca del Vello d'Oro, o con la squadra inglese che andava a soffocare la Rivoluzione sovietica o come semplici spettatori delle modifiche introdotte da architetti, urbanisti e giardinieri in un paesaggio che accompagnava il Mediterraneo verso la trappola del Mar Nero.

Si fermarono al parco di Belgrado perché il receptionist bulgaro aveva spiegato che valeva la pena ammirare le rovine delle dighe, dei bacini e degli acquedotti che avevano formato il sistema di rifornimento idrico di Istanbul per oltre mille anni, e qualche bacino risaliva all'epoca bizantina. Kylios segnava quasi la svolta verso il Mar Nero, e non suggeriva niente di nero ma lo splendore di una spiaggia immensa, la preferita dagli abitanti della città, a meno di trenta chilometri. Erano suggestive le promesse dell'altra sponda, in particolare quelle di Polonezkoy, la cittadina nata come villaggio delle truppe polacche al servizio dell'Impero ottomano durante la guerra di Crimea, diventata oggi un campionario di stazioni termali che davano inizio alla zona alberghiera fino a Bursa. Senza consultarsi, Carvalho e Biscuter tornarono a Istanbul, e sempre senza consultarsi sapevano già di tornare al quartiere a luci rosse cercando un possibile nuovo incontro con Samuel e Irina nei magazzini della Strada delle Donne, come veniva chiamato popolarmente il mercato del sesso. Biscuter aveva ottenuto uno schizzo indicativo dell'itinerario. Circa duecento metri dopo la torre di Galata, lungo Karakoy Caddesi, si svolta in una stradina che costeggia la parte sinistra dell'Iktisat Bankas, duecento metri più in alto, e si prende la seconda strada a destra, dove c'è la staccionata con la polizia, che chiude o apre l'ingresso alla città dei bordelli, una città che sembra disegnata per essere tale, a guisa di labirinto pieno di inguini. Non sapevano bene dove si trovasse il locale in cui avevano visto Samuel e probabilmente Irina, e dovettero visitarne parecchi finché a un tratto rividero la ragazza, un po' più vestita e in posizione di riposo, con il violino appeso a un braccio mentre con l'altra mano accarezzava i capelli di Samuel Sumbulovich, una tenerezza fredda, agli occhi di Carvalho, circondata da sguardi caldi che si avventavano, contenuti, sulle esili carni di quello stuzzichino slavo. Irina si chinava per dire qualcosa a Samuel, chiuso in sé, tutto occhiaie, "piagnucoloso", suggerì Biscuter quando gli furono vicini, tanto vicini che Samuel li scorse e non riuscì a trattenere un sussulto e qualche parola affrettata alla ragazza. La violinista rivolse uno sguardo altezzoso e se ne andò con il suo violino sotto un braccio, quello più nudo, con lo strumento accarezzato da una piccola tetta esatta, bionda. Samuel li aspettò e compose uno sguardo coraggioso, dando per inteso che stava per essere attaccato e che doveva difendersi. Ma i due compagni di viaggio lo salutarono con affetto e gli rinfacciarono solo di averli fatti preoccupare inutilmente.

"Bastava sapere che doveva arrivare quanto prima."

Samuel era di nuovo sul punto di piangere e finalmente riuscì a parlare.

"Non vuole lasciare questa vita. Le ho proposto di ricominciare, in Israele o in qualsiasi altro posto, ma si è messa a ridere. Quel che io guadagno in un anno lei può guadagnarlo in un mese, a volte anche in meno di un mese, e tra cinque anni potrà essere padrona del suo destino. Vive in una casa con giardino, tutta per lei, e ha la domestica."

Abbassò la voce e costrinse Carvalho e Biscuter ad accovacciarsi.

"A dire il vero è stata intrappolata dalla mafia russo-turca della prostituzione. Non intendo permetterlo."

Samuel passò dall'ostinazione alla disperazione e si afferrò a loro come ultima speranza.

"Siete disposti ad aiutarmi?"

"Tutto il necessario," si fece avanti Biscuter, ma Carvalho aveva già assentito con gli occhi.

"Potreste venirci a prendere a una cert'ora e fare marcia indietro? Tornare in Grecia? Poi lei e io ce la caveremo da soli."

Biscuter non rispose, in attesa che Carvalho si pronunciasse.

"Nessun problema," si limitò a dire, e Samuel passò dall'angoscia al sospetto.

"Ma perché mai? Se diffido di voi è precisamente perché è tanto facile contare sul vostro aiuto."

"È comprensibile. Ma io ho letto Dostoevskij, per esempio, e per certi versi lei somiglia al capitano dei *Fratelli Karamazov*, e la sua Irina potrebbe essere una di quelle ragazze peccatrici ma innocenti che eccitano le alte passioni dei personaggi dell'autore. Il mio senso della solidarietà dovrebbe essere razionale, ma è strettamente sentimentale."

Sembrava che nessuno l'avesse capito, ma già Biscuter tracciava il piano del rincontro e della fuga. Meglio non tornare in albergo per non destare sospetti, passare a prenderli un'ora dopo e partire per la frontiera greca. Il giorno dopo, Carvalho e Biscuter sarebbero tornati a Istanbul. Samuel andò via gioioso, come faceva dedurre il gesto con cui inforcò di nuovo gli auricolari e aggiustò il suono della sua comunicazione monografica con Morrison, e Carvalho e Biscuter ammazzarono il tempo paragonando i prezzi e i corpi, i prezzi e le età promesse, cercando di cogliere negli sguardi delle donne la quantità di luce e cecità che applicavano al mestiere.

"Tu andresti a puttane, Biscuter?"

"Qualche volta ci vado, capo. Che posso farci? La carne è debole e io non sono come lei, come il protagonista del film."

Carvalho stava digerendo la risposta quando Biscuter indicò con un gesto che qualcosa accadeva alle loro spalle. Si voltò e sulla porta d'ingresso vide Malena, sola, incurante della regola che vuole che le donne in quell'antro vadano sempre accompagnate o non ci vadano affatto, ma non sembrava la stessa bionda fragile impegnata a spiegare il fatalismo autodistruttivo degli abitanti di Masada. Indossava abiti sportivi e avanzava con decisione imprevista verso di loro, il viso ieratico e gli occhi gravi. Accettò a malapena il sorridente invito di Biscuter perché si spiegasse, e anche loro avrebbero dato la propria versione dell'accaduto.

"Non c'è molto tempo da perdere. Samuel Sumbulovich sta correndo un grosso rischio."

La donna attraversò con decisione, spingendola persino, la pigra truppa di cacciatori, e uscirono in strada per raggiungere quanto prima la garitta della polizia. Quasi incollato a questa, li aspettava un furgoncino.

"Dove andiamo?"

"Samuel ha bisogno di noi."

Biscuter fu stupito dalla rapidità con cui Sumbulovich era uscito dall'edificio per cacciarsi in altri guai. La minaccia doveva essere molto vicina. A gesti fece capire a Carvalho la sorpresa di dover raggiungere con il furgoncino un posto che probabilmente si trovava proprio lì accanto. Studiava il percorso e gli parve che stessero girando intorno a un centro radiale dal quale non si allontanavano.

"Gira il mondo e sempre in tondo," disse in catalano. "Quanto tempo che non parliamo questa lingua."

Con Biscuter non aveva mai parlato in catalano, ma ormai aveva colto l'avvertimento e verificò a sua volta che si erano allontanati di pochi metri dal punto di partenza. Guidava un omaccione dall'aspetto militarizzato con Malena seduta al suo fianco, molto impegnata a osservare i due passeggeri dallo specchietto retrovisore.

"È il caso che sappiate come sono andate le cose. Samuel non ha tenuto conto del piano convenuto quella sera a Gerusalemme. Vi ha piantati appena siete entrati in Turchia, è volato a Istanbul e si è messo in contatto con Irina, che suppongo avrete già conosciuto. Nel messaggio che vi ho spedito ieri vi pregavamo di lasciar perdere la faccenda: grazie per tutto quel che avete fatto e chi si è visto si è visto. Ma a quanto pare non mi sono spiegata bene e adesso vi siete talmente affacciati alla realtà che non si può fare a meno di mostrarvela del tutto. Ebbene, Irina si è commossa parecchio vedendo Samuel, eppure si è rifiutata di partire con lui. Qui è una puttana ma vive meglio di tutte le concertiste della sua generazione che iniziarono a studiare da bambine convinte che lo Stato avrebbe provveduto a tutto, ma la pacchia è finita. Il mercato delle violiniste nella nuova Russia o in ognuna delle altre repubbliche ex sovietiche è saturo. Samuel non ha accettato la decisione. Suppone che Irina sia prigioniera della mafia e non della sua voglia di vivere bene. Appena un'ora fa vi ha coinvolti in un piano di rapimento di Irina per portarla in Grecia."

"Altolà. Non ha parlato di rapimento. Lui ha dato per scontato che Irina sarebbe stata pronta a questa fuga appena uscita dal bordello."

"Vi ha ingannati. Adesso mettiamo tutte le carte in tavola e nessuno potrà più ingannarsi a meno che non lo voglia."

Da un portone fecero un segnale luminoso e l'uomo smise finalmente di gironzolare. Il selciato era buio e solitario, c'erano poliziotti, a Carvalho parve di vederli all'inizio delle due strade che delimitavano lo spazio in cui si muovevano. Malena li precedette e l'autista completò il quartetto che avanzava in fila indiana lungo il cortile un tempo di un qualche laboratorio, dove si conservavano gli scheletri di ferro aggrediti dall'abbandono. Da una scala entrarono in un'immensa navata che rimpiccioliva le cinque o sei presenze delle persone lì riunite: due bulli evidenti decisi a reclamizzare il loro mestiere mediante tutto un sistema di segnali, Samuel, Irina vestita e due dolicocefali con barba e occhiali tondi con un'esigua montatura che sembravano disegnati dai servizi di informazione del Mossad. Samuel respirò sollevato quando li vide apparire.

"Malena. Meno male! Mi hanno teso una trappola e vogliono trasformarmi in un perdente. Aiutami, tu mi puoi aiutare."

Malena invitò Carvalho e Biscuter a uscire dalla stanza.

"Lasciatemi sola per un po' con Samuel. Bisogna chiarire certi dubbi."

L'autista forzuto fece strada e in una stanza adiacente trovarono Irina con il suo cappotto di pelle e il violino sottobraccio. Il cappotto e il violino sembravano essere i soli capi di abbigliamento, il mascara le si era sciolto, forse perché aveva pianto, e parlava per se stessa, come per raccontarsi la storia che stava vivendo. Tacque per studiare i due nuovi arrivati.

"Cosa intende fare?"

Quell'uomo che le parlava in inglese le stava proponendo una risposta, ma in realtà quella non era una domanda.

"Riguardo a cosa?"

"A Samuel, naturalmente."

"Intendo fare quel che posso fare e posso solo restare qui. Non ho passato tutto quel che ho passato per scappare dalla finestra proprio nel momento migliore. Samuel è un adolescente; io ho smesso di esserlo tempo fa."

"Siamo pronti ad aiutarvi."

"A cosa?"

"A scappare."

"Da chi?"

"Dalla mafia che la controlla."

Irina era irritata, si avvicinò a Carvalho e più che dirgli sputò:

"Ma è da Samuel che cerco di scappare, e da tutto quello che lui rappresenta. Detesto quello che rappresenta".

"Non le piacciono i biologi?"

"Non mi piacciono i perdenti."

Malena entrò nella stanza con un'aria stravolta, e affrontò Carvalho e Biscuter.

"Voi due avete complicato tutto."

"È stata lei a cacciarci in questo pasticcio. Io non ho nessuna vocazione al salvataggio dei drogati di Jim Morrison."

"Alla fine vi ho detto di starne fuori e non mi avete dato retta."

L'argentina parlò in disparte con la ragazza del violino, che emise un singhiozzo interrotto perché si era preventivamente portata la mano alla bocca e fece in tempo a soffocare l'angoscia. Il gesto coincise con il rumore di uno sparo nella stanza dove si trovava Samuel e nulla e nessuno poté evitare che Carvalho corresse fin lì per vedere il corpo del biologo steso a terra e una macchia di sangue che gli si allargava sotto le spalle. Indossava gli aggeggi da psicopatico melodico. Carvalho si chinò sul corpo e gli parve di percepire un'ombra di musichetta che usciva da un auricolare un po' discosto dall'orecchio. Lo prese in mano e constatò che ne venivano ancora delle canzoni, almeno una canzone, l'unica registrata, perché appena finì ricominciò di nuovo. Il cadavere di Samuel era caldo e le sue orecchie avevano ascoltato più volte i versi di Jim Morrison, come se tutto il suo orizzonte sentimentale si fosse ridotto a quelle strofe:

She lives on Love Street
Lingers long on Love Street
She has a house and garden
I would like to see what happens.

She has robes and she has monkeys
Lazy diamonds studded flunkies.
She has wisdom and knows what to do
She has me and she has you.

I see you live on Love Street
There's the store where the creatures meet.
I wonder what they do in there
Summer Sunday and a year.
I guess I like it fine... so far.

Quando smise di ascoltare il messaggio, lasciò sul corpo l'intero apparecchio sonoro che sembrava aver fatto parte dell'equilibrio psicosomatico del defunto Samuel Sumbulovich.

"È stato un incidente. Nessuno voleva spargli, ma riportarlo in Israele perché non guastasse la festa a Irina."

Alle sue spalle suonò la voce fuori campo di Malena e quando si voltò poté riscoprirla sicura di se stessa, non rattristata, come se la morte di Samuel facesse parte dell'agenda, della sua agenda. Dietro alla donna, due omoni che sembravano lottatori turchi e Biscuter in un angolo della stanza come se cercasse di disinteressarsi di quanto era accaduto e di quanto poteva ancora accadere. Malena si avvicinò a Carvalho e gli mise una mano sulla spalla.

"Mi dispiace."

E mentre udiva queste parole, qualcuno dietro di lui lo punse a fondo, e da questa profondità gli salì il bruciore e la sensazione di perdere conoscenza. Come se il mondo si ribaltasse. Il suo corpo a terra.

Gli faceva male l'orecchio. Per l'esattezza il lobo sinistro.

Credeva di vedere frammenti di cieli diversi e udire parole appartenenti a conversazioni rotte. La voce di Malena dominante, come fuori campo, dietro a certe figure che pensava di riconoscere: l'uomo vestito Armani durante la traversata Brindisi-Patrasso, il martini dry, la bocca che aveva un sapore sempre più aspro, non era martini dry, e nemmeno gin, forse erano i postumi non di una sbronza, ma di un'anestesia, e considerò, con orrore, la possibilità che gli stessero espiantando non un rene ma qualcosa di peggio, il fegato. Orrore innanzitutto perché era a lui che lo stavano togliendo, e in secondo luogo per la cattiva sorte che spettava a colui che avrebbe ricevuto il malconcio fegato di Pepe Carvalho. Ma non gli avevano preso il fegato. Gli faceva male tutto il resto del corpo quando il veicolo sul quale lo trasportavano lo sottopose alla tortura di una strada non asfaltata e piena di buche. Osò addirittura domandare:

"Dove siamo? Come va il fegato?".

E la voce di Malena gli rispose, vicina, molto vicina. Era la sua voce, quasi di certo, ma a che gioco giocava quella damina bionda ed eterea, ora travestita da commando in tuta mimetica?

Attraversarono una frontiera; lo dedusse dal cambiamento di lingua del leader della spedizione quando si rivolgeva a qualcuno che lo interrogava dall'esterno. O forse non si rivolgeva a lui, ma senza dubbio esaminava un problema con qualcuno che lo accompagnava, e lo faceva in una lingua difficile da identificare.

"Che lingua parla questa gente?"

Ancora una domanda senza risposta, una messe di silenzi ogni volta che gli riusciva di formulare una domanda significativa. Poteva fare ben poco: raccogliere immagini e frasi rotte per arrivare alla conclusione che non erano più in Turchia, che probabilmente si trovavano in Israele, sempre che fosse vera l'impressione che Malena lavorava per il Mossad. Ma ormai questa era un'impressione tanto passeggera quanto la sua lucidità, perché di nuovo una pietra enorme gli occupò la testa, come una meteorite consistente e insieme porosa, un altro cervello, gli avevano trapiantato un altro cervello e uscì dalla contingenza per dormire, quante ore? attraverso quanti paesi? Per un attimo pensò di essere morto e di percorrere una strada assoluta, senza margini, senza un inizio o un'origine. Chiese ripetutamente:

"Perché mi fa male l'orecchio? Dove siamo?".

E gli risposero soltanto:

"All'inferno".

La voce della donna, probabilmente quella di Malena, o forse era solo la voce minacciosa di una qualsiasi altra donna, la premonizione del male. Usciva e rientrava nel sogno, credeva di percepirlo, con l'aiuto di punture che gli arrivavano da tutti e quattro i punti cardinali, a sorpresa, come se un animale invisibile giocasse a beccarlo. Pensava di aver vissuto per ore legato a una bottiglia di siero appesa accanto al finestrino di un'auto attaccata alla sua stessa identità mediante una cannula con la sua farfalla inserita in vena. Non ricordava di aver mangiato nulla di solido, ma ricordava se stesso nell'atto di defecare. Non era solo; qualcuno lo reggeva sotto le ascelle mentre lui cercava di restare coccoloni su due piedi di porcellana che spuntavano da un pavimento che puzzava di urina, e sentiva il rumore della propria merda cadere in una piccola buca piena di acqua scura, forse marrone scuro, né nera né verde scuro. Era stato un odore di latrina e di eccezione, perché il solo odore intenso che ora percepiva gli ricordava esperienze vissute in ospedale, forse si trovava in un ospedale. Tentò di sollevarsi sui gomiti, ma non aveva abbastanza forza per riuscirci e soltanto il collo gli consentiva qualche libertà, guardare a destra e sinistra, per scorgere eventualmente Biscuter in una situazione analoga.

"Dov'è Biscuter?"

A quanto pare gli venne risposto con un'altra domanda: dov'è Biscuter?, ma forse era soltanto la sua voce che riverberava come un'eco. Sapeva di dover recuperare lo scheletro del cervello, vertebrare di nuovo i pensieri e porsi una serie di enigmi da risolvere fino a raggiungere la verità. Era questione non solo di volontà, ma anche di fede, di fiducia, perché forse capendo dove si trovava sarebbe stato meno debole. D'un tratto ricordò di aver visto pozzi di petrolio. Ma non erano pozzi di petrolio come quelli dei film americani, quei pozzi in bianco e nero di *Eldorado*. Forse non era il titolo esatto. Clark Gable? John Wayne? Né l'uno né l'altro. No, senza dubbio non somigliavano affatto ai pozzi in technicolor di *Il gigante*, forse erano pozzi di petrolio giocattolo in un paesaggio giocattolo. Improvvisamente i pozzi venivano sostituiti da statue, ma ne mancava una che non riusciva più a scorgere ma che un tempo dominava l'orizzonte fino a occultarlo. A chi era dedicata quella statua? Questa volta non fu Malena a rispondere, ma una voce d'uomo: "Kirov," ripeté la voce maschile, "Kirov". Perché continuava a pronunciare quel cognome? O perché Carvalho continuava a porre la domanda o per ingannarlo, disorientarlo, poiché era sul punto di ricordare chi era Kirov e poteva, quindi, capire dove si trovavano, nel caso si trattasse per davvero di una statua dedicata a qualcuno con un cognome tanto evocativo. Sforzandosi un po' avrebbe di sicuro ricordato chi era il personaggio, ma non doveva prestarsi al loro gioco, e se insistevano tanto su quel nome era segno che glielo volevano imprimere nel cervello. Si addormentò di nuovo, consapevole di addormentarsi e del fatto che avrebbe sognato, forse addirittura si addormentò per sognare Biscuter, perché era la stessa voce di Carvalho a chiamarlo, e le voci che arrivavano, come le fitte, dai quattro punti cardinali gridavano pure: "Biscuter, Biscuter, Biscuter".

All'improvviso si svegliò e giunse alla conclusione di essere sveglio per davvero, nudo tra le lenzuola, così debole che gli parve di essere gassoso, in grado di scoprire la nudità di una stanza sprangata nella quale coesistevano lui e un letto metallico, con le porte e le imposte chiuse, ma non tanto da impedire che si rivelasse il chiarore del giorno. La situazione lo riportava ad alcuni risvegli in carcere, striduli, pronti a ricordargli la sua condizione di prigioniero, scanditi dal rumore dei catenacci esterni aperti dai funzionari all'alba prima di iniziare l'appello. Ma la prigione odorava di metallo, o per dirla meglio, odorava della fusione del metallo con una vernice verde scuro solida, come una seconda pelle della lamiera, una pelle che poteva avere soltanto l'anima di metallo. Invece, l'odore di quella stanza suggeriva soprattutto l'acidità del legno segato, forse perché si trovava in una segheria o per l'esatto contrario, perché era di questo che lo volevano convincere, che si trovava in una segheria. Gli faceva male il lobo dell'orecchio sinistro e i polpastrelli gli rivelarono che era protetto da qualcosa di simile a un cerotto che occultava una presumibile ferita. Aveva fame e nausea. Sete e nausea, e notò stupito che poteva sedersi sulla sponda della branda e sentire la ferita del freddo bordo della rete metallica dietro le ginocchia nude. Fu capace persino di appoggiare i piedi per terra e alzarsi per verificare la propria nudità, il terribile peso della propria nudità, al punto di cadere facendo tuttavia in tempo a evitare di battere la testa grazie all'aiuto di un gomito troppo debole e poi di un braccio che si allineò sul pavimento sotto il suo peso. Fu da quella posizione che notò come a un angolo del soffitto si muovesse una piccola cinepresa, e qualcosa doveva aver visto perché si aprì una porta e due o tre coppie di gambe, forse quattro, lo circondarono e gli si chinarono sopra, lo sollevarono e lo deposero di nuovo sul letto. Temette un ulteriore assedio delle punture senza un'origine apparente, ma fu colto solo dal silenzio e da una lingua che ormai era senza dubbio russa ed emetteva frasi dove figuravano nomi di persone, soprattutto quello di Malena, per cui giocò a tentare la traduzione simultanea di una lingua che non conosceva.

"Sembra che si sia svegliato."

"Bisognerà chiamare Malena, non vorrei che si addormentasse di nuovo."

"Mi pare che l'intera faccenda vada troppo per le lunghe."

"Andrà avanti finché vuole la compagna Malena."

No. Non potevano aver detto la compagna Malena perché il comunismo era finito in Unione Sovietica, che non era più nemmeno tale, e pertanto non avevano potuto parlare della compagna Malena. Si trattenne per non perdere tempo mettendo insieme un'altra interpretazione e ammise tra sé di essere angosciato dalla propria debolezza, di non essere in grado di sedersi sul letto, guardare in faccia i suoi carcerieri e affrontare le loro decisioni. Si ritiravano. Si ritirarono. Tornava a essere solo e, inoltre, gli lasciavano la porta aperta sull'infinito, come se non riscontrassero in lui la minima capacità di fuga. Attese qualche minuto finché ritrovò la forza o il coraggio di rimettere i piedi sul pavimento, che ora sapeva di legno. Tirò il lenzuolo che, sorprendentemente, rispose al suo sforzo, e riuscì ad arrotolarselo intorno al corpo per restare vestito come un'antica mummia o un antico senatore romano o come un'antica vergine disposta al martirio, e avanzò verso la porta per fermarsi sulla soglia, in attesa che il corridoio vuoto gli rivelasse il mistero delle porte chiuse. Non tutte. Una stava leggermente aperta e guardò dalla fessura per scorgere una cella simile alla sua e, dopo averla spinta leggermente, l'angolo visivo si allargò fino ad abbracciare un letto come il suo e un uomo come lui, con indosso delle mutande lunghe, seduto a fissare il prodigio che poteva supporre fosse per lui l'arrivo di quel fantasma. Fu l'altro a portarsi un dito alle labbra, ad alzarsi e corrergli incontro in modo da farlo entrare e chiudere la porta. Ormai solo con uno sconosciuto in mutande di felpa, Carvalho ricordò il momento in cui i prigionieri sul punto di essere divorati dai cannibali e salvati da Robinson Crusoe si identificano: "Cristiani, siamo cristiani, non puoi mangiare dei cristiani". Ma non poteva cominciare con queste parole e non sapeva che lingua parlasse il suo collega finché questi gli domandò, in inglese: "Che ora è?". Carvalho indicò il polso nudo e la stessa pelle gli rivelò la stanchezza interiorizzata, la necessità di sedersi sul letto accanto al suo anfitrione, che lo contemplava con occhi gravi e allo stesso tempo imperiosi.

"Mi pare assai difficile uscire da questa situazione. Sono giorni e giorni. A quanto pare, qualcosa che la riguarda non è riuscito. Qualcuno è sfuggito alle loro mani e temono quel che potrebbe fare da fuori."

"Biscuter?"

"Esatto. È questo il nome che ho sentito."

"Per fortuna, non so dove sia."

"Vi suppongono due importanti agenti segreti."

La voce dell'uomo non era più così morbida, sembrava addirittura armata di una certa ironia, come se un rumore si fosse infiltrato in un canale di comunicazione previsto, e gli occhi di Carvalho si mossero verso l'angolo della stanza dove c'era, pure lì, la cinepresa. Finse di abbandonarsi all'affetto del suo accompagnatore.

"Meno male che l'ho incontrata."

"Le posso essere ben poco utile, in queste condizioni. Forse riesco a trovare un modo per comunicare con l'esterno e passare un messaggio al suo amico. Dove potrebbe essere? Che contatti o parole chiave avete convenuto? Forse non avremo più un'occasione come questa per chiedere aiuto."

Carvalho abbassò la voce.

"Saroyan, 1958. Il mio cuore è sugli altipiani."

Il tizio sbatté le palpebre come se avesse negli occhi il registratore dei messaggi importanti. Ma d'un tratto si aprì la porta e apparve Malena con un sufficiente seguito di guardaspalle.

"È inutile continuare. Questo stronzo ha capito tutto."

Non c'era da temere una violenza immediata. Un guardaspalle agì da valletto e allungò a Carvalho abiti e scarpe. Mentre si vestiva di spalle ai presenti, osservò che anche il finto detenuto si rivestiva e parlava con Malena in russo con grande naturalezza, come per farle il riassunto della situazione. Malena annuì, fece qualche passo nervoso e affrontò Carvalho quando ormai lo vide rivestito e con due dita a indagare che cosa nascondesse il cerotto che gli proteggeva il lobo dell'orecchio. Malena gli si avvicinò e glielo tolse.

"Ha un buco, probabilmente per un orecchino. È molto debole, ma presto si sentirà meglio. Innanzitutto, tenga presente che qui non è in vacanza e che qualcosa dovrà darci se vuole uscirne sano e salvo. Conosce il mio amico?"

Malena indicò uno degli accompagnatori che Carvalho non aveva ancora notato. Non c'era dubbio: era l'uomo vestito Armani della traversata Brindisi-Patrasso. Riuscì a trovare la voce per dire:

"Martini dry. Non sa cosa darei per bermi un martini dry, ma senza l'oliva, solo con un minuscolo pezzetto di scorza di limone".

"Sono i migliori," ribadì l'uomo-Armani, mentre Carvalho interrogava con le dita il lobo forato, quasi per chiedergli una spiegazione.

Una zuppa di cetrioli, cavolo e barbabietola, accompagnata da cotenna di maiale, pane nero, panna o margarina. Acqua. E anche una bottiglia di vodka etichettata con colori orribili, contrapposti alla tentazione di bere che Carvalho trattenne dopo un conato di nausea. Ma il pasto gli aveva fatto bene e si preparò alle rivelazioni che gli avrebbe potuto fare Malena, seduta all'altro lato del tavolo, nella prima penombra lasciata dal cerchio della lampada centrale appesa al soffitto. Accanto a lei, il signor Armani e dietro tre, o forse quattro uomini più rilassati che vigili, non troppo muscolosi, in apparenza, ma talmente convinti di essere imbattibili da dissuadere mediante la semplice operazione di occupare uno spazio in quella sala da pranzo improvvisata.

"Si sarà chiesto perché abbiamo dovuto uccidere Samuel."

Carvalho fece spallucce.

"Non le interessa saperlo?"

"A lei interessa di più dirmelo."

Malena guardava soltanto Carvalho e l'italiano accettò la parte dell'attore secondario.

"Il viaggio di Samuel a Istanbul aveva due scopi: rafforzare il contatto con Irina in modo da attirarla nella nostra rete di informazione e sorvegliare voi per vedere se ci portavate dove tenete nascosto il bottino."

Poiché Carvalho manifestò la sua sorpresa a gesti, Malena si mise a ridere.

"Non vorrà darmi a bere che vi siete sniffati cento milioni di euro di cocaina. Samuel, fu indispensabile farlo fuori. Era già riuscito a mettere il Mossad in stato di allerta e Irina si sentiva a disagio. Non voleva cambiare vita, e nemmeno a noi interessava che la cambiasse. Samuel era pericoloso. Aveva il cuore ferito e lui sapeva già che per certi mestieri il cuore è una seccatura. Le riassumo la situazione, cioè, la sua situazione. Lei si trova a Baku, capitale dell'Azerbaigian e dipende da lei uscire o meno da questa città che non le piacerebbe affatto. È piena di statue a poeti azeri, chiaro esempio del fatto che hanno conservato le loro radici peculiari e che si sono integrati nell'Urss assai controvoglia."

"Come tutti. Lenin, Stalin, Chruščëv, Gorbaciov, Eltsin. Hanno tutti continuato a essere comunisti per non essere arrestati dal Kgb. Persino quelli del Kgb non volevano essere arrestati dal Kgb."

"Tutto questo non serve a un cazzo di niente, e tantomeno a lei. Deve collaborare con il mio amico Boccardo e abbiamo bisogno di sapere dove si trova la droga. Sarebbe anche molto utile sapere dove si trova Biscuter, forse sarà dov'è la droga."

Adesso Carvalho studiava l'impenetrabilità dell'uomo-Armani e non gli levò gli occhi di dosso mentre gli faceva sapere:

"L'abbiamo gettata in una discarica davanti all'isola di Salamina, prima di tornare ad Atene. Ci avevano sabotato i freni dell'auto e ci avevano sparato addosso. Era pericoloso continuare a tenerci la droga anche se, conoscendone il valore reale, forse avrei deciso altrimenti. Non capisco niente di droghe; atttualmente, non capisco niente di quasi nulla. Avevo calcolato che valesse circa un milione di euro".

All'italiano sfuggì una risata finta ma rumorosissima, poi si infuriò, si alzò in piedi, chiuse i pugni e avanzò verso Carvalho. Un ordine tassativo di Malena lo bloccò:

"Alt".

"Ma non vedi che questo figlio di puttana ci prende per i fondelli, mentre il suo socio dispone della coca? La starà vendendo, se non l'ha già venduta."

"Lo avresti saputo. Un simile quantitativo non si immette nel mercato tutti i giorni."

Malena guardava Carvalho, valutandolo.

"Chi le ha sabotato i freni dell'auto e chi le ha sparato?"

"Sono un po' sconcertato. Voi trafficate in molte direzioni: spionaggio, prostituzione, droga, e sembrate coordinati. Uno qualsiasi di voi o dei vostri soci può aver rotto i freni o sparato per poi tenersi la droga, anche se non capisco come mai non abbiate cercato di riprendervela quando siamo sbarcati a Patrasso."

"Ci ha depistati la francese, il fatto che sia partita con un'altra macchina e con due tizi che sembravano conoscerla. Abbiamo pensato che si portasse dietro la merce da una serie di gesti equivoci.

Abbiamo capito di sbagliare troppo tardi, dopo aver constatato che madame Lissieux era una suora o qualcosa di simile, e che i suoi accompagnatori erano due teologi, di quelli che chiamano teologi della liberazione."

Malena indicò con un gesto a Boccardo che voleva essere lasciata sola con Carvalho, e quando furono faccia a faccia lei respirò sollevata.

"Ha fatto arrabbiare Boccardo di brutto. Se va avanti così, non la lascerà arrivare a Samarcanda."

Come faceva a sapere della sua intenzione di arrivare a Samarcanda? In quale momento gliel'aveva detto durante le poche ore trascorse insieme a Masada o a Gerusalemme?

"In realtà, Boccardo non è una scocciatura solo per lei, ma anche per me. Collaboriamo in certe faccende, talvolta all'interno di una stessa rete, anche informativa. Ma Boccardo sta attraversando un brutto momento. Se non trova quel carico è un uomo morto."

"Non lo troverà, a meno che la discarica dove l'abbiamo gettato sia rimasta tale e quale. Ma no. Faceva parte di montagne e montagne di spazzatura e la coca deve essere stata seppellita da tonnellate di detriti o bruciata insieme all'altra roba."

Carvalho cercò la cinepresa al solito angolo, e infatti era lì.

"Non si preoccupi. È spenta."

"E io come faccio a saperlo?"

"Voglio dirle che mi sono messa in contatto con Biscuter e che stiamo per raggiungere un accordo. Lui non divulga il suo, diciamo così, sequestro, né l'esecuzione di Samuel, né la mia partecipazione in questa faccenda o quella dei miei compagni, e io metto lei, Carvalho, sulla strada per Samarcanda. Ma ho bisogno di qualcos'altro. Neanche a me le cose sono riuscite del tutto bene e devo dimostrare una certa efficienza. Io la lascio partire per Samarcanda, l'aiuto a uscire da qui, e a un certo punto del suo itinerario, che traccerò io, apparirà Biscuter. Lieto fine."

"Perché tante facilitazioni?"

"Dopo Samarcanda lei vuole andare in Afghanistan."

"Se possibile."

"Lo è. Perché no? L'Afghanistan è ormai un paese libero. E mi interessa che, in questo paese libero, lei consegni certi messaggi molto piccoli e sofisticati che potrebbe portare nel buco all'orecchio o appesi al medesimo come orecchino o piercing."

Finalmente gli aveva spiegato perché gli faceva male il lobo dell'orecchio e lo divertì immaginarsi come un esibizionista col piercing.

"E appena avrò consegnato i vostri messaggi, se non mi hanno strappato l'orecchio prima, mi romperete di nuovo i freni o tornerete a spararmi o a sequestrarmi."

"Ripeto che non sapevamo di quell'iniziativa, anche se eravamo al corrente dell'accaduto. In realtà, siete stati parte di un intrigo senza saperlo. Ci è stato comunicato che un remoto cliente di Barcellona ha richiesto il servizio di sicari per minacciare due delinquenti in fuga. Non ci interessa. Ma a un tratto, d'altro canto, arriva Boccardo con la storia della cocaina e ci spiega che state per arrivare a Gerusalemme. Intorno a voi si tesse una rete che si rompe in tre punti: l'inevitabile morte di Samuel, la distruzione della cocaina e la fuga di Biscuter."

Poteva accettare le condizioni, ma dubitava che il signor Armani accettasse la scomparsa di cento milioni di euro in cocaina.

"Non si preoccupi per Boccardo. Dobbiamo agire in fretta se vuole realizzare il suo desiderio di arrivare a Samarcanda. Innanzitutto, bisogna uscire dall'Azerbaigian, e non siamo più in Unione Sovietica, ma in un conglomerato di repubbliche caucasiche, ciascuna con i suoi problemi e vicinissime all'Iran, o all'Iraq o all'Afghanistan, cioè vicinissime al disastro. Attraverseremo il Mar Caspio su una nave, da Baku a Turkmenbashi, la vecchia Krasnovodsk, in Turkmenistan, il Turkestan di una volta, che è la più sconosciuta delle nuove repubbliche di questa zona. E anche se si dubita che esistano delle strade, in un modo o nell'altro le faremo passare la frontiera con l'Uzbekistan e lì troverà la sua Samarcanda. Del resto, l'Uzbekistan confina a sud con l'Afghanistan, con una piccola frontiera, ma confina, e lei deve andare in Afghanistan."

Non gli aveva chiesto se voleva andare in Afghanistan, gliel'aveva ordinato.

"Dov'è Biscuter?"

"Non corra troppo. Prima di tutto, cerchi di capire dove si trova lei."

"Dove?"

"In una scuola per la produzione e il commercio del caviale."

Non era odore di metallo, né di legno, né di segatura, quella era l'acidità delle salamoie o delle conserve e all'improvviso gli si riempirono le narici di uova di storione e cominciò a salivare come se avesse il caviale vicino e questo gli proponesse una trasgressione, a ogni costo. In un angolo del tavolo sembrava agonizzare il piatto dove galleggiavano ancora, abbandonati, gli avanzi di un pasto che gli faceva tornare su il sapore di cetriolo e di latte acido.

"Caviale. Potreste darmene un po'. Altrimenti, se riesco ad attraversare il Mar Caspio, non avrò assaggiato neanche un po' di caviale e su nessuna delle due sponde."

Malena non si lasciò commuovere dal ragionamento.

"Qui nessuno mangia caviale. Quando l'Unione Sovietica era l'Unione Sovietica, se ne producevano circa mille tonnellate all'anno, e ora appena cento, come se al caviale la democrazia vada di traverso. Gli storioni sono stati depredati e infine si è adottata la tecnica di cacciarli, privarli delle uova, ricucire la ferita e ributtarli in acqua sperando che si riproducano di nuovo. Inoltre, si sanno solo parzialmente le quantità, perché la produzione e il commercio sono nelle mani della mafia. Quel che è certo è che sul mercato nero europeo arrivano sempre più scatole di caviale a bassissimo prezzo."

"Questa è una scuola per la produzione e il commercio del caviale? Davvero?"

Malena si alzò e l'invitò a seguirla. Uscirono dalla sala da pranzo e lo stupito Boccardo si unì al corteo, insieme ai guardaspalle. Il cibo gli aveva provocato una reazione e Carvalho aveva il corpo sudato, ma la possibilità di camminare e uscire dalla stanza lo stimolava. Gli impianti dove regnavano Malena e la sua truppa erano grigi magazzini adattati per ospitare celle e qualche spazio generale. D'improvviso si trovarono davanti a una porta metallica che si chiudeva o apriva sul mondo esterno, e quando questa slittò, mossa da una molla, una scala normale, ampia, addirittura una scalinata di legno ben levigato e silenzioso, li riportò alla convenzione di un mondo con scale, portoni, gente seduta a seguire lezioni sul caviale, intenta a degustarlo. Mentre chiudeva e apriva gli occhi, Malena spingeva una porta che rivelava lo spazio di una piccola aula dove qualcosa di simile a un derviscio in abiti borghesi insegnava a una trentina di persone.

Malena si avvicinò un dito alle labbra, li invitò a tacere e a sedersi e poi cedette di nuovo la parola al professore, che riprese la lezione dal punto in cui si era interrotta per l'arrivo di un così strano gruppo. Stava per l'appunto parlando della produzione legale e più tardi, annunciò, avrebbe parlato di quella illegale. Le cento tonnellate legali venivano raccolte in diversi stati dell'antica Unione Sovietica: Russia, un 70 per cento; Kazakhstan, un 17; Turkmenistan, un 6, e Azerbaigian, un altro 6 per cento. In pratica, si trovavano in uno Stato quasi abbandonato dal caviale.

"Dopo la prostituzione e la droga, la mafia più potente è quella che si dedica al traffico di caviale. Per contrastare le mafie, lo Stato cerca di tornare al monopolio statale, del caviale, naturalmente."

E gli scappò una risatina. All'inizio breve, quasi casuale. Ma poi venne sopraffatto dalle risate e persino dalle lacrime di ilarità. Calmatosi, filtrò il dato doloroso e obiettivo dell'esistenza della pesca clandestina e, in modo esagerato, aggiunse che era otto volte superiore a quella legale. Non lasciò il tempo di considerare un simile eccesso, perché il professore si piazzò davanti a una lisa tela cerata con le zone del caviale del mondo e si mise a indicarle con una bacchetta, tenendo una conferenza lubrificata da frequenti accessi di saliva piovosa. Era un maestro elementare del caviale, che cominciò a definire come manicaretto elaborato con le uova dello storione, anche se ne esistono succedanei ottenuti dalle uova di altri pesci. Carvalho lo informò anche dell'esistenza di un caviale di lumaca, a suo parere snob e infausto al palato, opinione condivisa dal marinaio della Potëmkin che, dopo aver dato ragione all'ospite, continuò implacabile la lezione.

"La parola *khawiar* deriva dal turco antico e si riscontra l'esistenza del prodotto già nell'antico Egitto, così come viene citato da Aristotele, ma non si può parlare di diffusione internazionale fino al XIX secolo e soprattutto fino alla Rivoluzione russa del 1917, quando gli aristocratici russi in esilio e, in particolare, i fratelli Petrossian, lo fecero conoscere in Francia. Prima, il caviale era stato citato nel libro *Gargantua e Pantagruel* di Rabelais, dove si dice che 'i gastrolatri sacrificano al loro dio Ventrepotente caviale e bottarghe nei giorni di digiuno', e nel *Don Chisciotte*, dove nella seconda parte si descrive una merenda: 'Servirono inoltre un cibo nero che dicono si chiami caviale ed è fatto con uova di pesce e che suscita una gran sete'. Fino a tempi recenti, prima che si inquinasse, c'erano gli storioni nel fiume Guadalquivir (Spagna) da cui si otteneva un discreto caviale. Il caviale era stato mitizzato come afrodisiaco e, dal punto di vista nutrizionale, è ricco di vitamine, ipocalorico e davvero un alimento completo. Nonostante il prezzo, il suo consumo si è globalizzato e la sopravvivenza degli storioni è in pericolo. Le uova dello storione del Mar Caspio elaborate in Russia forniscono un caviale eccellente, anche se è quello iraniano a essere maggiormente apprezzato dai presunti gourmet occidentali che l'avevano politicamente privilegiato per indebolire il commercio del caviale sovietico ai tempi della Guerra Fredda, tempi per fortuna superati. I caviali migliori si ottengono manualmente grazie a una lavorazione molto delicata e si conservano in atmosfera semivuota senza altri conservanti che il sale e un pizzico di borace. Le uova vengono sottoposte a un'attenta selezione i cui fattori decisivi sono il colore, la consistenza, la dimensione, l'odore, la brillantezza e, infine, il sapore."

Levò la mappa di tela cerata dalla parete e al suo posto apparve un grande poster dove si specificavano i diversi tipi di caviale.

"Il caviale Beluga, dai grani grossi e grigi, meglio se molto pallidi," ripeteva il vecchio marinaio. "È il più costoso di tutti, e si divide in tre categorie: Triplo zero, Doppio zero e Zero. Quest'ultimo è il più scuro di tutti. La seconda categoria di caviale è l'Asetra o Ossetra, con un sapore delicato di noci, diviso anch'esso in tre categorie: il Gold o Royal Caviar, di colore dorato; l'A, di colore marrone tendente al grigio, il più frequente in Europa; e il B, di colore grigio scuro. Infine, il caviale Sevruga, il più accessibile, dai grani piccoli, di colore scuro e con un sapore più deciso. Esiste anche un caviale pressato, ottenuto da grani di qualità inferiore, con un sapore più forte e salato."

Carvalho si stava annoiando e non capiva il gioco di Malena, né quello dell'uomo-Armani, che era momentaneamente scomparso dalla sala. Al detective piaceva il caviale Pressé, non solo per il prezzo più contenuto ma anche perché gli ricordava la sincerità dei sapori primari. Il divulgatore si limitava a trasmettere ovvietà: il caviale viene di solito conservato in scatolette metalliche tonde e va sempre tenuto in frigo e non troppo a lungo.

"Che ne sarebbe dell'alta cucina in assenza del caviale?"

Domanda senza risposta, un vuoto di parole che il *chevalier servant* occupò assicurando che lo si utilizza nella preparazione di molti piatti di alta cucina nonostante i puristi sostengano che va degustato molto freddo, da solo e a piccole cucchiaiate. In Russia lo si suole mangiare con i *blinis*, a volte con la panna acida e annaffiato con la vodka. Il pane tostato e lo champagne lo accompagnano bene. In nessun caso va aggiunto il limone, perché il risultato è uno schifo, uno schifo. Le uova di altri pesci (salmone, lompo, muggine, merluzzo) possono avere un certo interesse gastronomico, perfino in elaborazioni come la *poutargue* francese o la *taramà* greca, ma non hanno niente a che vedere con il caviale. "Sono miserabili imitazioni, succedanei," sputò l'uomo, che in fatto di caviale era un autentico classista.

"Come bevanda da abbinare si consiglia la vodka, sempre che il caviale non faccia da preambolo a un pasto accompagnato dal vino: in tal caso, la vodka soffocherebbe i vini serviti dopo, per cui sarebbe da preferire uno champagne brut o la soluzione proposta da un ristoratore messicano, Dalmau Costa, che consiglia di annaffiare il caviale con uno sherry molto freddo."

Carvalho aveva fatto un uso moderato del caviale a seconda delle possibilità economiche, ma nel corso dell'indagine dell'*Assassinio al Comitato Centrale*, durante un pranzo con gli eredi del comunismo, forse Leveder, aveva ordinato trippa alla madrilena e caviale, senza dubbio *pour épater le marxiste*, e avevano perfino intavolato una conversazione sul miglior modo per mangiare il caviale. "Non si mette del burro sul pane tostato?" aveva chiesto il compagno di tavola, e lui gli aveva più o meno risposto che lo considerava una stupidità, essendo il caviale burroso già di suo. Aveva spesso fantasticato su una morte di prestigio, seduto su una poltrona rilassante, con una bottiglia di vino bianco e il secchiello pieno di ghiaccio accanto e una tartina di caviale in mano, sotto gli alberi, qualsiasi albero, intuendo che la sua coscienza si sarebbe staccata dal corpo e avrebbe cominciato a salire verso i rami per contemplare a volo d'uccello la goffaggine insufficiente della propria morte. Capì di aver trovato il discorso che avrebbe mandato fuori dai gangheri e dalle sue scatolette tonde l'isterico professore:

"Potremmo arrivare alla conclusione che al caviale fanno meglio le rivoluzioni che le democrazie, perché sotto il comunismo non era mai mancato, e nel rivoluzionario Iran islamico il caviale è rimasto quello che era".

Lo disse a voce alta, scandalizzando l'oratore.

"Sotto il comunismo nulla era meglio!"

"Io credo che il caviale lo fosse."

"Nulla! Nulla!"

Il professore era impazzito, e guardava disperatamente tutti i presenti, per confermare di aver abiurato il comunismo una e mille volte. Ma nessuno gli faceva troppo caso. Malena comunicò a Carvalho che dovevano imbarcarsi entro mezz'ora, e dalla predisposizione della donna dedusse che pure lei avrebbe attraversato il Mar Caspio accompagnata dai suoi guardaspalle e probabilmente dall'uomo-Armani, il quale sulle prime aveva seguito la sequenza del caviale con sommo interesse e annuendo in approvazione quando il monologo dell'oratore lo meritava, ma poi se n'era andato seguendo le indicazioni di un guardaspalle di Malena. Il professore chiese loro di restare ancora per un po' e subito dopo si rivolse ai suoi alunni.

"Abbiamo ricevuto la visita di una delegazione straniera molto interessata alla rigenerazione del caviale, che come sapete è uno degli impegni fondamentali delle nuove repubbliche democratiche."

Lo aveva detto con un tono che richiedeva l'applauso, ma Malena si limitò a rispondergli, pure lei in inglese, che l'Azerbaigian era uno dei luoghi più stimolanti del mondo e che il caviale e il petrolio avrebbero fatto molta strada. Per il momento, a mettersi in marcia furono gli invitati e, non appena varcata la porta, Carvalho aspettò che si unisse a loro l'uomo-Armani, il che non avvenne, e qualcosa di simile a un celato riso interiore lo mise in guardia sulle proprie chimere. Perché era più temibile l'uomo-Armani della stessa Malena, capace di uccidere Samuel o anche lui se Biscuter non fosse scappato mettendo così in pericolo l'intera organizzazione? Lo fecero salire su un furgoncino chiuso quasi ermeticamente, con una fessura dalla quale vedeva sfilare pozzi di petrolio, quei pozzi di petrolio tracagnotti che aveva scambiato per un'allucinazione. Malena si era seduta in un angolo del furgoncino rimasto al buio, e il detective era fiancheggiato da due guardaspalle. Fece in tempo a chiederle che cosa gli ricordava il nome di Kirov, gli pareva di averlo sentito negli ultimi giorni.

"Era un illustre rivoluzionario, considerato da alcuni di Stalin negli anni trenta, ma fu assassinato e questo servì da pretesto per i processi di Mosca scatenati dal dittatore. A Baku c'era, ma è stata abbattuta, un'immensa statua dedicata a Kirov. Lui era di queste parti."

All'improvviso la donna si alzò in piedi e, anche se cercava di nasconderlo, Carvalho vide che teneva in mano qualcosa di brillante e affilato. Cercò di alzarsi a sua volta, spinto da una molla difensiva, ma lei gli aveva già infilato l'ago nel braccio.

"Mi spiace. È l'ultima puntura."

Si svegliò ormai allenato a svegliarsi, a sentirsi debole e a recuperare un po' alla volta la voglia di mettersi in piedi e capire dove si trovava. Un oblò gli mostrava lo scorrere del mare al tramonto. Lo sportello era sprangato ma si poteva aprire, e quando lo fece un freddo salino e ventoso lo accolse nel suo seno con il proposito di distruggerlo. Tornò in cabina, cercò un indumento pesante che non riuscì a trovare e infine adoperò un plaid a mo' di mantella. Ormai sulla coperta di dritta, credette di essere a bordo di qualcosa di simile a una nave costiera, anche se non erano visibili segnali polizieschi o militari e la bandiera che il vento cercava di portarsi via faceva parte delle dozzine e dozzine di bandiere che Carvalho non era in grado di identificare. Forse quella azera, se non quella del Turkestan, o comunque si chiamasse la repubblica verso la quale viaggiavano. La solitudine di ponti e coperte gli fece pensare di essere l'unico navigatore sull'imbarcazione, portata senza dubbio dal pilota automatico e condannata a schiantarsi contro uno scoglio. Ma nel Mar Caspio ci sono gli scogli? Stava diventando buio ed era quindi logico che qualcuno portasse una torcia, e infatti una luce che ricordava una torcia si mosse verso la coperta di poppa, e poi avanzò a babordo per fermarsi davanti a una porta. La necessità di aprirla fece sì che la torcia illuminasse il volto del suo portatore, uno dei bulli di Malena, e Carvalho andò a cercarlo per sapere che cosa si stava tramando.

Si infilò in un ingresso laterale che conduceva alla scala della stiva o della sala macchine, ed ecco lì Malena e altri due guardaspalle intorno a un tavolo sul quale giaceva l'uomo-Armani, spinto all'interno di un grosso sacco nero con la cerniera, in compagnia di poderose pietre nere e obsoleti pezzi di ferro provenienti da macchinari smantellati, come uno strano corteo funebre. Perché l'uomo-Armani era morto, o era stato vittima di una paraplegia, circostanza che forse cercava di capire l'uomo della torcia puntandogli con l'interesse di un tassidermista la luce negli occhi e nella bocca aperta.

"Tutto in ordine?" chiese Malena.

L'uomo della torcia rispose affermativamente e la donna chiuse la cerniera fino in alto, esattamente dove l'uomo-Armani diventava un cadavere pronto a essere seppellito. E di qualcosa del genere si trattava, perché Malena si scostò, i guardaspalle legarono con le cinghie il sacco a una lettiga convenzionale posta sopra il catafalco e si accinsero a portarlo in coperta. Lo fecero così di colpo che Carvalho ebbe a malapena il tempo per trovarsi un nascondiglio dal quale vide come il corpo dell'uomo-Armani nel suo sudario nero venisse issato a fatica e poi scarventato in mare come in un atto di sollievo criticato soltanto dallo schiaffo ricevuto dalla lettiga e dal cadavere quando si scontrarono con l'acqua. Galleggiarono per un attimo quasi a calcolare la posizione dell'acqua e subito dopo il peso delle pietre e dei cuscinetti determinò l'affondamento seguito con indifferenza dai metaforici becchini. Carvalho tornò nella sua cabina, in attesa degli eventi o delle rivelazioni su quanto accadeva, e Malena non tardò a presentarsi con un sorriso che non era da orecchio a orecchio, perché aveva la bocca piccola, bella e adesso dipinta.

"Il mare non presenta ostacoli fino a Turkmenbashi, e a partire da lì spero in una collaborazione che ci sarà molto utile. Ma ora le ho preparato una sorpresa secondo i desideri da lei stesso ripetutamente espressi."

Lo invitò a seguirla fino a una scaletta che saliva verso qualcosa di simile a una sala da pranzo attaccata al ponte del capitano, separata appena da un paravento di vetro. Una tovaglia vestiva a festa la tavola sulla quale spiccava aperta una latta da un chilo di ottimo caviale, a giudicare dal colore chiaro che coincideva con le preferenze dell'esperto. Su un vassoio, focacce di pane nero e *blinis*, panna e burro in salsiere e piattini sparsi strategicamente, un trito di cetriolini sotto aceto, cipolla, uova sode, persino capperi, e poi due bottiglie di vodka immerse nel ghiaccio, un altro vassoio con vivande marinate, due torte ai frutti di bosco, *samovar* dai quali arrivavano gli aromi dei tè migliori, secchielli per i cubetti di ghiaccio pieni fino all'orlo e altre due o tre bottiglie che nella penombra cercavano di occultare la loro condizione di acquaviti forse locali o russe, con l'etichetta scritta in cirillico. Con maniere da padrona di casa, Malena allungò il braccio sulla tavola e avvertì Carvalho:

“Il caviale si può mangiare con il cucchiaio. Ce n’è dell’altro in frigo”.

Carvalho ripassò con gli occhi i presenti, e notando come alcuni già si avvicinassero con il cucchiaino all’orlo della latta, chiese, fingendosi sorpreso:

“Non aspettiamo il nostro amico italiano?”.

“È rimasto a terra. In realtà, non c’entrava più con tutta questa faccenda. Ne sente la mancanza?”

“No, ma ho tendenze conservatrici. Mi piace che la gente abbia la stessa faccia e le stesse idee di quando ci siamo conosciuti. Non importa se è passato del tempo. E mi piace che le avventure finiscano con gli stessi componenti iniziali. Una buona avventura non lascia storie in sospeso.”

“Nella letteratura è possibile, ma nella realtà non è necessario. Mi spiace, il nostro amico italiano resterà per sempre una storia in sospeso.”

Malena alzò il bicchiere pieno di vodka per un brindisi senza parole, assecondata da tutti i presenti, Carvalho incluso, ma prima che si portassero il bicchiere alle labbra, un guardaspalle lanciò un grido di entusiasmo per poi declamare qualcosa di assai simile a una poesia e fu molto applaudito. Malena si voltò verso Carvalho e gli disse:

“Ha brindato per tutti noi, a una buona traversata e affinché il mare non ci punisca delle nostre cattive azioni”.

“Ma il caviale è legale? Non farà parte di quell’enorme quantitativo di produzione illegale? Sarei orripilato se proprio questo caviale, contenuto in questa latta, fosse frutto di quella barbarie di togliere le uova allo storione vivo, per poi ricucirlo e rigettarlo in acqua. Il tutto senza anestesia, suppongo.”

“Sei milioni di ebrei, della mia gente, furono sterminati durante l’Olocausto, e se perdiamo la guerra con l’islamismo, ci butteranno a calci nel Mediterraneo, e questo capiterà a noi, a noi milioni di ebrei che oggi viviamo in Israele. Un fanatico kamikaze può diventare una bomba vivente nel cinema dove va mia figlia o nell’autobus che la porta a scuola. Mi dispiace mentalmente per il dolore che possono patire gli storioni, ma siete stati voi cristiani a coniare il principio che la vita è dolore.”

“Io non sono cristiano. Questo è un principio di Tommaso da Kempis e riassume l’oscurantismo della religiosità basata sul credito assoluto concesso al senso biostorico degli dèi. Per me, che la vita sia dolore è una prova dell’inesistenza degli dèi. Perfino il caviale è una prova dell’inesistenza di un dio creatore. È una puttanata togliere le uova a un povero pesce per mangiare da dio."

Mentre parlava, aveva preso una spatola e ricopriva di caviale una fetta di pane nero.

"Non ci mette del burro o della panna?"

"Prima voglio sentire se il caviale è sufficientemente buono da non aver bisogno di stronzate. Suppongo che sia stato comprato al mercato nero."

"Regalato dal mercato nero."

"Allora è meno garantito dell'altro. Buono. È abbastanza buono ma ne ho assaggiato di migliori. Strano triangolo. Mossad, traffico di caviale, coca."

"Io non sono strettamente del Mossad. Faccio parte di una specie di Stato Maggiore della sicurezza, e quando fai politica nel sottosuolo devi spartirti il territorio con i ratti."

La vodka era eccellente, lo champagne caldo e gli ricordava gli spumanti a buon mercato dell'adolescenza, assai inferiori al Gramona che suo padre si procurava in occasione dei regali natalizi della ditta per la quale lavorava. Finalmente si dedicò a mangiare il caviale a piccole cucchiaiate con un entusiasmo competitivo così condiviso che dovettero aprirne un'altra latta da un chilo e negli occhi dei presenti si leggeva l'estasi con cui vivevano quel momento irripetibile. Malena mangiava con discrezione vigile, convinta che il suo non concedersi del tutto alla cerimonia le consentisse di controllarla. Carvalho considerò la possibilità che nelle acque su cui navigavano si fosse smarrito uno storione che nel frattempo era occupato ad addentare le carni del cadavere dell'uomo-Armani, attratto dall'odore di un corpo tante volte aromatizzato da martini dry così ben dosati.

Malena mise una certa intonazione da tango in quel che disse:

"Storione, pesce della famiglia degli acipenseridi, di pelle grassa, senza squame, coperta da scudi ossei e con il muso tubiforme. Dalle sue uova si ottiene il caviale, e dalla vescica natatoria la gelatina detta colla di pesce".

Poi si alzò puntando un dito su Carvalho.

"Tra mezz'ora dobbiamo parlarci. Mangi finché vuole, ma prima dell'arrivo a Turkmenbashi lei deve sapere come pagare quel che ci deve."

"Che cosa vi devo?"

"La vita."

"Innanzitutto voglio sapere perché mi avete portato a Baku e perché adesso mi date il via libera per Samarcanda."

"Tra mezz'ora saprà tutto."

Era sazio di caviale, ma il corpo gli chiedeva ancora vodka ghiacciata, come un'acqua finta che gli metteva in subbuglio le viscere e lo faceva sentire a suo agio perfino con il piercing all'orecchio. Il cibo e il vino avevano creato una sensazione di generale cameratismo e Carvalho fu costretto a guardare le foto delle famiglie dei presenti e a sentire parte delle loro storie. Ricordò di nuovo i tempi al carcere di Aridel, dopo la morte di un papa, quando i detenuti andavano a raccontargli le cause e le conseguenze degli omicidi affinché lui, uno studente, scrivesse per loro la domanda di amnistia, una grazia che speravano di meritare dal retto giudizio di sua eccellenza, che Dio lo conservi per molti anni. Uscì in coperta e trovò Malena spettinata dal vento: la sua figura, gracile ma carnale, faceva parte dell'archivio delle metafore erotiche di Carvalho fin dal loro primo incontro. Raggiunsero insieme uno spazio che poteva essere sia l'ufficio dove il capitano scriveva ostinatamente il giornale di bordo, sia il posto dove Fu-Manciù riceveva le future vittime prima di farle precipitare in un pozzo pieno di coccodrilli spalancando una botola di legno sul pavimento.

I due erano soli e si esaminavano con curiosità reciproca. Lei scosse la testa e si mise a ridere, agitando da destra a sinistra i capelli dorati, di un dorato di lusso.

"Confesso che voi due mi avevate sconcertato. Soprattutto per il rapporto spedito dalla Spagna in cui lei era descritto come un omicida, senz'altri dettagli. Subito dopo, per giunta, arriva la richiesta di aiuto di quelli della droga e il quadro si complica con la relazione con una certa madame Lissieux, che a detta della Cia è una pericolosa agitatrice in contatto con i gruppi no-global internazionali. Sapevo che Samuel voleva raggiungere Istanbul perché goffamente innamorato di Irina, ma era uno scienziato fondamentale nel piano di ricerca della guerra chimica sostenuto dallo Stato di Israele. Bisognava assecondare il suo progetto di una visita fugace e clandestina e voi ci servivate per mettere alla prova le sue reali intenzioni. Mi è sembrato molto significativo che abbiate subito voluto aiutare Samuel. Perché tanta solidarietà con uno sconosciuto? Con quali carte giocavate? La domanda è sempre la stessa: con quali e con quante carte giocate? Certo, ci siamo sbagliati a sottovalutare il suo aiutante, che è scappato, è svanito, per dirla meglio, attimi dopo che Samuel era stato giustiziato."

"Giustiziato?"

"Samuel non sarebbe tornato, e a partire da quel momento era stato preso di mira da tutti i servizi segreti nemici, soprattutto nel suo stato di fragilità emotiva. Bene. Il suo aiutante ci ha messo nel sacco inviandoci copia di un comunicato che intendeva rendere pubblico nel caso non la liberassimo, e ha posto come condizione il suo arrivo a Samarcanda. Noi abbiamo proposto un'altra soluzione: lei arrivava a Samarcanda e noi vi avremmo garantito l'immunità totale da parte nostra, purché ci faceste qualche servizio in Afghanistan."

"Parla al plurale. Noi. Chi siete?"

"Diciamo uno strumento d'ordine in pieno disordine internazionale. Una concomitanza di servizi segreti e di sottopoteri che, in certe occasioni, sono validi alleati a costo di una certa tolleranza legale."

"Posso intuire che l'italiano non aveva approvato il suo piano?"

"Può intuirlo, Boccardo non era d'accordo con il mio piano."

"Quindi, può riapparire da un momento all'altro."

"Le posso garantire che non riapparirà."

Malena allungò le dita fino a prendere il piercing di Carvalho dal quale trasse un minuscolo disco argentato che contemplò affascinata.

"Una volta a Kabul, cerchi il generale Ibrahim Massuf e gli consegni questo microchip. Ha un aspetto anodino. Nessuno le strapperà un orecchio per prendersi un orecchino che sembra di ottone ed è di ottone, tranne che per questo minimo particolare. Il punto di incontro a Kabul è a conoscenza di Biscuter. Appena arriviamo nel Turkmenistan, una nazione grande quanto la Germania e con meno di cinque milioni di abitanti, viaggerà come uno fra i tanti turisti occidentali, un turista romantico che attraverserà quanto prima la repubblica più desertica di tutte le repubbliche asiatiche per raggiungere l'Uzbekistan, a Samarcanda. Viaggiare come un turista occidentale fra i tanti significa che prenderà un taxi, molto a buon mercato, o prenderà il treno o i pullman, anche se le strade sono pessime. Cerchi di evitare gli aerei perché i controlli agli aeroporti possono essere nulli o opprimenti, ma di questi tempi è più logico che siano opprimenti e, anche se non lo metto in dubbio, il talento del suo socio come falsificatore di documenti può venire scoperto."

Malena mise sul tavolo una cartella di pelle da cui trasse i documenti e i soldi di Carvalho. Dollari freschi, dollari in conserva nei traveller's, euro, carte di credito, qualche confezione di medicinali.

"Non si preoccupi per la salute, abbiamo seguito le istruzioni passateci dal suo socio."

Riapparve anche la sua valigia Vuitton con le ruote e la ditta gli regalò un cappotto di persiano che la stessa Malena gli mise sulle spalle quando videro le luci di Turkmenbashi.

"Mi basta vedere quelle luci che sento già freddo."

Mancava qualcosa e Malena sorrise con malizia mentre metteva la Beretta sul tavolo.

"Gliel'abbiamo trovata in un posto molto intimo."
"Ci tornerà."
Malena gli si avvicinò, accarezzò con un dito l'orecchino e poi prese il detective per mano mentre avanzavano in coperta verso lo sportello dell'uscita, chiuso. Poi infilò il braccio sotto il suo e Carvalho provò un immenso sollievo sentendo rinascere il richiamo sessuale grazie al tepore rotondo della donna magra.
"Perché non viene con noi a Kabul?"
"Per la stessa ragione per cui lei non viene con me a Gerusalemme."
"Chissà."
"Verrebbe con me a Gerusalemme?"
Malena smise di camminare, si voltò e sostenne lo sguardo del detective. Le sirene annunciarono l'imminente manovra di attracco, e le profonde tenebre della notte più buia che avesse mai conosciuto risposero con un'eco sonnacchiosa. La manovra fu veloce e appena la scaletta venne attaccata alla nave, Malena gli appoggiò le mani sulle spalle.
"Di sotto la aspetta un'auto. Non è necessario che parli con nessuno e risponda di sì a tutto, perché le domanderanno semplicemente se la devono portare alla stazione ferroviaria. Le ho infilato un biglietto nel cappotto. Una volta a Samarcanda, vedrà come cavarsela da solo."
Aveva finito la manovra e il guardacoste non aspettava che la discesa dell'ospite e di alcune merci. Quando Carvalho aveva già un piede sulla scaletta e si apprestava a sbarcare, udì la voce satinata, musicale, di Malena:
"Spagnolo. Gallego".
Gli si era incollata al corpo. Lo baciò e gli mise la lingua in bocca quasi per chiedergli asilo politico o professionale e con una mano si impadronì del pacco sessuale di Carvalho, lo strinse con tenerezza e lo lasciò andare come si lascia andare una colomba. Carvalho lo interpretò come un ultimo e vero commiato.

Appena messo piede sui blocchi di pietra che formavano quella parte del porto di Turkmenbashi, un mongolo dalla testa rasata gli tolse di mano la valigia e la sistemò nel bagagliaio di una Lada fabbricata ai tempi di Chruščëv. Quarant'anni. Erano passati poco meno di quarant'anni dalla fine dell'era di Chruščëv, quella che equivaleva alla sua gioventù ideologica e militante. L'autista doveva essere nato dopo e probabilmente non sapeva, non avrebbe mai saputo, chi era Chruščëv, perché la storia dell'Urss aveva smesso di essere la sua e ora tutti i suoi genomi erano turkestani, o per la precisione, turkmenistani. Ma lui era così mongolo da sembrare finto, gli occhi poco più che due righette e i baffi con le punte all'ingiù gli conferivano l'aspetto definitivo di un discendente in linea diretta o bastarda dello stesso Gran Tamerlano. L'uomo gli aprì la portiera posteriore della macchina, dove sopravviveva la tappezzeria di plastica rossa abbastanza consunta da abbinarsi con la vecchiaia della vettura. Carvalho intendeva dormire fino all'alba, e si sdraiò sul sedile con una borsa da viaggio sotto l'orecchio con il piercing. A un tratto ricordò di non essere ancora passato dalla dogana e mentre provava a sedersi per cercare i documenti vide la Lada sfrecciare indisturbata davanti alla garitta delle sentinelle che le avevano fatto strada. Carvalho si sentì a suo agio come membro di un'internazionale mentre provava a saltare le frontiere nientemeno che di quel paese conosciuto fin dall'infanzia come Turkestan e che ora si faceva chiamare Turkmenistan, consapevole del fatto che il Terzo Mondo intendeva scegliere come chiamarsi, specie se questo significava contraddire la memoria dei suoi colonizzatori. Notte buia e senza luci nel cielo, coperto, né sulla terra, come se nel percorso non incontrassero centri abitati o comunque centri illuminati. Era come avanzare in una sostanza gassosa e nera, aiutati dai soli fari della Lada, anche se le ruote maltrattate riconoscevano strade erose, inesistenti o rampicanti verso cime assurde, e poi discese da sistemi montuosi insistenti. Nonostante il suo corpo sembrasse l'unica sostanza favorevole che la Lada, trasformata in uno shaker da cocktail, cercava di sbattere, riuscì a prendere sonno e lo svegliò un controllo stradale all'ingresso di Geok Tepe, ma l'autista risolse la faccenda mantenendo un mutismo assoluto e alzando le soppracciglia, il che convinse i quattro soldati che li avevano fatti frenare. Poi il paesaggio attirò la sua attenzione, perché a sinistra iniziava un deserto di tutto rispetto, uno di quelli che l'avevano seguito fin dalle medie come luoghi speciali, singolari, non tanto estesi quanto quello del Sahara. Il deserto del Kalahari, per esempio. E lì a destra c'era il deserto del Karakum e più a nord quello di Kizilkum, frammenti della sua rotta memoria geografica insieme ai fiumi vicini e che sembravano appartenergli da sempre. Nell'Amu Daria avrebbe potuto bagnarsi i piedi, accettando che la toponomastica locale lo chiamasse ormai Amu Darja, e non poteva essere troppo lontano il Sir-Darja, vale a dire, il suo libro di geografia conosceva la terra e comunicava la sua conoscenza ai futuri viaggiatori o turisti. Viaggiatore? Turista? Il viaggio conservava la finalità iniziale ma lui aveva un piercing all'orecchio con un messaggio indubbiamente sionista di cui gli sfuggiva lo scopo finale.

"Forse porto all'orecchio la Quarta guerra mondiale," annunciò all'autista.

Sorpreso dalla voce umana, l'uomo frenò l'auto e si mosse, inquieto, ma il sorriso di Carvalho lo riportò alla condizione di guidatore muto, anche se alzò e abbassò più volte le sopracciglia in quel che era un'evidente frase facciale. Quando ormai sembrava vicina una città considerevole, l'autista fermò il veicolo all'ingresso di una stradina, aprì uno zaino che teneva sul sedile accanto al suo, tirò fuori un thermos, del pane nero, qualcosa che ricordava il burro o la margarina, della zucca candita e un pezzo di salame. Scese a orinare tanto copiosamente quanto richiesto dalle proporzioni del suo corpo e preparò due fette di pane spalmato con il burro, due pezzi di zucca, due fette di salame e due tazze di tè che uscì fumante dal thermos. Prima di assaggiare qualsiasi alimento solido o liquido, utilizzò la manona per ospitarvi un pezzo di pane, una fetta di salame, un pezzo di zucca e porgerla come un vassoio a Carvalho, il quale accettò l'invito quale degno epilogo di una cena a base di caviale, gradendo soprattutto la tazza di tè zuccherato, che non solo sapeva di tè, ma d'infuso alle erbe. Mandò giù una seconda tazza di tè e aspettò che l'autista finisse di masticare laboriosamente – gli mancavano quasi tutti i denti – il modesto pasto. Proseguirono lungo strade asfaltate interrotte da altre di terra e sabbia pressata dai bulldozer di svogliati operai ben consapevoli di quanti pochi turisti e viaggiatori sarebbero stati attratti dal deserto di Karakum, uno dei pochi deserti che si fosse meritato un nome in un paese dove, come si era visto, finora non c'erano stati che montagne e deserti. Da lontano il paesaggio sembrava addolcirsi e persino verdeggiare e un po' alla volta si materializzò un'oasi ai cui bordi serpeggiava un canale che sembrava uscito dalle viscere terrose del Karakum per andarsene verso il Mar Caspio, o viceversa. Forse il Mar Caspio utilizzava il Karakum per vomitare le sue acque piene di caviale e petrolio, oppure i canali servivano a una rete di fattorie un tempo collettive, in alcuni casi sormontate ancora da falce e martello. Albeggiava quando entrarono ad Ašhabad, città topicamente sovietica, con gli edifici tendenti al funzionalismo brutto o al neoclassico e dettagli della più finta art déco, quasi tutte architetture rovinate dai tempi della povertà seguiti a tempi dell'abbandono, un processo logico che Carvalho seguì senza conoscere troppo bene perché il Turkmenistan fosse una repubblica indipendente, anche se gli sembrava di ricordare che Stalin avesse creato repubbliche con una bacchetta da rabdomante direttamente collegata ai suoi coglioni o ai coglioni della Storia. Sui campi immediatamente vicini alla città cresceva il movimento di greggi e pastori e per le strade cominciò a sfilare la popolazione, una miscela di genti che si sarebbero dette turche, altre di tipo mongolo come l'autista e qualche bionda, un numero esiguo di russe sensazionali in un paesaggio di pelli color ocra come la terra. Platani e abeti configuravano il tracciato dei viali secondo il canone delle vie prestigiose delle capitali di provincia un po' abbandonate, qualche rara statua e le effigi eccitate di eroi della poesia destinati a sopravvivere a qualsiasi artificio del linguaggio, e minareti, minareti di moschee prossime e lontane, come un annuncio dell'avvenuto arrivo della geografia e geopolitica dell'Islam. Non c'era più tempo per girare per le strade e l'autista lo lasciò alla stazione, lo aiutò a caricare il bagaglio e batté le mani come per liberarsi della polvere del viaggio e del suo accompagnatore. Solo alla stazione di una città improbabile come Ašhabad, Carvalho ricordò che la stratega Malena gli aveva infilato i biglietti in una tasca del cappotto di persiano, e vi lesse la proposta di due itinerari consecutivi, uno fino a Chardzhou, alla frontiera con l'Uzbekistan, e l'altro fino a Samarcanda. Un succinto biglietto lo pregava di alloggiare all'Hotel Zeravchan, dove c'era una stanza prenotata e lo attendevano istruzioni per continuare il viaggio verso l'Afghanistan.

Il marciapiede della stazione era pieno di capre e di bambine, ugualmente gracili; le prime in attesa di salire su un vagone per il trasporto bestiame, e le altre pronte per una qualche audace escursione scolastica mentre saltavano e si arrampicavano su tutto l'arrampicabile, tra gridolini di soddisfazione e intonando canzoni che a Carvalho parvero russe. Le identificabili maestre parlavano in russo e corrispondevano al cliché convenzionale delle donne russe con la cintura da quarantenni, un po' emarginate, in quanto minoritarie, dalla pluralità etnica della stazione, dove predominava la popolazione di origine russa e qualche mongolo. Anche se gli occhi gli chiedevano uno scenario esotico pieno di costumi regionali provenienti da qualche scena di un film tratto dalla soffitta della memoria, sta di fatto che quella stazione somigliava a qualsiasi stazione della Spagna della sua adolescenza, corretta per certi versi da gesti e indumenti copiati dagli annunci pubblicitari e, per altri, dall'abbigliamento riservato di alcune donne e dai modi di fare che precipitosamente definì islamici. Cercò il suo posto in seconda classe, in uno scompartimento per sei viaggiatori diviso in due panche per tre persone ciascuna. Carvalho completò il sestetto sedendosi accanto a una di quelle donne che supponeva russe già viste alla stazione, due ragazze, evidentemente sorelle, dagli occhi neri che poderosamente si affacciavano al finestrino del *chador*, un adolescente bruno dagli occhi arrossati e un signore anonimo che si pettinava i capelli da parietale a parietale e aveva la faccia piena di verruche che sembravano di lusso, tanto erano lucide. Non c'era quasi spazio per il bagaglio di Carvalho e le due sorelle balzarono sulla panca per stringere i propri fagotti nelle reti appese sulle loro teste in modo da far posto a quelli dell'ultimo arrivato. Le ringraziò del gesto in inglese e le ragazze risero sincronizzate. Il suo posto era accanto al finestrino di spalle alla locomotiva e aveva di fronte la russa bianchissima e un po' grassoccia, con i capelli raccolti da un foulard che sembrava rappresentare un qualche artigianato, probabilmente locale, e un'icona che le pendeva tra i seni. Carvalho fu sorpreso dai gesti globalizzati, come quello dell'adolescente che si mise un auricolare, si attaccò alla musica per staccarsi da tutto il resto, o la baldoria a due vissuta dalle sorridenti ragazze nelle loro garitte di tessuto azzurro e sufficientemente in contatto tra di loro da raccontarsi cose che le facevano ridere, o l'introversione malinconica della russa, o la vigile soddisfazione con cui gli occhi dell'uomo così intelligentemente pettinato scrutavano un arretrato del

"Financial Times". Quel giornale su un treno che andava da Ašhabad fino alla frontiera del Kazakhstan gli sembrava ancora più fuori luogo dei suoni segreti ascoltati dall'adolescente sensibile, sul quale si posava fugacemente l'immagine di Samuel Sumbulovich intento a imparare a memoria le canzoni di Jim Morrison. Carvalho cercò di non badare ai compagni di viaggio e di interessarsi a un paesaggio che gli parve o già visto o poco interessante, tant'è che si addormentò in modo superficiale potendo quindi cogliere di tanto in tanto qualche risata delle ragazze o il brusco voltare delle pagine del "Financial Times" da parte del lettore al quale, pareva, non interessava quel che stava leggendo. In ogni caso e al di là della situazione concreta, com'è possibile che il "Financial Times" porti buone notizie a un viaggiatore che attraversa il Turkmenistan su un treno invecchiato, incapace di essere abbastanza ricco da possedere un aereo privato? Sognò un piccolo aereo pilotato da un uomo che poteva sembrare un rabbino, forse si trattava di un ebreo ortodosso con i riccioli davanti alle orecchie. Poi l'ebreo ortodosso gli porse il suo biglietto da visita: Ralph Nadelreich. Quell'aereo gli ricordava qualcosa. Anche quel nome, ma fu svegliato dai colpetti che la russa gli dava su una spalla.

Tardò a capire che lo stava avvertendo dell'arrivo del controllore, appartenente alla razza dei controllori simpatici che scherzano con tutti, e cercò di farlo con Carvalho, finché questi gli parlò in inglese e la lingua suonò come il segnale della differenza. Il controllore liquidò rapidamente il biglietto e, una volta andato, il lettore del "Financial Times" rivolse un ghigno di complicità da ex alunno della Berlitz al detective concentrandosi di nuovo nella lettura, a quanto pareva indispensabile per i suoi prossimi anni di vita. Dopo qualche minuto di silenzio e prima di assimilare il fatto di essere in viaggio con uno straniero, la russa chinò la testa verso il passeggero di fronte e gli chiese:

"Inglese? Americano? Americano. Lei parla un inglese americano e per di più questo paese comincia a riempirsi di militari e tecnici americani".

"No. Né inglese né americano."

Non ricordava a quale nome avessero intestato il biglietto e lo riprese in mano fingendo di temere di averlo messo nel posto sbagliato. Bouvard. Si chiamava Bouvard.

"Sono francese."

"È in viaggio di affari?"

"No. Sono scrittore e professore di letteratura."

"Di letteratura francese, certo."

"No, di letterature comparate, si tratta di comparare le diverse letterature."

"So cosa vuol dire letterature comparate. Sono una professoressa, lo ero di stilistica, ma la mancanza di fondi all'Università della Repubblica mi costringe a dare lezioni di letteratura russa. Molte lezioni alla settimana. Adesso vado a Chardzhou per supervisionare dei corsi sulla materia."

Carvalho si limitò a sorridere e la osservò in cerca di qualcosa suscettibile di diventare un richiamo erotico. Aveva dei bei lineamenti ma era grassottella, anche se il suo non era un corpo obeso bensì compatto. Lei notò l'analisi semantica di Carvalho e si alzò in piedi.

"Vado a fumare in corridoio."

"Pure io."

Appena usciti dallo scompartimento, lei guardò a destra e manca e soltanto dopo osò abbassare un po' il vetro del finestrino e accendersi una sigaretta. Carvalho a sua volta si accese un piccolo sigaro comprato in Turchia e fumò spensieratamente finché vide la donna sporgere metà testa dal finestrino per soffiare il fumo fuori dal treno.

"È vietato fumare nel corridoio?"

"Non lo so, ma è più prudente. Inoltre, mi hanno inculcato la sindrome del fumatore assassino di fumatori passivi."

Era una delle poche bionde che aveva visto nella sua carrozza e dedusse che era russa, dato che per via della sua professione aveva una certa cultura o l'ambizione di averla e senso etico, vista la mescolanza di sfrontatezza e senso di colpa con cui fumava. Sospirò gettando un fiotto di fumo verso il soffitto e appoggiò una spalla al vetro, offrendo a Carvalho l'evidenza della tristezza insediata nel suo volto.

"Il peggio di questi viaggi è che torno sempre ad Ašhabad."

"Insomma, quella città non le piace."

"Non ne conosco un'altra. Be', sono stata a Odessa e a Mosca, ma si trattava di visite turistiche o culturali. Del resto, non mi sarebbe nemmeno piaciuto rimanere a Mosca o a Odessa."

"Dove le piacerebbe rimanere?"

"Non lo so. I miei luoghi mitici sono letterari e non voglio conoscerli per non esserne delusa. Un giorno arriverò in un posto e scoprirò che è il mio. Può anche capitare che mi espellano dal Turkmenistan, anche se sono nata qui e la mia famiglia vi si è stabilita prima del socialismo, all'inizio del secolo scorso, quando mio nonno venne in questo paese come ingegnere ferroviario. Gli zar spedivano qui anche gli ufficiali dissidenti o poco raccomandabili. Questo posto veniva considerato quasi come una discarica. Poi il comunismo gli conferì un'identità nazionale. Si inventò una nuova identità nazionale, una delle tante, così come accadde in tutta l'Asia sovietica e nei cosiddetti paesi arabi. L'Inghilterra e la Francia avevano agito allo stesso modo. Qui la formula fu nazione e socialismo. Con la fine del socialismo, questa gente è diventata nazionalista e religiosa, sorprendentemente religiosa, si tratta di una religiosità alla moda, si potrebbe dire snob, e noi cittadini di origine russa siamo come i coloni inglesi nella Rhodesia. Appena possono ci cacceranno via, per il momento hanno bisogno di noi perché il nostro livello tecnico è superiore al loro, ma ogni giorno arrivano tecnici allo sbando dai paesi socialisti o cinesi o pachistani e nordamericani, soldati nordamericani che cercano di insediare qui parte della loro cintura di ferro intorno a Iraq, Iran, Siria, Pakistan e Cina. La guerra contro l'Iraq sembra inevitabile. Si sentono sempre più sicuri di sé, ormai cominciano a chiederti di parlare turcomanno se vuoi un lavoro."

"Lei lo parla?"

"No. Non ne ho mai avuto bisogno per oltre quarant'anni e la mia famiglia non ha mai dovuto parlarlo fin dal suo arrivo. Ma tra quello che aveva rappresentato il comunismo e la tentazione islamica, per il momento il modello per questa repubblica di merda e per il Kazakhstan, persino per l'Azerbaigian, anche se non del tutto geograficamente asiatica, è la Turchia. Un giorno bisognerà rivalutare lo sforzo compiuto dall'esercito sovietico per fermare i nuovi barbari."

Alla donna bianca si erano inumiditi gli occhi come se il lampo arrivasse prima del tuono della sua voce rotta, quando confessò:

"Sono stata sposata a un ufficiale sovietico che operava nelle retroguardie dell'invasione dell'Afghanistan. Eravamo molto giovani, fu una bella storia d'amore, ma a guerra finita lui se ne tornò in Russia e, dopo mesi e mesi di corrispondenza, sempre più rada, non ho più saputo nulla di lui: non era comunque il caso che andassi a Mosca a dargli la caccia. Mosca non mi piace; preferisco qualsiasi altro posto. Ma non so quale".

Finì di fumare la sigaretta e la usò per accenderne un'altra. A sconcertare Carvalho non fu tanto il fatto che lo sorprendesse la continuità della fumatrice, una continuità che gli sarebbe parsa normale dieci anni prima e che adesso gli sembrava quasi trasgressiva. Lo mortificava che anche a lui fosse parso uno sproposito fumare una sigaretta dietro l'altra nel corridoio di un treno tra Ašhabad e Chardzhou, come se i comportamenti potessero essere insensibili agli scenari insoliti. Ma non era insolito per la povera madame Obratzova, così si presentò, incatenata a quel viaggio da tutta una vita.

"Ogni volta che mi avvicino a Chardzhou... Senta."

Prese una mano di Carvalho e se la mise sul cuore, che realmente batteva a un ritmo eccessivo. Tra la mano di Carvalho e il cuore di madame Obratzova c'era una tetta grande ma solida sulla quale le dita di Carvalho non poterono evitare un esercizio di ricognizione non troppo profondo, quasi a iniziare una spensierata verifica che impedisse ogni reazione di rifiuto da parte della donna. Ma non vi fu alcun rifiuto. Al contrario, madame Obratzova guardò a dritta e a manca per accertarsi che il posto fosse deserto, prese con una mano le dita peccatrici di Carvalho e trascinò il detective su per il corridoio, come indicava l'inclinazione dei binari, verso la piattaforma e la porta della toilette. Controllò che fosse vuota e che potesse ospitarli, lasciando Carvalho stupito. Ormai le labbra si erano attaccate, e poi si avvilupparono le lingue, con la russa pienamente disponibile a che le mani di monsieur Bouvard proseguissero la perlustrazione delle tette, prima attraverso il filtro del golfino, poi affacciandosi a un contundente reggiseno che diventava bustino a mano a mano che scendeva lungo le carni. E fu lei che si tolse le mutande, si sollevò il bustino, e appoggiando le mani al lavabo offrì a Carvalho lo splendore delle natiche lacerate da una vagina, una ferita color lilla, pienamente inumidita che si muoveva seguendo il ritmo dei fianchi chiedendo a Carvalho di accettare il rischio dell'arciere con un pene che gli era cresciuto senza alcuna corrispondenza né con il mezzogiorno né con la sua età. Fu un atto sessuale fugace ma intenso che madame Obratzova sottolineò con due o tre rantoli finali assolutamente gratificanti, anche se qualcuno bussò alla porta della toilette e la russa rispose con un "occupato!" così drammatico che il richiedente scappò giù per il corridoio in cerca di un gabinetto meno difeso.

Ricomposti gli abbigliamenti e senza alcuno scambio di sguardi, uscì prima la donna, poi Carvalho, per recuperare lui lo stesso finestrino e lei lo stesso gesto da fumatrice incallita. Di tanto in tanto ripeteva giaculatorie propizie come: "Che bello! Non c'è piacere senza la sorpresa! È stato il viaggio più bello di tutta la mia vita! e della tua?". Carvalho non aveva parole per esprimere l'assurdità dell'accaduto, ma gli restava comunque l'impressione di potenza e vita sperimentate e il senso di gratitudine per quel generoso regalo della strana passeggera. Forse non era stato un regalo così generoso.

"Molte volte mi ero sognata qualcosa di simile. Un incontro magico in questo tragitto, il solo che faccio una volta ogni quindici giorni e, all'improvviso, a partire da quest'esplosione di amore, di felicità, di levitazione, la possibilità di fuggire da questo trantran, di andare via da qualche parte... Con te, per esempio. Sarebbe bello che oggi dessimo inizio a una fuga."

C'era angoscia nel viso della donna e d'un tratto Carvalho pensò che probabilmente madame Obratzova aveva vissuto più volte la stessa scena, nella stessa toilette dello stesso treno, durante lo stesso tragitto, in attesa di qualcuno che volesse assecondare la sua volontà di fuga.

"Io vado solo a Samarcanda."

"Oh, cielo! Dici sul serio?"

"Sì."

Samarcanda. La semplice menzione della parola la riempiva di entusiasmo. Aveva sempre sognato di conoscere Samarcanda, una città della sua memoria mitica.

"Mi porti con te a Samarcanda?"

Carvalho prese un altro piccolo sigaro turco e l'accese.

"No. Non rispondermi adesso. Pensaci per il resto del viaggio."

Tornati a sedere ai loro posti, Carvalho immaginò un rincontro con Biscuter e con la Obratzova come personaggio interposto, di certo molto ben accolta dall'aiutante, che adorava le storie sentimentali, gli amori imprevisti, le emozioni. Poi l'Afghanistan. E poi il precipizio dell'Asia orientale, il fondo del Pacifico non meno minaccioso della sua superficie piena di gorghi e scogliere, e subito dopo chissà se l'America e l'Africa, in uno stesso viaggio di ritorno o di scoperta. A mano a mano che l'immaginazione di Carvalho si allontanava da quel treno, dalla tratta Ašhabad-Samarcanda, la sagoma della russa fuggiasca si dissolveva fino a scomparire, come se fosse legata al paesaggio dal quale, invece, tentava di fuggire. Di tanto in tanto, lo sguardo intenso della donna lo incitava a ricordare quel che era accaduto e a immaginare quel che ancora poteva accadere. Prima o poi, lei avrebbe dovuto andare alla toilette per qualche ritocco prima dell'arrivo. Quando accadde, Carvalho prese la sua Vuitton e si sistemò in un'altra carrozza, in terza classe, con i sedili duri e uno *zotal* pestilenziale a combattere l'offensiva delle infezioni. Nella carrozza c'erano soltanto turchi e qualche mongolo, valigie che gli ricordavano i viaggi ferroviari nella Spagna di quarant'anni prima, anche se di tanto in tanto una marca convenzionale, Samsonite, gli ricordava che il mondo è piccolo o, più precisamente, un piccolo mercato. Per fortuna, nessuno aveva notato che la valigia con le ruote di Carvalho era una Vuitton. Madame Obratzova non comparve all'orizzonte per il resto del viaggio sino alla frontiera del Kazakhstan.

Carvalho rimase sul treno finché questo non si fu del tutto svuotato e vide passare da un finestrino la Obratzova, cosciente di poter essere osservata dal miserabile straniero che l'aveva sedotta e abbandonata, con la testa alta e il corpo pieno di disprezzo, come la testa e il corpo di Alida Valli alla fine di *Il terzo uomo*. Passò i controlli alla frontiera con grande facilità dopo aver presentato i suoi documenti di cittadino francese e, prima di salire sul treno per Samarcanda, la fame lo condusse all'unico ristorante con l'aspetto di essere tale. Lì affrontò una carta limitata a un piatto unico, una zuppa di verdure, con carne di agnello e di capra e polpettine di riso, ulteriore riprova che i popoli solidi mangiano in modo solido ma non vario. Se anche negli usi alimentari si imponeva la legge del caso e della necessità, sia il caso sia la necessità erano tuttavia condizionati da ciò che produceva il paese; agnelli e capre erano evidenti, ma dove stavano le risaie? Probabilmente nelle oasi che i canali fanno in tempo a creare prima di svuotarsi nei deserti, deserti come quello di Karakum, con un'estensione maggiore di tutta la Spagna, dalla Catalogna alla Galizia.

In un dépliant turistico che circolava nel ristorante si lodavano le eccellenze di Bukhara, superiori a quelle di Samarcanda, ma che ne sanno i dépliant turistici della mitologia assimilata nel profondo di un uomo e che fa parte del suo patrimonio? La necessità di Carvalho di raggiungere Samarcanda aveva forse avuto inizio da un film dal rigoroso technicolor americano, che in Spagna si chiamava *La principessa di Samarcanda*. La principessa era un'attrice modello tascabile di nome Ann Blyth, e Samarcanda un prodigio di cartongesso. Ma vi erano state altre Samarcanda nelle sue letture sulla Via della Seta o sul viaggio di Marco Polo o su quello del castigliano Rui

González de Clavijo, che per lui non era soltanto un precoce viaggiatore medioevale alla corte del Gran Khan, ma un compito scolastico che l'aveva costretto a tradurre lo spagnolo antico in una trascrizione fonetica. Cercando di ricordare qualche paragrafo del suo mediocre lavoro, salì sul treno con apprensione nel caso la russa in fuga da se stessa e dal nazionalismo turkmeno si fosse infilata nel suo prossimo itinerario, ma nello scompartimento c'erano solo due coniugi evidentemente non turcomanni, alti, grassocci e biondi come la birra e pure diffidenti, perché studiarono la sua presenza e Carvalho credette di percepire due movimenti significativi: la donna si strinse la borsa al seno e l'uomo trattenne il gesto di portare una mano sul posto dove teneva o il portafogli o una pistola. Non volle complicarsi la vita con contatti furtivi ferroviari e uscì in corridoio, dove constatò che avevano attraversato l'Amu Darja, e che il fiume se ne andava verso nord per sprofondare nel Lago Aral dopo la sua fallita trasformazione del deserto, anche se tutte le acque del mondo non sarebbero bastate a soddisfare la sete del paesaggio, tranne quando all'improvviso apparve una piega, un inguine, un'oasi di verde intenso e miracoloso.

Quando arrivarono a Bukhara tornò al suo posto e vide i russi pronti a scendere, senza smettere di studiarlo di tanto in tanto. Finalmente la donna gli chiese qualcosa in russo e lui rispose in inglese e subito dopo in francese, una lingua alla quale la donna si aggrappò come alla bottiglia del naufrago.

"Avevamo capito che lei è straniero. Attenzione. Questo è uno degli Stati più pericolosi dell'Asia centrale. La disciplina socialista è sparita ed è pieno di ladri dappertutto. Si parla molto dei ceceni, ma non sono peggio degli uzbeki."

La donna gli mostrò la borsa e gli strizzò l'occhio.

"Non si faccia vedere con una moneta in mano, per quanto piccola, altrimenti rischia la mano e, ovviamente, la moneta."

Il marito gli parlò in russo e lei tradusse:

"Come mai nell'Uzbekistan?".

"Samarcanda."

Prima lo guardarono sorpresi e poi lui cominciò a ridere forte, seguito dalla moglie che, prima di lasciare lo scompartimento, l'avvisò:

"Samarcanda non esiste. Bukhara e Taškent esistono un po', appena un po' di più. Siamo in un paese potenzialmente ricchissimo ma pieno di morti di fame e sull'orlo di tutte le guerre che stanno per scatenarsi per il petrolio".

Bukhara fu una promessa di minareti ed edifici sovietici, nessun rimorso per non averla conosciuta. La quantità di città mitiche che possono occupare un cervello deve essere necessariamente limitata e solo un altissimo minareto con la punta istoriata lo attraeva dal finestrino del treno finché venne a sapere dal dépliant preso al ristorante di frontiera che era conosciuto come il Torrione della Morte. Il dépliant prometteva una dozzina di moschee indimenticabili e di madrase, scuole musulmane, che custodivano lo spirito dell'Oriente islamico. Percorreva terre di sani costumi nomadi o primitivamente agricoli, e come sempre tutta quella salute era accompagnata dall'ombra della religione e dalla brutalità dovuta alla povertà o all'hashish. Doveva reprimere la sua iconoclastia che lo portava a preferire un monumento religioso in rovina, sempre che si trattasse di una bella rovina, a un monumento religioso in attivo. Non lo preoccupava la sonnolenza che lo coglieva negli ultimi mesi, nonostante le avvertenze di Biscuter, che la interpretava come un possibile sintomo di diabete: "Non vede come delle stelle o delle luci negli occhi? Non ha sempre voglia di orinare? Non ha voglia di mangiare tutto il tempo? Il diabete è un cancro cui la gente non bada a dovere. Mia madre l'ha avuto e la sua fine fu un disastro. Le hanno dovuto amputare un piede per via di una cancrena".

Gli sarebbe seccato tantissimo farsi amputare un piede per una ragione così dolce e insieme così sciocca. Altri viaggiatori occuparono i posti lasciati dai coniugi russi diffidenti: tre ragazzi che portavano dei libri e avevano l'aspetto di studenti di qualche materia religiosa perché parlavano a voce bassissima, come se non volessero essere uditi dai loro dèi o dèmoni. Non conoscevano un'altra lingua al di fuori dell'uzbeko, per cui le domande di Carvalho non ebbero risposta, e rimasero impresse nel vetro che impediva loro di fuggire verso i paesaggi accumulati. Incoraggiato lo straniero dalla sua condizione di uomo muto che parlava a uomini sordi, li sottopose a un interrogatorio che per fortuna gli altri non capirono.

"Confermate il mio sospetto di essere tre apprendisti santoni?"

Sospettavano dal tono di voce che Carvalho stesse ironizzando, ma lo approvavano perché erano troppo settari e devoti per accettare la possibilità dell'ironia. Sorrisero quindi benevoli alla strana parlata dello straniero, persino quando udirono:

"Da dove traete l'evidenza che la vostra guerra santa è più santa delle guerre diaboliche dei vostri nemici? E parlando di religioni, non era più estetica ed etica quella del razionalismo, anche se aveva raggiunto limiti marxisti? La vostra religione non è forse la più archeologica, in quanto è rimasta intatta in tutti i deserti e sottosuoli della vostra povertà?".

Ma quei ragazzi non sapevano nulla di quel che non avevano vissuto, e del resto non avevano capito le domande di Carvalho. Non avevano manco intuito che stesse ponendo loro delle domande. D'un tratto i tre uscirono in corridoio e si misero a pregare rivolti verso una Mecca che gli spostamenti del treno rendevano difficile da localizzare. Carvalho voltò ostentatamente le spalle e prese dalla valigia un libro con il godimento con cui soleva contemplare quelli che condannava al rogo, uno dei pochi libri informativi che si era portato dietro. Si trattava di un manuale, *Criteriologia religiosa*, di uno spietato prete chiamato Tusquets, dedicato a fare l'inventario dei massoni nel dopoguerra civile e a confutare le altre religioni con l'aprioristico criterio che soltanto una fosse quella vera. Lesse qualche astiosa precisazione dell'inquisitore sulla religiosità musulmana, e davanti all'impossibilità oggettiva di bruciare il libro in quella carrozza di un treno in arrivo a Samarcanda, lo aprì, lo baciò come Giuda bacerebbe il miglior Cristo e promise:

"Sarai mio".

Probabilmente Biscuter lo stava aspettando a Samarcanda, ma non sapeva né dove né come. Soprattutto diffidava dell'accordo con Malena non meno di quanto, senza dubbio, ne diffidava il suo aiutante, e inoltre le esperienze vissute durante il viaggio a Samarcanda non lo tranquillizzavano. Prese il bagaglio e cercò una carrozza di terza classe senza islamisti genuflessi verso La Mecca e vi trovò la pluralità etnica dell'Asia centrale armata di thermos e intenta a bere tè aromatico. Gli indumenti occidentali più vecchi, economici, disabitati convivevano con indumenti locali e con uniformi militari un po' inconcrete, come se appartenere all'esercito del Kazakhstan non potesse avere un formato convenientemente significativo o rischiasse di imitare uniformi da operetta. Notò una coppia giovanissima che gli parve tedesca, ma che si presentò come olandese. I due parlavano inglese e iniziarono a ridere quando Carvalho fece loro sapere di essere venuto lì in fuga dalle preghiere di tre furibondi e giovanissimi islamisti, che sembravano seminaristi.

"È perfino possibile che non lo siano, ma da quando si è scoperto quanto impressiona e spaventa l'islamismo agli occidentali, sono molto portati a inscenare numeri come quello che ha visto lei. In realtà, dell'Islam non sanno quasi nulla, ma lo considerano il loro passato più prestigioso e un'energia spirituale di cambiamento ed egemonia. Ma non ne sanno quasi nulla. Ad attrarli soprattutto dell'islamismo è quel che è stato loro raccontato, una miseria, per esempio, che possono riprendersi il potere assoluto sulla donna, hanno il terrore della donna moderna. I sovietici si sono dati molto da fare per combattere questo fronte, ma non sono riusciti a creare un sostrato culturale. Il dramma di tutta questa gente, di quelli che abitano le repubbliche liberate dall'Urss, è che adesso non sono niente, vivono peggio di prima e cercano di scambiare Lenin con Maometto o Kemal Ataturk, il fondatore della nuova Turchia."

"*Je connais*. Ma come fate a essere così sicuri che questa gente mitizza l'islamismo ma lo ignora?"

Si guardarono, biondini, fragili, precariamente belli perché erano giovani, e infine lei confessò a Carvalho:

"Noi siamo islamisti. Diplomati in lingue semitiche all'Università di Leida e specializzati nel rapporto tra Corano e società civile. Io mi chiamo Aisha e mio marito Al Rachid".

Non era il caso di cambiare carrozza né di chiedere consigli per una rapida conversione all'islamismo. Carvalho fece una faccia da profonda meditazione e non disse più niente finché la progressiva urbanizzazione del paesaggio e una certa aspettativa nei viaggiatori rivelò che Samarcanda era ormai vicina.

L'Hotel Zeravchan poteva essere peggio di quel che era, e Carvalho ne fu riconoscente. Inoltre, era accanto a un parco, con un ampio stagno o laghetto centrale, in un quartiere così geometrico da poter essere solamente russo, una specie di avvertimento a quanto lo aspettava o temeva che lo aspettasse: la difficile sintesi tra la città della memoria e la città funzionale, la Samarcanda del Gran Tamerlano e quella dell'industrializzazione sovietica. Prima di avvicinarsi alla reception controllò con lo sguardo tutti gli esseri umani a tiro, nel caso uno di loro fosse Biscuter, sebbene si attendesse qualche operazione di mascheramento, date le circostanze. Ma o le modifiche di corpo e anima erano state molto invadenti o Biscuter non c'era. Il loro incontro a Samarcanda continuava a essere un'incognita. Domandò se c'erano messaggi per lui e dopo aver esaminato il piercing quasi si trattasse dell'avviso di qualcosa di drammaticamente inaspettato, gli misero davanti agli occhi un biglietto conciso e una busta: "Capo, quando attraverserà la frontiera dal ponte dell'Amicizia, ricordi il Camí de la Budallera e cammini, anche se con l'immaginazione, per cercarlo. Régine, bene. Le manda tanti saluti. Pécuchet". Nella busta trovò dei curiosi documenti a nome di Bouvard che lo descrivevano come tecnico della Fao inviato in Afghanistan per studiare i problemi agricoli e nutrizionali dopo l'intervento militare americano.

Fu felice di avere così poco bagaglio appresso quando lo dovette portare, mal aiutato da un ascensore lento e vecchio che tossiva a ogni piano. Per fortuna si trattava solo di tre piani e non fece in tempo a spaventarsi, né a decifrare del tutto il messaggio di Biscuter. Il ponte dell'Amicizia è quello che collega il Kazakhstan con l'Afghanistan oltre Termez, pertanto un riferimento preciso, inevitabile. Ricordare il Camí de la Budallera era porsi in una o due delle strade possibili all'interno di un parco di Vallvidrera, proprio ai piedi delle torri di comunicazione del Tibidabo. A caratterizzare il parco era l'equilibrio tra la poderosa vegetazione del monte e il tocco programmatico apportato da Rubió i Tudurí, il più prestigioso architetto di giardini nella Catalogna d'inizio XX secolo. Doveva cercare un parco che fosse inselvatichito e razionale allo stesso tempo? No. A giustificare il tracciato del parco era stata una fonte, quella della Budallera, molto famosa ai tempi in cui le fonti non solo avevano un nome, ma anche l'acqua. Doveva quindi cercare una fonte dopo aver attraversato il ponte dell'Amicizia, battezzato così dai sovietici che lo adoperavano per il passaggio delle truppe e degli armamenti durante la guerra in Afghanistan. Come chiedere di una fonte appena attraversata la frontiera di un paese tanto straniero quanto l'Afghanistan? E infine, Régine. Chi era Régine? Perché gli faceva sapere che stava bene e gli mandava i suoi saluti? Con che strana gente si era messo in contatto Biscuter durante la sua fortunata fuga? O forse Charo. Non poteva essere che lei, e Biscuter cercava di evitare ogni possibilità di identificazione reale dei signori Bouvard e Pécuchet. Non indicava una data concreta per l'incontro, ma il messaggio era arrivato o era stato consegnato in albergo due giorni prima. Tra la voglia di visita sedimentata della città e quella di sapere come agire, decise di restare due giorni nella capitale di Tamerlano e partire poi molto presto per il Sud, per incontrare Biscuter quanto prima, alla Budallera, secondo la metafora. Fece la doccia per levarsi di dosso l'odore di treno e grasso fritto, forse quel grasso utilizzato per cucinare i cibi che alcuni viaggiatori di terza classe estraevano a cucchiaiate dal fondo dei portavivande di alluminio, vecchi portavivande ereditati dai loro padri o comprati a un mercato delle pulci come avanzi liquidati dall'intendenza di qualche esercito, senza dubbio quello sovietico. Si lavò la biancheria intima e una camicia nel lavandino con l'aiuto di uno shampoo forse troppo schivo davanti alla sua sporcizia, per cui fu costretto a strofinare come aveva visto fare a sua nonna e a sua madre nei lavatoi pubblici di calle San Clemente. Appese gli indumenti alla sbarra della tenda della doccia e, dato che faceva freddo, si avvolse nel cappotto di persiano, tornò alla reception e, dopo un intenso dialogo su Tamerlano e le città mitiche, arrivò alla disincantata conclusione che gli bastava, questo sì, un giro esaustivo nel Registan per ritrovare il tempo perduto. Su una cartina della città dove non si facevano concessioni ai vecchi quartieri incistati, il receptionist tracciò un cerchio proprio nel mezzo. Lì c'era tutto, e la cosa più sensata era inserirsi in un gruppo con la guida o trovarsi una guida tutta per sé, proposta ironica, credette di interpretare Carvalho, come se il receptionist l'avesse vista rifiutare da migliaia e migliaia di ospiti di Samarcanda.

"Una guida privata quanto mi costa?"

"Se la paga venti dollari, avrà un amico per tutta la vita."

La cosa migliore era andare al Registan e chiedere lì del signor Felipoulos, una guida samarcandese, sebbene figlio di immigrati greci che avevano gestito per cinquant'anni il miglior negozio di cappelli della città. Quanta gente portava il cappello a Samarcanda ai tempi gloriosi della famiglia Felipoulos? Tanta. Tantissima. "Pensi che siamo nella capitale storica dell'Uzbekistan e che tutti i signori della città portavano il cappello fino all'arrivo dei sovietici, e anche dopo, un'intera generazione con il cappello che tenne la testa coperta per distinguersi dalla gente di origine proletaria e dalle etnie subalterne, anche se conservò poco di più." Gli consigliarono di prendere un taxi o di approfittare del bel tempo per scendere lungo il boulevard Universitario, che lo avrebbe portato fino a via Registan, che finiva inevitabilmente nel nucleo storico della città vecchia di Samarcanda. Strada facendo, Carvalho pensava al ruolo delle città come magazzini di vite umane individualizzate o di famiglie o di ogni altra varietà di associazione di bipedi riproduttori. Esistono città che sono invecchiate a poco a poco, come risultato di una logica interna costante e senza accelerazioni. A Londra puoi leggere la storia della capitale di un impero, come a Parigi. Persino a Barcellona si percepisce un accumulo di archeologie che rappresentano i momenti migliori dei padroni della città, ostinati sempre nel far scomparire un po' alla volta la città dei vinti. Camminando verso il Registan, Samarcanda gli sembrava una città progettata per risolvere il problema abitativo con la scarsa ambizione estetica dimostrata dal classicismo socialista sovietico. E quando queste meditazioni sfociarono nello splendore del Registan, la frustrazione di Carvalho si scontrò con l'impatto di quanto era rimasto della Samarcanda del Gran Tamerlano: un'orgia puntinista e insieme spaziale, mosaici policromi costruiti pazientemente e sparsi e contenuti allo stesso tempo dal perimetro e dai volumi delle madrase e delle moschee, limitate con precisione da un cielo azzurro che sembrava costruito apposta per stagliarle. Rimase abbagliato per qualche secondo, cercando di paragonare l'entusiasmo per quanto vedeva con precedenti ubriacature dello spirito, anche quelle che aveva tentato di reprimere, Santa Sofia, per esempio, o il Partenone, o la sfinge addomesticata di Giza o la miglior Porta della Terra scolpita ad Abu Simbel.

Calcolò il tempo rimastogli per una prima visita e osservò il gruppo di guide disincantate che attendevano di essere ingaggiate nei giardini davanti alla porta principale. Non c'erano quasi turisti e quelli presenti arrivavano con le guide attaccate a loro fin dall'albergo o sapevano quanto può sapere ogni guida, individuati tra le poche centinaia di esseri umani capaci di recarsi a Samarcanda quando tutto indicava l'immediato scoppio di una guerra proprio lì accanto, l'invasione americana dell'Iraq. Chiese di Felipoulos e gli indicarono un uomo dall'aspetto ittita, o almeno simile a come si autoritraevano gli ittiti nei bassorilievi. Una fronte senza limiti si trasformava in un cranio soavemente concavo, equilibrato da un naso ugualmente concavo e due grandi occhi a mandorla. Bruno e allo stesso tempo verde, le concavità superiori del signor Felipoulos si armonizzavano con le curve leggere del suo stomaco, del suo ventre, a un tratto trasformato nella parte principale del corpo, sorretto da due gambe piuttosto magre. Si compiacque molto di essere stato raccomandato dal receptionist di un albergo tanto prestigioso quanto quello che ospitava Carvalho e, ormai impadronitosi del suo cliente, allargò le braccia e lo costrinse ad ammirare tutto ciò che non era monumentale.

"Guardi per terra. Immagini questo spazio senza tutte le sue meraviglie architettoniche. Lo sa perché questo posto si chiama Registan?"

No, non lo sapeva, e l'ittita greco chiuse i grandi occhi, perché grande era la sua soddisfazione.

"La parola Registan vuol dire 'piazza di sabbia' e ricorda l'origine fisica di questo luogo, una piazza dove si accumulavano le sabbie del fiume e sulla quale i grandi signori dell'antichità costruirono uno degli esempi più belli della Casa dell'Islam."

Felipoulos chiuse di nuovo gli occhi, come se stesse rivedendo quanto aveva detto. Li riaprì e rivolse uno sguardo affettuoso a Carvalho:

"Sono venticinque dollari più la mancia, libera, senza limiti di orario, oggi, domani, dopodomani. Tutto quel che so sul passato di Samarcanda e su quello che lei può ancora ammirare sarà suo. Vivrà un'esperienza simile a un trapianto o un travaso. Trapianto del mio sapere, travaso del mio entusiasmo".

Carvalho si disse d'accordo e la gioia della guida fu tale che lo prese per un braccio e lo invitò a incamminarsi verso il recinto, mentre ripassava le sue nozioni di storia. Quando cominciò a riferirsi alla decadenza di Samarcanda e a tutti i tentativi di distruzione subìti dalla città, era evidente che piangeva, con lacrime grosse e a mandorla come i suoi occhi.

"Tutta questa bellezza fu sul punto di scomparire, come scomparve la cornice generale della città dove vivevano gli uomini che l'avevano edificata. Tutti coloro che pretesero di innalzare, esagerare la loro statura e metterla al di sopra del Gran Tamerlano, si accanirono contro Samarcanda. Già nel XVI secolo rimaneva ben poco della Samarcanda di Tamerlano, di quella visitata da viaggiatori illustri, l'ambasciatore castigliano Rui González de Clavijo e Marco Polo. Alcune opere che lei oggi può ammirare, a cominciare da questi bei giardini, sono frutto di ricostruzioni, in particolare di quella intrapresa dall'Urss, da alcuni suoi dirigenti affascinati dall'idea di aver inserito la leggendaria Samarcanda in un progetto del nuovo ordine universale. Il generale Frunze comandava l'esercito dei soviet che si impadronì della città nel 1917 e piantò la bandiera rossa sul punto più alto del Registan. Poi venne la civiltà sovietica: fabbriche, statue di Lenin, nuovi quartieri e la conservazione di quanto era rimasto del patrimonio artistico. Pensi che, secondo la leggenda, tra il 1404 e il 1841, soltanto due europei riuscirono a visitare Samarcanda, la città più luminosa della cosiddetta 'Via della Seta', governata da capi illuminati. Ricordi questi nomi: Tamerlano, suo nipote Ulugbek, e Lenin: i sovietici non rinunciarono mai al passato, anche se si chiamava Ivan il Terribile. Loro si impadronivano del passato, quando era grande. Lo sa cos'è una madrasa?"

Carvalho fu sul punto di dirgli che in spagnolo si chiamavano *madrazas*, ma in tal caso avrebbe dovuto spiegare come mai un francese come monsieur Bouvard conoscesse tanto bene quella lingua.

"Una scuola islamica."

"Qualcosa di simile. D'importanza complementare, ma imprescindibile per le moschee. Tra madrase e moschee c'è un cordone ombelicale di religiosità, e lei si trova davanti alle madrase più belle del mondo. Tamerlano si specializzò in moschee e Ulugbek in madrase. Le guardi. Questa qui, per cominciare, servirà benissimo allo scopo. È la madrasa di Ulugbek."

Felipoulos non tardò a notare che a Carvalho piacevano le spiegazioni brevi e rapide, ma la guida preferiva un altro sistema e adorava recitare la parte dei personaggi storici che rievocava, addirittura adottando l'immaginaria voce di Tamerlano nell'atto di lanciare un comunicato o quella fuori campo di Marco Polo mentre spiegava la sua visita a Samarcanda nel viaggio verso la Cina. Che il personaggio fosse maschio o femmina, Felipoulos lo incarnava con un monologo efficace, molto studiato o già molto rappresentato. Così Carvalho poté, come desiderava la guida, rivivere quanto era capitato alle madrase di Ulugbek, Chir Dor o Tilba Kari, tutte abbellite dai mosaici sulle facciate, o alla moschea di Bibi Khanoum, costruita da Tamerlano con i proventi del saccheggio di Delhi. In quest'occasione Felipoulos recitò la parte di uno dei novantacinque elefanti portati fin lì dall'India, carichi di materiali per la costruzione, e fu notevole che gli riuscisse di travasare la maestosità con cui gli elefanti agitavano la proboscide, il suo braccio destro, e l'impressione di fatica dovuta al peso che gravava sui loro corpi.

"Lo splendore di questa moschea è testimoniato dal commento dell'ambasciatore spagnolo. Clavijo dichiarò che era 'la più nobile di tutte le moschee'."

Restavano da vedere il bazar, i mausolei, la necropoli di Sha-e-Zinda, l'osservatorio di Ulugbek, il principe astronomo, ma Carvalho era saturo di pietre e di tutti i personaggi che la guida era capace di imitare. Gli propose di andare a mangiare insieme e di decidere in seguito se lasciare gli altri monumenti per il giorno dopo. Felipoulos accolse con entusiasmo il fatto che Carvalho gli permettesse di scegliere un ristorante in grado di rappresentare con dignità la cucina uzbeka.

"Immagini che io sono Rui González de Clavijo o Marco Polo. A che ristorante li porterebbe?"

"Allo stesso dove porterò lei: il Kafe Karimbek Sayora, la miglior sintesi di cucina uzbeka e russa. Ma tenga presente che non si trova a Parigi o a Roma e che qui noi abbiamo conservato certe restrizioni alimentari in alberghi e ristoranti. Inoltre, Samarcanda è una città di appena quattrocentomila abitanti."

Il ristorante era vicino all'hotel e Carvalho fu sedotto dall'idea di una lunga siesta dopo il pranzo, per riprendersi da tutti quei viaggi sui treni pronti per lo sfascio. Il menu era breve, e Felipoulos spiegò il significato di *shashilik*, l'esatto equivalente del *kebab* turco, *brochettes* di agnello o pollo o manzo, in assenza del maiale, escluso dai costumi alimentari dell'islamica Samarcanda. Più nuova fu la proposta di *bedona* con le loro uova, vale a dire, beccacce, anche se Carvalho evitava di mangiare pennuti di dimensioni inferiori a quelle di un pollo medio. Con gli uccelli gli capitava come con gli agnellini o i capretti, li associava all'educazione sentimentale trasmessagli dalla madre, un amore per gli animali e in particolare per quelli dall'aspetto più fragile. Felipoulos non mangiava, recitava l'operazione del mangiare come un attore provetto esperto in gastronomie di ogni genere e non rifiutò quando Carvalho gli propose di bere del vino, sempre che la sua religione non glielo vietasse.

"No, no. Io sono di origine greca, non lo dimentichi."

"Di quale parte della Grecia?"

"La mia famiglia proviene da un'isola piccolissima, vicino a Rodi. Si chiama Simi. C'è mai stato?"

"Molti, moltissimi anni fa."

"Io non ci sono mai stato. Non conosco la terra dei miei nonni, dei miei genitori, grandi cappellai che avevano aperto un negozio a Rodi e più tardi a Bursa, in Turchia. Ogni anno mi dico: Dimitrios, non avrai mai pace, ovunque tu vada, se non conosci la terra dei tuoi avi. Ma viaggiare è stato reso difficile dalla burocrazia sovietica, era caro allora, lo è oggi, e lo sarà domani."

Abbassò la voce quando Carvalho gli si avvicinò per sentirlo meglio, e gli rivelò:

"Adesso viaggiano solo i ricchi, cioè i mafiosi. I nuovi ricchi di tutte le repubbliche ex sovietiche sono mafiosi o gente in qualche modo legata alla direzione comunista che ha saputo mettersi al passo con i nuovi tempi".

"Ma lei parla diverse lingue. Potrebbe cercarsi un lavoro da qualche altra parte."

"Io il Registan lo so a memoria e conosco persino come sospiravano Ulugbek e suo nonno. Posso essere all'altezza di me stesso da qualche altra parte?"

Gli proposero una bottiglia di vino russo e un'altra di vino francese, un Bordeaux assolutamente sconosciuto. Dopo aver controllato le annate e annusato il collo delle bottiglie, Carvalho restò un po' perplesso. Non riusciva a capire quale delle due fosse conservata peggio.

"Prendiamo entrambe. Le apra."

Il vino francese era sul punto di diventare un aceto squisito e quello russo sherry di pura razza. Felipoulos la pensava diversamente e si dedicò prima all'aceto e poi allo sherry, questa volta in compagnia di Carvalho. Ordinarono gelato al pistacchio come dessert e ben presto fu evidente che Felipoulos non era più in condizione di assolvere ai suoi compiti, ma si ostinò a tornare al Registan, anche a costo di lasciare Carvalho in albergo. Incassò trenta dollari e si chinò, cerimonioso.

"Suppongo che domani verrà a vedere quel che resta. Le è piaciuto?"

"Indubbiamente. Peccato che il centro storico sia così isolato dal resto della città, e si corra il rischio di dover scegliere tra due artifici. Che cos'è più artificiale, il centro di Tamerlano e suo nipote, o la città praticamente sovietica?"

"La città reale ha una funzione, il Registan un'altra, e Samarcanda è un'evocazione, un mito."

Carvalho ne convenne e sperò nella possibilità che il quartiere storico fosse tanto preconcepito da non essere più tamerlaniano per diventare un richiamo meramente turistico, una specie di parco a tema. Perché no, della Walt Disney Corporation, anche se tutte le città attuali accerchiavano i loro spazi storici e tendevano a trasformarli in luna park della memoria e della cultura. Scese davanti al portone dell'albergo e Felipoulos proseguì sul taxi pagato da Carvalho, dopo aver fissato un confuso appuntamento per l'indomani. Quando prese la chiave della stanza, il concierge gli disse a voce bassa che c'erano delle novità e che era meglio passasse dal direttore. La faccenda diventava gerarchica. Non è facile riuscire a parlare con il direttore di un hotel e nel suo caso lo fu perché il direttore, alto e con lunghi capelli brizzolati, un po' mongolo, di maniere eleganti come un direttore d'orchestra, lo ricevette per dirgli che la polizia aveva chiesto di lui, e che un ispettore lo aspettava al bar, anche se supponeva si trattasse solo di una formalità burocratica. Carvalho andò al bar cercando di percepire il sistema di segnali inconfondibile emanato da un poliziotto convenzionale in abiti civili e non sbagliò individuandolo nell'uomo seduto con la faccia annoiata, forse per via della miserabile bottiglia di rinfresco all'arancia che aveva sul tavolino. Si alzò in piedi vedendo Carvalho e si presentò come Vladimir Basar, del dipartimento di Movimenti Migratori, anche se di fatto il dipartimento era lui e un paio di aiutanti a cui voleva bene come a dei fratelli. Insistette due volte con l'annuncio dei suoi amori fraterni e dimostrò la propria miopia quando avvicinò agli occhi i documenti che gli esibiva Carvalho, come se volesse sfiorarli con gli occhiali di tartaruga verde.

"È una gran cosa che la Fao si interessi di tutti noi."

"La mia missione in realtà è in Afghanistan."

"È più comprensibile. Ma perché Samarcanda?"

"Un viaggio di piacere. Samarcanda è stata una città mitica di tutti i miei anni di studente."

"Abbiamo ricevuto un rapporto inquietante. Dice che lei non è lei e che sarebbe assai consigliabile se la mettessimo a disposizione dell'Interpol. Ma l'Interpol non ha alcun mandato di arresto a suo nome. Quelli che ci hanno inviato il rapporto sembrano esprimere più un desiderio che una realtà. Posso scegliere: dar retta a loro o non dargliela. Ma se non mi occupo della faccenda rischio di persona, anche se potrei sempre dire che quando sono arrivato all'albergo lei non c'era più."

"Sono in viaggio verso l'Afghanistan. Se vuole me ne vado adesso ed eliminiamo due problemi."

"Due problemi?"

"Il suo e il mio."

"Io potrei persino agevolarle l'arrivo alla frontiera."

"Suppongo che questo abbia un prezzo."

"È ovvio, in questo paese nessuno viaggia gratis. Inoltre, potrebbe viaggiare con me. L'accompagnerei."

Carvalho gli indicò con un gesto di aspettarlo e dieci minuti dopo era padrone della sua partenza e del suo bagaglio con il poliziotto talpone.

Questi gli fece strada verso una macchina ufficiale, un'altra Lada un po' più moderna di quella adoperata per attraversare il Turkmenistan. La guidava uno dei due aiutanti di Mohammed.

"È come una persona di famiglia."

Tuttavia, quando i due si furono sistemati sui sedili posteriori, il poliziotto fece scorrere uno spesso vetro che li isolava da quelli anteriori. Sospirò. Si tolse gli occhiali.

"Non si preoccupi di niente. Il dottor Biscuter mi ha messo al corrente di tutto e ha provveduto a tutte le spese. Il suo collega è molto competente."

"Straordinario."

"Si è presentato nel mio ufficio e mi ha informato della congiura terroristica contro di voi. Il vostro arrivo in Afghanistan è indispensabile e gli uomini di Bin Laden cercano di impedirlo. La sua vita a Samarcanda sarebbe stata in pericolo. Non so se ha notato qualcosa di speciale. Che mi dice di Felipoulos?"

La sorpresa di Carvalho crebbe quando sentì la perentoria affermazione di Vladimir Basar:

"Felipoulos è un agente doppio".

La Lada era ormai lontana da Samarcanda e Carvalho dedusse che non sarebbe più tornato in quella città, un altro deposito obsoleto delle sue fantasticherie. Si sforzava di ricordare certi versi che lo avevano colpito, quelli in chiusura della poesia *I mari del Sud*, di Pavese, in cui un ragazzo chiede a un marinaio navigatissimo di fargli conoscere il fascino dei mari del Sud e l'uomo scredita ogni possibile mitologia terrestre:

Ma quando gli dico
ch'egli è tra i fortunati che han visto l'aurora
sulle isole più belle della Terra,
al ricordo sorride e risponde che il sole
si levava, che il giorno era vecchio per loro.

Il ponte dell'Amicizia era stato distrutto durante una guerra. Non importava quale guerra. Probabilmente quella che aveva messo a confronto i talebani e i filosovietici, o forse durante l'operazione di pulizia poliziesca dissuasiva compiuta dagli Stati Uniti dopo l'11 settembre del 2001. Non era mai stato un ponte dell'amicizia reale, ma una smargiassata delle denominazioni propagandistiche con cui l'Urss volle imbellettare la guerra in Afghanistan. Gli sforzi di ricostruzione della strada permettevano una lenta comunicazione lungo l'Oxus, nome locale dell'Amu Darja, a partire da Termez, l'ultima grande città dell'Uzbekistan, in passato piattaforma della penetrazione sovietica e ora centro di aiuti più o meno benefici e di trafficanti di affari veloci di ogni tipo generati dalla penuria. I documenti di Carvalho che lo accreditavano come funzionario della Fao richiedevano una lunga spiegazione sull'esistenza e natura della Fao, una spiegazione inutile, legata all'usanza burocratica secondo cui rallentare le procedure alla frontiera dà la misura dell'importanza del paese che le rallenta, e quando Carvalho entrò in territorio afghano, le difficoltà si ripeterono, anche se forse con una certa ironia, come se doganieri e poliziotti volessero essere all'altezza dei colleghi di fronte.

"Mi hanno detto che c'è una fonte splendida, appena si entra in Afghanistan."

La frase era troppo complessa perché la guardia la capisse e l'ufficiale chiamato per districarla non era esperto di fonti, né conosceva troppo bene l'inglese. Ma, ormai in strada, tutti i tassisti si assieparono intorno a Carvalho sentendo la parola "fonte" e l'associarono a un campeggio, o per dirla meglio, a un vecchio campeggio che aveva vissuto anni di prosperità negli anni sessanta, settanta e persino negli ottanta. Scelse il tassista più vicino per liberarsi degli altri e cinque minuti dopo il taxi-jeep lo lasciava davanti all'arco di quella che era stata la reception del campeggio. L'uomo gli spiegò che cosa doveva fare per trovare la fonte, ma non fu necessario: verso di loro avanzava un uomo vestito con grande rigore etnico, come se appartenesse a un gruppo folcloristico locale, il quale salutò cerimoniosamente il tassista e chiese:

"Monsieur Bouvard?".

Carvalho assentì lottando con la propria capacità di sorpresa e quando il tassista se ne fu andato domandò, esitante:

"Biscuter, suppongo".

"Suppone bene, capo."

Scostò parte dell'indumento che gli copriva il volto e, una volta riconosciuto, prese Carvalho per un braccio e l'obbligò ad avanzare lungo un viale di roulotte sfasciate, auto abbandonate, cumuli di detriti non sempre inorganici e, infine, un furgoncino coperto di graffiti tra i quali predominavano le sigle della Fao.

"Non l'aspettavo così presto."

"Il tuo messaggio mi è arrivato mediante il poliziotto."

Biscuter si fermò, colpito dalla stranezza.

"Quale messaggio? Quale poliziotto?"

Carvalho gli spiegò l'incontro in albergo, il viaggio in compagnia sino alla frontiera e Biscuter iniziò a colpire con il pugno di una mano il palmo dell'altra.

"È stata quella strega!"

"Quale strega?"

"Quella cazzo di Malena. Io non ho preso accordi con nessun poliziotto. Mi sono limitato a lasciarle un biglietto in albergo appena risolta la faccenda dei documenti della Fao. Che bell'orecchino! Perché se l'è messo? Si tratta di un fioretto o vuole sentirsi più moderno?"

"Ti spiego dopo. Questo orecchino nasconde il nostro salvacondotto. A proposito, chi è quella Régine di cui parlavi nel biglietto che ho trovato in albergo?"

"Un personaggio immaginario. Mi è sembrato un particolare utile, come se questa Régine confermasse la nostra identità e ci normalizzasse. Ma saliamo sul furgoncino. Almeno lì dentro ho la certezza che non ci vedono e non ci ascoltano. Innanzitutto, non si sorprenda di niente. Ricordi quello scherzetto che si faceva in Spagna alle reclute e ai detenuti: si diceva che all'ingresso delle caserme e delle carceri ci fosse la seguente scritta: 'Lascia i coglioni fuori di qui, altrimenti te li taglieranno'. Lasciamo i coglioni fuori dall'Afghanistan, altrimenti ce li tagliano."

Biscuter fissò di nuovo lo sguardo sull'orecchino di Carvalho.

"Sicuro che è stata quella strega."

Offrì una birra fredda al detective e dei dolcetti al formaggio di capra come antipasto alla lunga spiegazione che si meritava.

"Avevo capito le loro intenzioni, capo, e mi ero sistemato in un luogo appartato. Del resto, non mi ritenevano pericoloso, così basso e mingherlino. Ho avuto l'intuizione femminile che avrebbero fatto l'iniezione prima a lei e ho fatto due balzi all'indietro, verso la porta. Un minuto dopo scivolavo tra puttane di ogni dimensione e tra papponi tutti ugualmente pachidermici. C'era abbastanza gente per potermici nascondere e aspettare la reazione di Malena e dei suoi compari. Ho cercato il retro del tugurio e mezz'ora dopo ho visto uscire Malena, tre uomini con un pacco (il pacco era lei), che sono poi saliti su un furgoncino blindato. Ho avuto un'altra intuizione femminile, giusta, senza dubbio. Ho chiamato Malena sul cellulare e, quando ha risposto, le ho detto che sapevo tutto e che se le torceva un capello, un solo capello, avrei piantato un casino. Ha interrotto la comunicazione. Ma il mio atteggiamento li ha messi sul chi vive, perché sono tornato tranquillamente in albergo, ho chiesto a voce alta i numeri di telefono dell'ambasciata di Spagna, di non so quanti comitati di un certo rilievo internazionale, ho chiamato Charo per avvertirla che forse sarebbe stato necessario che sollevasse uno scandalo e ho telefonato di nuovo a Malena, ordinandole di passare a prendere il suo bagaglio, non solo per l'affetto che lei prova per la sua Vuitton, ma per creare in quella donna tutta una serie di incertezze, capisce? Non è normale che si chieda a dei sequestratori di passare a ritirare il bagaglio di un sequestrato. So di averla colpita, *touché*, come dicono i francesi, e mi hanno attribuito un'importanza che non ho, come lei sa bene, capo. Sono andati a ritirare il suo bagaglio, senza sapere che io avevo già il mio su un taxi che ha seguito il furgoncino degli uomini di Malena, ha attraversato lo stretto sul ponte e ha preso la strada per il Nord fino a una località sul Mar Nero, ancora in Turchia. Sono entrati quindi in un piccolo aerodromo, che in parte mi è parso sportivo, ma forse si trattava solo di un aerodromo piccolo, dove hanno cercato un Fokker, vi hanno caricato una serie di colli, tra cui la sua valigia Vuitton e hanno preso il volo. A partire da allora tutti gli interrogativi, e il principale: verso dove? Però Malena era diventata la mia schiava telefonica e lei ignorava se io fossi pericoloso. Mi interessava tenerla sotto controllo e per lei quella comunicazione era imprescindibile. Sono arrivato a sospettare che il suo sequestro le risultasse scomodo e che ci fosse stata costretta dall'italiano della droga e da quella strana persecuzione che subiamo fin dalla partenza da Barcellona e a cui Malena ha dato un nome: Monte Pellegrino. Le dice qualcosa? Ci insegue per tutto il mondo qualcosa o qualcuno che si chiama Monte Pellegrino. In realtà, quella persecuzione ci ha aiutato. Ci ha fatto sembrare due pericolosi fuggiaschi e così ho potuto tener buona Malena con la minaccia di svelare tutto l'accaduto. Allora lei mi ha proposto un accordo, di lasciarci proseguire il nostro viaggio in cambio del silenzio e di una missione da svolgere in Afghanistan che avrebbe affidato a lei, capo. Apparentemente, quella donna è ciò che in catalano chiamiamo una *bleda*, ossia, una bietola bollita, molliccia, ma solo in apparenza. Quella tizia nasconde le armi persino nelle mutande."

Biscuter doveva sapere che è proprio nelle mutande che alcune donne tengono la loro arma migliore, ma non era il caso di iniziare un dibattito sui rapporti di dominio, ragion per cui Carvalho si toccò l'orecchino con due dita.

"Il quid della faccenda si nasconde qui."

Gli spiegò che dovevano consegnarlo a uno dei signori della guerra alleato alle truppe di occupazione e Biscuter fece una smorfia.

"Io non consegnerei niente a nessuno."

"Biscuter, gli uomini di Malena ti uccidono con proiettili telecomandati e monopersonali. Bisogna concedergli un margine di fiducia. Bisogna pur rispettare qualche regola del gioco."

"Si renda conto di dove siamo. Qui le cose non hanno il senso che noi gli diamo e loro sono resi scaltri da anni e anni di guerre. Guerre che sono state pagate con l'oppio e l'hashish, e adesso i nuovi signori continuano ad armarsi grazie all'oppio e all'hashish."

Bisognava scegliere se seguire la strada della frontiera verso Kabul, consegnare l'orecchino di Malena per poi riprendere il giro del mondo in senso lineare, Pakistan, India, oppure restare in Afghanistan e viaggiare verso quello che Biscuter chiamò "il paese profondo" con aria di sufficienza. Per esempio, Kandahar.

"Vedremo soprattutto burka e zoppi. Sotto i burka cammina una donna, e quasi tutti gli zoppi sono diventati tali per via delle mine antiuomo sparse da tutte le fazioni combattenti. Esiste un mercato nero di gambe di legno e gambe ortopediche, roba difficile da immaginare. Le gambe di legno sono di fabbricazione casalinga e le gambe ortopediche vengono fornite da organizzazioni internazionali. C'è tutto un mondo sommerso che ruota intorno al traffico di gambe artificiali. Guardi, due burka."

Da un'estremità di quel che era stato un campeggio turistico avanzavano due burka azzurri e istoriati, simili a garitte in movimento dalle quali due donne potevano osservare la realtà a partire dall'immunità o dall'umiliazione. Forse da entrambe.

"Quanto alle donne, qui siamo nell'Età della pietra. Le propongo di andare verso Kabul e di fermarci strada facendo nella valle di Bamian, dove i talebani hanno fatto saltare le statue di Buddha. Si prepari a soffrire: tranne le strade d'uso specificamente militare, tutte le altre sono o di terra battuta o lo saranno ben presto. Ma prima, capo, devo presentarle qualcuno di imprescindibile: una guida che è anche il padrone di questo furgoncino."

Biscuter abbassò il vetro accanto al posto di guida e gridò: "Herat!".

In mezzo agli alberi spuntò un ragazzo con qualcosa che ricordava un casco da motociclista in testa, una camicia ricamata, pantaloni e stivali militari. Corse verso l'auto e quando vide Carvalho gli sorrise e lo salutò in inglese.

"Lo chiamano Herat perché viene da un posto che si chiama così. Me l'ha raccomandato una professoressa di francese che ho conosciuto subito dopo il mio arrivo qui. È proprietario di quest'auto ed è uno studente di magistero che cerca di arrivare a Kabul, dove ha dei parenti, e se lì le cose non gli andassero bene, andrà in Pakistan. Parla cinque o sei dialetti locali e ovviamente la lingua che dicono ufficiale, ma che di ufficiale ha ben poco. I talebani sono stati sconfitti ma gli Stati Uniti controllano solo alcuni punti strategici. Il resto è come sempre: dei signori della guerra."

Herat si presentò come una futura star di Hollywood. Voleva fare l'attore e passare prima da un'ottima scuola che c'era a New York, l'Actor's Studio, dove si erano preparati quasi tutti gli attori americani che ammirava. Un giorno sarebbe arrivato a Hollywood, ma prima forse avrebbe fatto una puntata in Australia, dove c'era un'importante industria cinematografica.

"Anche in India. Ma lì tutto è vecchio e inutile. Non tanto vecchio e inutile quanto qui, nel mio paese, ma quasi. Inoltre, in India ci odiano. Odiano tutti i musulmani, ma soprattutto noi afghani."

La strada di asfalto diventò più volte di terra battuta e sassi e fu sempre una tortura da spezzare la schiena, nemica dei loro scheletri, appena compensata dalla bellezza feroce di un paesaggio che sembrava in abbandono. Carvalho convocava le sue emozioni geografiche, fingeva entusiasmi per il fatto di trovarsi tanto vicino alla geografia più esotica che mai avesse studiato, l'Indu Kush o l'altopiano del Pamir, "il tetto del mondo", come recitava il titolo dell'occhiello del suo libro di geografia fisica e politica. Erano lì, ai lati dei sentieri o sparpagliati tra i molti campi incolti e i pochi lavorati, i personaggi che più di cinquant'anni prima gli avevano inculcato il sospetto o la speranza che l'uomo fosse la misura di tutti i paesaggi. Il viaggio aveva un po' del pellegrinaggio espiatorio per vedere il risultato di un fanatismo religioso applicato contro un'altra religione, un conflitto che non avrebbe scalfito Carvalho se non avesse lasciato dietro di sé la distruzione di opere artistiche di suo gusto, perché avevano fatto parte del paesaggio. Quando il furgoncino depositò la sua carcassa in mezzo alla valle di Bamian, la prima cosa visibile fu il vuoto lasciato da una gigantesca statua di Buddha fatta esplodere. Come un'orbita brutalmente svuotata dell'occhio della Terra che avallava il futuro, l'assenza della statua faceva male allo sguardo. Nella fertile valle, le acque propiziavano canali e cisterne in cui facevano il bagno uomini e bambini, soltanto maschi, tra l'infanzia e la morte, sotto l'occhio vigile di sentinelle di distruzioni archeologiche e di bagni riparatori in acque verdi, armate di mitra e di cannoni leggeri che puntavano su quel poco che si muoveva e su tutto quel che non si muoveva. L'indifferenza dei presenti davanti alle mutilazioni della terra e delle pietre diventava amabilità quando invitavano a visitare le grotte meno scomode, antichi abitacoli di monaci buddhisti, dove sopravvivevano pitture rupestri e qualche guardiano documentato, con la testa piena dell'aritmetica delle distruzioni.

"I talebani hanno distrutto duemila monumenti e altrettanti bassorilievi."

"Il mullah Omar è stato l'ispiratore della distruzione di quelle opere sataniche."

Herat aveva pronunciato l'aggettivo senza passione, sembrava che gli fosse indifferente se si trattasse o meno dell'opera del diavolo. D'altro canto, i talebani, se non avevano distrutto tutto il distruggibile, non era stato per compassione o complicità, ma perché convinti di avere davanti a sé un lungo lasso di tempo al potere e non avevano voglia di spostarsi per fare a pezzi patrimoni artistici e diabolici troppo lontani.

"Erano un po' lazzaroni e molti sono morti nella lotta contro gli americani, ma molti altri si sono lasciati comprare dalla Cia che li ha fatti disertare."

Ai talebani era stato facile entrare nel museo di Kabul e trasformarlo in un doppio cimitero del passato, con tutto l'accanimento sfoggiato ai danni della cultura greca e buddhista, contro il conquistatore Alessandro Magno non meno diabolico del fuggiasco principe Gautama. Il cattivo umore che accompagnava Carvalho fin dal suo ingresso in Afghanistan peggiorò, come se gli dolesse calpestare un paese scorticato, un paese dal suolo non meno terreo delle sue case e dalle modernità sul punto di autodistruggersi, inutili in un paesaggio costretto a essere sincero di fronte a tanta morte. Anche la gente era scorticata e smantellata, sopravvissuta a tutte le guerre possibili: zoppi, monchi dovunque, quasi costretti a uscire in strada per scandalizzare con le loro menomazioni, particolarmente visibili gli zoppi con le stampelle della Croce Rossa o con quelle fatte in casa che, se conservate, un giorno avrebbero suscitato l'entusiasmo di antropologi e turisti quando le truppe di occupazione e di tutte le croci e mezze lune rosse avrebbero abbandonato il paese. Per Herat, quel giorno sarebbe stato l'inizio della fine. Tutte le tribù si sarebbero messe di nuovo sul piede di guerra per ottenere l'egemonia e ogni tentativo di modernizzazione sarebbe finito nei canali di scolo. Dal liberalismo al marxismo, nulla ha potuto contrastare la logica dell'autodistruzione e dell'autosoddisfazione della cultura della violenza. Carvalho indicava le antenne paraboliche che di tanto in tanto sorprendevano il paesaggio sui tetti delle case murate come castelli, secondo una tradizione difensiva perpetuata nei secoli e riconfermata nelle dominazioni.

“La modernità penetrerà da quelle antenne. In Spagna, quarant’anni fa, in alcuni paesi tiravano ancora le pietre alle ragazze in minigonna. Poi la televisione è arrivata dovunque, e insieme a lei, la minigonna, il topless e la pillola anticoncezionale. Quando le donne possono apparire in televisione in topless, è fatta, la modernità è stata raggiunta.”

Biscuter gli fece cenno di non proseguire oltre con la conversazione. C’era un po’ di disgusto nell’espressione di Herat e la giovane guida ebbe bisogno di cinque chilometri di polvere e buche, sulla strada per Kabul, prima di dire la sua:

“Per me la modernità non è la nudità delle donne, ma l’acqua corrente nei rubinetti, l’anestesia negli ospedali, la pace. Le donne hanno portato il burka per secoli e continueranno a portarlo. Adesso possono andare a scuola e lavorare fuori casa. Le adultere quasi non vengono più lapidate e, se accade, lo si fa con pietre più piccole”.

Biscuter commentò con Carvalho in catalano che quel ragazzo aveva la fidanzata, che la fidanzata portava il burka per strada, ma che mostrava la faccia ogni volta che poteva in quanto era un prodotto della scuola dell’obbligo sovietica, e che la cosa più sconvolgente per Herat era immaginare la fidanzata in topless, in una spiaggia qualsiasi, sempre lontana, dato che l’Afghanistan non ha accesso al mare, se non attraverso il Pakistan, lungo un corridoio verso Karachi. Quel corridoio era pieno di cadaveri, aveva già fatto versare molto sangue perché da quell’accesso al mare dipendevano tutte le repubbliche islamiche dell’antica Urss. Non ricordava se la frase “Ci sono popoli nati per fare la Storia e altri nati per subirla” fosse di Nietzsche o di Jerry Lewis, ma la si poteva applicare a quel fottuto paese. Carvalho ricordò all’improvviso una foto afghana, eppure amabile, che aveva ricevuto verso la fine degli anni sessanta o all’inizio dei settanta. Una pacifica foto di viaggiatori barcellonesi in Afghanistan, diretti a Katmandu o Goa, in terre, dicevano “dall’hashish buono e a buon mercato”, spalleggiati dalla caratteristica ospitalità dei popoli nomadi o agrari. Nella foto, Martí Capdevila, uno dei suoi compagni di carcere, e in mezzo ad altra gente, Ana Briongos, in seguito autrice di libri di viaggi su Iran e Afghanistan. Tutti quei testimoni raccontavano di un passaggio economico lungo terre e genti propizie, forse colte tra due guerre, in un eccezionale periodo di tranquillità anteriore all’invasione sovietica per rafforzare un governo filomarxista, fin dall’inizio accerchiato dalla reazione islamica finanziata in parte da Stati Uniti e Pakistan.

"Come un assedio intorno al potere materialista e ateo, sono aumentati i santoni, le madrase, le scuole coraniche, le moschee. Allah è grande, questo ce l'ho ben chiaro in mente. Ma non sempre lo sono coloro che lo servono. Alla fine il Pakistan ha tradito i talebani. Il Pakistan non è una terra sicura; ha un complesso. L'India gli sta addosso come una minaccia e tutti i mesi ci sono attentati indù contro i musulmani e viceversa. L'India ha già la sua bomba atomica."

Il progetto di Herat non era militare, ma di diventare l'Omar Sharif degli afghani, e per la precisione, l'Omar Sharif dei tagiki, etnia cui apparteneva, minoritaria nei confronti dei pashtun o dei patani. I pashtun popolavano anche buona parte del Pakistan e le divisioni territoriali imposte dalle potenze colonizzatrici avevano accentuato la confusione.

"Noi tagiki formiamo delle isole in diversi luoghi dell'Afghanistan. Kandahar e i suoi dintorni possono essere considerati come una di queste isole. L'eroico comandante Massud, assassinato dai talebani, era tagiko ed era tanto temuto prima dai sovietici quanto poi dai talebani. Pensi che l'autorità di Kabul è relativa e che, nella mia terra d'origine, per esempio, sono tenute in gran conto le direttrici del governo dell'Iran."

Passarono accanto a una pietra miliare che annunciava la vicinanza di Kabul. Biscuter e Herat si guardarono e, come da previo accordo, il tagiko fermò la vettura, uscì e dalla strada di terra vagamente pressata scrutò il posto o la direzione più conveniente. Infine tornò sul furgoncino, l'avviò e prese una strada che li proteggeva dal relativo traffico di quella principale con frammenti di un bosco che forse era stato importante prima del diluvio universale. Si fermarono tra gli alberi, con Biscuter e Herat occupati ad allineare barattoli di vernice e pennelli lungo le pareti della macchina dove figuravano i graffiti e le sigle della Fao. Si impegnarono soprattutto a cancellare le sigle fino a eliminarle, poi diedero diverse mani di vernice sulle cancellature e aspettarono che si asciugassero per applicare la nuova scritta: "Free World Corporation", ideata da Biscuter.

"È una società che non esiste, ma credibile. Primo perché è in inglese. Secondo, perché la parola 'Libero' associata a 'Mondo' fa parte dei miti ufficiali dell'attuale situazione politica, e infine 'Corporation', perché denota serietà commerciale o industriale o di business, capo. Se ci domandassero qualcosa, ricordi che ci dedichiamo a promuovere il libero commercio di prodotti non del tutto necessari, per esempio, l'esportazione di meloni. Non rida, gli afghani si vantano di avere i meloni migliori del mondo. Dobbiamo presentarci come una società benefica e lucrativa allo stesso tempo, come tante altre che sono in fondo al pentolone del nuovo governo e dell'atteso aiuto americano."

Biscuter si tolse gli indumenti afghani che lo trasformavano in un inaccettabile meticcio etnico e riprese il suo aspetto indeterminato d'esploratore di paesi improbabili, un po' più stropicciato del solito.

"Questi abiti vanno bene per muoversi in luoghi indeterminati, ma adesso stiamo per entrare a Kabul, il solo posto determinato di tutto l'Afghanistan attuale. È lì che si trovano il potere formale, i quartieri generali delle truppe di occupazione e tutte le associazioni internazionali che cercano di globalizzare un po' questa zona. Immagini di imbattersi sul serio in qualche membro vero della Fao. Invece, nessuno fa parte di un'inesistente Free World Corporation."

Non era necessario che nei dintorni di Kabul figurasse un cartello con la scritta: "State entrando in una città distrutta", perché le distruzioni erano ovvie, come una parte del collage della città sorpresa e sopraffatta dalla sua condizione di capitale di una nazione inesistente e di uno Stato finto. Herat gli disse che nella capitale molta gente moriva di fame, specie fra i rimpatriati dal Pakistan, i bambini e i vecchi, quando invece l'allegria era diventata un rito sociale obbligatorio. Si sentiva musica in tutte le strade, usciva dalle finestre, e le antenne paraboliche aprivano gli occhi e le orecchie ai quattro punti cardinali.

"Rovine e antenne paraboliche," commentò Carvalho.

A mano a mano che si avvicinavano al centro aumentavano le musiche, le voci melodiche di cantanti sdolcinati, le insegne sui negozi, precarie, vecchie insegne che a Carvalho ricordavano quelle della Spagna del dopoguerra. Donne in burka, i più belli azzurri. Molte donne ingabbiate e bambine con la faccia scoperta e i fazzoletti bianchi in testa.

"Vanno a scuola," spiegò Herat a riprova che le cose erano cambiate. "Kabul è piena di poveri, vedove e mutilati. Degli aiuti promessi è arrivata solo una parte che viene amministrata in ciascuna regione, a seconda di come decidono i signori feudali."

Indicò un bazar specializzato nella vendita di prodotti stranieri, come a segnalare un territorio che non apparteneva a lui, ma a loro.

Quando recuperarono Herat lo videro molto inquieto e allo stesso tempo speranzoso. Finalmente non riuscì più a tenere il suo segreto, e indicando Carvalho gli spiattellò:

"L'Università di Kabul ha l'onore di invitarla a tenere una conferenza su 'Globalizzazione e letteratura spagnola'".

Carvalho tardò a capire che Herat si stava rivolgendo a lui non solo come compagno di viaggio, ma come conferenziere universitario, e si prese un po' di tempo per capire sino in fondo e commentare visivamente la faccenda con un Biscuter insieme stupefatto e predisposto.

"Non credo di aver sentito bene."

"Questo pomeriggio sono andato in quel che rimane dell'università per incontrare alcuni amici che vi insegnano, e quando gli ho detto che viaggiavo come guida di due illustri visitatori spagnoli, di cui uno specializzato in letteratura, mi hanno pregato di chiederle di tenere una conferenza."

"Vediamo di capirci, Herat. Io sono uno scrittore, cioè, un artista, non un intellettuale che elabora teorie sulla letteratura. Il mio mestiere è la prassi, non la teoria."

"Io non ricordavo il suo nome e loro me ne hanno fatti diversi che ho segnato qui: Goytisolo, Pérez Reverte, Almudena Grandes, Camilo José Cela, Javier Marías."

"Sospetto che Almudena Grandes sia una donna e poi no, non sono nessuno degli altri."

"Ma lei, a detta del suo amico, è uno scrittore importante, e inoltre la pagheranno, molto poco perché sono tempi di magra e non ci sono soldi nemmeno per i libri. Ma c'è un fondo speciale per conferenzieri stranieri di prima categoria..."

"Capo, lei è di prima categoria. Quanto pagherebbero?"

"Non male, perché sgomitano per avere una cattedra. Ma devo confermare il suo nome. Bouvard, mi pare di ricordare."

"È uno pseudonimo, il mio nome vero è Sánchez Dragó e non mi piacciono gli incontri pubblici. Mi danno ai nervi."

"Ci saranno solo gli studenti di Ispanistica, è così che si chiamano. Vado a telefonare."

Biscuter impedì che Carvalho si frapponesse sulla strada di Herat.

"Qualsiasi somma ci farà sempre comodo, e poi un incontro come questo ci procura una certa sicurezza."

"Di che cazzo posso parlargli?"

"Cerchi di ricordare qualche ricerca di quando era uno studente."

"Pedro Salinas, l'amore in Pedro Salinas, o il trattamento dell'umiliazione nella storia del figlio del capitano ne *I fratelli Karamazov*. Anche una ricerca su Defoe."

"Non è uno spagnolo."

"È l'autore di *Robinson Crusoe.*"

"Può essere bello."

"E, per gli afghani, non meno esotico di Pedro Salinas."

"Ma non prova un po' di curiosità?"

La provava e la continuò a provare quando arrivarono con Herat al corpo centrale dell'Università di Kabul e furono ricevuti da un gruppo di professori, tra cui quelli che si occupavano del dipartimento di Ispanistica, onoratissimi perché una figura del prestigio di Sánchez Dragó si era prestata a parlare in un'università che cercava di riprendersi dai disastri della guerra. Un altro professore corresse il precedente.

"Non è Sánchez Dragó, è Pérez Reverte."

Il professore corretto sorrise con sufficienza.

"Ho una collezione di video su autori spagnoli curata dal ministero della Cultura spagnolo circa quindici anni fa e potrei riconoscere Sánchez Dragó qui e ovunque."

"Eppure nei miei appunti leggo Pérez Reverte."

"E io nei miei, Antonio Muñoz Molina, accademico della Lingua."

A quel punto l'ispanista ebbe un dubbio.

"Ci siamo sbagliati? Lei è Muñoz Molina?"

"Muñoz Molina potrebbe essere mio figlio. Io, in realtà, sono Juan Goytisolo e viaggio in incognito."

"Goytisolo!"

Uno degli ispanisti era in estasi.

"L'altro giorno hanno citato uno dei suoi libri in un vecchio telefilm di 'Mannix', una serie americana d'azione."

"Mannix e io eravamo intimi. Pensavo di parlarvi di qualcosa che unisse le nostre esperienze storiche comuni, per esempio, del segno lasciato dal canone individualista ereditato dal mito di *Robinson Crusoe* e della sua influenza sul canone dell'eroismo tracciato dalle nostre culture di origine, quella cristiana o quella musulmana."

Qualcosa di simile all'inquietudine percorse il gruppo degli introduttori e uno di essi utilizzò Herat perché trasmettesse a Carvalho il messaggio della prudenza. L'università era sorvegliata da confidenti al servizio degli alti comandi delle truppe di occupazione e in particolare della Cia. Biscuter era intrigato dal cambio di personalità di Carvalho. Perché aveva rinunciato a essere Sánchez Dragó per assumere l'identità di un certo Goytisolo? Sánchez Dragó lo si vedeva in televisione che parlava di libri e doveva essere famoso nel mondo intero.

"È un sex symbol e io non voglio malintesi. Goytisolo, invece, vive in una località dell'Atlante marocchino e viene citato nei telefilm americani. È più improbabile. Tu sapevi niente dell'esistenza di Goytisolo?"

Gli ispanisti parlavano tra loro in cerca di qualche nozione a proposito dello scrittore da presentare, e pur ricordando il titolo di qualche sua opera, in realtà avevano poca conoscenza della letteratura spagnola posteriore a García Lorca mentre avevano approfondito quella del Secolo d'Oro e, in modo speciale, i rapporti della lirica mozarabica con l'evoluzione della poesia castigliana fino all'imposizione del metro italiano.

"La famosa lettera di Navaggero a Boscán, lei mi insegna."

Carvalho assentì eruditamente e la comitiva si avviò verso un'aula magna piena zeppa di gente, non solo di studenti di spagnolo e di letterature ispaniche, ma anche di qualche ufficiale delle truppe spagnole di stanza in Afghanistan, accorsi appena saputo che a Kabul stava per tenere una conferenza un eminente professore spagnolo difficile da identificare, ma miracolosamente spagnolo.

"Libri! Libri! Ci dovreste spedire dei libri perché ci hanno lasciato nella miseria più assoluta e non ci possiamo aggiornare sulla nostra materia. L'università ha parecchie opere spagnole fino a José María Gironella e Camilo José Cela, ma la povertà ha decimato i nostri scaffali. Potrebbe fare qualcosa al suo ritorno in Spagna? Gli editori non potrebbero spedirci delle selezioni speciali a un prezzo più conveniente? Dovete pensare che in futuro l'Afghanistan sarà un bastione occidentale in Asia e, pertanto, campo di grandi battaglie culturali."

Quasi tutti i discorsi andavano nella stessa direzione e quando si sedettero al tavolo presidenziale davanti al pubblico, un pubblico rappresentativo di un paese pieno di soldati, zoppi, donne velate ed esuli interni, vi fu silenzio finché il decano presentò "l'illustre scrittore spagnolo che ha voluto regalarci una parentesi di cultura di lusso in mezzo a tanta barbarie. Goytisolo è uno strano romanziere d'avanguardia che è riuscito ad attraversare lo specchio, se consideriamo il romanzo uno specchio della realtà. Chiunque abbia letto *Makbara* avrà avuto la rivelazione di un grande scrittore che ha superato i confini di un genere compiendo l'ambizione laocoontiana della sintesi delle arti". L'esperto rivelava una conoscenza non meno estesa che profonda dell'opera di Juan Goytisolo e Carvalho constatò come, pur limitando la presentazione a tre quarti d'ora, non lo facesse per mancanza di argomenti, ma per senso della prudenza.

"E adesso vi lascio con Juan Goytisolo, che vi parlerà di..."

"Di che cosa gli parlo ora?" Ma senza rispondere a se stesso si mise in piedi e indicò il pubblico.

"Di cosa volete che vi parli?"

Una salva di applausi seguì allo sconcerto iniziale.

"Sono così pochi gli strumenti di comunicazione tra i nostri popoli e le nostre culture che bisogna cogliere eventi come questo per evitare la retorica e parlare, faccia a faccia, di quanto realmente ci concerne. Parlerò di quel che vorrete e mi concentrerò sulla prima proposta che mi sarà fatta."

I presenti tardarono a prendere coraggio e infine un ragazzo tanto delicato da sembrare trasparente si alzò dicendo:

"Che possibilità ci sono di trovare lavoro in Spagna?".

L'ispanista dominante si mise in piedi rigido e scelse la voce più placida di questo mondo per esautorare il senso della domanda, soprattutto se tenevano conto che Goytisolo era un creatore, non un sociologo o un politologo. Ma Carvalho lo scostò con un movimento del braccio.

"Tranquillo. Cercherò di dare una risposta letteraria a una domanda che può sembrare sociologica. Lei mi chiede che possibilità ci sono di trovare lavoro in Spagna. Mettiamoci d'accordo sul significato delle parole. Lavoro? Quale genere di lavoro? Nella sua specialità? Come ispanista? Nessuna. Non ha possibilità di trovare lavoro in Spagna, a meno che adoperi la sua conoscenza della lingua per agganciarsi a qualche giro, commerciale o politico. In ogni caso, in quanto ispanista può individuare conoscenze che poi le saranno utili come materia applicata al suo stesso paese. Ma il meglio che possa capitare a un ispanista è smettere di essere tale, così come il miglior regalo che possa ricevere un afghano è acquisire un'altra nazionalità, e nulla supera la situazione di chi è del tutto privo di nazionalità. Tutti i miei romanzi maturi sono proposte di esili assoluti e, pertanto, rispecchiano perfettamente la sua situazione. Gli esuli assoluti siete voi. Dove siete? In Afghanistan. Sì? Ne siete sicuri? Tutte le mattine quando uscite in strada per andare all'università o altrove, vi sembra di essere in Afghanistan o nella proposta di un Afghanistan che non vi appartiene? Anche se gli imperi a un certo punto hanno avuto bisogno di rivalutare il senso dell'egemonia nazionale e del patriottismo, ricordate che la fondazione del prontuario letterario del comportamento moderno, secondo il criterio della borghesia come classe ascendente, si svolge su un'isola, nella solitudine introversa di un isolano: Robinson. La filosofia capitalista della libertà di iniziativa si basa sull'esilio di un isolano, Robinson. Ed è ora che possiamo cominciare a parlare e io a rispondere alla sua domanda: che possibilità ci sono di trovare lavoro in Spagna?"

Emozionato, Biscuter esigeva una risposta immediata per dare il colpo di grazia all'aspettativa dei presenti.

"Nessuna."

Non gli avevano dato dei soldi per la conferenza, bensì la promessa di un modesto invio di denaro, perché mancavano alcune firme di protocollo e i permessi, il tutto per via dell'urgenza organizzativa. Lo sconcerto causato da una conferenza su *Robinson Crusoe* e la globalizzazione in seguito all'incontro di Monte Pellegrino non aveva del tutto smorzato l'interesse combinatorio, da cultura di collage, suscitato da Carvalho. Il detective riposava a letto, accanto a un Biscuter che meditava su Monte Pellegrino. Una mafia? L'Opus Dei? Il capitalismo si stava rifondando su mafie e sette? Una radio in qualche punto dell'albergo costringeva i clienti ad ascoltare una vasta gamma di canzoni e allocuzioni, sempre con voci maschili, perché le donne non potevano cantare attraverso le onde hertziane, benché non fosse chiaro quando il Profeta avesse ordito una simile proibizione.

I tappeti coprivano tutti i pavimenti, a guisa di reliquie di tempi migliori, sembravano vecchi tappeti stesi nell'albergo cent'anni prima o ripescati tra le macerie delle ultime guerre. Sta di fatto che a Carvalho pareva di sollevare la polvere con i suoi passi, e le scolorite geometrie dei tappeti raggiungevano livelli da proposta astratta, quasi come un possibile contributo alla decostruzione della perspicacia dell'occhio umano.

Si doveva riempire d'acqua la scrostata vasca da bagno della stanza perché le restrizioni erano imprevedibili e davanti al bisogno di lavare la biancheria intima si era costretti a cercare una delle poche lavanderie pubbliche di Kabul o a trovare un accordo con la cameriera blindata al piano perché la lavasse a mano in un piccolo lavatoio dell'albergo. Tutte le offerte della carta del ristorante si riducevano a due, perché fino a sabato non ne disponevano di altre. Si accontentarono di uno stufato – secondo Herat, molto ricco e rappresentativo della cucina afghana –, lenticchie, verdure e riso. Bisognava raggiungere appena possibile il generale Ibrahim Massuf per levarsi un peso di dosso, quello che teneva appeso all'orecchio sinistro. Senza sapere a cosa si dovesse l'incontro, Herat li avvertì della necessità di conoscere il punto debole di ogni militare con comando sulla piazza.

"In primo luogo, pashtun, tagiko, azero, uzbeko, aimaq, balushi, kirgizo, turcomanno, nuristano, pamir...? E non ho esaurito tutte le possibilità etniche. Subito dopo bisogna conoscere la sua posizione rispetto ai conflitti dinastici degli anni settanta, nei confronti dell'Urss. Poi il ruolo assunto nella lotta per la successione all'egemonia sovietica, quali fazioni abbia scelto ai tempi dei talebani e se sia entrato a far parte del fronte unito contro costoro. Qui si è spesso cambiato bandiera e ciascuno è figlio della propria storia. Ho un cugino militare, non troppo in alto, che sarà in grado di informarmi."

Herat venne incaricato di indagare sul generale, al massimo per il giorno seguente, e Biscuter suggerì la necessità di girovagare per le strade di una città irripetibile in cui tutto il nuovo sembrava vecchio e quasi tutto il vecchio era stato distrutto. La gente, uomini soprattutto, si assiepava intorno a qualsiasi mercanzia. Qualche donna portava a spasso il proprio corpo senza burka, ma con la testa e la faccia coperte da un foulard abbondante, di tanto in tanto i burka avanzavano in coppia, talvolta uno di essi tirava per mano bambini e bambine in borghese. Non c'era insegna di negozio che non fosse sul punto di morire di vecchiaia o di disuso e quelle nuove non ubbidivano ad alcuna legge estetica, si limitavano ad annunciare. Biscuter rifletteva a voce alta su che diamine si potesse comprare in quel suk all'aria aperta. Avvicinandosi ai mucchi di merci distinguevano avanzi di macerie e persino fibra di tabacco ricavato dalle cicche, una cosa che Carvalho non aveva più visto dai tempi del dopoguerra spagnolo. D'un tratto, Biscuter si fermò come colpito da qualcosa di occulto ed evidentemente magico, ma non era che un cartellone in cui i soldati francesi invitavano a una serata artistica commemorativa, con la presenza della cantante Line Margaux e del complesso Hungry, il massimo dell'hard rock gallico. "Festa in omaggio," diceva il cartellone, "delle truppe francesi di liberazione, in occasione della visita del ministro della Difesa a Kabul." Carvalho attribuì l'interesse di Biscuter alla redazione del testo in francese e, mentre continuava il giro delle strade, constatava come la presenza di polizia e militari fosse soprattutto indigena, anche se di tanto in tanto passavano pattuglie dell'Onu o strettamente americane che sembravano non guardare nulla e nessuno, solo per l'obbligo di ricordare alla città che era in libertà vigilata. Carvalho desiderava rientrare in albergo "per mettere in ordine," disse, "i miei pensieri". Biscuter gli spiegò di avere ancora voglia di sgranchire le gambe pregandolo di non allarmarsi se avesse fatto tardi. Ma il detective era inquieto perché aveva colto il frammento di scontro scattato quando si erano trovati davanti al cartellone che annunciava la festa francese in omaggio alle truppe di occupazione e in presenza del ministro della Difesa. Così ognuno se ne andò per proprio conto, Carvalho si sdraiò a letto a dormicchiare. Si stava facendo buio quando si svegliò con un'ossessione: dov'era Biscuter? Gli sembrò così facile da indovinare che era probabile indovinare male. Se si annunciava una festa francese e Biscuter era rimasto estasiato dall'invito, era logico che andasse a quella festa, ma perché voleva andarci da solo? Carvalho fece chiamare un taxi che risultò essere un'auto Seat, probabilmente fabbricata in Spagna prima della morte di Franco, e chiese di essere portato alla caserma francese, dove si svolgeva l'evento. Non c'era solo il tassista, ma anche una signora seduta accanto a lui con un bambino piccolissimo in braccio. Il tassista indicò donna e bambino dando una spiegazione che Carvalho non capì, ma scosse la testa comprensivo e gli diede persino una buona mancia quando arrivarono davanti alla caserma francese, forse perché il bambino gli aveva dedicato la sua curiosità per tutto il tragitto e, di tanto in tanto, si metteva a ridere davanti all'aspetto così esotico, da occidentale, di quel viaggiatore che gli strizzava l'occhio con scarsa abilità e tirava fuori la lingua con goffaggine o paura. Carvalho si presentò come Bouvard e venne fatto entrare in un cortile tondo in terra battuta, come quello di un campo da tennis, con le sedie pieghevoli a formare semicerchi intorno a un palco occupato da apparecchi sonori, microfoni e una scritta gigantesca: "*À nous la liberté*". Un attore uscì a raccontare barzellette militari che somigliavano troppo alle barzellette militari spagnole e Carvalho poté scorgere Biscuter attaccato a un sipariettto che collegava il palcoscenico ai prevedibili camerini. Quasi in concomitanza, apparve un presentatore annunciando la dose di canzoni francesi che i soldati stavano per ricevere come antipasto al duro apporto degli Hungry.

"E ora, l'atteso intervento di... Line Margaux! La voce della canzone francese, della canzone di sempre!"

E Line Margaux passò accanto a Biscuter prima di salire la scaletta verso lo scenario e si fermò appena un istante, il necessario per lasciarsi prendere le mani dal rappresentante della Free World Corporation. Poi depositò un tenue bacio sulla guancia di Biscuter e, ormai davanti agli spettatori, con la sagoma e il viso colpiti dall'aggressione dei riflettori, madame Margaux, vale a dire, madame Lissieux, annunciò quel che stava per cantare:

"Una canzone di Barbara che spero sia di vostro gradimento, ragazzi, perché parla di ritorni e si lamenta del tempo perduto che non si ritrova più".

Era madame Lissieux, la scomparsa di Patrasso, ora a Kabul, cosa che Biscuter sapeva perfettamente, con la scollatura bianca, le bianche braccia magrissime, la testa rimpicciolita dai capelli raccolti in uno chignon e pronta a cantare una canzone di Barbara utilizzando una voce che somigliava a quella di Barbara. *Dis quand reviendras-tu?*

Voilà combien de jours, voilà combien de nuits,
voilà combien de temps que tu es reparti?
Tu m'as dit cette fois c'est le dernier voyage
pour nos cœurs déchirés c'est le dernier naufrage.
Au printemps tu verras, je serais de retour,
le printemps c'est joli pour se parler d'amour.
Nous irons voir ensemble les jardins refleuris
et déambulerons dans les rues de Paris.

Dopo l'ultimo verso si levarono gli applausi, i fischi, le ovazioni convocati dall'immaginario di ritrovare Parigi, e applaudirono di nuovo ogni volta che il refrain ricordava loro che "tout le temps perdu / ne se rattrappe plus". Come se, alla loro età, quei ragazzi col berretto e le guance rosse avessero bisogno di rimpiangere il tempo perduto. Madame Lissieux o Line Margaux si ritirò e Biscuter ne seguì la scia. Carvalho cercò di sopportare la performance degli Hungry, ma qualcosa lo avvertiva che ci avrebbe lasciato le penne nell'impegno. Esitò tra aspettare Biscuter, forzare un rincontro o tornare in albergo per mangiare qualcosa in attesa di una spiegazione. In ogni caso, a un tratto capì che madame Lissieux era stato un fantasma presente fin dalla sua scomparsa al porto di Patrasso e che Biscuter era stato complice di tale scomparsa. In albergo erano in grado di servire solo qualcosa di simile a un sandwich di pane senza sale con un po' di carne secca piuttosto saporita, ma forse troppo salata. Sdraiato sul letto, udì i passi di Biscuter che si fermavano davanti alla porta, poi vide affacciarsi la testolina dell'aiutante che domandava:

"Tutto bene, capo?".

"Più o meno."

"Io sono distrutto. Mi ficco a letto in quattro e quattr'otto. A domani."

Il giorno dopo Biscuter straparlava, ma non fece parola del suo incontro notturno con l'anima o il corpo mortale di madame Lisieux. Quando calò il silenzio tra una fetta di pane tostato e un'altra spalmata di ricotta e marmellata di prugne, l'arrivo di Herat con l'informazione sul generale Massuf impedì una possibile rivelazione, perché il ritratto del generale era, in realtà, un collage di tutte le sue trasformazioni. Era stato al fianco di tutti e in seguito contro tutti, e adesso si dubitava della sua dedizione incondizionata alla causa teoricamente rappresentata da Karzai e dal governo di unità nazionale.

"È un pashtun, ma ho modo di ricavare informazioni dal suo quartier generale, da persone di cui non vale la pena vi dica i nomi perché può essere pericoloso, per loro e per voi. Tuttavia, sarebbe meglio che spiegaste il vostro desiderio di raggiungerlo fornendo una motivazione del tutto convincente."

"Che gli portiamo un ricordo di Malena, questo è tutto. Non c'è altro."

Si incamminarono, quindi, verso la caserma dove alloggiava Massuf quando non era fuori dalla sua città di origine, Jalalabad, a ridosso della frontiera con il Pakistan, e percorsero una Kabul che fino ad allora non avevano visto, dove lo spirito di sopravvivenza aveva trasformato baracche o case semidistrutte in sartorie, negozi di barbiere, officine di riparazione di biciclette, vendite di alimentari o semplici chioschi dove si smerciavano le più diverse granaglie tostate o le caramelle più policrome, modi per ingannare la fame che si era insediata in ogni volto come una supposizione, specialmente in quelli degli anziani che mendicavano alla porta della moschea o dei bambini accompagnati dalle capre o dai fratellini. Una inattesa donna seminuda o mal coperta da veli rossi appariva e scompariva davanti alla porta di una casa semidiroccata. Lì c'era un bordello, non poteva trattarsi che di un bordello.

"Mio padre venne a Kabul anni fa, prima della lotta contro i sovietici, e gli parve una città bellissima, piena di monumenti e parchi, ambasciate; c'erano l'università, splendidi quartieri per i ricchi. È come se sia passato un terremoto che ha raso al suolo quasi tutto. Ricordo un film americano in cui New York viene distrutta e il protagonista lo scopre perché tra le macerie emerge la faccia della statua della Libertà. Davanti alla Moschea Blu c'erano dei grandi magazzini dove si vendeva di tutto; credo si chiamassero Marks & Spencer."

Carvalho confrontava la descrizione di Herat con la Kabul reale del momento e si rifiutava di fare analisi o di giungere a una conclusione. Le distruzioni stavano lì, come stavano le rovine a Efeso o a Paestum, e a sembrare di troppo erano gli esseri umani, in particolare gli adulti, che forse ricordavano un'altra città. Herat li avvertì che si stavano avvicinando alla caserma e di prepararsi a successivi controlli militari. Come avrebbero giustificato l'incontro? Free World Corporation? Malena?

"Massuf non è un uomo di cui ci si possa fidare. Quando i talebani hanno accerchiato la città che difendeva, lui non ha sparato un solo colpo. L'ha venduta al nemico e si è rifugiato in Pakistan, dove è vissuto da re grazie ai soldi che gli erano stati pagati."

Gli avrebbero dato, quindi, entrambe le giustificazioni. Il presidente e il segretario generale dell'Ong internazionale Free World Corporation...

"No, non dite che si tratta di una Ong. Odiano le Ong; si sentono spiati e condannati da esse."

Forse bastava dire: Mondo Libero Corporation, anche se a Carvalho suonava di impresa fantasma della Cia ai tempi dei fratelli Dulles.

"Capo, Free World Corporation, così come lei lo pronuncia, e Malena. Senza dubbio Malena è un'autorità, qui."

"Un'agente del Mossad?"

Herat scoppiò in una risata.

"Se è del Mossad, non succede niente, almeno adesso. Qui vali per quello che hai. Se questa persona ha qualcosa da vendere al generale Massuf, sarete i benvenuti."

Il primo controllo militare si limitò a esaminare le loro facce e il bagagliaio dell'auto. Il secondo si segnò i nomi forniti da Carvalho, li controllò telefonicamente, e il terzo li aspettò all'ingresso della residenza stessa di Massuf: quattro uomini con le mani piene di kalashnikov e totale diffidenza negli occhi. Furono perquisiti da mani esperte, persino nel toccare coglioni e semintrodurre un dito nell'ano, e passarono pure da un metal-detector che suonò ripetutamente per Carvalho finché riuscirono a individuare la piccola pistola come prima causa e l'orecchino come seconda. I doganieri risero e li fecero entrare in un corridoio che in un tempo passato era coperto di mosaici e che ora offriva le sue sbeccature come intralcio per i piedi. Biscuter vi inciampò ben due volte ammettendo di essere sempre stato piuttosto goffo, fin da bambino. Un cortile con una fontana senza acqua concentrava una mezza dozzina di soldati non del tutto uniformati, ma armati fino ai denti, e nella cornice di una porta un ufficiale dall'aspetto di sergente di un qualsiasi esercito del mondo tagliò loro la strada, ascoltò di nuovo tutte le motivazioni della visita e chiese a Herat di tradurle.

"Tagiko?" domandò il sergente al traduttore.

Herat assentì con la testa e il sergente sputò verso la sua sinistra, uno sputo diretto all'infinito. Ma aprì la porta e videro il generale Massuf vestito da maresciallo inglese, di cavalleria, perché portava stivali da equitazione, un frustino in mano che gli serviva ad accompagnare il disegno dei suoi baffi istoriati e un'espressione rubiconda da personaggio con la pressione alta o da bevitore di alcol poco islamico. Carvalho gli parlò della commissione di Malena e di un'infinità di saluti e ricordi di eccellenti momenti condivisi e, a mano a mano che Herat traduceva, osservava il sorriso progressivamente totale che occupava il viso del generale.

"Malena!" disse con un certo rapimento, ma poi cambiò tono di voce e reclamò qualcosa con modi chiaramente dispotici che divennero una richiesta più amabile sulle labbra del traduttore.

"Vuole quello che vi ha dato Malena."

Carvalho si tolse l'orecchino, staccò la minuscola capsula tonda che conteneva il messaggio o quel che fosse e la consegnò a un Massuf evidentemente sorpreso, ma che non volle restare nello sconcerto troppo a lungo. Si mise in piedi e offrì ai nuovi arrivati la possibilità di un vassoio di frutta sul quale pullulavano tutte le mosche di Kabul e che fu accolto con entusiasmo solo da Herat, mangiatore confesso di pere e mele. Il generale accarezzava pensoso la capsula, e gradì che Carvalho interrompesse l'incontro imbarazzato, disse, per il tempo che aveva già perso con loro, un uomo destinato a così alti impegni. Massuf li salutò e appena gli ebbero voltato le spalle cominciò a gridare per far accorrere alcuni aiutanti cui mostrò la capsula tra gesti ammirati e risate. "Di nuovo il corridoio intransitabile, intransitabile," disse Biscuter, "per ogni invalido vittima delle mine, e finalmente la strada."

"Caso mai, non torniamo in albergo per il momento."

"E il bagaglio?"

"Mi sono preso la libertà di lasciarlo in un posto sicuro."

Biscuter e Carvalho non persero tempo in congetture, soprattutto perché Herat si allontanava a velocità troppo elevata dalla caserma e badavano più che altro all'effetto dei cedimenti stradali nei loro corpi. La guida si fermò in un locale chiamato Ziggy dove servivano bibite e li invitò a prendere un tè o qualcosa del genere mentre lui localizzava il suo contatto. Telefonò e mezz'ora dopo si presentò un giovane della stessa età della guida, molto simile a lui, forse un parente, con il quale intavolarono una conversazione che indurì l'espressione di Herat ogni volta che guardava i suoi due datori di lavoro attenti a quello che tramava. O era un'usanza afghana, come lo era greca o turca, parlare con un tono da litigio, oppure stavano litigando davvero. Per il momento non arrivarono alle mani perché una fortissima esplosione fece tremare le pareti del locale e alcuni camerieri e clienti si gettarono a terra, mentre giungevano grida isteriche dalla strada, dove uscirono Biscuter e Carvalho facendo in tempo a presenziare all'impazzita diaspora di ogni tipo di veicoli e corpi umani, perfino di zoppi dotati di velocità insospettabile. A sinistra dello Ziggy, in un orizzonte non troppo lontano, si alzava una colonna di fumo e qualche raffica di luminosità di fuoco ancora in fase di crescita, mentre suonavano sirene che potevano essere di ambulanze o di pompieri che non passarono da quella strada, per cui Carvalho dedusse che erano effetti sonori trasmessi forse da altoparlanti invisibili.

Herat e la sua gola profonda uscirono in strada, osservarono l'incendio da lontano e il tono della discussione divenne ancora più minaccioso. Carvalho vide un riflesso nella mano dell'altro e un coltello alzarsi su Herat, ma troppo lento, perché il ragazzo poté fermare il braccio della morte e afferrarlo con le due mani, cercando di evitare la pugnalata. Carvalho e Biscuter entrarono in scena con un balzo, con l'intenzione di dissuadere l'aggressore, che si staccò da Herat e li affrontò con il coltello in mano senza destare tuttavia troppa curiosità tra i presenti, più attenti alla prima ambulanza che prendeva la direzione dell'esplosione. Mentre sembrava che si stesse coprendo la ritirata, sorvegliando il territorio delimitato da Carvalho e Biscuter, pronti ad aprirgli un varco per la fuga prima che la storia finisse male, l'uomo saltò addosso a Herat e gli piantò il coltello in un braccio. Poi si mise a correre senza che nessuno lo inseguisse, mentre Carvalho esaminava la profondità del taglio che cominciava già a sanguinare e a spaventarli. Il detective tolse a Herat la camicia di lana ricamata e gli strappò la canottiera per ricavarne una striscia di tessuto che appallottolò con il resto per tamponare la ferita all'altezza dell'omero. Una volta tamponata, utilizzò la striscia come bendaggio compressore e levò al ferito una cintura di cuoio intrecciato per farne un laccio emostatico laddove il braccio diventa ascella, raccomandandogli di tenere l'arto sollevato. Mentre Biscuter accompagnava di corsa Herat verso la macchina, Carvalho cercò di informarsi su un ospedale o qualcosa di simile, ma ottenne spiegazioni insufficienti, sia verbali, per le quali era sordo, sia gestuali. Finalmente, un cliente del locale si offrì di guidarli e salì teatralmente sul predellino dell'auto dal lato sinistro, infilò un braccio nel finestrino e con l'altro continuò ad agitare un fazzoletto bianco che si era tolto dal collo in modo da facilitare la corsa dell'auto, nel cui abitacolo Herat aveva quasi perso conoscenza mentre Biscuter lo rianimava versandogli in faccia una bottiglia d'acqua.

Raggiunsero un centro sanitario difficile da identificare e gli infermieri cercarono di ostacolarli con lo spettacolo dei feriti che continuavano ad arrivare dal luogo della recente esplosione. Tuttavia, Biscuter gridò: "Free World Corporation", Herat ordinò qualcosa tassativamente, Carvalho mise un biglietto da cinque dollari nella mano dell'accompagnatore volontario e il ferito fu introdotto in un posto simile a un ospedale da campo, ma che evidentemente era un ospedale civile.

Un'esplosione aveva eliminato il generale Massuf e due suoi aiutanti ferendone gravemente altri tre. Non era una buona notizia per Carvalho e Biscuter che l'associavano alla consegna del microchip. Ma che relazione aveva il fatto con la scena della discussione tra Herat e il suo confidente e relativa pugnalata? Non potevano avere una risposta immediata. Herat si era assopito su una lettiga in una sala dove coabitavano quaranta malati nei loro letti e dieci sulle barelle allineate accanto alle pareti. Carvalho e Biscuter chiesero il nome del medico che accudiva il loro amico: Simpson. "Dottor Simpson. Inglese?" "No, australiano." Colsero Simpson nel momento in cui introduceva una mano sotto la canottiera di felpa di un anziano scheletro più che di un anziano scheletrico e ascoltava il suono perverso che proveniva da un qualche angolo di quel corpo. Il dottore osservò il vecchio con un certo sorriso negli occhi, ma il malato non lo guardava, pareva inseguire un qualche frammento del nulla o qualche ricordo inevitabile con occhi che ormai sembravano privi di vita. Simpson impartì qualche istruzione in una lingua su misura per l'orecchio dell'infermiere e affrontò Carvalho e Biscuter in quanto datori di lavoro di Herat, personaggio indispensabile per i loro spostamenti in Afghanistan come rappresentanti della Free World Corporation.

"Gli abbiamo ricucito la coltellata. Non ha perso molto sangue perché qualcuno gli ha tamponato correttamente la ferita e applicato un laccio emostatico."

"Sono stato io," si fece avanti Carvalho.

Simpson lo studiò e infine gli disse quel che pensava:

"Mi sono sembrati un tamponamento e un laccio emostatico professionali. Qualcosa di militare, come se lei avesse imparato queste tecniche a un qualche corso accelerato seguito presso un reparto militare".

Carvalho scrollò le spalle, il che non significò né sì né no. "Quanto deve restare in ospedale?" "Poco. Lasciatelo riposare per tutta la giornata di oggi e domani ve lo potete venire a prendere, purché vi impegniate a seguire le cure."

"Dove state andando?"

"Forse a Kandahar."

La proposta non gli piacque.

"Se andate lì, fate attenzione. Hanno appena assassinato il generale Massuf, a quanto pare, mediante un'esplosione telecomandata. Ma non solo i militari sono temibili, qui come altrove. Ci sono cinquecento chilometri di strada sterrata, cioè dodici ore in auto se siete molto fortunati, e drappelli di banditi ogni dieci chilometri. Con la scusa che continuano a dare la caccia ai talebani o adesso ai terroristi, ti lasciano in mutande. Paragonata a Kabul, Kandahar è rimasta all'Età della pietra. Kabul è una vetrina, povera, ma in fin dei conti una vetrina, che cerca di mettere in mostra il meglio della situazione attuale. Comunque, è soltanto forma e non corrisponde al contenuto di questo sabba. Vi riassumo la situazione. A Kabul c'è un governo che non garantisce la governabilità di un paese che non ha la coscienza di essere tale. I signori della guerra o i signori feudali, tanto per capirci, controllano i loro territori, impongono i loro pedaggi e le loro leggi. Noi stranieri abbiamo smesso di essere il buon amico muto, perché non parliamo la loro lingua, e siamo diventati militari di occupazione o trafficanti di qualsiasi merce convinti di essere sempre più furbi della gente di qui. A quanto pare, gli alleati si sentono soddisfatti perché ormai hanno fatto il minimo indispensabile, ossia sconfiggere i talebani, ma non del tutto, perché Bin Laden è sempre libero e il mullah Omar, pur essendo guercio, è riuscito a fuggire in motocicletta ed è favorevole alla costruzione di un governo islamico sociale basato sulla *sharia*, alternativo al modo occidentale, un modello talebano ispirato al Corano. Poveraccio. Gli americani preferiscono il modello neocapitalista e sono qui, ma per il momento non fanno quasi nulla e nel futuro non faranno nulla di nulla. Gli americani escono a malapena dalla loro base di Bagram. I talebani si sono rasati la barba o si sono tolti quelle finte e sono qui in giro, mescolati alla folla. Alcuni di loro sono stati sequestrati e portati alla base di Guantánamo per dimostrare che anche il cosiddetto mondo libero si può comportare come sequestratore e violatore dei diritti umani. Ma questa storia di Guantánamo è appena cominciata, ed entrerà a far parte della leggenda aurea di questo popolo. Sarà molto difficile dimostrare che i sequestrati di Guantánamo non erano santi. Una mano lava l'altra. Quasi il novanta per cento della popolazione afghana è composta da nomadi e contadini, i talebani erano quasi tutti contadini, e solo un'esigua minoranza vive nelle città. Questo paese non somiglia a nessuno di quelli che voi o io abbiamo potuto conoscere. Sulla mia scrivania, per esempio, ho i dati sullo stupro subìto da una cooperatrice di un'Ong. La vecchia usanza di saccheggiare i camion dei talebani è ancora viva, anche se adesso i camion non sono più dei talebani. Karzai e altri illusi chiedono alle potenze straniere di continuare a inviare soldati per garantire la sicurezza e appoggiare il potere dello Stato. Niente di niente. Quando gli stranieri pattugliano le strade di Kabul, lo fanno come se si trovassero nella Vienna del 1945. Violenza? A proposito di violenza, non c'è nulla da insegnare a questa gente. Non bisogna dimenticare che la parola 'assassino' proviene da *hashishin*, quei giovani più o meno afghani che si drogavano per uccidere i crociati, e che furono sempre molto presenti sulla Via della Seta. E il nome di questi banditi deriva dal nome della sostanza che ne amplificava la forza muscolare e la violenza: l'hashish. Ricordo qualcosa che mi colpì trent'anni fa, o quasi, un libro di Colin Wilson: *Gli assassini, storia e psicologia dell'omicidio*. Wilson era stato uno degli autori più notevoli della generazione arrabbiata, quei giovani scrittori che negli anni cinquanta e sessanta guardavano indietro con rabbia. Ricordate? Il libro sull'omicidio cominciava con un capitolo su queste terre in cui citava un'osservazione di Marco Polo su quanto si uccidesse facilmente da queste parti, in un'ampia area che comprendeva l'antico Impero persiano, dalla frontiera dell'India fino al Mediterraneo. La parola 'assassino' è nata qui, proprio qui. E l'hashish e l'oppio continuano a essere i motori del potere, com'è sempre stato, sia ai tempi degli antichi afghani sia in quelli degli afghani futuri. Non avete visto campi e campi di papaveri?"

Simpson aveva il dono di creare aspettativa, come se fosse il protagonista di un'infinita conferenza stampa, non importa chi fossero gli interlocutori, e lasciò in sospeso altre informazioni sulla parola "assassino" o sui papaveri per saltare a Guantánamo. Assicurò loro che le notizie su Guantánamo circolavano sottovoce, e che se c'era qualcuno che le faceva filtrare dal carcere, non erano i detenuti, isolati dal mondo esterno. Qui la gente le raccontava non con la paura di raccontarle, ma con la paura che risultassero vere. Chi era a farle filtrare? Gli stessi americani. Avevano interesse a dimostrare di essere in grado di agire nell'impunità e allo stesso tempo stabilivano le basi di quel che potremmo chiamare terrorismo globale al servizio del bene.

"Vogliono far sapere a tutti che utilizzano i detenuti come cavie per droghe dissuasive. È l'origine di una farmacocrazia diretta dall'Impero al servizio della nuova teologia della sicurezza: droghe contro manifestanti, ammutinati, ribelli attivi. Pur essendo state proibite dalla Convenzione delle Armi Chimiche nel 1993, dopo l'attentato alle Torri Gemelle agli americani è permesso proprio tutto. La lotta delle classi future sarà tra vincitori e vinti a partire da una prospettiva economica e sociale e il sistema prepara una trama dissuasiva o repressiva senza precedenti: droghe contro gli insubordinati e carceri contro i delinquenti."

Spiegò il ruolo giocato da cocaina, alcol, etere, amfetamine o dalla metedrina, una droga in grado di infondere coraggio utilizzata dall'esercito britannico. Ma forse il laboratorio più importante di queste droghe al servizio della Teologia della Sicurezza era stato il Sudafrica dell'apartheid.

"Arrivarono a proporre bombe così intelligenti che uccidevano solo i neri."

Dalle labbra del dottore le parole uscivano come spari e con la velocità di questi: ketamina, ghb ossia gammaidrossibutirrico, che provoca ipertensione e convulsioni; e altre armi con poteri anestetici. Determinante il buspirone, un ansiolitico adoperato nelle carceri per calmare gli stati d'ansia.

Biscuter e Carvalho ricordarono allo stesso tempo Bromuro, il vecchio lustrascarpe informatore di Carvalho, convinto che i governi di Franco mettessero del bromuro nel cibo dei sudditi per frenarne l'aggressività sessuale, di fatto, la gioia sessuale, la libertà sessuale. Simpson segnalava il Laboratorio di Ricerca applicata dell'Università della Pennsylvania come il centro investigativo di queste armi cosiddette farmaceutiche e che a volte risultano quasi surreali.

"Il Sunshine Project si era proposto di sommare gli effetti dell'iprite a quelle del valium e di altri tranquillanti analoghi."

"Anche lei è un alto esponente dell'Onu e un medico, un medico che esercita la sua professione, anche qui."

"Certo."

"Davanti a questo spettacolo dantesco di miseria, malattia, povertà, che cosa osserva? Che rapporti passa all'Onu, per esempio?"

"Il mio ultimo rapporto cominciava così: 'Nell'Afghanistan liberato dai talebani e guidato dal governo transitorio ma presuntamente democratico di Karzai, gli ospedali servono soprattutto per morire, e nelle facoltà di Medicina non ci sono che cadaveri. L'università si trova, nell'insieme, sull'orlo del collasso e della ribellione. Gli studenti muoiono di fame e non hanno nemmeno i libri. Vi dico che, se persino gli studenti fanno la fame, potete immaginare come se la passano altri settori sociali più depressi'. Volete vedere la parte più macabra dell'ospedale?"

Indicò la porta che separava la sua stanza privata dall'ospedale improvvisato e apparve, più che una sala, un hangar dove coesistevano i soliti letti metallici, arrugginiti, con le reti che pendevano come pance, con paglioricci di svariata origine sui pavimenti, alcuni provenienti da qualche guerra mondiale finita tanti anni prima e materassini arrivati in Afghanistan attraverso i canali della beneficenza globalizzata. Erano i materassini avanzati ai globalizzatori. Ospedali per morire.

"Ci troviamo in un ospedale quasi da Medioevo. Possiamo appena fare una trasfusione, e guardate il soffitto: è un tendone. Non abbiamo fatto in tempo a ricostruirlo e, del resto, nulla ci garantiva che non ci sarebbe stato un nuovo bombardamento a distruggerlo. Se avete voglia di piangere, andate alla Maternità. Il bambino che nasce con problemi, o muore o ne subirà le conseguenze per tutta la vita. Andateci e guardate l'espressione dei genitori quando nascono i loro bambini: né un sorriso né un fiore. Solo rassegnazione. E siamo a Kabul, la capitale. Nel resto del paese, ammalarsi è un suicidio, proprio così."

"E tutto questo, a quale scopo?"

Simpson rise alla domanda di Biscuter.

"Gli afghani sono territorialmente sfigati. Hanno fatto parte della Via della Seta e della penetrazione in Asia verso l'Europa. Adesso fanno parte di quella strategia che intende controllare quanto è rimasto dei giacimenti petroliferi dell'Iraq, Iran, Arabia Saudita, Azerbaigian, delle repubbbliche islamiche ex sovietiche e, inoltre, gli americani hanno un'idea approssimativa sul prossimo nemico nella battaglia finale."

"La lotta finale tra socialismo e capitalismo?"

"Ma cosa dice! Non sia tanto ingenuo. La lotta finale tra il capitalismo controllato dagli Stati Uniti e quello controllato dalla Cina un tempo comunista. Notate la strategia di penetrazione yankee a partire dall'11 settembre. Stanno alzando una cortina avvolgente intorno al fianco sudorientale della Cina: la stessa Russia, le repubbliche islamiche ex sovietiche, l'Afghanistan, il Pakistan, e devono risolvere la questione irachena."

Chinò la testa a mo' di congedo.

"Non andate a Kandahar, soprattutto se viaggiate con il ferito."

Appena Herat poté tirarsi su e vestirsi, uscirono dall'ospedale senza che nessuno chiedesse loro niente. Herat non parlava; era tristissimo per la lite con il cugino, prima ammissione della parentela che lo legava al suo aggressore.

"Tutti ignoravano che il generale Massuf dovesse saltare in aria, ma mio cugino era venuto a sapere che il generale aveva ricevuto un messaggio con un incarico da portare a termine appena voi sareste giunti in sua presenza: uccidervi. Mio cugino si era innervosito e in pratica mi aveva chiesto che vi uccidessimo, altrimenti qualcuno ci avrebbe presentato il conto. È stato allora che si è sentita l'esplosione."

Probabilmente il microchip era un localizzatore, ma lo si poteva provare soltanto se si riusciva a dimostrare che Massuf era stato ucciso da un proiettile teleguidato. Non era necessario che Malena glielo avesse spedito da Israele: bastava un elicottero sul cielo di Kabul o da pochi chilometri dalla frontiera con il Pakistan: un elicottero nell'impunità. A Carvalho e Biscuter cadde addosso la fragilità, come se loro stessi fossero di vetro e crollati in frantumi sul proprio cervello.

Herat aveva depositato i bagagli in casa della madre del suo pugnalatore e non sapeva se fosse il momento più adatto per passare a ritirarli.

"Può darsi che mio cugino li abbia distrutti."

Una Vuitton. Come si può distruggere una Vuitton anche se si tratta di una modesta Vuitton con le ruote capace di viaggiare in classe economica?

"Eppure la questione dei bagagli è diventata di massima urgenza. Immaginate che ci associno all'attentato e si mettano a cercarci. Io non parto da Kabul senza la mia valigia."

Herat sperava che la zia non fosse al corrente dell'accaduto tra lui e il cugino, e li invitò a seguirlo a casa della parente per dargli man forte. Chiese di evitare le strade principali e di raggiungere la periferia diretti a Jalalabad, una città molto vicina alla frontiera pachistana. Guidava Biscuter e Herat approfittava dei fasci di luce dei pochi lampioni attaccati agli edifici per verificare se la ferita sanguinava. Parcheggiarono davanti a un edificio pendente quasi quanto la torre di Pisa, ma molto meno alto, l'ex abitazione di un ricco tintore di Kabul trasformata ora in appartamenti per tre famiglie. Aprì la porta di un'anticamera, sala da pranzo, soggiorno, cucina, tutt'insieme, una donna cubica, con gli occhi enormi, un foulard in testa, che salutò Herat con tanto calore nelle parole quanta volontà di fuga nello sguardo. Herat fu affettuoso con la donna e, presentandole gli amici, le chiese di consegnargli il bagaglio lasciato in deposito. Lei indicò con un gesto automatico la stanza contigua, trattenne il gesto quando ormai era troppo tardi e iniziò a pronunciare nomi a voce alta, mentre cominciavano a uscire da quella stanza un probabile marito, due ragazze con il viso coperto e un adolescente dagli occhi grandi e con i baffi insinuati o dipinti. Salutarono tutti Herat con affetto e gli stranieri con cortesia, mentre zia e nipote intavolavano una conversazione che irritava Herat sempre di più.

"Dice che non ce ne andremo di casa sua senza bere del tè e assaggiare i suoi dolcetti al formaggio."

Era un lamento e una richiesta allo stesso tempo. Carvalho decise di superare l'esperienza di bere il tè di quella donna che gli ricordava alcune delle sue, più che defunte, zie galleghe. "Mi capita molto spesso, quando mi avvicino a donne di immediate radici contadine, di riscontrare una gran somiglianza con le mie zie," commentò Carvalho a se stesso, divertito e insieme allarmato dalla situazione. Non conosceva bene la distanza che poteva esserci in quel paese tra un cugino pugnalatore e una zia ospitale nonostante la pugnalata, perché era evidente che quella donna sapeva del misfatto. I suoi occhi di tanto in tanto aderivano al braccio di Herat come nel tentativo di eliminare ogni dubbio e c'era più angoscia che affetto nel tono con cui si rivolgeva al nipote.

"Come va la salute? Bene? La salute è la cosa più importante. Tutto il resto è relativo."

Herat traduceva il monologo della zia.

"Sono una donna molto ignorante, ma so leggere le facce e la tua è quella di un ragazzo sano e buono, molto buono."

Quieti e silenziosi, gli altri membri della famiglia sembravano aspettare il miracolo dei dolcetti e del tè, e bastò un movimento delle sopracciglia del marito perché la donna andasse dietro la tenda che separava il resto del mondo da quell'anticamera, cucina, sala da pranzo, soggiorno. Carvalho credette di percepire voci nella stanza accanto e Herat le udì chiaramente, tant'è che fece alcuni passi in quella direzione interrotti dalle due cugine, che si frapposero come due tramezzi velati con aria supplicante. Ma la tenda si aprì con energia e nel riquadro apparve il cugino pugnalatore, ancora vestito da soldato. Tutti tacevano e si guardavano a vicenda, quasi per chiedere un epilogo, uno qualsiasi, finché i due cugini si gettarono l'uno nelle braccia dell'altro, piangendo, riconoscendosi i visi con le mani, mentre le dita del pugnalatore accarezzavano il luogo della ferita, con tante lacrime negli occhi della zia nei quali, pur essendo molto grandi, non c'era più spazio per così tanta acqua. Sembrava un telefilm indiano recitato da afghani. Le scuse del cugino spinsero Herat a togliersi la camicia e a mostrare il bendaggio fattogli da Simpson, senza macchie di sangue, il che tranquillizzò tutti parecchio. Adesso le ragazze si mostravano molto affettuose con i tre ospiti e, sulla tavola, il tè e i dolcetti erano stati serviti. Ma Carvalho allungava il collo cercando di vedere se nella stanza contigua la sua valigia gli mandasse segnali di vita o richieste di aiuto. La zia stava attenta a tutto e, sorridendo, invitò Carvalho a entrarci: i loro bagagli erano lì, tra due brandine, quattro posti letto, che il detective suppose utilizzati dalle due ragazze e dai genitori. Tornato in sala da pranzo, anticamera, soggiorno, cucina, Herat e il cugino bisbigliavano gravemente in un angolo della stanza. Biscuter ingoiava un dolcetto dopo l'altro tra le risate delle ragazze e gli occhi allegri del padre di famiglia, che ancora non aveva fatto conoscere né la sua voce né le sue intenzioni. Quando i due cugini finirono di parlarsi, Herat fece un gesto ai suoi datori di lavoro perché lo accompagnassero nella stanza accanto.

"La faccenda si è complicata perché mio cugino mi conferma che si è scatenata un'operazione di ricerca e cattura nei vostri confronti. Vi attribuiscono una qualche responsabilità nell'accaduto e c'è chi insiste a dire che quello che avete consegnato a Massuf fosse un localizzatore. Mi conferma anche quell'informazione, non meno sorprendente che inquietante: a Massuf era stato richiesto che, appena ricevuto il messaggio, vi arrestasse e vi uccidesse, ma qualcosa non ha funzionato con la rapidità necessaria. Chi ha potuto dare quest'ordine?"

Carvalho e Biscuter pronunciarono allo stesso tempo il nome di Malena.

"Di fatto, faceva fuori tre piccioni con una fava. Ma non capisco a quale scopo abbiano ucciso il generale."

Herat scrollò le spalle. A Kabul si uccideva nell'ombra e dall'ombra, e quelle morti non aggiungevano un'emozione a un popolo che aveva assistito a vent'anni di guerre religiose e tribali ed entrambe le cose insieme, con la sensazione miracolosa di esserne usciti vivi, anche se con una gamba o un braccio di meno. Rimasero in silenzio finché la guida consigliò di non tornare in albergo e di aspettare qualche giorno per vedere con quanto zelo li stessero inseguendo, lui supponeva non molto, dipendeva da chi si riteneva fossero i veri mandanti. Dalla tecnica adoperata, l'attentato poteva essere dovuto a qualche commando talebano di quelli ancora operativi nel paese, ma era strano che possedesse proiettili telecomandati dirigibili.

"In alcune zone continuano come prima. Si sono mescolati alla popolazione normale, ma questo non gli impedisce di tenere in piedi una trama organizzata. Un giorno torneranno o tenteranno di farlo. Sperano che l'imperialismo americano provochi lo scoppio della bomba islamica in Asia centrale, nel Caucaso, in Turchia, dove gli islamici un giorno governeranno, sicuro. La guerra contro l'Iraq potrebbe essere un segnale."

Dove potevano nascondersi Carvalho e Biscuter, e come uscire dal paese?

"Dove andate?"

"Al Gange," rispose Carvalho prima che Biscuter si intromettesse.

"Forse vuole dire in India."

"No, no. A me dell'India non me ne frega proprio niente. Non voglio vedere né i suoi guru, né i suoi incantatori di serpenti, né la sua miseria da esportazione visiva, né le sue vacche, né i suoi filosofi che mi sembrano tutti dei gran perditempo. Detesto quel folklore o quella realtà, come detesto la corrida in Spagna, le feste di San Fermín a Pamplona, la festa della Vergine del Rocío, quella del Pilar, di Montserrat... Tutte le feste delle vergini, di tutte le vergini, e detesto anche il cardinale primate, qualsiasi cardinale, e tutta la Conferenza episcopale."

Quel che diceva non aveva molto senso e, consapevole, ribadì:

"Il Gange. Voglio percorrere il fiume e constatare se è vero che la gente lo considera sacro e beve dalle sue acque senza temere di prendersi una gastroenterite galoppante".

Non era il momento migliore per le *boutades* per cui Biscuter adottò la logica prestabilita e si disse d'accordo, dovevano starsene nascosti per qualche giorno e trovare un sistema per raggiungere il Gange. Ripeté due volte il Gange per tranquillizzare Carvalho. Ma se partivano, come avrebbero fatto a farsi pagare la brillante conferenza universitaria di Carvalho? Dovevano ancora firmare le carte. Herat andò dal cugino, che lo accompagnò diligente e in apparenza disponibile a ogni costo e per qualsiasi loro decisione.

"Intendo chiedergli di organizzare tutto: il trasferimento al posto dove vi nasconderete tre, quattro giorni, e il sistema per arrivare in India attraverso il Pakistan."

"È sicuro che ci aiuterà?"

Herat indicò la pugnalata.

"Deve pagarmi l'aggressione. Quando ho visto l'atteggiamento della famiglia, ho capito che tutto girava a nostro favore."

Parlò di nuovo con il cugino e poi spiegò che sarebbero rimasti in quella stanza, loro tre con quattro posti letto a disposizione.

"E la famiglia?"

"Ha delle cose da fare."

La zia entrò con un vassoio di dolcetti e un thermos pieno di tè mescolato a panna e miele. Poi li lasciò soli e tirò la tenda che li separava dalla sala da pranzo, cucina, anticamera, soggiorno.

Il suo materasso era pieno di grumi di lana mal battuta e quello di Biscuter era di foglie secche di granoturco o di qualche altra pianta, rumoroso e malfermo, come un erotico materasso ad acqua. Ricordò materassi della sua infanzia, nel dopoguerra del Barrio Chino barcellonese, o di quella casa a Montcada, dove lui e sua madre andavano a passare due settimane in agosto, mentre lei cuciva per le amiche che li ospitavano. Herat dormiva con intensità nella sua condizione di convalescente e Carvalho poté verificare che erano gli unici tre abitanti della casa quando uscì in sala da pranzo in cerca del gabinetto. Non c'era. Neanche un pitale sotto le brande, per cui dedusse l'esistenza di un gabinetto comune fuori, e quello che trovò gli ricordava quello di casa sua al Barrio Chino, una panca di legno con una tazza nel centro e il suo coperchio, anch'esso di legno. Fece i suoi bisogni badando a non sfiorare alcunché. Dovette lasciare la pistola per terra, accovacciarsi e stare bene attento alla mira dei suoi sfinteri aperti mentre inviavano feci e orina verso l'oscura profondità di un pozzo nero. Era come tornare indietro di decenni e decenni e ritrovare un segno di identità che indubbiamente aveva contribuito a farlo come era fin dai tempi della fase anale attribuita ai bambini piccoli. Quando tornò al suo letto, la voce di Biscuter suonò sconsolata:

"Dove, capo?".

"In un gabinetto comune. Sta lì fuori. È come quello della casa dove sono cresciuto o come quelli che abbiamo visto a Pompei. Lo troverai scomodo."

"Capo, io ho vissuto nelle baracche."

Mentre Biscuter partiva per i suoi bisogni, Carvalho si inquietò di nuovo per tutto quel che ignorava del suo aiutante, non solo della sua vita da baraccato, ma della sua continua comunicazione telefonica, supponeva con madame Lissieux, visto come era riuscito a trasformarla in una *chanteuse* addirittura a Kabul. Lo rattristavano la mancanza di fiducia rivelata da quegli occultamenti e i dubbi che gli spuntavano in tutte le pieghe di un cervello ormai troppo indolenzito dallo sforzo di capire la logica interna di un viaggio che somigliava esageratamente a una persecuzione continua. Sentì Biscuter tornare dai suoi svuotamenti e stava ormai entrando in un sonno sufficiente quando giunsero voci dall'altra stanza. Herat saltò giù dal letto e rimase in attesa finché identificò i membri della famiglia.

"Dobbiamo vestirci quanto prima."

"Non ci siamo manco spogliati."

Si trovavano tutti nella versatile stanza all'ingresso, la zia di Herat con un grosso sacchetto di plastica e gli altri con le facce assonnate e la voglia di risolvere il problema appena possibile. Herat abbracciò i parenti uno per uno, in particolare il cugino pugnalatore, che lo intrattenne con un inaccessibile monologo in cui ripeté più volte certe parole che sembravano in codice. Salutati i parenti, precedette Biscuter e Carvalho nella discesa dei pochi gradini che li portavano in strada. Vi trovarono il furgoncino che sembrava nuovo di zecca, anche se a cambiare era stato solo il colore, dalla policromia al rosso intenso ottenuto dalla famiglia, che aveva passato l'intera notte a pitturarlo, e la targa. Caricati i bagagli, Herat chiese a Carvalho di mettersi al volante, lui gli avrebbe indicato la strada da seguire, e a Biscuter di vestirsi di nuovo con abiti afghani e di coprirsi con dei cartoni, in parte nascondiglio e in parte copertura nell'evenienza di qualche controllo stradale.

"Lei sarà mio cugino. È muto e piuttosto malato di qualcosa di contagioso, epatite, per esempio, e lei sarà uno straniero che invia informazioni all'Onu sulla situazione attuale del paese. Abbiamo trovato una casa sicura a circa trenta chilometri, verso Peshawar, nel Pakistan, e poi credo sarà facile attraversare il paese dal Nord fino a Rawalpindi in cerca dell'India, in cerca del Gange. Ma in Pakistan non dovete quasi farvi vedere. È come se attraversaste il paese lungo un tunnel, perché lì domina l'etnia dei pashtun, cui appartiene il generale assassinato, e i servizi di informazione afghani hanno alleati dovunque. Guidi lei, mi fa male il braccio, le indicherò le difficoltà di un viaggio piuttosto pesante."

Biscuter non era troppo d'accordo sulla divisione dei ruoli, e sosteneva che giammai, giammai, qualcuno era riuscito a fuggire fingendosi muto e che a ogni angolo del mondo si erano visti milioni di film in cui il fuggiasco si finge muto perché non sa la lingua del paese.

"Ma non potete farvi vedere insieme, voi due. Vi hanno descritto come una coppia di stranieri."

Sdraiato tra i cartoni, Biscuter udiva le costanti consulenze fornite da Herat a Carvalho, mentre i primi chiarori riverberavano per mettere in mostra l'aridità dei quattro orizzonti, di nuovo tra montagne inevitabili. Biscuter passò tutto il tempo a cantare arie di operette spagnole, le più obsolete che Carvalho riuscisse a ricordare:

Ho passato la notte sognando
un sogno che mi parlava d'amore,
l'amore dell'immagine divina
che è padrona del mio cuore.

Quando il cantante non ricordava la parola precisa, la sostituiva con un'altra qualsiasi in grado di dare un senso alla frase:

Non può essere una donna sirena
che avvelenò le ore della mia vita,
non può esserlo perché l'ho vista soffrire,
perché l'ho vista ridere, l'ho vista piangere!

"Non credo che le parole siano giuste, e non gridare in questo modo, ci sentiranno le pattuglie."

"I posti di sorveglianza saranno situati sulla frontiera pachistana, e non è lì che stiamo andando ora. Mi spiace che non possiate tenervi il furgoncino fino all'India perché lo dovreste dichiarare alla frontiera, e i nomi sui documenti non corrispondono alla targa attuale. Tra qualche giorno, la cosa migliore sarà di prendere uno di quegli autobus pubblici che viaggiano su queste strade e che vi costerà all'incirca duemila dollari."

Biscuter emerse all'improvviso dai cartoni.

"Compriamo un autobus per duemila dollari?"

"No. L'autobus lo lascerete subito dopo aver attraversato il Pakistan e raggiunto la prima stazione ferroviaria. I duemila dollari sono per pagare i vostri compagni di viaggio."

Il buio nell'abitacolo e la posizione di muto sdraiato cui era costretto impedirono a Biscuter di scambiare anche un solo sguardo interrogativo con Carvalho. Herat suppose il suo sconcerto.

"Parleremo poi dei vostri compagni di viaggio. È fondamentale riuscire a trovare i più adatti."

Una volta costeggiata Jalalabad – la città oasi – lungo terribili percorsi che consentirono loro di evitarla, la strada si arrampicò su un monte, come tutte le strade in Afghanistan, e continuarono a viaggiare fra un monte e l'altro per l'intero tragitto rimasto, finché Herat avvertì Carvalho che sarebbero arrivati a qualcosa che sembrava un bosco, un bosco di eucalipti, alberi predatori, che si mangiavano tutto quello che cresceva loro intorno, piantati in un momento di ottimismo sull'industria della carta.

"In questo deserto avranno potuto mangiare ben poco, gli eucalipti."

"Tutti quanti li odiano. L'eucalipto è un albero maledetto. 'Straniero,' dicevano i talebani."

Dalla strada di fango passarono a un'altra che somigliava piuttosto a un sentiero senza alcuna traccia di ruote successiva al diluvio universale. Nonostante la bellezza di un paesaggio ormai definitivamente inerpicato sui contrafforti dell'Hindu Kush, Carvalho era preoccupato per il loro alloggio, che intuiva ormai vicino, appena una capanna di fango per il bestiame, che sembrava piuttosto una minuscola cripta creata più dalla montagna che dai pastori.

"Questa zona è stata abbandonata perché i bombardamenti non hanno lasciato niente da mangiare, nemmeno per le capre."

Carvalho parcheggiò il furgoncino in quella che sembrava la stalla maggiore ed entrarono in un'altra minore, dove trovarono paglierícci per terra intorno a un piccolo camino centrale collegato al tetto mediante un tubo di ferro. A un lato del tugurio, un alto pitale di fango dove ci si poteva sedere e svuotabile all'esterno fungeva da gabinetto. Herat aprì il sacchetto di plastica e vi estrasse due enormi pani, qualcosa che ricordava una pentola, due formaggi e diversi sacchetti che distribuì su una credenza che cadeva a pezzi.

"Resteremo qui quattro giorni ed è fondamentale che nessuno sospetti che siamo qui. Questo è un rifugio abbandonato, e anche se la zona è poco popolata, la gente del posto lo conosce, e se ci muoviamo troppo ci noteranno subito. Se vengono persone normali gli racconterò la storia del povero muto malato e dell'alto funzionario che non lo vuole abbandonare alla sua sorte. Se non vengono persone normali, ossia, se si presentano dei poliziotti o dei soldati, be', non so che cosa dirgli. Mi sorprenderebbe vederli arrivare, ma se arrivano..."

"Se arrivano bisogna darsela a gambe o tirar fuori le pistole, nel caso ci fossero." Carvalho sentiva viva la Beretta che teneva all'interno della patta, anche se non era disposto a sparare senza un buon motivo creando una situazione insostenibile per tutti, ma soprattutto per Herat.

"Avrete fame."

"Dipende." Herat tirò fuori dalla pentola palettate di riso mescolato a del grasso, pistacchi e noci, una degenerazione del *qabli*, e degli spiedini che infilzavano pezzetti di carne con l'inevitabile tocchetto di sego in mezzo; più o meno, dei *kebab* o qualcosa della famiglia dei *kebab*.

"Avremo a nostra disposizione della panna, anche del latte che andrò a cercare da un pastore amico mio, e qualche formaggio. Ma accenderemo il fuoco per cucinare solo la sera. Da questo camino il fumo deve uscire solo quando sarà buio. Non bisogna contare su quel che potremo acquistare. Possiamo tirare avanti per quattro giorni."

Chiunque è stato in prigione torna in prigione ogni volta che abbandona i suoi coglioni davanti alla porta di un ospizio per coglioni. Era questo che Carvalho aveva fatto il giorno prima, quando si era sentito intrappolato nella tana della famiglia di Herat, senza quasi possibilità di fuggire o di opporre violenza.

Il terzo giorno non sopportava più il pane duro con panna e miele, e preferì digiunare con la scusa di certi problemi allo stomaco. Erano finiti gli spiedini di carne, e la tonnellata di riso bisunto e quasi privo di ogni ingrediente in grado di renderlo appetibile si era ridotta a una polpa giallastra, senza che Biscuter riuscisse a migliorarla aggiungendovi latte e zucchero in un disperato tentativo di ottenere qualcosa di simile al riso al latte. Carvalho, in situazioni analoghe, sapeva staccare la spina, allontanarsi dai desideri fino a non averne più, e per sopravvivere gli bastava guardare o ricordare, addirittura senza nostalgia. Avevano sentito fino a venti volte dalle labbra di Herat il riassunto della situazione in Afghanistan che rappresentava, a suo parere, l'opinione della maggior parte degli afghani, indipendentemente dalle differenti etnie. Non rimpiangevano i talebani, eppure dagli stranieri non avevano ricevuto che orridi pacchi alimentari, color arancione, pieni di roba che non si poteva o non sapevano mangiare. Tranne che nella zona di Kabul, nelle basi militari, e nei cieli dove gli stranieri erano signori e padroni, al livello del suolo tutto era come prima dei talebani: un paese diviso tra signori feudali e più povero che mai, persino Kabul era miserabile, una città in altri tempi orgogliosa del suo tenore di vita e del suo aspetto di capitale canonica. E come accade nelle situazioni artificiali, non appena gli stranieri se ne fossero andati, tutto sarebbe tornato come una volta e in quel una volta c'era posto per tutta l'imprecisa storia di un paese di passaggio, nello spazio e nel tempo, allo stesso momento vetrina e campionario di tutti i nomadismi possibili.

"È un peccato che non possiate visitare il Pakistan, specie il Nord, dal Kashmir fino all'Himalaia, il Karakorum è un posto affascinante e si può raggiungere con la superstrada. Arriva fino al Nanga Parbat, una delle vette più alte del mondo."

Le condizioni della loro reclusione ricordavano a Carvalho giornate di carcere durante la detenzione preventiva: quattro in una cella; la tazza del gabinetto condizionava più di ogni altra cosa lo spazio e il tempo, pure i sensi, dimenticata solo durante le ore contate di aria in cortile. A notte fatta, Herat apriva le porte e percorrevano sentieri non visibili dalla via di terra per le auto, anche se non udirono mai rumori che le ricordassero. Udirono invece, questo sì, voli di aerei, e videro squadriglie che sorvolavano Kabul o sfrecciavano verso Kandahar, in una chiara dimostrazione della forza degli americani. All'alba del quarto giorno sentirono avvicinarsi il rumore di una vettura e davanti a loro apparve una moto con il sidecar, residuo di una qualche guerra mondiale precedente alla seconda, un tandem giallo che portava due emissari avvolti da turbanti con gli occhiali da sole. Era il momento di fare fagotto e partire verso la frontiera per attraversarla poi in moto, tre persone, un guidatore e Carvalho con Biscuter.

"E tu?"

Herat scrollò le spalle. Sarebbe arrivato il suo momento. Doveva aspettare che si rimarginasse la ferita, e un giorno o l'altro avrebbe raggiunto degli studi cinematografici per dare inizio alla sua carriera come Omar Sharif tagiko, ma non voleva farlo in India, un paese dove tutti gli afghani erano odiati ancor più di quanto non lo fossero gli altri musulmani. Magari in Egitto, o in Marocco, dove avevano costruito grandi studi cinematografici in mezzo al deserto.

"Ouarzazate," disse Biscuter con una precisione sorprendente, soprattutto per Carvalho.

Si dava inizio al piano di fuga e non chiese subito a Biscuter a proposito delle sue prodigiose conoscenze sull'industria cinematografica marocchina. La moto partì in testa seguita dal furgoncino, a distanza sufficiente perché non sembrasse che viaggiavano insieme.

"Sulla moto non c'è posto per tutti i bagagli."

"Abbiamo calcolato ogni cosa."

La montagna continuava a salire verso il passo del Khyber e fu proprio al passo che si incontrarono con i motociclisti dando modo a Herat di fare da maestro di strategie, collocare Carvalho insieme a qualche fagotto sul sedile posteriore della moto e Biscuter nel sidecar, con il bagaglio più voluminoso sopra di lui al punto che l'ometto scompariva, diventando un semplice pretesto. Herat chiese loro di pazientare, perché appena arrivati in territorio pachistano avrebbero trovato un autobus pieno di gente ingaggiata per viaggiare con loro per le riprese di un film. Comparse.

"A questo mi servono i soldi che mi darete."

I dollari passarono dalle mani di Biscuter a quelle di Herat e infine a quelle del motociclista, travestito da improbabile pilota ceco, così come solevano apparire i piloti cechi nelle figurine di motociclismo che popolavano l'infanzia di Carvalho. Una volta seduto sulla moto e avvolto da quattro colli, sia Carvalho sia i fagotti furono assicurati da cinghie elastiche per evitare che cadessero a una svolta della strada. Prima di lasciarsi coprire dal bagaglio, Biscuter fece in tempo a fare testamento.

"Appena ci sarà la copertura o riesco a trovare un telefono funzionante, intendo chiamare quella figlia di puttana e dirle quel che si merita."

Carvalho suppose si riferisse a Malena, per la quale non nutriva alcun malanimo. I viaggi hanno bisogno di ostacoli ed era preferibile quello offerto da una terrorista di Stato al servizio del Mossad, delicatamente bionda e capace di toccarti le parti intime con dita affettuose, a qualsiasi incidente inseribile nel calcolo delle probabilità di un'agenzia di turismo. Tardò metà del viaggio a capire che non sarebbe mai caduto dalla moto, innanzitutto perché il guidatore era bravissimo e poi perché il sistema con cui l'avevano legato era molto solido. La moto e il sidecar conoscevano le strade scoscese che attraversavano la frontiera del Pakistan, un paese che dimostrò di essere uguale a quello che si lasciavano alle spalle e, secondo Herat, abitato dalla stessa gente, i pashtun, almeno nella stretta zona del Nord che li separava dall'India. Un'ora di moto li aveva sconquassati, ma temevano una tratta più lunga, per cui, quando il marchingegno si fermò all'incrocio con quella che sembrava una strada vera e propria e trovarono ad aspettarli un vecchio autobus dove se ne stavano sedute circa venti persone, ferme come pupazzi di cartone ritagliato in una scenografia tra l'infantile e l'orrido, la cosa sembrò infantile a Carvalho e orrida a Biscuter, la cui incavolatura era aumentata dai sotterranei del sidecar dov'era stato seppellito.

"È la seconda volta che mi trasformano in un pacco subalterno, ma sarà l'ultima. Non sa quel che ho subìto sotto quella roba. Avevo la sua Vuitton sotto il naso; la riconoscevo dall'odore. Questi fabbricanti devono avere un'essenza d'ascella con cui impregnano le valigie."

Il motociclista gli aprì la portiera del piccolo autobus e nessuno dei suoi occupanti batté ciglio, come se fossero invisibili, quando li fece accomodare ai posti fissati: Biscuter tre file davanti a Carvalho, seduto a sua volta nell'ultima, accanto alla portiera di uscita. Herat consegnò loro i biglietti che giustificavano il diritto di viaggiare sino alla frontiera indiana e il motociclista scese dal veicolo senza parlare con nessuno, nemmeno con l'autista. L'autobus tardò a ubbidire alla chiave per l'accensione e, quando i rumori si abbassarono, Biscuter si voltò verso Carvalho e gli gridò:

"Ha notato? A lei l'hanno messa accanto alla porta posteriore nel caso dovessimo fuggire di corsa e a me, di nuovo, il posto peggiore. O questi tizi sono dei classisti oppure devo avere l'aspetto di quello che è stanco di vivere".

La strada era in discesa e qualcosa di simile alla dolcezza di un viaggio armonico li sorprese come insperabile qualità delle sospensioni, ma forse si trattava solamente del paragone con quel che era stato viaggiare sulla moto-frullatore. Vedeva appena le punte delle teste delle comparse, veli su quelle delle donne, qualche uomo sinceramente calvo, con una pelata vecchia, quasi disidratata e punteggiata da rari peli neri e bianchi, duri. Non aveva quasi dormito e lo fece a metà, seccato perché la testa gli ballava e ogni scossone lo invitava a svegliarsi, finché perse la voglia di farlo e vide se stesso nel sogno, seduto a un bar che gli parve il Raffles di Singapore, dove non era stato che una volta, ma che adesso si prestava a una messinscena onirica. A un metro, anche lui con i gomiti sul bancone, un ragazzo alto e biondo, che sembrava il corrispondente americano di una qualche guerra asiatica.

"È così facile essere olandesi! La cosa più facile di questo mondo!"

"Più difficile che essere di qui?"

Che cretino. In realtà, gli diceva quanto fosse facile essere olandese invece che afghano, e l'altro gli domandava se parlasse dei clienti del Raffles.

"Essere afghani è una delle cose più difficili del mondo."

"Ed essere del Ruanda o del Burundi? Che gliene pare?"

"Pure, pure."

"Il meglio è essere... Non mi viene in mente."

"Isolano in un paese ricco. Per esempio, australiano."

La conversazione deviò sulla pena di morte. Esiste la pena di morte in Australia? All'altro non interessava troppo, ma a Carvalho sì, perché il collo gli faceva male e forse in Australia c'era ancora la forca. La frenata dell'autobus gli interruppe il sogno e si portò una mano al collo perché gli faceva male a furia di dondolare la testa, anche se il resto del corpo si tese nel caso la frenata supponesse un pericolo. Migliaia di capre nere, pettinate malissimo, occupavano la strada e il pastore fingeva, fingeva soltanto, di sapere l'idioma delle capre, perché gli animali non ubbidivano ai precipitosi, quasi angosciati, schiocchi di lingua, incitato dalle grida e dai gesti teatrali dell'autista, che indicava l'orologio al polso come se gli stesse annunciando che la sua vita stava per finire. A poco a poco le capre trovarono i loro sentieri e il loro cibo rinsecchito, una vegetazione che vedevano soltanto gli animali, e il veicolo riprese la sua strada, ora attraverso un'esultante oasi, accanto a un'insegna che annunciava Islamabad, anche se il veicolo non ubbidì all'indicazione e costeggiò la città senza entrarvi. A sinistra si impose su di loro la terra che si alzava cercando di diventare l'Himalaia, una calamita geografica che attirò l'attenzione e i pensieri di Carvalho, mentre Biscuter, persa la disciplina, si era seduto accanto al detective e gli indicava le montagne.

"Eccolo, capo. È la fine del mondo, la fine del mondo."

Biscuter gli porse un pacco avvolto da carta sottile, simile a quella dei kleenex.

"Lei dormiva sodo. L'autobus si è fermato e la gente è scesa a sgranchirsi un po' le gambe. Ho comprato dell'acqua e un po' da mangiare. Delle paste che sanno di anice con dentro qualcosa che ricorda la confettura di zucca."

Carvalho colse la rivelazione del manicaretto ed espresse il suo stupore:

"Un *pastisset*. È come il nostro pane dei morti o come i *flaons* che mi porta da Villores il mio amministratore, Enric Fuster".

Biscuter aveva voglia di dirgli qualcosa che non diceva.

"Cos'hai, Biscuter?"

"Questi tizi, tizie comprese, sono stranissimi; non parlano, nemmeno tra di loro. Credo che non si conoscano."

"Forse ci siamo riusciti. Viaggiare su un autobus pieno di muti."

"O di morti."

Gli uomini incontrati ai lati delle strade erano così simili agli afghani che Carvalho e Biscuter facevano fatica a credere di aver cambiato paese. Uguali anche le vie e i cieli, le erosioni e le verzure che annunciavano il Punjab e l'Himalaia prima di arrivare in India e cercare la discesa per la valle del Gange. Invece, gli atteggiamenti delle persone erano più estroversi e i camion mettevano in bella mostra le loro casse di legno policromo, con disegni pieni di ermetici significati. Per nulla ermetici, invece, i piccoli autobus carichi di passeggeri, fino a trenta persone stipate dove c'era posto appena per una dozzina, in contrasto con lo spazio libero di cui godevano i compagni di viaggio di Biscuter e Carvalho. I passeggeri sembravano non conoscersi tra di loro, tranne una coppia di vecchi che di tanto in tanto si scambiava qualche parola. Lui voleva a ogni costo che la donna gli guardasse l'avambraccio destro, dove aveva scoperto un male o qualcosa di curioso. Alla media di cinquanta chilometri all'ora, potevano impiegarci dodici ore per attraversare il Nord più stretto del Pakistan e arrivare da qualche parte con la sensazione di aver compiuto un viaggio in compagnia di esseri non invisibili, oppure falsamente visibili, insufficientemente reali come la strada, neanche scomodissima, solo un po' difficile. Ma l'obiettivo era il Gange. Una di quelle tappe intermedie suggerite dal viaggio stesso, senza che il detective avesse avuto in mente alcun percorso preferito se non quello dettato dall'Italia e dal necessario ritorno in Grecia, un paesaggio legato all'adolescenza di un comunista clandestino spagnolo, sposato di recente. Tutto il resto gli confermava il senso di una frase di Samuel Beckett letta molto tempo prima: "Questo non è muoversi, ma essere mossi". La disse ad alta voce e Biscuter la interpretò come un lamento contro l'autobus.

"Senz'altro, e per di più si va avanti alla cieca."
"L'hai detto."
"Dove andiamo?"
"Al Gange."
"Da quella parte?"
Biscuter indicava più o meno la direzione giusta e Carvalho fece spallucce. L'aiutante aveva con sé una guida di viaggio sul Pakistan in cui si raccomandava di vedere quel che non avrebbero visto, e compensava il fugace attraversamento con indicazioni sugli indumenti della gente, come il *purdah*, il velo delle donne, o il *dupatta*, il foulard con cui si esortavano le occidentali a coprirsi la testa. Il percorso nel Pakistan settentrionale gli sembrava il più lungo di tutti e si servì della capacità recentemente acquisita di addormentarsi quando era sull'orlo della noia mentre l'autobus inseguiva con accanimento la frontiera dell'India. Una frenata imprevista lo costrinse a svegliarsi e a ritrovare in qualche modo l'equilibrio. Biscuter era andato dall'autista e da lì tornò per annunciare che c'era un controllo stradale, militare o analogo, perché lui non sapeva molto di uniformi. L'autista non era del tutto muto perché parlava con uomini in una strana uniforme e non riuscì a convincerli del tutto nonostante la mancia che inserì tra i fogli dei visti e dei salvacondotti, perché il controllore più potente salì sull'autobus, esaminò uno a uno i viaggiatori e notò i due stranieri. Fece con la mano un gesto come per perquisirli, da cui dedussero che volesse chiedere i loro documenti. Di nuovo Bouvard e Pécuchet rimasero esposti alla sapienza o all'ignoranza del quasi evidente poliziotto che si portò una mano al cuore e domandò:
"Affari?".
"Sì, alimentari."
Il poliziotto sorrise e rovesciò gli occhi mentre riguardava quel che sembrava essere il bagaglio degli stranieri in cerca di qualche traccia alimentare.
"Non abbiamo il campionario con noi."
"Ma un catalogo sì, capo."
Biscuter corresse Carvalho, e davanti allo stupore del detective cercò in una borsa e offrì al poliziotto un catalogo dei cesti natalizi proposti dai grandi magazzini del Corte Inglés nel 1999 e i libri di cucina avuti in omaggio da quelli dello Slow Food a Roma.
"Gli dica che dobbiamo aggiornarlo."
Così fece Carvalho e dovette prestarsi a commentare le eccellenze di ciascun cesto. Il poliziotto ne era così entusiasta da chia-

mare due suoi accompagnatori per mostrare quell'esibizione di cesti dell'abbondanza.

"Glielo regali," propose Biscuter a Carvalho.

Questi si mise in piedi, prese il catalogo dalle mani di un poliziotto sorpreso e, dopo un breve inchino con la testa, glielo restituì dicendo:

"È suo. Per me è un onore che sia lei ad averlo".

L'inquisitore rimase tanto emozionato quanto contento, salutò a sua volta e si ritirò con il catalogo aperto, commentandolo con i suoi subordinati. Nessuno degli occupanti dell'autobus aprì bocca, nemmeno quando si liberò la strada e dalla cunetta il capo dei controllori alzò il catalogo del Corte Inglés in omaggio ai due simpatici stranieri.

"Come ti è venuto in mente di viaggiare con un catalogo di cesti natalizi del Corte Inglés?"

"Non si può mai sapere."

"Il prossimo viaggio, in aereo o in treno. Non torno a mettere piede su un autobus manco per salvarmi la pelle."

Un chilometro dopo l'altro, Carvalho ricostruì un viaggio nel quale non riusciva a verificare del tutto i vantaggi di essere un viaggiatore e non un turista. Forse aveva sbagliato itinerario e stava facendo il giro del mondo un po' troppo vicino al Sud. Un giro del mondo più a nord sarebbe stato meno conflittuale, in quanto è risaputo che quasi tutti i disastri avvengono al Sud, quelli geologici e quelli umani. Tra fantasticherie, ricordi e considerazioni che contrastavano con lo sguardo all'erta che permetteva a Biscuter di essere al corrente di quanto accadeva, Carvalho notò che la vettura si fermava di nuovo. Si trovavano a pochi metri da un'evidente frontiera. Scendevano tutti i passeggeri di quella nave, la si sarebbe detta spaziale, piena di sordomuti, ma quando anche Carvalho e Biscuter stavano per scendere, l'autista li fermò con un gesto del braccio a guisa di barriera, mentre chiudeva gli occhi, come se non volesse vederli. Appena i tre rimasero soli, l'autista avviò il veicolo e lo avvicinò al posto di blocco dove a quanto pareva era conosciuto, perché scambiò commenti e battute con le guardie in uniforme e con i doganieri che uscivano da un ufficio, di certo perché non sopportavano più il vuoto immenso mostrato dai suoi finestroni. Alla richiesta convenzionale di un poliziotto, l'autista tirò fuori una busta dal petto; dalla busta, diverse carte che mise nelle mani del funzionario mentre si voltava per indicargli che riguardavano i passeggeri. Il suo gesto era diventato perentorio e con il braccio teso cercava di riavere le carte quanto prima, ma il poliziotto si avvicinò al finestrino dal quale sporgevano le teste dei due stranieri.

"*French?*"

Assentirono con la testa e dissero insieme:

"*Bouvard et Pécuchet*".

"*Bouvard et Pécuchet.*"

Il poliziotto sillabò i nomi, rise, restituì i visti all'autista e li invitò a proseguire con un ampio e generoso gesto, che li accompagnò per diversi metri, finché scorsero la frontiera indiana, dove il guidatore era senza dubbio meno conosciuto perché li fecero scendere dal veicolo, che perquisirono con una certa calma e confrontarono i documenti nella busta con i visti e la documentazione di Carvalho e Biscuter. Annusarono la pistola e lessero ogni lettera del porto d'armi. Domandarono se capivano l'inglese e, quando Carvalho disse sì, il poliziotto indù volle sapere che cosa erano venuti a cercare in India.

"Il Gange."

Si sostennero lo sguardo e il poliziotto tornò a esaminare una carta che sembrava la più determinante. Poi li autorizzò a proseguire con un lungo discorso in apparenza altezzoso rivolto all'autista, e i due viaggiatori ebbero a disposizione l'intero veicolo. Prima di mettersi al volante, l'uomo gli riconsegnò le buste adoperate per superare le due frontiere, da cui monsieur Bouvard e monsieur Pécuchet estrassero i documenti che legalizzavano il loro passaggio, inclusi i visti ottenuti dai parenti di Herat nel corso di una notte, alba compresa, e una nota che immaginarono di Herat, scritta in inglese con supposizioni e consigli per il loro viaggio: "In India la miglior cosa da fare è viaggiare in treno. Appena l'autista vi avrà lasciati a Jammu, la prima fermata che può portarvi a Delhi, compratevi una guida ferroviaria e, se non la trovate, cercatela alla prima stazione importante o a Delhi stessa. Da lì programmate il tragitto lungo il Gange, suppongo che Benares, cioè Varanasi, sia una fermata imprescindibile, come Patna o Calcutta, ormai alla foce, sul delta. Purtroppo ignoro come andare in Bangladesh. Ma forse preferite scendere lungo la costa dell'Oceano Indiano per raggiungere lo Sri Lanka. Vi raccomando due guide ferroviarie: la *Trains at a Glance* o, se non la trovate, l'*Indian Bradshaw*. Spero che il viaggio abbia risolto il vostro problema, con l'aiuto dei viaggiatori della nostra associazione Fratelli Tagiki. Che Allah vi protegga".

Era ovvio che non si poteva sopravvivere nel mondo attuale senza far parte di una qualche associazione come quella dei Fratelli Tagiki, muti provvidenziali disposti a perdere la voce per una causa: non importa quale. Pur avendo l'intera vettura a disposizione, non si avvicinarono all'autista, che seguiva istruzioni precise, e andarono avanti così per ore fino alla stazione indicata. L'uomo li aiutò a scaricare i bagagli, li salutò con diversi inchini della testa e li lasciò alla loro sorte, che consisteva nel farsi strada tra le file in attesa davanti agli sportelli e infine rivolgersi a un impiegato della compagnia, nelle cui mani lasciarono i loro destini e dieci dollari. Quindici minuti dopo salivano sul treno che faceva scalo a Jamnu sulla via per Delhi, dove non sarebbero arrivati che il giorno dopo, un ritardo che gradirono in quanto desideravano un letto, o anche solo una cuccetta, dopo un giorno in cui, più che vivere, si erano lasciati sballottare. Si lavarono al lavandino, mentre il treno era ancora in sosta a Jammu, si cambiarono i calzini e la biancheria intima e Biscuter lavò con perizia nel lavandino stesso gli indumenti sporchi, servendosi di un detersivo che non somigliava più a quello dell'inizio del viaggio, ma fabbricato dalla stessa multinazionale.

"Io compro solo Unilever."

Appoggiò i calzini e gli indumenti bagnati su un asciugamano, lo arrotolò perché ne assorbisse l'umidità e poi recuperò delle mutande e una canottiera, dato che Carvalho portava solo gli slip. Appese il bucato tra la rete della cuccetta in alto e la cornice del finestrino e poi consumò mezza bottiglia di acqua di colonia per impregnare l'aria con un profumo che chiamò Acqua di Siviglia, comprato a Istanbul. Anche se avevano voglia di fare il riassunto della loro esperienza in Afghanistan e di immaginare l'India, si scambiarono solo quattro frasi piene di buona volontà prima di cadere addormentati, Biscuter sopra, perché detestava dormire sotto dai tempi del servizio militare e del carcere.

"Niente a che vedere con lei, capo, ma se dormivi sotto ti soffocavano con le loro scoregge, e a volte ti pisciavano addosso dalla cuccetta di sopra, se non ti capitava della roba pure più schifosa. Insisto: niente a che vedere con lei."

Carvalho accettò la piccola dose di claustrofobia rappresentata dall'avere come soffitto il piccolo rilievo di Biscuter sulla cuccetta superiore e gradì in seguito la sensazione di spazio propizio che l'aiutò a rilassarsi e a sognare qualcosa difficile da ricordare il giorno dopo, ma che era invaso da zone desertiche color ocra afghano e da esseri mutilati che gli si avvicinavano o si allontanavano zoppicando, senza che comunque la gamba superstite rallegrasse lo sguardo. In qualche modo la situazione lo riguardava, perché si sentì a disagio piuttosto a lungo, finché si svegliò brevemente e, allarmato, constatò che continuava ad avere entrambe le gambe. Si alzarono alla sveglia del controllore, più impegnato a diventare il pagato portatore di qualcosa per colazione che a esaminare i biglietti. Non c'era scelta: caffè o tè e un tramezzino al formaggio *cheddar* con senape, una fetta di pomodoro e una foglia di lattuga, il panino standard di quella linea, a meno che non tentassero di farsi strada fino alla carrozza ristorante.

"Farci strada? Lo dice perché è lontana o perché c'è stato il crollo generale delle cuccette?"

"Passeggeri. Guardate."

Affacciarono la testa sul corridoio e non lo videro. Corpi e corpi umani erano riusciti a imitare la strategia delle sardine in scatola e non era manco possibile saltare su di essi uno alla volta perché tra un corpo e l'altro non c'era spazio.

"Se volete, li faccio sloggiare."

"No, no. Il treno è loro."

Il controllore portò un thermos con del caffè zuccherato e aromatizzato alla cannella, quattro tramezzini e due sacchetti di pistacchi. "Omaggio della casa," disse. Incassato il dovuto, e dopo aver ringraziato per la mancia, Carvalho e Biscuter provarono la curiosità di vedere come riusciva a passare sopra le persone sdraiate senza danneggiarle. Non ci riuscì. Anche se fingeva di avanzare con delicatezza, i suoi piedi protetti da robusti scarponi spaccati premevano talvolta sul costato destro, talvolta su quello sinistro, dei viaggiatori caduti e pigiati, calpestati ora, quando non sul petto, sullo stomaco o sui testicoli, come capitò a un santone vestito d'arancione che non si lamentò quasi. La gente era ormai diversa da quella vista in Afghanistan o nel Pakistan, sembrava più olivastra e più dinoccolata nei movimenti, con una gracilità studiata o un'indolenza nel modo in cui le braccia si lasciavano cadere dalle spalle, quasi sempre puntute. Avevano tutti gli occhi più rotondi degli afghani o dei pachistani, grandi, neri, o con cateratte color verde pus, enormi e solidificate.

Così come New York è già stata vista da chiunque e da ogni angolo del pianeta, Delhi prometteva un enigma di fondo sottostante al luogo comune di essere la capitale, e pertanto il campionario di tutte le contraddizioni dell'India. Dieci milioni di abitanti e, a guisa di avanguardia rappresentativa, mendicanti e santoni, invalidi e bambini accattoni, corpi abbandonati alla propria morte nei punti più imprevedibili, uniformi e comportamenti da casta sociale, donne in sari che non volevano occultare troppo le tette rotonde e solide, scheletri di asceti o di morti di fame, puttane policrome, spacciatori di droghe diverse, offerte di tutto il vendibile, ciclisti, taxi, auto senza quasi spazio tra un passeggero e l'altro, e nemmeno il fiume si chiamava Gange ma Yamuna, fiori, fiori, fiori, statue di divinità che sembravano rubate da un parco tematico induista della Walt Disney Corporation, odori e rumori, i primi come un ronzio e i secondi come una fiammata, sputacchi di betel masticato sui marciapiedi, di tanto in tanto una vacca tanto sacra quanto indolente intenta a mangiarsi il verde delle aiuole, vacche da *topos* indiano, probabilmente stipendiate dal comune. Sta di fatto che Carvalho tornava a odorare e vedere aromi e colori come nella sua infanzia, con un'ansietà iniziatica, scoprendoli. Ogni volta che aveva chiesto come mai non riuscisse ad avere un rapporto sensoriale come quello conosciuto da bambino, gli si rispondeva che in Spagna c'erano meno odori che negli anni quaranta e che i colori smorzati erano dovuti all'inquinamento atmosferico causato dal monossido di carbonio emesso dalle auto. Oltretutto, gli occhi si stancano di vedere troppo, come l'orecchio si affatica a udire in eccesso.

A poca distanza dalla Stazione Centrale, nella Connaught Place, raccomandata come punto iniziale di ogni itinerario e di ogni possibile comprensione della capitale, Biscuter e Carvalho calcolarono le distanze tra il loro albergo e i centri radiali dei tre percorsi scelti dal receptionist: il Delhi Moghul, Nuova Delhi e la zona sud della città. Ubbidienti, cominciarono dal Delhi Moghul, di cui più tardi, di notte, nel bilancio di cartoline mentali avrebbero ricordato il Forte Rosso, così chiamato dal colore dell'arenaria delle sue facciate, pieno zeppo di costruzioni che rispecchiavano lo splendore della corte moghul. La moschea Jama Masjid, presentata come la maggiore dell'India, era chiusa e l'immaginazione di Biscuter fu colpita dai bagni reali, l'Hamman, all'interno del Forte Rosso, specialmente quando seppe che da una delle sue tre fontane zampillava acqua di rose. Dopo quella rivelazione, Biscuter dichiarò caparbio che un giorno avrebbe avuto un bagno simile e, ovviamente, una fontana d'acqua di rose, qui sulla Terra o in cielo. La vecchia Delhi si accalcava nei dintorni della moschea, con gli stranieri attratti dai mercati, assai dura l'esperienza degli odori del mercato degli uccelli, dovuti in parte agli escrementi degli animali e in parte al sangue fresco che sgorgava dai loro colli quando venivano sacrificati davanti all'acquirente. L'odore di merda, morte, erbe aromatiche e spezie emanava una specie di nuvola su qualsiasi percorso tra bazar e caffè dove si presentavano campionari, in apparenza disorganizzati, di cose ed esseri umani. Spiccavano tra la gente del luogo i gruppi turistici che si muovevano uniti e riuniti da guide che cercavano di impedire l'assalto di mendicanti, mediatori e apprendiste guide, in genere bambini che si lasciavano fotografare per chiedere subito dopo di essere temporaneamente adottati dalle fotografe. Passarono addirittura accanto a un gruppo di spagnoli che si lamentavano della gran puzza gridando che orrore, che orrore, se l'avessi saputo non sarei venuto.

"Qui c'è proprio tutto e ci stanno proprio tutti."

"Mancano i ricchi locali. Devono vivere in isole pastorizzate."

"Sono ormai come tutti gli altri ricchi, non sopportano una prova di fedeltà etnica, per quanto minima."

Per il tardo pomeriggio lasciarono Nuova Delhi, di cui scelsero il Forte Vecchio e il mausoleo di Humayun, per impregnarsi definitivamente di un'alternativa estetica al mondo musulmano presente fin dalla Turchia. Il giorno dopo si proposero di visitare il Sud della città, tappa obbligata prima di una puntata richiesta da Biscuter: il Taj Mahal.

"Lei ammette di essere venuto in India per il Gange. Ebbene, io sono venuto per il Taj Mahal, che fu una delle otto meraviglie del mondo, se la memoria non mi tradisce."

“Non sarà certo del mondo antico, perché il Taj Mahal è posteriore al monastero dell’Escorial.”

Presero un taxi per raggiungere l’offerta principale della vecchia Delhi, Nizamuddin, una località a circa sei chilometri che deve il suo nome a uno dei santi più venerati dell’India, Nizamuddin Aulia, potente in quanto ottenne che la divina provvidenza eliminasse un sultano che gli aveva detto: “A Nuova Delhi c’è posto soltanto per uno di noi due”. Un pesante baldacchino fece giustizia piombando sul sultano e schiacciandolo senza rispettare le gerarchie dinastiche. Il mausoleo dedicato al santo sultanicida non era quello originale, ma una riproduzione costruita tre secoli dopo la sua morte. Il mausoleo di Safdar Jang fece esclamare a Biscuter: “Taj Mahal”, ma non lo era, e nonostante la resistenza passiva di Carvalho, Biscuter gli propose un piano per visitare quella supposta ottava meraviglia del mondo secondo la classifica delle meraviglie universali del XVII secolo. Consisteva nell’abbandonare la linea più diretta verso il Gange, scendere ad Agra, vedere il Taj Mahal e proseguire dopo per Kanpur, dove avrebbero visto il Gange, e poi Benares.

“Inoltre, il Taj Mahal è vicino a un fiume, lo Yamuna, e lei va matto per i fiumi.”

Pernottarono in una sottospecie di albergo quasi attaccato alla stazione e, alle prime luci dell’alba, salirono su una carrozza, questa volta di seconda classe, per trasferirsi ad Agra, a duecento chilometri da Delhi. Ormai ad Agra, Carvalho avvertì che con il Taj Mahal avrebbe saturato la sua capacità di assimilare pietre per quel giorno. Biscuter accettò le condizioni, senza tuttavia smettere di osservare il detective per verificare di continuo l’effetto suscitato in questi dal monumento. Anche se Carvalho resse con una certa indifferenza tale impatto quando fece ingresso nel monumento necrofilo, si commosse invece quando in fondo al giardino vide il mausoleo costruito in omaggio all’amata e prolifica regina Mahal, morta dopo aver partorito il quattordicesimo figlio e omaggiata dall’ardente sposo, che non badò a spese per innalzare quel che un poeta ebbe a chiamare “il più splendido monumento all’amore”, e il melenso Rabindranath Tagore: “Una lacrima di marmo ferma sulla guancia del tempo”. Costruito in marmo bianco e pietre pregiate, si dice provenienti da cantieri europei, l’impressione iniziale, bianca, verdeggiava più tardi o accentuava l’azzurro o il rosa, a seconda della luce del giorno, effetti voluti dagli architetti, che contarono sulla complicità dello spazio per svuotarlo con delicatezza, e sulla complicità del sole per giocare con la parvenza materiale dell’omaggio. Carvalho provava un’attrazione quasi magnetica per la luminosità dell'edificio, di effetto più scultoreo che architettonico, e non seguì Biscuter nella visita agli spazi interni o nella cripta funebre, ma rimase nel giardino a calcolare la teatralità dello scenario e del mausoleo, suo principale protagonista. Gli occhi degli spettatori del XVII secolo dovevano essere rimasti per sempre spalancati davanti a quell'imparagonabile meraviglia, perché ora, dopo quasi quattro secoli di possibili paragoni, il mausoleo del Taj Mahal continuava a essere una delle meraviglie del mondo che dava un senso alla visione turistica appena concessa da Carvalho all'estetismo da rivista illustrata proprio del suo aiutante.

Quando Biscuter uscì dagli interni era portatore di solide informazioni, persino sui costi del monumento, costruito in un buon periodo della dinastia Moghul e in grado di mettere insieme calligrafie coraniche provenienti da Kandahar, una cupola trainata fin lì da Costantinopoli o i giardini, opera del migliore artista del Kashmir. Diedero un'occhiata alle moschee che scandivano il maestoso mausoleo e Carvalho si sedette a meditare sulla capacità di misurazione della bellezza custodita all'interno di ogni essere umano. Rifiutava le informazioni come aiuto all'emozione estetica, ma ammetteva che il Taj Mahal, se costruito oggi come mausoleo della famiglia imperiale dei Bush, sarebbe stato semplicemente una cafonata. Dato che il detective non usciva dalle sue meditazioni, Biscuter gli ricordò che avevano progettato di tornare in stazione, ritirare i bagagli e avviarsi verso Kanpur e Benares, ma Carvalho rimase seduto in modo precario sull'orlo di un muro del giardino.

"Noi non siamo turisti, Biscuter, ma viaggiatori, e se d'abitudine corriamo più del dovuto è o perché siamo inseguiti, o perché i soldi non bastano per un viaggio senza un finale più che libero."

"Le ho già offerto i miei risparmi."

"Non sono io il responsabile di questa fuga. Ma non voglio abbandonare questo supposto monumento all'amore senza riflettere sulla stupidità dell'imperatore Shah Jahan, che ingravidò la moglie ben quattordici volte in meno di quattordici anni facendola di conseguenza morire. Il suo amore sarebbe stato più assennato e duraturo se avesse controllato i suoi eccessi sessuali. Mi sembra invece magnifica la scarsa motivazione religiosa presente in questo splendore. È un monumento alla nostalgia, all'amore e al sole."

"Al sole?"

"Al sole. Guarda come cambiano i colori delle pietre e della vegetazione a seconda delle ore del giorno, ecco perché è difficile contemplare il Taj Mahal a un'ora determinata, persino io ho voglia di coglierne i colori del tramonto, della prima sera."

"Per me, va bene anche se restiamo qui per vederne i colori all'alba."

Rimasero lì per un'altra mezz'ora, in coincidenza con la progressiva diminuzione dei visitatori, e quando Carvalho offrì la possibilità di ritirarsi, Biscuter più che camminare gli saltellò accanto, riassumendo a se stesso i portenti di un viaggio che gli aveva fatto seguire una così lunga via crucis di rovine e monumenti.

"Immagini, capo, quando parlerò con i miei amici e conoscenti e racconterò loro in che cosa consista vedere il Taj Mahal come abbiamo fatto noi adesso, alle sei, alle sei in punto della sera, ora locale. A proposito, che ora sarà a Barcellona?"

"Mezzogiorno."

"Incredibile."

Il prossimo treno per Kanpur non sarebbe partito fino al giorno dopo, e Carvalho provò pigrizia all'idea di sottoporsi a un altro viaggio stradale. Decisero di restare nello stesso albergo e di aspettare il nuovo giorno.

Biscuter si era sentito triste nelle otto, forse nelle prime dieci ore del viaggio tra la frontiera del Pakistan e Delhi, perché ricordava Herat e l'aveva addolorato la sua paura di raggiungere l'India, il che per certi versi rivelava la sua impotenza a diventare l'Omar Sharif dei tagiki. Ormai sulla strada per Benares, ricordava l'incontro con il ragazzo, suo vero introduttore e compagno in Afghanistan prima di ritrovare Carvalho, e l'impressione suscitata dalla grande somiglianza tra gli abitanti dei paesi sottosviluppati e gli spagnoli della sua infanzia e prima giovinezza.

"Eravamo proprio precisi identici, capo: soprattutto i poveri, certo. Levi di mezzo Allah e ci metta il Sacro Cuore di Gesù, ed è la stessa cosa."

"Anche i loro ricchi somigliano ai nostri."

"E i loro detective privati, ai nostri detective privati. Ne sono certo."

Ma lasciando Kanpur per raggiungere Benares sembrò quasi che l'eccitazione del fiume, la volontà di avanzare nello stesso senso della sua vita e della sua morte imponesse loro l'evidenza del futuro. Il fiume appariva e scompariva in un percorso talvolta parallelo, talaltra convergente, durante quel tragitto che ormai aveva reso i loro corpi e i loro tempi esperti del treno a vapore, un treno che come un essere vivente avvertiva della propria esistenza, esternava stanchezze e pulsioni e li costringeva a condividere le zaffate del suo respiro, in particolare nelle gallerie, un odore di combustione che a Carvalho ricordava treni di tanto tempo prima, come quello che l'aveva portato da Barcellona in Galizia, nel pieno dell'infanzia, per conoscere i nonni paterni. Il flusso del fiume andava di pari passo con quello della sua memoria. Ne sgorgarono situazioni, parole, fatti legati a quell'epico viaggio in un'assetata Spagna del dopoguerra, senza treni elettrici, con i passeggeri costretti a trasbordi che potevano durare un'intera nottata e assalti a carrozze strapiene di terza classe in cui bambini e valigie entravano dai finestrini come dichiarazione di principi e di volontà di viaggio. I frammenti dei fiumi in Spagna, quasi sempre asciutti, gli immergevano lo sguardo nel balsamo o nella tentazione suicida delle acque. Gli odori. Quello del fumo come dominante, impossibile seguire il consiglio di non respirare nelle lunghe gallerie, e il lieve panico, alimentato dai grandi, perché i polmoni si potevano bruciare, in tempi tanto duri per i polmoni, minacciati da ogni genere di tubercolosi. I gabinetti dei vagoni erano pieni di valigie e persino di passeggeri, che uscivano soltanto per consentire ai compagni di sventura di pisciare o cagare in solitario, quando si trattava di adulti, ma nel caso di bambini al di sotto dei dodici anni, erano costretti a fare i loro bisogni a occhi chiusi, forse l'unica possibilità di non essere visti. Carvalho ricordava alcuni momenti del viaggio di ritorno. Suo padre li aveva preceduti per motivi di lavoro e sua madre riuscì a farlo sedere sulle valigie accumulate nel gabinetto accanto a un uomo giovane ma con grande esperienza che, superato il trasbordo di Miranda de Ebro, gli raccontò storie di guerra e di rincontri, senza chiarire per chi avesse combattuto, finché Pepe gli disse qualcosa che gli era stato espressamente proibito di dire:

"Mio padre è stato in carcere".

"Quando?"

"Dopo la guerra."

A partire da quel momento, il tono di voce dello strano compagno di viaggio si abbassò, come se fosse diminuita l'intensità della luce del paesaggio che gli scorreva davanti.

"Io, dal carcere, ci sono appena uscito. Per il momento torno a Barcellona, ma appena posso taglio la corda, lascio questo miserabile paese e me ne vado in Francia. A Parigi, per esempio."

Perché suo padre non era andato a Parigi? Perché aveva continuato a vivere nel Barrio Chino di Barcellona e non a Parigi? Fece queste domande a sua madre appena tornò da lei, sorprendendo la donna, che non riusciva a spiegarsi la volontà di fuga esercitata dai gabinetti ferroviari. Il gabinetto del treno per Benares era pulito, odorava di *zotal* o di qualcosa di simile, il disinfettante dei suoi cinema dell'infanzia, ma non scendeva acqua corrente, né dal rubinetto del lavandino, né dalla cisterna sulla tazza, il che rivelò a Carvalho il perché del secchio pieno d'acqua che dondolava accanto alla porta. Dovette superare la voglia di restare lì dentro a rimembrare viaggi, circondato da esseri amati resuscitati e di non tornare in corridoio per riscattare la fuga dei paesaggi e le anticipazioni delle stazioni secondarie che la sirena della locomotiva annunciava senza fermarsi. Prese di tasca il foglietto di carta dov'era segnato il nome dell'albergo raccomandatogli a Benares e del cittadino privato Jalan Nawada che annunciava l'affitto della sua "spaziosa residenza" a Patna, con un ampio belvedere sul fiume.

"Preparatevi per Benares. Lì si viene colti dall'intero spirito dell'India."

Cos'era lo spirito dell'India, secondo il receptionist di un mediocre albergo di Delhi? Per giunta, parlava dell'intero spirito dell'India. Forse si trattava soltanto di quel diritto alla differenza che ancora si batte contro la globalizzazione delle culture e dei comportamenti.

"Cercate di entrare con rispetto nelle acque del Gange, se potete, nell'Harischandra Ghat. Si chiamano *ghat* le uscite sul fiume mediante dei gradini che servono anche come sedili per lo spettacolo, quello del fiume, della gente, delle genti e del fiume. Inoltre, nell'Harischandra c'è un crematorio, per cui potrete vedere qualche cremazione di cadaveri."

Prima di arrivare alla stazione, il treno attraversava un affluente del Gange, il Varana, e nella Varanasi Railway Station credettero già di cogliere l'odore del fiume in una città che avevano immaginato quasi allagata. Uscirono pressoché vivi dalla scelta di un taxi attraverso un corridoio di autisti che cercavano di bloccarli, separarli e farli a pezzi per moltiplicarli in clienti potenziali. Durante il tragitto verso l'hotel a tre stelle della Durga Kund Road osservarono manifestazioni, più che processioni, che avanzavano in cerca delle strade sulla sinistra verso il Gange, verso i *ghat*, le scale anfiteatro per il grande spettacolo della comunione con i santi fluviali. L'hotel non aveva aria condizionata, bensì una rete spettacolare di ventilatori appesi al soffitto, che riempirono Carvalho di entusiasmo, poiché li associava ai film in bianco e nero su storie ambientabili in paesi torridi, fossero del Tropico del Cancro o del Capricorno. Del resto, sembrava di essere in piena estate umida mediterranea e il caldo li spinse a cercare decisamente indumenti di cotone leggero. Biscuter fu sul punto di comprarsi un minuscolo ventilatore a pile che infine rifiutò preso dal senso del ridicolo.

"Biscuter, quel che per te è il senso del ridicolo, qui è del tutto privo di senso."

Incamminatisi verso il fiume, appena abbandonate le ampie

strade degli alberghi e dei negozi dove si vendevano dai capi di abbigliamento di Burberry alle più strane alchimie, senza trascurare scimmie e afrodisiaci a base di unguento di serpente, entrarono in un labirinto di stradine in discesa verso il *ghat* corrispondente, che risultò essere l'Harischandra. Si misero in coda alla folla che avanzava verso una delle porte del fiume sacro e, più in là, lo splendore, lo splendore che aveva dato un nome a Benares: la Luminosa. Lo spazio aperto del fiume era come una metafora della luce totale, la nitida rivelazione di santoni dalle vesti arancioni, donne leggermente velate, mendicanti pieni delle piaghe e mutilazioni più sorprendenti, centomila bambini che si offrivano come guide, venditori di fiori particolarmente fortunati perché il fiume inghiottiva tutti i giorni tonnellate di crisantemi, gigli e rose che non riuscivano a profumarne le acque terrose e acide, propizie ai corpi che, seduti sui gradini più in basso o introdottisi nell'acqua fino alla vita, credevano di partecipare a uno strano ordine cosmico che li percorreva in ascesa dalle piante dei piedi affondate nel limo. E quest'ascesa di gioia diventava fiammata appena scoppiava nelle teste, motivando i gesti dell'estasi o della concentrazione, illuminando volti barbuti alzati verso i cieli induisti o sigillando le facce con scure palpebre quasi nel tentativo di camuffarli nell'ocra fangoso del fiume. Entrare nel *ghat* Harischandra venendo dai vicoli era come sfociare nelle file superiori dell'universo o, in mancanza di questo, di qualsiasi stadio calcistico della vecchia stirpe, per esempio quello di Les Corts nella Barcellona dell'infanzia di Carvalho, e contemplare da lì la marea umana in lenta discesa verso il Gange, non passiva; era come se i credenti fossero dotati di un ritmo esatto già incluso nei loro geni di santi anfibi alla ricerca della remota origine della vita nelle acque. Più affascinanti i corpi delle anime, occhi profondi e teneri di anziani che venivano da fami diverse e camminavano verso la morte, e abbondavano i quarantenni in trance da ascesi ai loro cieli e le donne che avevano lasciato la sporta della spesa per sentire il flusso del Gange sulle loro varici e pelli dall'ossatura irritata, e i visi infarinati a esprimere allegrie eucaristiche in quella comunione d'acqua collettiva di massa. Su un tumulo affacciato sul fiume ardeva sopra una pira un corpo umano avvolto nel sudario, le fiamme stabilivano una lotta di odori tra la carne umana bruciata e le essenze dei rami più verdi e dei fiori più umidi. Cento arcobaleni di cento colori differenti tendevano un ponte intuito tra la pira e gli adoratori del fiume, mentre la vedova fingeva ansie da cremazione condivisa, ma trattenuta dai parenti non arrivava a lanciarsi sul fuoco, e lo spettacolo della compassione più pericolosa di tutte le compassioni si chiudeva con un tentativo fallito, teatrale. Teatrali le preghiere tra le labbra, le mani unite, gli occhi chiusi o rovesciati. Lì non si stava a guardare gli altri e forse per questa ragione Biscuter e Carvalho rimasero in mutande e scesero fino alle acque, prima per sfiorarle con le piante dei piedi, poi per immergersi fino alla cintura e sentire il piacere di una carezza veloce ma intensa, quasi si trattasse di acque calamitate in grado di cancellare la memoria e insediarti nel desiderio possibile.

Scesero fino al *ghat* per risalire la riva del fiume su una grossa barca munita di un amplificatore che dava spiegazioni registrate sulle differenze tra i diversi anfiteatri, identità più sottili di quelle segnate dall'esistenza o meno dei crematori. La barca avanzava in mezzo al fiume, "lontana dai corpi vivi semisommersi e dal resto dei corpi morti galleggianti", spiegò accanto a lui un uomo, l'essere più somigliante a un colonnello dell'esercito coloniale britannico che avesse mai visto. Capelli perfettamente argentati, al punto da sembrare tinti a dovere, baffetti rifiniti con due punte che saltavano nel vuoto cercando di mantenere sempre la stessa distanza dalle guance, viso abbronzato, tenuta da colonnello esploratore inglese con ghette di tessuto pesante abbottonate, frustino in una mano, ventaglietto rigido nell'altra e, accanto a lui, una signora bianca, bianchissima, appena uscita da un'ardua perlustrazione fra i saldi di Oxford Street.

"Non mento. Ci sono pire di due o tre categorie. Quelle delle caste superiori sono dotate di legna di ottima qualità e abbondante e il cadavere brucia totalmente. Quel che si getta nel fiume, quindi, sono ceneri. Ma nelle pire più miserabili, il morto non brucia mai del tutto e nel fiume finiscono ceneri mescolate a braccia intere o gambe. Da bambino mi capitò persino di veder galleggiare un mezzo cadavere sulle acque."

"Lei è nato in India?"

"In un certo senso, sì. Mio padre era colonnello dell'esercito di Sua Maestà, Giorgio VI, e viveva a Delhi con mia madre. Poco prima che nascessi mia madre rientrò a Londra, poiché voleva partorirmi nella residenza di famiglia, tenuta allora dalla nonna, lady Roxana Bentley, una gran donna che in una certa occasione schiaffeggiò in pubblico la signora Simpson, quella divorziata americana che portò il re Edoardo VIII sulla cattiva strada. Subito dopo la mia nascita, mia madre tornò in India, dove sono cresciuto fino all'indipendenza. Mio padre rimase ancora un po' per liquidare certi impianti militari e così ho potuto vivere qui la mia adolescenza. Irripetibile. Non sentirò mai più come sentivo allora, perché in nessun altro luogo c'è tanta sensualità come in India."

"Lei è un militare?"

"No, sono un biologo."

Dato che Carvalho ne osservava l'abbigliamento, Mr Robert Carrington si mise a ridere.

"Esattamente gli abiti che mio padre metteva per uscire in missione o in spedizione, senza stellette né mostrine, certo. Era una persona molto elegante e a volte veniva chiamato dal viceré Mountbatten cugino di Sua Maestà, perché gli desse consigli su come vestirsi. Gli diceva sempre: 'Robert (mio padre si chiamava Robert, come me), sei sempre così ben vestito che ti invidio. Quanto tempo ci metti a vestirti?'. 'Un'ora, signore,' rispose mio padre, e non era vero perché tra lavarsi e vestirsi poteva impiegarci più di due ore. Ma quel giorno disse un'ora e Mountbatten cadde quasi svenuto: 'Un'ora! Io metto su una cosa qualsiasi e in cinque minuti sono pronto!'. Mio padre diventò un po' serio e infine rispose: 'Lo si vede, signore, lo si vede'.

Il postcolonnello biologo rideva e a Carvalho parve di aver sentito o letto lo stesso aneddoto riferito a diverse situazioni e personaggi, soprattutto all'ex re di Spagna Alfonso XIII e al suo valletto, un militare catalano membro dell'aristocrazia. Il postcolonnello presentò loro sua moglie, descrivibile soltanto come una vecchia inglese con la pamela che era riuscita ad avere lo stesso numero di rughe sia sul collo che sulle mani. Superato il *ghat* Harischandra, si succedettero il Keadar, il Dhobi, di struttura simile nell'essenziale, ma corretti da una maggior presenza del corporale o del sacro. Il Dashashvamedha era considerato il più importante, secondo il biologo colonnello inglese, per il suo simbolismo religioso e perché vi si trova il tempio dedicato a Shitala, la dea del vaiolo.

"Cura il vaiolo?"

"No, lo causa: è lei che trasmette la malattia."

In quel *ghat* si ripetevano gli ombrelli naturali, gigantesche foglie che i romei inzuppati avevano strappato da qualche vicino palmeto. Più in alto, la fama dell'anfiteatro fluviale dipendeva da un tempio dedicato a Shiva, il dio degli animali, ma Carvalho fu attratto soprattutto dalla presenza di due elefanti immersi fino a metà zampa nell'acqua fangosa che aspiravano con le proboscidi. Il finto colonnello imperiale raccomandò loro il *ghat* di Manikarnika, dove c'è il crematorio più importante di Benares e il più utilizzato, con il vantaggio di consentire la presenza alle cremazioni esemplari di ricchi defunti, ma anche a quelle di poveri che poi consegnano al fiume qualcosa di più che le ceneri. Al *ghat* terminale, dedicato a Shiva, il dio dai tre occhi, di cui è specialmente attivo quello che ha in fronte con il quale uccide come se fosse dotato di un raggio laser, Biscuter si rivolse in francese al biologo inglese dandogli del "sir", ma no, non doveva chiamarlo sir, "ma dottore, semplicemente dottore". Biscuter voleva un riassunto della città e un consiglio per vedere l'inevitabile, dato che camminare per le strade a zonzo li stancava, affaticando i loro occhi e le loro orecchie. Il dottor Carrington era assai spiacente, ma Benares era la sua gente, secondo il lemma di Tucidide adottato da Shakespeare.

"La gente, come accade a quasi tutte le città suggestive, e vedere la gente senza poter comunicare diminuisce addirittura la possibilità dello spettacolo."

"E mangiare? Conosce qualche ristorante curioso?"

Il biologo pensò abbastanza a lungo perché la moglie si facesse avanti e raccomandasse il ristorante Panikkar, non tanto lontano dal *ghat* Mandir, dove c'erano sempre eccellenti piatti del Raj, la cucina risultante dalla sintesi fra la tradizione indiana e i desideri angosciati dei conquistatori e soprattutto degli amministratori inglesi. Lamentavano di non poterli accompagnare perché avevano un appuntamento all'altro capo di Benares, ma con molto piacere li avrebbero consigliati su quel che dovevano vedere, il necessario, tenuto conto che l'imprescindibile di una città cambia a seconda degli occhi che la guardano.

"Nella città vecchia ci sono templi notevoli, come quello di Vishvanata, proibito ai non induisti, ma che si può contemplare dai piani più alti o dai terrazzi degli edifici vicini. È facile: basta dare una mancia ai portieri delle case. La Jaana Vapi, una cisterna nota anche come la Piscina della Conoscenza, aperta solo per i brahmani prima che inizino la loro visita ai *ghat*. Verso nord dovete visitare Sarnath, luogo sacro del buddhismo, raggiungibile in autobus o in treno. Appena dieci chilometri dal centro di Benares. Ci sono splendidi stupa o il capitello della colonna di Ashoka, e se andate ancora più a nord, troverete rovine e rovine all'infinito. Durante il percorso vi capiterà di seguire gli itinerari di Buddha, vi imbatterete persino nell'Albero dell'Illuminazione, sotto i cui rami colui che era stato il principe Gautama ebbe la sua ultima, definitiva illuminazione."

A Biscuter la sovrapposizione o coabitazione delle religioni, con i loro rispettivi monumentalismi, creava confusione. Talvolta quel che era indù lo interpretava come buddhista e distingueva nitidamente solo i monumenti islamici per via dei segni che circondavano l'invocazione ad Allah, dei minareti, degli archi a ferro di cavallo. Ma, le dottrine? Carvalho gli riassunse la relazione tra brahmanesimo e induismo come materializzazione di un'idea astratta dell'energia generatrice della vita in certi dèi che permettono l'affabulazione o la parabola. Carvalho equiparava questa religione alla funzionalità delle religioni pagane e idolatre, ma nel caso dell'induismo la tensione tra la realtà neutra e l'io generava un rapporto complice molto più profondo di quello avuto dai greci e dai romani nei confronti dei loro dèi giustificatori del caos, nel tentativo di capire da dove cazzo veniamo e dove cazzo andiamo. A Biscuter piacque tantissimo la funzione della parola "cazzo" nella verifica di dubbi tanto fondamentali, lo ascoltava estasiato e ancor di più quando lo sentì descrivere il buddhismo come un metodo di comportamento essenzialmente laico e come una religione senza apostolato.

"Il buddhismo supera il brahmanesimo nella ricerca di risposte all'angoscia della vita e della morte, un'angoscia che è all'origine di tutte le religioni e ne determina la sopravvivenza. Buddha parte dal brahmanesimo ma rifiuta la fondatezza di tale angoscia e trasforma la vita in un apprendistato introverso, un apprendistato alla ricerca della virtù e contro la sofferenza."

"Come fa a sapere tante cose sul buddhismo?"

"Non ricordo più quasi nulla, ma a un certo momento della mia vita mi era sembrato che buddhismo e marxismo fossero conciliabili e conoscevo alla perfezione il sermone pronunciato da Buddha a Benares, noto come 'Le quattro nobili verità'. È passata molta acqua sotto i ponti da quando venni colto dalla tentazione buddhista e ancor di più da quando Buddha ebbe l'illuminazione definitiva sotto quel dannato albero. Pensa che in tutte le religioni ci sono situazioni meravigliose che favoriscono la permanenza dell'alienazione religiosa, come accade nel calcio. Chi non ricorda i gol di Pelé? Le religioni utilizzano alberi illuminanti per dare dignità alla loro triste origine di parodie del sapere, oggi diventate business psicosomatici."

"Che cosa vuol dire psicosomatico, capo?"

"Del corpo e della psiche, vale a dire, dell'anima o dello spirito o della percezione intellettuale."

Il giorno dopo seguirono l'itinerario buddhista al completo, e mentre Biscuter guardava affascinato le sedimentazioni oggettive di una cultura religiosa, Carvalho le osservava dentro di sé, in quegli anni in cui la ripugnanza nei confronti del nazionalcattolicesimo franchista lo aveva spinto a cercare religioni atee al massimo. Forse la prima memoria che conservava di Buddha e che aveva dato origine a una fascinazione era la storia del giovane principe che esce da palazzo e scopre all'improvviso la malattia e la morte, l'inganno, simbolo di tutte le scoperte della vita, questo gran fallimento.

Al ritorno da Sarnath, vicino all'ultimo *ghat* visitato il giorno prima, li aspettava il ristorante Panikkar, consigliato dal biologo e finto colonnello come uno dei migliori specializzati nella cucina meticcia frutto dell'occupazione britannica: la cucina del Raj. Pareti, sedie, tavoli di legno scuro istoriato con rilievi di scimmie e altri animali ed esseri umani oranti, lampade di opaline, un ventilatore da film coloniale degli anni quaranta – perché no, *La grande pioggia* o *Le piogge di Ranchipur* – in ciascuna delle tre sale. Dodici o tredici clienti, un terzo formato da aborigeni e il resto da stranieri, mandavano giù con parsimonia le proposte della cucina annunciata sui cartelli affissi alla porta sulla strada dipinta con la porporina.

"Biscuter, ti trovi davanti alla prova che gli imperi lasciano alcune tracce positive, per esempio, nella cucina. Il *mole poblano*, fra gli altri, sarebbe stato impossibile senza l'esistenza dei viceré spagnoli in Messico. Allo stesso modo, lo splendido isolamento britannico rese possibile una cucina amalgamata a quella indù, la cucina del Raj."

"Attenti a non fare indigestione, perché lo stomaco ha le sue leggi e i nostri sono abituati malissimo dalle cucine sentimentali o razionali."

"Bisogna continuare a essere marxisti in alcune cose. Marx sosteneva che non si conosce un paese se non se ne beve il vino e se non se ne mangia il pane."

"Questa l'avevo già sentita, capo. Accidenti, che luminare. L'avrei potuta inventare pure io."

Carvalho chiese che li stupissero con un menu e dieci minuti dopo il tavolo era coperto da più di venti piccoli piatti illuminati da una lampadina avvitata a una scatola decorata a intarsio e coperta di policromie che ricordavano i colori dominanti nel locale, verde e rosso. Zuppa di ceci, un *mulligatawny* di montone, pesce al curry, anguille fritte, curry di gamberi e noce di cocco, *buffado* d'anatra, vitello all'ananas, *sorpotel* o stufato di maiale, *kedgere*, *foogath* di fagioli, *brinjal* con *mussala* fritti, insalata di cetriolo, insalata di mango, diversi tipi di pane come il *chapati*, il *nan* o il *paratha*, e un pane fritto di sfoglia che suscitò immediate reazioni di entusiasmo in Biscuter. Come dessert si ripromettevano pudding di Madras e zenzero, *beveca* e mango al brandy. Anche se le porzioni erano piccole, il menu occupava il tavolo per intero senza lasciare quasi spazio a piatti e bicchieri. Carvalho ordinò un vino bianco, secco e fresco, venisse da dove venisse, e furono deliziati da una bottiglia di eccellente vino neozelandese, oltre a un punch come aperitivo che, secondo il cameriere, rievocava tutti i meticciati gustativi delle colonie: brandy, porto, acqua sciroppata, sciroppo al succo di lime, soda, *arrack*, un forte alcolico ricavato da datteri, alghe o riso, mango e ghiaccio. Un punch macerato, aggressivo e squisito che confermava la credenza di Carvalho: i cocktail erano le bevande alcoliche fatte per davvero a misura d'uomo, senza l'intervento di alcun dio. Commentarono i piatti con autentica gioia, cercando di segnalare divorzi o convergenze tra l'indiano e il coloniale, fosse inglese o portoghese, e Carvalho lodò soprattutto il *sorpotel* per i suoi contenuti di provocazione o rispetto per la memoria stessa del conquistatore. Indagò la composizione di quel piatto ottenuto con le carni più pregiate del maiale, il suo fegato e fegato del vitello, condito con un campionario impressionante di sapori forti, sale, curcuma, tamarindo secco, cipolle, aglio, zenzero, semi di coriandolo, cumino, cannella, pepe nero, chiodi di garofano, cardamomo, peperoncino in polvere, aceto di noce di cocco e zucchero. Il cameriere rimase senza fiato dopo aver elencato gli ingredienti e Carvalho aspettò che si ritirasse per alzare il piattino di *sorpotel* come in una consacrazione:

"In verità, in verità ti dico, Biscuter, che molto bisogna amare o temere un maiale per truccarne il sapore o l'aspetto con così tante meraviglie".

Un uomo con la testa pelata e gli occhiali da cieco ma muscoloso e altissimo applaudì il commento di Carvalho da un tavolo vicino, si alzò in piedi e si avvicinò a loro per porgere la mano, che venne stretta ancor prima che rivelasse la sua identità esprimendosi in uno spagnolo dall'accento che risentiva dell'influenza della Francia e allo stesso tempo di Buenos Aires.

"Perdonate se mi intrometto nella vostra vita e persino nel vostro tavolo, ma parlo spagnolo e ho sentito il suo commento su questo piatto di maiale e lo ritengo molto azzeccato. Il colonizzatore finisce per adottare i pregiudizi del colonizzato, così come il carceriere finisce per somigliare al detenuto. Nel suo palato, il colonizzatore inglese o portoghese custodiva la memoria del maiale per cui o si faceva ricorso al porco selvatico, qualcosa di simile al cinghiale, o lo si allevava espressamente per il consumo degli imperialisti, sebbene impregnato di sapori indigeni, una mascheratura di colori e aromi aggressivi. Siete spagnoli?"

A Carvalho sfuggì la conferma del loro essere spagnoli, e con un evidente sollievo nel ritrovare parte di se stesso, affermò di chiamarsi Pepe Carvalho lasciando a Biscuter la libertà di presentarsi o meno. L'aiutante si limitò ad accennare un sorriso che copriva a malapena il suo imbarazzo.

"Il mio nome è Paganel, sono un geografo francese, ultimamente specializzato in geografia religiosa."

"Ignoravo che esistesse tale geografia."

"È un nuovo concetto che ho brevettato e in un certo senso imposto nell'università francese, e persino in alcune università americane si parla della geografia religiosa di Paganel. Non solo mi interessano i luoghi sacri della Terra che sono rimasti tali anche con un cambio di religione e di dèi; mi interessa inoltre la sociologia della religione e il rapporto tra politica e religione. Io sono ateo. E di questo ringrazio me stesso, non Dio."

Carvalho l'invitò a sedersi, e il geografo fu commosso dalla selezione di piatti presente al loro tavolo.

"Geniale, perché è evidente che voi non siete pratici della cucina Raj, ma avete scelto secondo una memoria gastronomica adeguata e molto ricca. Lo si capisce dalla combinazione dei sapori. In questo caso, 'sapori avventura'."

"A dire il vero, abbiamo lasciato fare al maître."

"La cucina Raj è molto ricca. Infatti, vengo a Benares per poterla degustare, oltre che per ragioni professionali. Non vivo a Benares, ma a Patna, scendendo il corso del fiume, ma risalendo l'India, perché nel tratto del Patna il Gange si avvicina di nuovo alla frontiera del Nepal, prima di iniziare la lunga discesa verso Calcutta. Più in là contribuisce a creare insieme al Brahmaputra uno degli spettacoli fluviali più attraenti del mondo: l'immenso delta del Bangladesh. Mangiate, mangiate. Stavo per accendermi un sigaro, se non vi disturba."

Seduto a un angolo del tavolo per non intralciare gli andirivieni di braccia e piattini, Paganel si accese uno strano sigaro di rozza fattura ma che tirava piuttosto bene.

"Qui arriva il tabacco cubano, e anche quello filippino, ma io sono abituato a questi cannoni che mi prepara un vecchissimo mastro sigaraio di Patna che aveva imparato il mestiere da bambino, ancora nelle antiche manifatture coloniali. A proposito del *sorpotel*, è un piatto che traduce tutti i pregiudizi religiosi o civilizzatori con cui si scontrano alcuni animali, mucca inclusa. Gli indiani inventarono una parola per non chiamare maiale il maiale, lo chiamarono 'cervo inglese'. Solo l'agnello viene mangiato da tutti gli dèi, senza pregiudizi. Povero animale. Suppongo vi interessi sapere come si cucina un buon *sorpotel.*"

Biscuter prese un pennarello dalla tasca della giacca da campione di safari e si accinse a scrivere sulla facciata vuota del menu scelto e stampato per loro.

"Bisogna cuocere il maiale disossato in una grossa pentola, insieme a fegato, cuore, sale e curcuma. Appena comincia a bollire, si abbassa il fuoco per ottenere una cottura lenta. Un'ora, più o meno. Si toglie la carne dal brodo, che viene tenuto da parte. Bisogna pulire la carne dai grassi, che non vanno buttati via. Una volta pulita la carne, la si taglia a cubetti che si dispongono in una grossa scodella, e si copre con il brodo di cottura."

Paganel ordinò un altro punch per sé, inspirò per proseguire con la ricetta e Biscuter e Carvalho smisero di mangiare davanti all'importanza assunta dal processo.

"Anche il grasso va tagliato a piccoli dadi e messo da parte. Si taglia la polpa del tamarindo a pezzettini da tenere in ammollo in acqua calda. Cinque minuti dopo bisogna spremerli per liberarli dalle fibre e dal cuore del frutto. Si conserva il liquido. Pazienza, ho appena cominciato. Bisogna pulire la pentola, rimetterla sul fuoco con dell'olio, la cipolla tritata e i dadi di grasso di maiale. Quando la cipolla sta per prendere un bel colore dorato, facendo attenzione a non farla bruciare, vi si aggiungono subito aglio, zenzero, coriandolo, cumino, cannella, pepe nero, chiodi di garofano, cardamomo, peperoncino e aceto. Si mescola il tutto a fuoco vivace per disidratare un po' la miscela e a quel punto si incorporano i dadi di carne e il brodo. Si lascia cuocere il tutto a fuoco lento per una mezz'ora e cinque minuti prima di togliere il recipiente dal fornello, vi si aggiunge un po' di aceto, l'acqua del tamarindo e zucchero. Una volta raffreddata, questa curiosa fricassea va messa molto ben coperta in frigo dove la si lascia riposare per almeno due giorni. L'ideale è farla riposare per due settimane, e in frigo è possibile conservarla fino a sei. È come se fosse marinata. Bisogna scaldarla prima di servirla."

Qualche timore si era affacciato agli occhi degli spagnoli e Biscuter trovò il coraggio di domandare:

"Quella che abbiamo mangiato, quanto tempo è stata in frigo? Due giorni? Sei settimane?".

"Era buona?"

"Buonissima."

"Allora, otto settimane. Due settimane di più non guastano."

Seduti ai tavolini di un bar all'aperto seguivano il trambusto di uno dei *ghat* sul Gange, soprattutto il bagno delle donne, che ormai in acqua lasciavano cadere il velo e restavano con i seni all'aria per farli bagnare dal fiume. Carvalho e Biscuter avevano accettato dei sigari tanto manuali quanto ancestrali, perché Paganel continuava ad aumentare l'età del sigaraio fino ad avvicinarla ai cent'anni.

"Vi piace l'India?"

"Ci siamo venuti solo per vedere il Gange, anche se di tanto in tanto non si può fare a meno di diversificare le mete. Abbiamo visitato il Taj Mahal."

"Be', non fatevi venire dei complessi. Non bisogna fare il viaggio per via del Taj Mahal, ma se ci si trova in India, è proprio il caso di vederlo. Vi colpisce lo spettacolo religioso di Benares, di Benares e del fiume, suppongo."

"No."

Carvalho tardò a trovare una spiegazione al suo no, le parole giuste richieste dallo strano mestiere del francese.

"Le figure di Shiva, o di qualsiasi altra divinità, fanno parte di una scenografia, non di una comunione spirituale profonda. Questa la si stabilisce con il fiume, con l'acqua, con tutti i significati sottostanti a un elemento sacro di per sé. Se quest'immenso campionario delle religioni mi suscita qualche curiosità, è grazie all'elemento tantrico, per il suo rapporto con ciò che è strettamente vitale. Io sono riuscito a vedere un Gange senza dèi, pieno di migliaia e migliaia di persone poste tra due verità fondamentali."

"La vita e la morte, suppongo."

"Esatto."

"Lei è un agnostico, se non addirittura un ateo."

"Proprio così."

Paganel alzò le braccia, sorrise appieno, sospirò come per liberare effluvi malsani e segreti, e gridò cogliendo di sorpresa i camerieri e i clienti più vicini al suo tavolo:

"Pure io! Credo solo nella geofilia, ma sprovvista di qualsivoglia protezione provvidenzialista. L'amore per la Terra. Con il pessimismo di sapere che è tutto quel che abbiamo e che il principale nemico della Terra è il presunto re della creazione: l'uomo".

A partire da quel momento, si sentirono figli adottivi del geografo, e quando gli comunicarono che Patna sarebbe stata la prossima tappa del loro itinerario e che si erano già mezzo impegnati a prendere in affitto un piccolo alloggio unifamiliare proprietà di un certo Jalan Nawada, Paganel prese in mano il biglietto sul quale figurava l'indirizzo del padrone di casa e lo fece in quattro pezzi.

"Verrete a Patna e sarete miei ospiti. Sto diventando sordo a furia di non parlare con nessuno. Patna è uno dei punti di irradiazione del buddhismo, un'interessante alternativa a queste religioni traboccanti di dèi."

Paganel estese i suoi servizi offrendosi a far loro da guida "in quel che restava da vedere" di Benares, dopo la goduria del fiume. I monumenti erano recenti, a eccezione di qualche tempio, ma Benares, secondo il parere di Paganel, era come un immenso teatro religioso dove le case, per quanto monumentali e storiche, servivano solo a creare uno scenario per il rito del fiume. Quando ormai erano sulla Land Rover di Paganel e avevano imboccato la strada per Patna, il geografo volle a ogni costo descrivere la propria vita, in parte ancorata a Patna, dove traeva le conclusioni dei suoi viaggi attraverso la geografia religiosa dell'India. Ci sarebbe restato ancora per un paio di mesi e poi avrebbe intrapreso un itinerario in senso contrario a quello di Carvalho e Biscuter. Lui veniva dal Sud-est asiatico dopo aver visitato l'Australia, e la sua enclave religiosa più stimolante, nel pieno regno della natura, a nord, all'interno del parco nazionale dallo stesso nome: Kakadu.

"Le figure antropologiche delle grotte di Ubirr sono tra le più suggestive al mondo, si inseriscono nella ricerca della geometria essenziale dell'arte rappresentativa e simbolica. All'altezza di quelle di Altamira, in Spagna, per esempio. Pensate che quelle pitture rupestri sono una cronaca completa di un passato autonomo fino all'arrivo dei conquistatori bianchi, che in Australia fu terribile, di una crudeltà spietata. I bianchi si comportarono da autentici selvaggi, furono gli sterminatori dell'intero mondo indigeno. Ancora nel XX secolo, il governo bianco praticamente rubava i figli ai pochi indigeni rimasti per portare a termine l'annullamento della loro identità etnica. Oggi tutto è sotto controllo. Nessuno mette in discussione l'egemonia bianca, ma il nuovo indigenismo attivo nel mondo ha riattivato, perlomeno, il diritto di protesta. Oggi Kakadu è una riserva dove gli aborigeni possono praticare i loro riti per il turista, come se si trattasse di uno show antropologico. È molto interessante la relazione degli australiani originari con il mondo. Si considerarono i guardiani della Terra e di tutto il creato durante un periodo fantasticato che equivale alla Genesi. Gli spiriti che fecero il mondo abitavano ancora i luoghi in cui si erano manifestati, e la missione degli uomini attuali consiste nel proteggerli da ogni genere di contaminazioni."

Era stato in Birmania, nonostante i rischi che comporta muoversi in un paese dove i governi ignorano ogni diritto umano.

"Evitate la Birmania. È un paese bellissimo, ma governato dalla casta militare e oligarchica più impresentabile del Sud-est asiatico."

Prima di raggiungere la Cina voleva passare un mese nella valle del Dolpo, un cul-de-sac dell'Himalaia, in Nepal, rimasto chiuso agli stranieri fino a circa dieci anni prima. La prospettiva di questa nuova meta riempiva Paganel di entusiasmo, e dava colpi sul volante come per incitare l'auto ad avvicinarsi il più possibile al suo nuovo obiettivo.

"Lì è stato creato il parco nazionale di Shey Phoksundo, dominato da un lago bellissimo, uno di quei laghi con le acque tanto solide da sembrare fatte di un'altra materia. Acque lussuose, sacre e pertanto vergini. La valle appartiene al Nepal e i nepalesi non la conoscono quasi, ma la rispettano come luogo magico in cui i Buddha, gli agnelli e i papaveri sono blu. I buddhisti considerano Dolpo come la culla della religione bon. Il segno simbolico della svastica che figura nei templi bon significa un'inversione del tempo e una distruzione dell'universo che ci colloca in una relazione tempo-spazio fantastica. In quella valle abita il leopardo delle nevi, non ci sono strade, né luce elettrica, né telefoni, né ospedali... Venite con me?"

"Non sopporto i paesi senza luce elettrica."

"Io voglio vedere il Lago sacro di Phoksundo dal color turchese, colore dovuto, secondo la leggenda, a una complessa storia di dee e pietre preziose, turchesi, naturalmente. I botanici, invece, lo attribuiscono alla fermentazione di certe alghe. Il buddhismo della valle del Dolpo è tra i più particolari, impegnato soprattutto nella corretta interpretazione del reale. Ogni causa ha il suo effetto e viceversa. Ogni azione negativa provoca reazioni negative."

L'apostolato bon di Paganel era persuasivo, una voce incontenibile che per i duecento chilometri circa che separavano Benares da Patna narrò i suoi viaggi passati e futuri, anni e anni, perché non appena aveva completato uno dei suoi percorsi circolari intorno alle religioni del globo, ne scopriva le insufficienze e partiva di nuovo. Era curioso che ciascun luogo religioso fosse stato in origine magico, magnetico, e che le religioni egemoniche successive avessero strumentalizzato l'iniziale attributo.

La casa del geografo si trovava alla periferia di Patna, affacciata sul Gange, che lì riceve il Gandak e il Ghaghara ed è già un fiume pieno, disposto a iniziare la sua discesa verso la morte nel golfo del Bengala. Era un bungalow ben organizzato, munito di antenna parabolica e pertanto con la possibilità di ricevere immagini da tutto il mondo, Spagna inclusa, da cui giungeva un costante, tenace programma sulle case avite galleghe e sulla sagra della Vergine del Rocío in Andalusia. Ma lo spettacolo migliore era sedersi nella terrazza sul Gange e osservare come le acque si trasformavano, da mobili e fluide, in una sostanza improvvisamente trattenuta che formava riccioli condizionati da ostacoli segreti. Paganel si ostinò a far conoscere le inevitabili meraviglie di una piccola città all'angolo di un rettangolo buddhista che aveva a Gaya, Rajgir e Nalanda punti di incontro inevitabili, e che tuttavia i due ospiti si rifiutarono di visitare, dicendosi disposti al massimo a camminare un po' per Patna, patria del più grande guru dei sikh. Il guru si era meritato che gli dedicassero un tempio colossale, edificio principale della città insieme al Golghar, di forma ovoidale, l'enorme granaio voluto dai colonizzatori inglesi, oggi utilizzato soprattutto come belvedere sul Gange.

Guardare il Gange, evocare ricordi, temere un futuro come quello che avrebbe potuto avverarsi se gli americani, come indicavano tutte le notizie, riuscivano a trascinare il mondo e a invadere l'Iraq, accettare eroicamente l'impegno preso da Biscuter di cucinare un *oreiller à la belle Aurore* in omaggio a Paganel: così passarono quattro giorni.

Il quinto giorno, Paganel si svegliò sbattendo le porte e bestemmiando in un *patois* strettissimo. Abbatté alcune pile di libri e fece il gesto di calciare un mappamondo costosissimo che aveva comprato a Murano, ma trattenne la punta del piede in tempo e l'enormità del possibile disastro fu il segnale perché l'irritato scienziato la smettesse. Carvalho e Biscuter cercavano di capire in quale misura loro o la già eccessiva permanenza nella casa potesse suscitare la rabbia di Paganel, imbarazzati al punto che l'anfitrione ne capì i timori e si avvicinò agli ospiti, conciliante:

"Scusate questo sfogo. Sono cose mie, esagerazioni mie".

Paganel era indignato perché non gli arrivavano abbastanza sovvenzioni dall'Opus Dei, suo sponsor indiretto, e stava perdendo la battaglia cartografica contro gli americani, i suoi veri antagonisti. Un secolo fa erano gli inglesi. Falsare la cartografia faceva parte della strategia imperiale.

"Finché noi francesi abbiamo creato gli istituti francesi e i Club Mediterranées, lo dico scherzando, era impossibile falsare il mondo. Adesso la battaglia avviene su un altro piano. Non si tratta più di vantare territori occupati come ai tempi dell'imperialismo ottocentesco, ma di territori dipendenti secondo lo schema della globalizzazione, o dipendenti a livello economico o strategico, o di fattori dissuasivi o integrativi dal punto di vista informativo e culturale. È qui che interviene la cultura audiovisiva e, di nuovo, la religione."

Paganel si servì di una scala spostabile su binari per accedere ai punti più alti della sua biblioteca da cui estrasse una pesantissima cartella che fu sul punto di cadere e disperdersi sul pavimento, con Carvalho e Biscuter già posizionati per agire da materasso salvavita dei pompieri. Fu necessario l'aiuto di Biscuter affinché la cartella cadesse, salva, su una scrivania. Paganel allora l'aprì e ne rivelò il contenuto consistente in molteplici carte geografiche, scegliendo una carta del mondo a doppia pagina, colorata e disegnata a mano. Li invitò a esaminare la sua opera con la soddisfazione di un padre che conosce il valore dei propri figli. Sotto il titolo generale di *Atlante mondiale delle religioni*, la carta descriveva la situazione dell'insediamento delle religioni omologate.

"Vi pare affidabile?"

Biscuter assentì e Paganel si accigliò.

"Come può sembrarle affidabile questa fandonia pseudoscientifica basata su supposte denominazioni di origine? Per esempio, le popolazioni dal Messico fino alla punta dell'America del Sud vengono presentate come cattoliche, ma non viene spiegato che la Chiesa vaticana ha perso quaranta milioni di fedeli in queste terre, quaranta milioni passati a far parte delle diverse sette protestanti o delle religioni afroamericane. La colorazione che indica gli islamici sunniti o sciiti è indimostrabile, data l'espansione sciita condizionata dall'auge dell'Iran. E la religione ebraica può davvero essere circoscritta nei confini dello Stato di Israele? Che dire dell'ebraismo vivo negli Stati Uniti o a Londra o in Argentina o in Russia? Non figurano neanche le sette di diversa ispirazione e non si misura qualitativamente il potere reale delle religioni, che è quanto interessa a chi mi ha commissionato il lavoro. Ebbene, è indispensabile che le mie conclusioni arrivino prima di quelle che stanno per presentare gli americani o gli inglesi, per non parlare dei lavori in tal senso commissionati dall'Arabia Saudita."

"Ma i dati sono dati. I fiumi sono fiumi. I fatti sono fatti."

Paganel scuoteva negativamente la testa mentre il suo sorriso esprimeva la condanna dell'innocenza di Carvalho.

"Falso, falso. Nel XIX secolo gli inglesi ingrandivano sulle mappe i loro insediamenti imperiali come strumento di alienazione degli scolari e di implicita lotta culturale nei confronti dei cartografi francesi."

"I francesi devono aver fatto altrettanto."

"Falso, falso. La Francia ha cercato la verità storica fin dai tempi in cui Diderot redigeva l'*Enciclopedia* e Careme teorizzava su zuppe e salse nel periodo di transizione da Luigi XVI fino alla Restaurazione del 1815."

Paganel insisteva che, se non riceveva la sovvenzione accordata, tutto poteva andare a rotoli.

"La Chiesa cattolica sta malissimo a soldi e l'Opus Dei costituisce la sua frazione ricca, la gente di quella setta infame ha giocato pulito quando l'ho avvertita che ero ateo, erede delle tesi di Sartre modificate in alcuni aspetti dalla Scuola di Francoforte. Lei è il geografo più importante e a noi interessa conoscere la verità, anche se poi il divulgarla o meno sarà un altro paio di maniche. Il mio interlocutore era il portavoce diretto del papa, Navarro Valls, il suo capo di strategia mediatica, uno spagnolo dell'Opus Dei che sembra il bellone protagonista di un film di Rohmer."

Dalla finestra si vedeva il lungo, lento, ampio flusso di un Gange marrone, un fiume femmina, secondo gli indù, perché allatta l'India dalla sua nascita sull'Himalaia e trasforma la sua andatura in un rito di speranza, talvolta di vita, talaltra di morte. A Rishikesh, una delle città più sacre da cui passa il fiume più sacro del mondo, la dea Ganga esce dalla chioma di Shiva, evidenziando la condizione femminile delle acque. Il fiume si lasciava alle spalle Patna dopo essere stato ingrossato dall'affluente Gogra e procedeva per conto suo, indifferente alle disquisizioni sulle sue rive, dove ormai solo assai di rado bruciavano verso sera i cadaveri o si arrabbiavano i geografi mal pagati o la gente occultava irritazioni essenziali sotto la pelle scura e sotto la seconda pelle delle caste, comc l'uomo spigoloso che, adirato, con un bastone nero in mano inseguiva una ragazza e talvolta riusciva a colpirla in testa, come poterono osservare da un finestrone.

"È un'adultera," commentò Paganel. "Capite?"

"No," dissero allo stesso tempo Biscuter e Carvalho.

"Voi siete, come me, viziati dalla cultura liberale e senza precetti, ma la gente come noi, che comunica con il Nulla, è una minoranza. L'essere umano nasce crudele e possessivo, perché solo così riesce a sopravvivere. Le religioni trasformano le manchevolezze in virtù, e non oso affermare che siano più felici i lucidi atei dei religiosi alienati. Ricordate la definizione data da Durkheim del termine 'religione'?"

Biscuter e Carvalho ripassarono tutti i pozzi del loro sapere ma non vi trovarono il concetto di religione secondo Durkheim. A Paganel piaceva sorridere quando vinceva.

"'Una religione è un sistema solidale di credenze e di pratiche relative a cose sacre.' Che ve ne pare? Oscenamente ovvio, direi, perché si limita a descrivere una formalizzazione dei comportamenti, puro sociologismo. Io, invece, sono più d'accordo con Lucrezio, o con Lenin. Ricordate come definì la religione Lucrezio? No? Per Lucrezio la religione è un sistema di minacce e promesse che coltiva e sviluppa il fondo timoroso della natura umana, che schiaccia l'uomo e lo incita a ribellarsi contro la religione se è coraggioso, in una rivolta che può trionfare se il ribelle è armato di conoscenze scientifiche e di sapienza filosofica. La lucidità di Lucrezio è portentosa. La grande novità di questa tesi consiste nel fatto che, se l'essere umano si libera dalla programmazione religiosa, può togliere ogni funzione all'elemento religioso, e questa è la situazione in cui mi trovo io. Inoltre, come lo stesso Marx, credo che la religione sia l'oppio dei popoli."

"E come mai un agnostico come lei si dedica alla cartografia religiosa?" osò ragionare Carvalho. Era la domanda che Paganel si aspettava per dargli il colpo di grazia.

"Io sono un geografo, e un geografo non solo è uno scienziato, ma un verificatore del reale, del reale materico e del reale secondo le relazioni umane. Alla fine del XIX secolo gli anarchici predissero un mondo senza padroni, senza re e senza dèi, e vedete da voi come stanno invece le cose. Alle antiche religioni egemoniche bisogna aggiungere una trama settaria che va dalla setta del reverendo Moon al campionato argentino di calcio, tanto per citare soltanto qualcuna delle nuove chiese private figlie di una nuova religione studiata a tavolino."

Biscuter si era lasciato trasportare dalle acque del Gange e Carvalho da quelle della sua educazione sentimentale, della cui faccia oscura faceva parte l'asfissiante educazione religiosa impartita nel dopoguerra spagnolo, il nazionalcattolicesimo come strumento dell'ideologia vincente per mutilare ulteriormente i vinti. I lineamenti di Paganel si illuminarono quando il detective mormorò:

"Sapere è difendersi".

La frase suscitò l'entusiasmo del geografo che, con le braccia alzate verso il cielo, arrossato dal tramonto e dai venti, annunciava la sua fiducia nell'intelligenza umana affinché almeno una minoranza di saggi potesse salvarsi dalla congiura della stupidità e superstizione che minacciava la Terra. Carvalho non capiva la ragione di tanta gioia, dato che quella frase l'aveva ideata tempo prima, quasi nell'adolescenza, quando aveva pure scoperto che il movimento si dimostra fuggendo, e mai camminando.

"Ma difendersi è quasi sempre inutile."

Carvalho aveva parlato come a se stesso, ma Paganel non glielo consentì. Lo prese per le spalle costringendolo a sostenere il suo sguardo.

"Anche lei è un uomo religioso, perché è fatalista. Gli autentici uomini liberi non possono, non potranno, essere fatalisti, né sostituire il ruolo della provvidenza divina con quello della provvidenza diabolica. Nemmeno il fallimento essenziale, la morte, aiuta a razionalizzare il fatalismo. La lotta pluralistica contro la morte, questa è la vera libertà, la costruzione della libertà. All'interno di quella sublime imbecillità detta da Leibniz, che supponeva fosse stata la bontà di Dio a spingerlo a comunicare con la creazione, la creazione *del meglio*. Nella distinzione di Cudworth tra fatalismo o *fatum* fisiologico e quello divino, lei incorre in quello fisiologico."

Dalla finestra Carvalho percepì che il rapporto tra l'adultera e il suo proprietario si era aggravato, e la donna giaceva a terra, mentre il bastone del marito saliva e scendeva in cerca delle parti più sensibili. Carvalho sbirciò con la coda dell'occhio Paganel per vedere se reagisse, ma il geografo si limitava a osservare con una smorfia di disgusto. Disgusto nei confronti di chi? Forse di entrambi? Senza riflettere troppo, Carvalho aprì la porta del bungalow sulle strade posteriori che portavano al fiume e avanzò con passo deciso verso quei due fino a raggiungere quasi la donna sanguinante e il marito intento a farla sanguinare e a gridare perché tutti capissero le ragioni del suo comportamento. Carvalho si piantò a tre metri dall'incontro impari ed esclamò con forza:

"Basta!".

Per trarre vantaggio dalla sorpresa dell'avversario, fece i pochi metri che li separavano, prese con entrambe le mani il bastone alzato e lo strappò al bastonatore, in dubbio se lanciarlo il più lontano possibile o tenerselo, nell'eventualità che le cose gli si rivoltassero contro. Adesso il marito gemeva e si rivolgeva ai quattro orizzonti spiegando l'ingiusto trattamento di cui era oggetto, spiegazione dedotta da Carvalho vedendo accorrere i cittadini di Patna o della periferia che guardavano ora la donna distesa, ora il marito oltraggiato, ora lo straniero che aveva ficcato il naso in faccende che non lo riguardavano. Carvalho scelse di continuare a prendere l'iniziativa, si chinò verso la sposa stesa a terra il cui sari celeste sembrava avvolgerla come un sudario, la aiutò a sollevarsi e il detective poté vedere un bel viso con le labbra spaccate dai colpi e le lacrime che ne scioglievano ogni genere di unguento e belletto. La prese per un braccio e accompagnò i suoi passi inizialmente esitanti, poi più decisi verso il bungalow di Paganel, davanti alla cui porta Biscuter stava di guardia a braccia incrociate sullo scarso torace con uno sguardo di sfida rivolto verso i minacciosi aborigeni che seguivano la marcia del marito insultante dietro la scia della moglie maltrattata e del salvatore di questa.

"Figlio di puttana!" gridò all'improvviso il fervido marito in correttissimo *argot* inglese, e quasi fosse una proposta di azione, i suoi compaesani alzarono i pugni e le grida e corsero dietro a Carvalho e all'adultera.

Riuscirono ad acciuffare il detective, ma non la donna, che con piedi leggeri si infilò nella casa attraverso il buco lasciato dal corpo di Biscuter. Quest'ultimo corse in aiuto del suo capo, caduto sul fango, accerchiato da piedi che gli cercavano le reni e persino la faccia e, più in alto di tutti, il marito, che impugnava di nuovo il bastone tentando di centrare la testa del detective. Biscuter si lanciò *en plongeon* su di loro, aiutato da un corridoio di corpi attraverso il quale finì cadendo a terra, a pochi passi dall'abbattuto Carvalho. Si udì uno sparo che nessuno seppe da dove provenisse, ma tuttavia ottenne che tutti i locali se la dessero a gambe, e dalla gran polvere sollevata emersero Carvalho con in mano la pistola appena liberata dalla sua grotta, e Biscuter con la rinnovata qualità di ingrossare all'inverosimile le dimensioni del petto. Tornarono a casa di Paganel dove trovarono il geografo occupato a riguardarsi certe mappe, in apparenza insensibile di fronte alla pietosa immagine della donna zuppa di sangue e lacrime, seduta coccoloni in un angolo della stanza. Quando vide Carvalho e Biscuter avvicinarsi alla poveretta con l'intenzione di aiutarla, li avvertì:

"Capisco la vostra reazione. Sarebbe stata anche la mia se non fosse che conosco il paese assai meglio di voi. Se state per fare quel che penso, avrete un qualche diritto di proprietà su questa signora e il marito vi metterà alle costole non solo quella turba infame, ma la polizia, la giustizia, e via dicendo. Non che i mariti picchiatori siano molto ben visti, ma lo sono senz'altro di più di una coppia di stranieri invadenti".

Biscuter stava già frugando nella sua valigetta dei medicinali da cui uscirono cotone idrofilo, garze, acqua ossigenata e un calmante che, supponeva, avrebbe ridato alla malcapitata un po' di pace dei sensi. A mano a mano che il cotone di Biscuter levava sangue e brandelli di pelle, emergeva il viso di una donna bellissima che eccitò lo sterno di Carvalho, quel punto dal quale aveva sentito per la prima volta i richiami dell'erotismo, come se si fosse trattato di qualcosa di più che un osso. Ma anche Paganel era commosso. Si tolse gli occhiali, si chinò sulla donna e ricevette la proposta di un abbraccio che finalmente i due consumarono, mentre Carvalho proponeva a Biscuter di lasciarli soli e di ritirarsi nella stanza usata come soggiorno. Da lì udirono i mormorii della coppia, le voci dolci che salivano e scendevano, e quasi potevano sentire le carezze che le lunghe, ossute mani di Paganel lasciavano sulle carni maltrattate della donna, mentre il tramonto avanzava. Era ormai quasi buio quando si aprì la porta e un Paganel senza occhiali e balbettante si scusò promettendo loro una spiegazione.

"Non è tenuto a spiegarci niente."

"Vi meritate una spiegazione, e la merita anche la mia vigliaccheria. Questa donna si chiama Lalita, è stata la mia assistente, perché si è quasi laureata all'università, e adesso è la mia amante. Voi vi siete fatti avanti in difesa di una donna adultera e quest'adulterio lei l'aveva commesso con me. Io, invece, ero terrorizzato dalla paura, e sono rimasto qui a occuparmi dei miei libri e dei miei studi. Con la paura che marito e parenti trasformino tutto questo in una pira, soprattutto in tempi come questi, di grande diffidenza verso tutto ciò che è straniero."

Fu quanto spiegò Paganel in diverse ore. Lasciò che Biscuter improvvisasse una cena. Appena finì di mangiare in compagnia dei suoi ospiti e della sua adultera, alla quale dedicò scarsa attenzione, sprofondò in esitazioni o pensieri dai quali non emerse fino a notte fonda, con la donna addormentata su un tappeto, e Biscuter e Carvalho che vegliavano l'appassionato fumare del geografo che sembrava caricare di fumo e nicotina la caldaia delle sue elucubrazioni.

"Bisogna fare qualcosa. Innanzitutto, bisogna allontanare quanto prima Lalita da questa casa, per il suo bene e per la sopravvivenza di quanto essa contiene dopo anni e anni di ricerche. Vi prego di aiutarmi a portarla via da qui e a mettere in salvo l'essenziale dei miei lavori. La cosa logica è che partiate per Calcutta, dove sarà facile nasconderla in casa di certi amici, e il viaggio si sposa con il vostro proposito di fare il giro del mondo. Io cercherò di patteggiare una soluzione con le autorità locali, tenuto conto che Lalita non sarà più qui e che posso fingere di ignorare dove si trovi."

Albeggiava quando un piccolo camion per i traslochi si fermò davanti al bungalow di Paganel e il geografo, con l'aiuto di Biscuter e Carvalho, vi caricò fino a venti casse piene di fogli, quaderni, cartelle e libri che ridussero di appena un dieci per cento l'accumulo di carta presente nello studio e di quasi nulla le migliaia di volumi pressati negli scaffali. Tra una cassa e un'altra, Lalita fu introdotta in un sacco a pelo, insieme a diverse coperte che rimasero in attesa dei corpi dei due spagnoli. Tutto era stato detto e deciso. Paganel li salutò incorniciato dalla porta principale della casa con un lieve gesto della mano e un segreto sguardo di riconoscenza seppellito dalle diottrie e penombre delle prime luci del giorno.

Circa seicento chilometri li separavano da Calcutta e accettarono la raccomandazione di restare nella cassa del camion avvolti nelle coperte, accanto al sacco a pelo che nascondeva quasi del tutto Lalita, fino a quando non avessero lasciato la zona di Patna allontanandosi quindi dal marito beffato e dai suoi parenti. Dopo Calcutta, cos'altro? Biscuter era propenso a proseguire verso il Bangladesh e la Birmania, ma Carvalho si rifiutò di attraversare un paese così minaccioso.

"Mi sarebbe piaciuto tantissimo tornare al Triangolo dell'Oppio, questa volta dalla Birmania e non da Chang Mai, come nel 1975 e nel 1982, ma sono stanco di tutto questo trambusto. Vorrei passare un po' di tempo tranquillo, senza minacce, da turista. In Thailandia, il mitico Siam, per esempio, e scendere fino in Malaysia seguendo lo stesso percorso che mi aveva portato a Koh Samui, isole paradisiache nel golfo del Siam, vicine a una rotta di Conrad, e raggiungere un po' alla volta Singapore per bere quel cocktail orrendo ma letterariamente imprescindibile che si chiama singapore sling."

Non avevano chiuso occhio, occupati a mettere insieme i materiali più urgenti da salvare, e così si permisero di dormire per quasi duecento chilometri finché vennero svegliati dalla donna che strattonava loro le coperte. A gesti fece loro capire che aveva bisogno di uscire dal camion e Carvalho si avvicinò all'autista passando tra le casse dicendogli in inglese che dovevano scendere per le loro necessità. Il veicolo andò avanti per ancora mezz'oretta e si fermò a una stazione di servizio dall'aspetto decoroso. Scese prima la donna coperta dal velo e, dopo di lei, il secondo autista che fece la guardia davanti alla porta del gabinetto finché Lalita uscì e fu sostituita da Carvalho e Biscuter, che annusavano l'aria promettente di tè e di qualcosa di dolce, odore di pasticceria, ed erano affamati. Gli autisti concessero loro di andare a far colazione e rifiutarono l'offerta di essere loro ospiti, offerta che non estesero alla fuggiasca perché si era acciambellata di nuovo su se stessa come se a un tratto avesse perso ogni memoria e ogni desiderio. Presero del tè al gelsomino al bancone di quella mensa stradale e dolci della cui composizione facevano indubbiamente parte la zucca e la farina, forse ottenuta dalle distese di granoturco che predominavano sull'immediato orizzonte. Biscuter chiese un bicchiere di carta pieno di tè e due dolci che portò nel camion per metterli nelle mani della donna dopo averla svegliata. Qualcosa di simile a un sorriso di ragazza adolescente, sorpresa da una gentilezza insperata, fece tornare in sé la compagna di viaggio con la sua bellezza appesantita dal primo mattino e dalle erosioni di un sonno scomodo, ma si trattava in definitiva di un viso splendido dove l'assenza di trucco lasciava in libertà la dolcezza dello sguardo e la sensualità delle labbra spaccate. "Cazzo, che signora," commentò Carvalho a Biscuter mentre cercava lo spazio sufficiente per riassumere la posizione supina.

"Splendida, capo. Una ragazza assolutamente splendida."

Prima di entrare a Calcutta, il camion si fermò in un villaggio dove, sul bordo della strada, aspettavano due coniugi occidentali, francesi quando parlavano tra di loro e foneticamente francesi quando lo facevano in un misto di inglese e dialetto con i responsabili della spedizione. La compagna di viaggio era scesa dal camion con gracilità e, sdraiati in fondo alla cassa, Carvalho e Biscuter presenziarono alla consegna della mercanzia umana alla giovane coppia, che condusse l'adultera fuggiasca a una vecchia Rover parcheggiata sul bordo della strada. Il resto della mercanzia, umana e cartacea, proseguì il viaggio immediatamente e, da una fessura della tenda che copriva la parte posteriore del camion, a Carvalho parve di cogliere la parola "Calcutta".

"Siamo arrivati a Calcutta."

E Carvalho ebbe come la sensazione che Calcutta gli piombasse addosso.

"Estesa, caotica e inquinata."

Carvalho lo ripeteva come una nenia mentre contemplava dal vetro della sua stanza la promessa di un angolo di strada dove si ammucchiava la spazzatura organica e inorganica proveniente da certi tetti-immondezzai erosi fino al detrito, o forse si trattava di ruderi e di resti terrestri saliti fin lì in un meritevole sforzo di raggiungere i cieli come pattume terrorizzato dalle miserie umane. Tutte le strade gli erano parse occupate da eserciti di mutilati, lebbrosi e ciechi con gli occhi murati da cateratte tra il verde e il giallo. E, almeno a Calcutta, neanche l'egemonia dei tipi astenici toglieva drammaticità all'orrore, anche se lo portavano addosso come un elemento accettato, controllato e superato.

"La cosiddetta Città Britannica è molto bella, ma pure lì la pulizia è disuguale. È il grande problema di Calcutta. Spero che non siate apprensivi. Vi consiglio invece di non attraversare il ponte verso Haora. Lì è l'inferno. Una città di industrie e miserie dove la gente muore sui marciapiedi e tardano più di un giorno a portar via i cadaveri."

Le parole del deus ex machina dell'albergo, facchino, lift, cameriere, stiratore di indumenti, rammendatore di ogni cosa rotta e responsabile di un ipotetico servizio in camera, non aveva fatto che dare corpo ai fantasmi che si era portato dietro e a quelli visti nel breve tragitto fino all'hotel, che aveva trovato loro Paganel. Carvalho si sentiva paralizzato e scelse di dare retta ai sentimenti. Calcutta non figurava nell'itinerario iniziale e non sapeva se avrebbe preferito viaggiare verso sud, raggiungere Goa, di cui conservava ricordi trasmessi da suoi coetanei in cerca del paradiso negli anni sessanta o settanta del XX secolo, o salire fino in Nepal per compiere un pellegrinaggio fino a Katmandu con trent'anni di ritardo e localizzare Shangri-La, la città letteraria trasmessagli da Hesse in piena adolescenza. Ma Calcutta, no. Si rifiutò di uscire dalla stanza dopo una prima passeggiata con Biscuter in cui avevano cercato i punti obbligatori della città, gli spazi generosi di quella che era stata la zona residenziale e monumentale britannica presieduta da un parco a sua volta presieduto da una fontana.

"Se andate al New Market, attenzione. Potrete comprare una tigre o una scatoletta di pulci ammaestrate o un pezzo di stupa sacro, antichissimo, naturalmente falso. C'è un'industria che fabbrica frammenti di rovine dei nostri templi, di ogni religione, e quelli degli stupa buddhisti sono i più richiesti. Il mercato è uno spettacolo. Ma occhio ai portafogli, quasi tutti i borsaioli della città si danno appuntamento lì e nessuno sa quanta gente viva a Calcutta. Le cifre ufficiali sono rimaste sui dodici milioni di abitanti, ma, a Haora soprattutto, nessuno sa quanta gente ci viva. Di fatto, è una città dove gli spazi liberi del centro coloniale si vendicano su tutti gli altri. Non esistono. In alcune strade di Haora bisogna camminare saltando sopra a chi è morto sugli stessi marciapiedi sui quali ha sempre vissuto."

Visitarono il mercato perché era criterio carvalhiano che non si conosce una città senza averne visitato i mercati, più efficaci delle cattedrali per far capire la relazione tra vita e storia. Ma prima Biscuter volle passeggiare, con tutta la rapidità voluta da Carvalho, per l'Indian Museum, il museo più antico dell'India, che ospita alcuni pezzi artistici unici come la Balaustra, i rilievi che riproducono episodi delle vite precedenti del Buddha mediante un'arte statuaria progressiva, erede dei diversi stili della scultura indiana, materializzati in arenaria rossa e dorata. Il vantaggio dei musei consiste nel diventare territorio libero una volta superata la barriera delle centinaia di guide che si ritengono indispensabili alla tua sopravvivenza e dipendono da un turista, anche da uno solo, per vivere una settimana. Biscuter ingaggiò quella che gli parve la più distrutta dalla vita o dalla storia, e per due ore furono edotti dalla voce fuori campo del pensionato e vecchio professore di Antropologia, a detta sua, dell'Università di Calcutta. Sottolineava quel che vedevano e quel che non vedevano, e quando Carvalho staccò la spina dalle orecchie, rimasero acusticamente soli la guida e Biscuter, senza alcuna comunicazione possibile, dato che Biscuter non capiva l'inglese.

Al New Market sopportarono file di mendicanti che si attaccarono alla loro ombra, anche se talvolta tendevano le mani ossute per colpirli alle braccia o ai fianchi chiedendo l'elemosina. E quando non si trattava di mendicanti di ogni età, erano clan di guide che si offrivano di proteggerli da altri clan di guide, in lizza tra loro, o erano ossessionati dai mediatori delle vendite più svariate che arrivavano fino all'abbraccio e a tagliare la strada pur di farli entrare nei loro negozi o fermarli davanti alle gabbie dove si agitavano cobra, giovani pantere o elefanti neonati che allungavano la piccola proboscide in cerca di banane. La parte del mercato dedicata agli animali era come uno zoo rimpicciolito, tanto rimpicciolito che tutte le bestie sembravano nane, e il loro odore persistente accompagnava i viaggiatori nel passaggio davanti alle offerte più inattese: dalle montagne di spezie fino agli inevitabili balsami a base di serpente che donavano una sessualità da karma, indumenti per tutti i corpi frutto dei più curiosi smantellamenti, tant'è che Biscuter trovò, piuttosto in buono stato, l'uniforme di un ufficiale giapponese della Seconda guerra mondiale, o almeno qualcosa che le assomigliava. Sintesi di incenso e pattume, una nube di odori li seguiva come un'aura, alla quale si aggiunsero gli effluvi delle erbe aromatiche dominate dal profumo di un coriandolo inorgoglito e onnipresente, a pochi passi da barili pieni di strani pesci, come se fossero ancora vivi e nuotassero nella salamoia, o di pesci secchi appesi a mazzetti, con i musi puntati verso gli occhi di chi li guardava.

Con i nasi angustiati e gli orecchi murati da tutti i suoni che in India acquisiscono condizione di Suono, tornarono in albergo a riposare e a cercare uno spazio più ampio per le loro imprese. Appena varcata la soglia del Lahore House, il receptionist, cameriere, autista, stiratore, lavandaio, li avvertì che avevano chiamato dal consolato francese lasciando un numero di telefono a nome di monsieur Maristany. Era molto, molto urgente. Monsieur Maristany parlava spagnolo con accento del Midi, anche se di tanto in tanto usava gli articoli come se per anni fosse vissuto nelle isole Baleari. Senza dare spiegazioni, pregò Carvalho di recarsi al consolato promettendogli ogni genere di chiarimenti, ma per il momento era tenuto alla discrezione.

Carvalho e Biscuter si incamminarono verso il consolato. L'usciere li introdusse immediatamente in un ufficio interno, guardando poi dalle finestre come per scoprire qualcosa di indesiderabile. Le sue palpebre affermarono, cioè confermarono, che tutto era in ordine, e chiuse la porta dietro di sé lasciando i due visitatori soli con l'unica compagnia di un'edizione del 1975 del "Larousse Illustré", presa d'assalto da Biscuter con la sua insaziabile voglia di imparare e di riuscire a sapere quanto Carvalho. Si aprì quindi la porta dove poterono vedere il professor Paganel, sorridente, a braccia aperte, tra le quali si lanciò Biscuter pieno di gioia.

"Guardi, capo, chi abbiamo qui. Il miglior geografo francese di questo mondo."

Paganel si levò di dosso le lodi e il lodatore e andò a stringere la mano a Carvalho. Quando il geografo lasciò libera la porta, apparve l'evidente monsieur Maristany, con faccia da complice telefonico della scena. Paganel fece le presentazioni, il console Maristany pregò i presenti di sedersi, e dopo un breve silenzio introduttivo, il geografo si schiarì la gola e parlò:

"Bene. Rivediamo la situazione. Si crea l'incidente del marito che aggredisce la moglie adultera. In seguito voi venite a sapere che l'adulterio l'ha commesso con me e assecondate il mio piano di mettere in salvo i miei libri, i miei lavori e la ragazza maltrattata. Vi lascio mentre partite per Calcutta e io ritorno a Patna. Appena rientrato in casa posso notare alcuni gruppi di uomini che vi si aggirano tutt'intorno e che da questi gruppi vengono lanciate pietre, sempre più grosse, contro le facciate e le finestre del mio bungalow. Poi si sentono delle grida e attraverso i vetri vedo volti feroci, terribili, da panico, per cui telefono alla polizia e cinque ore, cinque ore dopo, inviano quattro agenti su una jeep; spiego loro quel che accade e si arrabbiano con me. E la donna? È indispensabile che restituisca la moglie al legittimo marito. Mi rendo conto di avere il nemico in casa e fuori casa. Invano mi difendo sostenendo di ignorare dove si trovi la donna, senza ricordare di aver già detto alla polizia di averla affidata a due amici stranieri e di aver dato i vostri nomi, a riprova della mia sincerità. Subito dopo essermi contraddetto, capisco di essermi messo in un brutto guaio. Decido di telefonare al console francese a Calcutta e, per fortuna, monsieur Maristany, parlando con l'ambasciatore a Delhi, fa della faccenda una questione di Stato, tanto che i poliziotti devono farmi salire su una jeep e portarmi a Calcutta. Ebbene, appena salito sulla jeep, tutti i mariti della zona, o così mi è parso, ci circondano e cominciano a scuotere il veicolo finché a una guardia è venuto in mente, come a lei, di sparare in aria. I manifestanti si sono allontanati, ma con cattive intenzioni. Hanno lasciato la jeep in pace, ma non so da dove, come se le tenessero già accese sotto le vesti, hanno tirato fuori dozzine di enormi torce che hanno illuminato la scena e poi sono corsi verso casa mia per appiccarvi il fuoco, senza che la polizia intervenisse. Al contrario, hanno approfittato del fatto che casa mia era diventata un falò per portare via la jeep dalla pericolosa situazione, ed eccomi qui. Eccoci qui: Lalita è con me".

"Auguri."

"Grazie, Biscuter, ma non vi ho chiamati per farmi fare gli auguri, bensì per avvertirvi che quegli energumeni sanno della vostra esistenza, dato che l'ho rivelata agli agenti, e non credo che vogliano restare in silenzio. Qui il sistema delle caste funziona, perché le caste aiutano a sopravvivere e ci sono trame stabilite a partire dai legami di religione o di parentela. Vi consiglio di lasciare quanto prima Calcutta. Lalita parte tra poche ore su una nave mercantile che la lascerà alle isole Andamane, dove sto per andare anch'io, e tra pochi giorni dovrò riconsiderare i miei obiettivi. Non sarebbe prudente proseguire in India i miei lavori, che erano in pratica ormai finiti, e non è nemmeno consigliabile risalire la valle del Dolpo. Sono spaventato e il Nepal mi sembra troppo vicino. Bisogna far passare un po' di tempo. Volete venire alle isole Andamane, con Lalita, con me? È un posto paradisiaco."

"Non abbiamo ancora visto il delta del Gange."

L'osservazione di Carvalho frenò l'entusiastica accettazione di Biscuter.

"Tutta l'Asia mi sembra sempre più paradisiaca," insistette con ostinazione Carvalho. "Appena esci dall'Europa, cominci subito a imbatterti in paradisi terrestri."

Lalita li aspettava nell'ufficio di Maristany. C'era abbastanza luce da confermare il fascino della donna, il viso illuminato dal lieve sorriso con cui aveva accolto Biscuter e Carvalho, e gli occhi neri ma non tondi come solevano abbondare tra le donne indiane, un viso ovale disegnato con volontà d'emblema, labbra tenere e un po' abbondanti, capelli neri raccolti in uno chignon sulla base di un collo alto e sano, senza tracce di una vertebra in grado di rovinare il miglior progetto di collo femminile. Indossava una camicetta fucsia a maniche corte sotto il sari che metteva in mostra le sue braccia perfette da ragazza ben nutrita. Carvalho non riusciva a levarle gli occhi di dosso, finché una leggera gomitata di avvertimento da parte di Biscuter lo spinse a smettere di guardarla intontito e a dar retta al discorso iniziato da Paganel sui suoi progetti per il futuro.

"Bene. Un po' di riposo nelle mie ricerche sul campo mi permetterà di cominciare a battermi contro questo stuolo di profeti che si sta alzando, per trarre profitto da un'ottica consumista delle religioni. Il mio primo attacco sarà contro Roger Garaudy. Sa di chi sto parlando? Fu il delfino del potere intellettuale del Partito comunista francese e gli toccò vegliare sull'ortodossia contro Lefebvre finché pure lui cadde nell'eresia e fu combattuto da altri delfini eredi del rigore dottrinale della direzione del comunismo francese, Scève e Casanova, tra gli altri. Ecco quindi che l'autore di *Perspectives de l'Homme*, quello sventurato tentativo di arricchire il marxismo con le altre filosofie egemoniche del XX secolo, si convertì all'Islam, proprio così. Ma non ieri o l'altro ieri: trent'anni d'islamismo. E voglio regolare i conti con lui. Tenuto conto dell'età di Garaudy quando passò dal marxismo all'islamismo, c'è sempre una domanda da fargli: com'è possibile che abbia avuto bisogno di una rivelazione per scoprire quel che oggi gli pare evidente?"

Lalita non sapeva chi fosse Garaudy, ma avrebbe dovuto informarsi se intendeva continuare a convivere con il geografo delle religioni.

"Dovreste leggere *Per un Islam del* XX *secolo*, di Garaudy. Un pamphlet nato troppo tardi, perché il XX secolo, secondo Hobsbawn, è finito prima del previsto. Garaudy deve affrontare non solo un adattamento dell'Islam in quanto dottrina che fornisce orientamenti civili ben precisi, e che si basa inoltre su principi teologici lapidari: soltanto Dio possiede, soltanto Dio comanda, soltanto Dio conosce. Dei due primi radicalismi religiosi si può arrivare ad affermare, se proprio lo si vuole, che coincidono con la critica alla proprietà privata e al ruolo del potere su questa Terra. E che ognuno se la veda con il proprio apparato di digestione intellettuale. Ma non dobbiamo dimenticare: soltanto Dio sa!"

Biscuter era molto interessato alle profondità logiche delle angustie intellettuali di Paganel, Carvalho invece si dilettava della placidità autosoddisfatta di Lalita, che occupava appieno il proprio spazio e ascoltava la voce fuoricampo del suo compagno di adul terio come una musica. All'improvviso, Paganel fece ritorno dalla personale tenzone con Roger Garaudy e propose, accennando un incantevole sorriso:

"Le isole Andamane, che ve ne pare? Venite con noi?".

In preda alla mitologia della fuga, Paganel allargava le braccia quasi ad accogliere tutti i presenti.

"Non rientra nei nostri piani. La cosa logica è che proseguiamo per Bangladesh, Birmania, Thailandia, Singapore e allora forse decidere se prendere per il Sud o andare in Cina. Anche se non capisco del tutto il mio interesse per quel paese. La gente mi stordisce. Se la gente mi stordisce in India, si figuri in Cina."

"Allah è grande e ha permesso che addirittura in Cina esistano i deserti e i luoghi appartati."

Biscuter accettava la decisione di Carvalho, ma mentre controllava su una delle sue guide quali fossero le virtù attribuite alle isole Andamane, vide che tali virtù erano molte. Ottenne un breve colloquio a tu per tu con Carvalho e si limitò a recitargli alcune caratteristiche di quelle isole. Erano tantissime, circa trecento, coralline, piene di spiagge non meno belle di quelle delle Maldive, mezzo disabitate, e c'era il Parco nazionale marittimo del Mahatma Gandhi, a un passo dalla Malaysia e da Sumatra. Carvalho si limitò a rispondergli che non erano in vacanza e che non l'attirava l'idea di sottoporsi a un corso di teologia o di antiteologia. Per lui le due cose si equivalevano.

"Ma tu, Biscuter, sei padronissimo di scegliere come meglio ti pare."

"Capo, capo, si dia una calmata. Lo sa già che cosa ho scelto."

A Carvalho seccava ammettere che la parte più scomoda del viaggio, nel caso l'avessero fatto con Paganel, sarebbe stata la presenza di Lalita, l'obbligo di stare e non stare con lei, ma infine si perdonò con un sistema adoperato negli ultimi mesi: "Alla mia età, posso e devo accettarmi così come sono". Dopo alcune tazze di tè, Biscuter dialogava intensamente con Paganel, la donna continuava nella sua introversione soddisfatta e Carvalho voleva andarsene perché gli premeva completare il tragitto del Gange e voleva decidere i nuovi itinerari.

"Come arrivare al delta? Mi riferisco al punto culminante del delta."

Biscuter aveva studiato tutto.

"Ci sono due modi: o entrare in Bangladesh o cercare la foce venendo dal mare. Suppongo che sarà possibile farlo dal mare, partendo dal sud di Calcutta. Da quanto ho letto, è preferibile viaggiare all'interno, ma è scomodissimo, e i viaggi fluviali sono limitati. In realtà si tratta di due fiumi: il Gange e il Brahmaputra."

D'un tratto si accese una lampadina nella testa di Carvalho, che andò verso Maristany.

"Sicuramente lei può dirmelo: è possibile sorvolare in elicottero la foce del Gange, fino al Bangladesh?"

Maristany era parco di parole ma non di informazioni, e con una evidente Cartier d'oro scrisse: "Air India 50 J.L. Nehru Road, tel. 2472356-2427358, accanto all'aeroporto, anche tel. 5119031".

"Chiedete di Zakir e dite che vi mando io. È il proprietario e allo stesso tempo il pilota di un elicottero affidabile. Non è un volo facile; potrebbe rientrare nella categoria dei voli di lunga durata."

Gli uomini si abbracciarono al momento del congedo e Lalita accettò la gentilezza dei grandi inchini da parte di Biscuter e Carvalho, e rimase lì, in attesa di un pittore, del miglior pittore della miglior femminilità. Gli addii ripeterono la gestualità del rincontro ed evidenziarono che Biscuter partiva a malincuore, attratto dall'erudizione di Paganel, con il quale aveva già intavolato una breve conversazione sui catari, l'esperienza religiosa che meglio conosceva e che per lui era anche la più esotica. Invece, il detective viveva una strana emergenza che lo spinse a chiedere al console se poteva telefonare all'Air India da lì. Riuscì a parlare con Zakir passando attraverso tre intermediari e il pilota-proprietario li avvertì che si trattava di un'escursione lunga, costosa, esposta ai cambiamenti di vento, in quanto andava fatta in elicottero se volevano per davvero vedere qualcosa del delta del Gange, avvolto talvolta da nebbie che impedivano di vedere alcunché.

"Mi sta consigliando di non fare il viaggio e di comprarmi un libro fotografico sul delta?"

"No. È un viaggio che mi piace. La avverto soltanto perché, se si verificano alcuni degli inconvenienti che le ho elencato, lei mi dovrà pagare comunque e sono già passato attraverso diverse situazioni difficili."

"Pagherò al momento dell'imbarco."

Alle sei di mattina Zakir li aspettava nella zona dei voli irregolari all'aeroporto di Calcutta talmente vestito da pilota che era difficile vedergli il viso, anche se la voce e il corpo gesticolante erano un sorriso allo stato puro. Si sorprese davanti al bagaglio portato dai viaggiatori.

"Intendete restare in Bangladesh?"

"No, ma appena tornati a Calcutta saliremo sul primo aereo in partenza per Chang Mai."

"Non esistono voli Calcutta-Chang Mai. Bisogna passare per forza da Bangkok."

Salirono sull'elicottero e Biscuter si sedette accanto al pilota senza consultarsi con Carvalho, con un'immensa carta dell'India a volo d'uccello sulle ginocchia. Vi aveva tracciato il perimetro che, partendo da Calcutta, si addentrava nel Bangladesh fino alla capitale, Dacca, per poi scendere insieme al Gange finché le sue acque si diversificavano in un lunghissimo territorio paludoso fitto di mangrovie, il Sundarbans, vasto come tutto il Sud del Bangladesh; poi avrebbero dovuto sorvolarlo fino alla frontiera dell'India e di nuovo Calcutta. La testa di Zakir continuava a dire di sì, ma che la lunghezza del ritorno li costringeva a fare il pieno di benzina e sottoporre l'elicottero a un controllo a Dacca, due operazioni che richiedono il loro tempo, perché quelli del Bangladesh sono ancora più lenti di noialtri. Nell'escursione era compreso un pranzo a base di carne impanata, yogurt, frutta, tè a volontà e una bottiglia di whisky. "Se i viaggiatori non sono astemi per motivi di salute o di religione," chiarì il pilota.

"Lei è astemio?"

"No!" rispose Zakir, assai divertito.

Il whisky era necessario perché la terra emanava tutta l'umidità di questo mondo, e appena scendevano a osservare un particolare, si sentivano inzuppare persino le ossa. Mentre li istruiva su come indossare la cintura e muoversi in uno spazio tanto ridotto, il pilota spiegava la storia di quell'elicottero, ferito in una delle guerre tra India e Pakistan, precisamente a causa del Bangladesh. Ma adesso era un apparecchio sano, un po' vecchio, ma sano.

Quando ormai si erano alzati in volo, Zakir indicò la parte del delta appartenente all'India e l'origine della palude di Sundarbans, famosa per le sue mangrovie, una delle più estese della Terra, estesa soprattutto nel Bangladesh.

"Saliremo fino a Dacca per vedere dove si forma davvero il Padma, il nome dato al fiume risultante dall'incontro del Gange con il Brahmaputra. Quando avviene l'incontro delle acque e inizia la loro discesa verso il delta, il nuovo fiume genera un milione di tonnellate di alluvioni al giorno, ma forma un'immensa rete di altre correnti, bracci d'acqua morta, pantani, il lento fluire della palude delle mangrovie, labirintica, che alterna acque ferme a quelle vive, dove si coltivano il riso e la malaria, e anche il colera. Se non sei del posto, mettere piede in questa zona è pericolosissimo."

Volarono direttamente verso la capitale, Dacca, e dall'elicottero poterono vedere la definitiva conversione del Gange nel Padma, oltre a una derivazione di portata inferiore che andava verso Khulna, le mangrovie e il mare. Il Padma si allargava al suo passaggio per la capitale con volontà d'estuario, ma la maggior parte delle sue acque si sparpagliavano lungo la rete di pantani e paludi e il corso centrale diventava mare davanti a Chittagong, all'interno di un'enclave del Bangladesh, a nord della penisola della Malaysia. L'apparecchio saliva o scendeva quando Zakir riteneva ci fosse un punto interessante, e così poterono vedere le risaie circondate da palme da cocco, le sole terre coltivate, anche se i chilometri e chilometri di paludi erano utili soprattutto a una giungla che, a mano a mano che si penetrava nella fascia litoranea del Sundarbans, diventava una foresta umida, tra palmeti e svariate malvacee, una delle quali, la *sundri*, aveva dato il nome alla regione. Zakir cambiò idea, non avrebbero più fatto rifornimento nella capitale, perché preferiva farlo a Khulna, la città più importante del delta, e così attraversarono il Bangladesh in una sola tirata, scesero verso il golfo del Bengala e il pilota approfittò della calma tra le mangrovie per cogliere di sorpresa i coccodrilli sonnacchiosi accanto alle acque, con l'intenzione di avvistare la fauna del luogo: bufali, scimmie, pitoni e cobra, ma soprattutto tigri, le famosissime tigri del Bengala.

“I serpenti non li vedrete, a meno che non vogliate atterrare, anche se non è consigliabile in una giungla così fitta. Ma le tigri forse sì; io talvolta le ho viste.”

Carvalho fu sul punto di domandargli quante tigri avesse visto dall'elicottero, ma gli parve poco educato e si abbandonò ai racconti di Zakir sui rapporti fra tigri e serpenti. Erano storie tradizionali in cui la tigre era quasi sempre buona e il serpente cattivo, dove non c'era quasi spazio per l'uomo, come se la sua parte fosse troppo difficile da recitare in mezzo a una natura brutale in cui nemmeno le acque promettevano pace.

“Quando meno te l'aspetti, le acque si ingrossano, le inondazioni cancellano il paesaggio e uccidono uomini e animali. E non si può fare più niente. Troppa acqua.”

Troppa acqua. Carvalho aveva già visto i tre livelli del Gange, la premonizione della nascita, la pienezza religiosa della pianura e ora l'allagamento delle terre prima di morire. Come se si trattasse di una metafora angosciata, il Gange tentava di essere mille fiumi prima di accettare la sua condizione di moribondo. E dalle esatte umidità terminali strappava la promessa del ritorno, quando il miracolo delle evaporazioni fattesi acqua e neve avrebbero riprodotto sull'Himalaia l'inizio di un altro viaggio verso la morte. Non c'è metafora della vita paragonabile a quella delle acque in movimento dalla superbia originaria fino alle fughe fallite lungo paludi e mangrovie che non riescono a impedire la loro fine in mare. Atterrarono a Khulna e, mentre l'elicottero veniva rifornito di benzina, il pilota propose di trovare un angolo fresco dell'aeroporto, e sotto una fitta tettoia di canne ricoperta di rampicanti pieni di fiori azzurri si sedettero su due panche e mangiarono quel che c'era: lodata al massimo la carne impanata, al punto giusto di maturazione i manghi e i *lichees*, abbondante il tè arricchito con whisky per lo stupore iniziale di Zakir, finché gli spiegarono di aver appena inventato il corretto indiano e lo invitarono ad assaggiarlo. Il pilota mandò giù addirittura cinque tè corretti, allarmando i suoi passeggeri, che cercarono di dar fondo alla bottiglia prima che lo facesse l'uomo di cui più avevano bisogno per far ritorno a Calcutta.

Un po' assonnati, madidi di caldo umido, rallentarono parole e gesti, e Carvalho commentò con Biscuter il giro che erano costretti a fare se intendevano raggiungere la Thailandia. Non c'erano voli diretti per Chang Mai, per cui era necessario fare un salto a Bangkok e da lì studiare un sistema di trasporto verso nord, fino al Triangolo dell'Oppio. Poi visita superficiale di Bangkok, dove Biscuter voleva vedere come le animatrici sessuali della città riuscissero, senza servirsi delle mani, a far entrare e uscire una pallina da ping-pong dalla vagina. Subito dopo, una discesa in treno verso la Malaysia e Singapore, con scalo al porto dove Carvalho si era imbarcato per Koh Samui vent'anni prima, dopo una dura notte vissuta insieme a un prete italiano e ad alcuni soldati thailandesi impegnati nella caccia e cattura dei penultimi comunisti del mondo.

"La Storia non si ripete, ma in quell'occasione a Koh Samui ho ricevuto messaggi equivalenti a quelli ricevuti da sant'Agostino, l'Aquila di Ippona, quando vide un bambino che cercava di mettere tutto il mare in una buca scavata nella sabbia."

"Ci si stupisce delle pensate dei bambini. Io avevo un nipotino che una volta infilò la testa nella ringhiera del balcone di casa sua e bisognò tirarlo fuori insaponando le sbarre."

Zakir non dormiva, nonostante i molti tè corretti, e quando Carvalho gli tradusse la conversazione con Biscuter sull'imperativo di andare a Bangkok per poi raggiungere Chang Mai e il Triangolo dell'Oppio, il pilota rimase pensieroso, per poi dire:

"Esiste un'altra soluzione. Non vi posso portare in elicottero perché la distanza è enorme e questo aggeggio vuole andarsene in pensione. Ma da Calcutta partono talvolta degli aerei privati o dei Fokker noleggiati da privati che vanno fino a Chang Mai o in Laos o ad Hanoi, facendo qualche scalo".

"Sono molto cari questi viaggi?"

"Prezzi asiatici per asiatici. Inoltre, spesso trasportano commercianti poco normali, pericolosi. Ma se riesci a salire su uno di quegli aerei, arrivi a destinazione. Sono molto sicuri, più degli elicotteri e dei jumbo, mi capite?"

Appena tornato in possesso del suo elicottero, Zakir telefonò alla base e indagò sui voli per quella notte o per il giorno dopo in mattinata diretti a Chang Mai. Dopo lunghissimi giri disinformativi, finalmente ebbero una conversazione concreta su un volo concreto: "Domani alle dieci di mattina, destinazione Chang Mai," un Fokker noleggiato da una federazione thailandese di lotta dove c'erano quattro posti liberi, e il prezzo del volo poteva essere ridotto a trecento, quattrocento dollari per persona.

"Se sono trecento..."

Alla fine furono trecentocinquanta. Zakir propose loro di dormire all'aeroporto stesso, in qualche hotel vicino, ce n'era di ogni tipo, e a mano a mano che enunciava alberghi e ne elencava vantaggi e svantaggi, era evidente che il cervello di Biscuter stava cercando soluzioni alternative.

"E se dormissimo qui?"
"Qui?"
"Sì, qui, in elicottero. C'è spazio per due persone, un po' raggomitolate, ma si tratta solo di poche ore, perché faremo tardi, una cenetta, uno spuntino. Quanto ci costerebbe dormire qui, capo?"
Questa volta il capo era Zakir, un po' imbarazzato, incerto se i suoi superiori gli dessero il nulla osta. Carvalho ricordò che Maristany gli aveva parlato di Zakir come del proprietario dell'elicottero e, quindi, capo di se stesso.
"Non c'è ragione che lo vengano a sapere."
Se nessuno lo veniva a sapere, d'accordo, cinquanta dollari. Trenta. Quaranta. Trentacinque e qualche tè corretto. Zakir si disse d'accordo.

Il Fokker si riempì di muscoli thailandesi e i quattro posti liberi furono occupati da Biscuter, Carvalho, e da una coppia di coniugi che a loro parve cinese. Per Biscuter cominciava un'avventura e, invece, per Carvalho si trattava in qualche modo di recuperare la Thailandia vent'anni dopo il suo secondo viaggio e trenta dal suo primo incontro con il paese. Del viaggio più lontano conservava un ricordo speciale incarnato da un bambino che viveva in un villaggio tra Chang Mai e il Triangolo d'Oro, un piccolo di quattro anni che conosceva una canzone francese: "*Frère Jacques, frère Jacques, dormez-vous? Dormez-vous? Sonnent les matines, sonnent les matines, ding, dong, dang, ding, dong, dang...*". La cantava a tutte le spedizioni di turisti e viaggiatori, e lui era la più importante fonte di guadagno della sua famiglia, grazie alla ninna nanna insegnatagli da un missionario francese. Poi poterono visitare i campi di papaveri, e persino ricevere in dono un curioso sigaro ricoperto di foglie di palma secca, soave ed evanescente, che prometteva fumi più profondi. Non era ancora del tutto finita la guerra del Vietnam e il Triangolo d'Oro delimitava un'ampia zona condivisa con Birmania, Thailandia e Laos, abitata da tribù cinesi fin dai tempi della guerra civile tra maoisti e nazionalisti, difficilmente controllabile, in cui sopravvivevano avanzi dell'esercito cinese di Chang Kai-shek, che dominavano le zone di maggior produzione di stupefacenti. Nessuno discuteva la coltivazione, l'industria e il commercio di cocaina, eroina e oppio, in mano ad alleati degli Stati Uniti durante la guerra del Vietnam, sotto la presenza vigile della Dea, la polizia internazionale americana del narcotraffico, la quale aveva patteggiato la quota minima che poteva penetrare negli Stati Uniti. Nel corso del secondo viaggio aveva potuto notare che tutti i villaggi si trovavano al posto di prima, ma che erano scomparsi gli uomini e i campi di papaveri. Non c'era più la guerra del Vietnam e nulla giustificava la tolleranza nei confronti delle coltivazioni che si erano spostate verso nord, lontane dagli itinerari turistici. La mano d'opera si trasferiva lì per poi tornare nei villaggi-dormitorio, dove non trovò più un solo bambino che cantasse *Frère Jacques*; forse quel bambino ormai era uno dei tanti lavoratori del traffico proibito. Carvalho si sentiva attratto dal Triangolo dell'Oppio o d'Oro in quanto era, come quello delle Bermude, un luogo di naufragi sorprendenti; in primo luogo, vacillava la falsa morale antidroga, in quelle alluvioni tribali, con più coscienza di quanto nel loro isolamento li unisse qualsiasi dipendenza teorica da Bangkok o Birmania. Gli antropologi avevano indicato i meho come i più singolari, antichi abitanti di Yunnan, nella Cina meridionale, dove avevano continuato a coltivare l'oppio fin dai tempi preistorici. Perseguitati per ragioni etniche o politiche, i meho si erano sparpagliati nel Nord della Birmania, in Thailandia e in Laos, portandosi dietro la vecchia cultura dell'oppio, stabilendo le basi di quel che in seguito sarebbe stato chiamato il Triangolo d'Oro, oggi sostenuto da ogni tipo di generali, ma soprattutto da quelli thailandesi e birmani. Gli antropologi cercavano di trasformare i meho in una delle curiosità di quella regione evanescente dove i pullman raggiungevano i villaggi e i mercati di prodotti artigianali che mascheravano il senso di quel cul-de-sac di geografia, storia e droghe, senza che alcun governo fosse mai riuscito a controllare la capacità di sparizione di quelle tribù montanare che si spostavano di colpo al seguito dei loro interessi.

"Per il turismo hanno costruito l'immaginario di migliaia e migliaia di puttane adolescenti, concentrate soprattutto a Bangkok, ma le trovi in qualsiasi centro turistico. Il Nord è l'alternativa. Il Nord è la realtà della corruzione patteggiata e di tutto il resto, la messinscena di una convivenza con re e militari, militari soprattutto, che si sono facilmente arricchiti. L'Impero americano ha bisogno di alleati fidatissimi, a qualsiasi prezzo. Una volta dissero a Roosevelt che il suo uomo in Nicaragua, il generale Somoza, era un figlio di puttana. 'Sì,' aveva risposto Roosevelt, 'ma è il nostro figlio di puttana.'"

La testa di Biscuter assentiva a tutto quel che diceva Carvalho, soprattutto quando assumeva atteggiamenti didattici inclusi nel prezzo del viaggio. Gli atleti thailandesi non si muovevano quasi, forse per non mettere in pericolo la stabilità dell'aereo. Invece, due o tre dirigenti o allenatori avevano dato inizio a un giro di *mekong*, il whisky thailandese, che estesero agli altri viaggiatori a eccezione degli atleti, pura muscolatura patriottica. Carvalho e Biscuter accettarono, ma i coniugi cinesi rifiutarono l'offerta con più decisione che amabilità.

"A Chang Mai bisogna restare il meno possibile. Mi piacerebbe vedere il Nord, arrivare dove non ti fanno arrivare."

"Io sono pronto a tutto, capo."

Il responsabile della spedizione atletica regalò loro dei pass perché potessero presenziare la sera stessa, mentre cenavano, a uno spettacolo di lotta thailandese, simile a un incontro di boxe ma che consentiva anche i calci e durante il quale gli spettatori potevano bere *mekong*, a giudicare da come agitava tentatrice la bottiglia quasi vuota davanti agli occhi degli invitati. Tra i giornali distribuiti sul Fokker figuravano alcune copie di un'edizione inglese del nipponico "Asahi Shimbun", dove si spiegavano i piani bellici americani e britannici contro l'Iraq, uno dei paesi facenti parte dell'*asse del male*, ancora una volta la reincarnazione della città del diavolo contrapposta alla città di Dio all'interno della simbologia religiosa applicata dagli Stati Uniti in seguito alla distruzione delle Torri Gemelle di New York.

"A che cosa ti fanno pensare le definizioni *giustizia infinita* o *libertà duratura*?"

"Di che si tratta?"

"Sono i nomi dati dal presidente Bush alla sua lotta contro il terrorismo internazionale."

"A qualcosa di indiano. A me fa pensare a qualcosa di indiano, ma non a quegli indiani che ci siamo appena lasciati alle spalle, ma a quelli americani, del Far West. Immagino il capo apache che chiede al capo del Settimo Cavalleria giustizia infinita o libertà duratura."

"Sono metafore legate così artificialmente all'intenzione reale che rappresentano da non dire assolutamente nulla. L'abbattimento delle Torri di New York ha fornito al sistema l'alibi per mettere in mostra tutta la sua capacità di incutere panico e di esercitare la brutalità. Immagina se scoppiasse una guerra in Iraq mentre siamo in viaggio."

"Meno male che ci stiamo allontanando da lì."

"Ma tutto l'universo è territorio per impegni così assoluti come libertà duratura o giustizia infinita."

"Due esagerazioni assolute, capo. Non so che cosa stia capitando agli americani, se si pensa ai bei film che facevano, e ancora fanno, e a tutto quello che hanno inventato per la salute e a come operano i cuori a Houston e al tenore Carreras a Seattle."

Appena giunti in albergo, lo stesso dei precedenti viaggi di Carvalho, il Chang Mai Inn, discussero che cosa fare e soprattutto se il viaggio verso il Nord, verso il paese della memoria del detective, era da intraprendere il giorno dopo o se fosse il caso di aspettare un po' e visitare la città. Biscuter esibiva i dépliant dell'albergo e voleva più di ogni altra cosa vedere un luogo abitato dagli elefanti, una specie di paese di pachidermi addomesticati di tutte le età in cui i piccoli della specie venivano a mangiare le banane dalle mani dei turisti.

"In realtà gliele tolgono dalle mani. Se c'è uno scippatore fulmineo in questo mondo è il cucciolo d'elefante quando vede una banana."

Tutti i pacchetti di viaggi verso il Nord includevano villaggi di diversi artigianati, etnie, orchidee, elefanti, e quando Carvalho chiedeva del Triangolo d'Oro gli indicavano con la punta del dito il luogo più lontano possibile da quello raggiunto dalla spedizione intorno a Chang Mai.

"Ora si possono vedere gli impianti della droga? Le fabbriche di cocaina ed eroina? D'oppio? Di amfetamine?"

Il receptionist pensava che Carvalho fosse pazzo, ma non perse neanche per un momento il suo sorriso ieratico.

"Queste cose sono tanto facili da vedere qui quanto in Europa. Esiste in Europa un itinerario turistico dell'amfetamina o dell'eroina?"

"No. Lei ha ragione, ma in Europa le droghe si consumano, soprattutto, e invece qui voi le producete."

Le escursioni organizzate dagli alberghi e dalle agenzie avevano un limite: ti facevano arrivare vicinissimo al cuore del Triangolo d'Oro dove vedevi soltanto vegetazione e potevi tramare le tue strategie mentali. Per trovare delle droghe non era necessario andare nel posto in cui le elaboravano, era più facile a Chang Mai.

"Non voglio comprare droga. Quasi non mi interessa quel che vedo e ancor meno quel che non vedo e sono costretto a immaginare."

"Può organizzare l'escursione per conto suo con un autista più o meno mafioso che la porti dove desidera. Ma c'è la possibilità che non torni."

Mentre decidevano cosa fare, pensarono che cogliere l'invito a cena e alla lotta thailandese fosse il modo più economico per passare il tempo. Carvalho non serbava quasi ricordi del suo primo viaggio a Chang Mai, tranne quello del bambino che cantava la ninna nanna francese, un bambino che ormai doveva avere trentaquattro o trentacinque anni. Ricordava ancor meno del secondo viaggio, forse per l'intensità stessa della sua vita di allora a Bangkok o per l'onanistico viaggio a Koh Samui.

"È curioso. Il secondo viaggio fu un fallimento totale. Ero venuto in cerca di una donna che, in fin dei conti, non volevo incontrare, in quanto in realtà stavo scappando dall'obbligo di scoprire un'assassina, una sventurata lesbica che doveva tutto a se stessa. Detto così sembra un sarcasmo. Passai l'intero viaggio a lasciarmi affascinare dalle migliaia, dai milioni di uccelli che sorvolavano Bangkok al tramonto, e solo al ritorno riuscii a sapere come si chiamavano, poco prima di rientrare a Barcellona. Sai di che uccelli si trattava?"

"Lo so, capo, perché per vent'anni me l'ha raccontato duemila volte. Ma mi piace che me lo ripeta. Mi piace che quegli uccelli che lei non seppe distinguere siano tanto comuni."

"Rondini, Biscuter, proprio così, si trattava di rondini."

Era un avvertimento della fine della capacità di sorpresa. Non della fine dell'avventura, ma addirittura della sorpresa.

Proprio in mezzo a un recinto con la tettoia di legno e paglia poggiata su efficaci colonnati di canne di bambù, dove i colori riuscivano a essere quasi infiniti nei fiori e negli indumenti delle donne, si alzava il quadrilatero per la lotta libera. Gli spettatori potevano mangiare e contemporaneamente assistere allo spettacolo, tant'è che le sedie, ancora odorose della verde impagliatura recente, disponevano di un tavolino individuale con lo spazio per un piatto misto di specialità thailandesi e un bicchiere di canna pieno di qualcosa che sapeva più di frutta che di alcol. Carvalho ricordava l'aggressività della cucina thailandese, imparentata con quella della Cina del Sud ma molto, molto più piccante e con una maggiore intensità di sapori. Potevi aggiungere salsa di *nam pla*, quanto di più simile all'originale *garum* latino, un liquido per insaporire le vivande ottenuto dalla putrefazione dei pesci. Il vassoio conteneva una ciotola di riso circondata da cinque recipienti più piccoli con curry di agnello, legumi speziati, un altro curry di testa di maiale e gamberi in agrodolce, assassinati da un'overdose di zenzero. L'intensità dei sapori costringeva a mandar giù soprattutto birra, e poi *mekong* ghiacciato, che si lasciava mandar giù facilmente e ti conquistava i neuroni fino a farti bere il cervello. I compagni di volo erano già sul quadrilatero per lo scambio dei saluti. Minuti dopo cominciarono a mollare calci in un balletto molto studiato in cui i pugni inducevano al corpo a corpo e i piedi entravano in gioco con una contundenza inattesa, decisiva, portata al dolore e al disprezzo.

Le escursioni verso il Nord avevano come attrattiva speciale il fatto di non vedere quel che sapevi che c'era, il cosiddetto Triangolo d'Oro o dell'Oppio, un territorio tanto probabile quanto invisibile, simile a un'aura tesa al di sopra delle frontiere di Birmania, Thailandia e Laos. Il Triangolo rappresentava il proibito, come se oppio, morfina o eroina fossero fantasmi, sogni o luoghi comuni. Il turista aveva pagato un prezzo per il gusto morboso di calpestare il Triangolo dell'Oppio, ma il patto stabilito tra produttori e governo era che, se possibile, il turista non vedesse mai un solo fiore di papavero e si lasciasse conquistare dal candore di quelle riserve etniche, dalle eccellenze del mercato artigianale e dalla bellezza di una zona tropicale montuosa. Dietro ogni corruzione c'era una trama di cui erano partecipi i militari, la vera struttura del regno della Thailandia, noto come "il paese degli uomini liberi" perché non aveva mai conosciuto un'occupazione militare straniera, mentre stava sperimentando la pressione demografica della popolazione di origine cinese che controllava l'ottanta per cento del commercio, incluso quello dell'oppio e derivati.

Carvalho ricordava invece il primo viaggio, nel 1972, forse 1973, quando aveva visitato i campi di papaveri e fumato, mentre in primo piano il bambino meho cantava *Frère Jacques* contagiando d'ingenuità i campi di droga e le industrie e i relativi commerci. Le famiglie lavoravano insieme alla raccolta dell'oppio, compiendo le incisioni necessarie perché le piante rilasciassero la loro linfa; poi facevano bollire il raccolto per eliminare le impurità e confezionavano pacchi d'oppio da un chilo che passavano ai cinesi haw, a nord del Triangolo d'Oro, che si occupavano di tutto il resto. Durante la prima visita di Carvalho, l'un per cento della popolazione thai era tossicodipendente, e Carvalho poté constatare le difficili condizioni di vita, terapia e morte cui era sottoposto un paese sottosviluppato. Le eccellenti relazioni tra il governo americano e quello thailandese significavano una politica di tolleranza nei confronti del Triangolo d'Oro, della sua industria e del suo commercio, in cambio, si diceva, del fatto che gli ufficiali americani combattenti in Vietnam potessero praticare il riposo del guerriero con le puttane di Bangkok o Singapore. L'antinarcotici americana, la Dea, era in grado di controllare al massimo la quantità di merce che sarebbe finita sul mercato statunitense. E sugli altri? Sia nel 1972 che nel 1982, gli alberghi erano pieni di gente della Cia e della Dea in quella retroguardia ludica e sessuale della guerra del Vietnam prima e del definitivo assedio al comunismo poi, negli anni in cui ne veniva forgiata la caduta. Gli esperti americani nella repressione della droga operavano nel Triangolo d'Oro un po' per dovere e un po' perché ne erano affascinati.

L'hotel mise a disposizione di Carvalho una Range Rover dove sonnecchiava colui che avrebbe fatto da autista. Scosso dal receptionist, il vietnamita Bao Dai quasi non fece in tempo ad aprire gli occhi che saltò a terra e bisbigliò qualcosa all'impiegato, ma lo fece con un tono di voce altissimo sapendo che nessuno li capiva. Il receptionist comunicò al detective che l'uomo faceva obiezioni alla pretesa di raggiungere le coltivazioni di papaveri, e che ormai l'accesso alle zone di lavorazione della droga era impossibile. Era qualcosa che si pagava con la vita, e nessuno avrebbe mai saputo chi se l'era presa, come nessuno avrebbe mai ritrovato il tuo cadavere.

"Soltanto papaveri."

Questa volta fu Bao Dai a rispondergli:

"Non sempre si possono garantire. A volte ci sono problemi e controllano tutti gli ingressi".

"Insomma, mi accontenterei di ritrovare un bambino conosciuto nel 1972, adesso avrà trentaquattro o trentacinque anni."

Biscuter sostenne che per lui il bambino cantore era imprescindibile quanto gli elefanti, facili da vedere in pieno lavoro a cinquanta chilometri da Chang Mai, o durante il bagno nel fiume, circondati dai cuccioli e da venditori di riproduzioni dell'animale in legni pregiati. "Pregiati," ripeté Bao Dai. I cuccioli erano sparsi a caccia della banana turistica, muovendosi con gracilità infantile e una sicurezza adulta tra i capannelli di turisti immediatamente sbananizzati. Sulla strada che portava al fiumiciattolo dove gli elefanti si rinfrescavano tra un carico e l'altro di tronchi d'albero, erano state sistemate delle bancarelle con oggetti di artigianato, e le dita di Biscuter accarezzarono quasi la scultura intagliata di un elefante bella per la lavorazione e per la qualità del legno. Si lanciò nella battaglia del ribasso finché capì di non scontrarsi con la flessibilità dei nativi, ma con una strana coppia di sessantenni occidentali vestiti da hippy che sembravano fuggiti da qualche riserva per emarginati colti provenienti dal prodigioso decennio degli anni sessanta o come una specie protetta affinché le genti del XXI secolo sapessero come erano stati gli anarchici utopici che avevano cercato di cambiare il sistema mediante il libero amore e la soppressione della poltrona patriarcale, anche quando a progettarla era stato Charles Eames in persona. D'un tratto, quella ormai vecchia Ofelia artigiana, che si sarebbe detta ricoperta di ninfee, salvata dalla morte nell'acqua, osservò il compagno, e insieme guardarono Biscuter quasi a chiedergli perché li trattasse da nativi senza badare alla magnificenza del lavoro. Biscuter smise di mercanteggiare e accettò il secondo prezzo proposto da quegli intagliatori in fuga dai loro terrori dell'adolescenza. Tutte le banane comprate da Biscuter e Carvalho vennero aspirate dalle proboscidi di agili animali in fase prelogica e con vocazione di borsaioli, e Carvalho dovette chiedere aiuto a Bao Dai per salvare Biscuter da un'intera cucciolata di pachidermi che senza dubbio avrebbero ricordato vita natural durante il giorno in cui uno specialista in zuppe e salse francesi li aveva saziati di banane, sempre delle più costose.

"Nella provincia di Surin, verso il Nord-est, nel mese di novembre si allestiscono feste con gli elefanti come protagonisti, e persino combattimenti tra guerrieri che montano su questi animali. Potreste rimanere qui. Non ci manca tanto."

Superarono la febbre dell'elefante, eppure Biscuter un'ora più tardi continuava a riflettere sulla possibilità o impossibilità di adottare e addomesticare un simile animale da tenere in una casa con giardino, naturalmente, o nel futuro, in un pianeta dove il concetto di terra e natura supererà il bisogno di sfruttare la forza lavoro degli animali, uomo incluso. Il paesaggio imponeva sempre più boschi di legni duri e solenni, quelli che richiedevano il lavoro di carico e trascinamento effettuato dagli elefanti. Al di sopra della linea del cielo delle foreste, i campi montuosi e i terrazzamenti per il tabacco, il tè, le fragole e il *lamyai*, un frutto squisito che l'autista fece loro assaggiare. Le mani di Bao Dai accarezzavano le lontananze dove crescevano pesche, prugne, mele e un'esplosione di fiori selvatici dominati da orchidee nate in libertà o da gladioli altrettanto liberi nella libera natura. Anche se la strada statale conduceva a Chang Mai, quasi il punto di incontro delle frontiere tra

Laos, Thailandia e Birmania, Bao Dai – che cosa ricordava quel nome a Carvalho? – continuava a prendere strade secondarie e a strizzare l'occhio al detective come per indicare la prossimità delle coltivazioni proibite. A Carvalho fu difficile riconoscere i villaggi meho dei suoi primi viaggi, non perché in qualche modo più prosperi, ma perché si somigliavano tutti nel loro inatteso apparire nelle piccole radure della selva sui monti.

"In tutti questi villaggi troverete il miglior artigianato della Thailandia, ma non trattate male i venditori," avvertì, intimorito. "Questa gente non è come quella di Bangkok, che vive grazie al turismo e tutto il resto. Quelli di qui sono un po' razzisti, almeno quanto i meho o i karen, e si considerano l'altra faccia della Thailandia."

"E quelli che vivono in modo diretto o indiretto della droga?"

"Qui è il prodotto più richiesto, e anche quello meglio pagato. Nessuno ha dato loro una coltivazione alternativa equivalente. Si era tentato con il cotone, ma non può competere con i papaveri."

Guidati da Bao Dai, mangiarono in una locanda sulla strada una minestra di riso con carne e uovo, carne al curry accompagnata da certi peperoni che facevano piangere come si piange solo per la morte di un essere amato, una crema balsamica alla noce di cocco, tè ghiacciato ai fiori e l'inevitabile *mekong*. A Biscuter sfuggì un rutto, tirò fuori più pancia che petto e, incorniciando con le braccia il frammento di paesaggio che aveva davanti, esclamò:

"La Terra! Viva la Terra!".

In vent'anni ben poco era cambiato nei villaggi agli occhi del viaggiatore di passaggio. Le stesse donne vestite con i costumi tipici che cercavano di vendere pipe di ottone o di legno per fumarci tabacco o stupefacenti, pipe a stiletto e pipe profonde, artigianali, a buon mercato. Donne, bambini bellissimi che continuavano a sembrargli dipinti con lo smalto, e maiali neri e piccoli che scorrazzavano per le strade di terra rossa. A Carvalho parve di riconoscere un villaggio e cominciò a domandare alla gente se, anni prima, molti anni prima, proprio lì coltivavano i papaveri, e se avevano conosciuto un bambino che cantava una ninna nanna francese. Era Biscuter a canticchiarla, e a suscitare più di una volta risate eccessive, quasi nervose, e qualche ricordo nei vecchi più vecchi del luogo, dove ancora erano rimasti alcuni missionari cattolici francesi, giunti nel passato dal Laos, dalla Cambogia o dal Vietnam, anche se non avevano più l'importanza goduta negli anni della transizione, nei sessanta e nei primi anni settanta. Adesso, tra le religioni straniere predominavano le sette cristiane evangeliche e non, nessuno ricordava un bambino che cantava una ninna nanna francese. Carvalho ricordò all'improvviso che nel secondo viaggio un altro bambino, forse un po' più grandicello, aveva cantato *Sur le pont d'Avignon*, prova evidente che o il missionario era cambiato o che a cambiare era stato il repertorio. Bao Dai, Bao Dai.

"Lei ha il nome di un imperatore, ma non di un imperatore della Thailandia, ma del Vietnam. Fu l'ultimo re del Vietnam prima che si generalizzasse la lotta del vietcong contro la dominazione straniera."

Meravigliato e sorpreso dalle conoscenze di Carvalho sulla storia del Sud-est asiatico, Bao Dai non poté evitare un'esclamazione valutativa.

"Mio padre era un ammiratore di Bao Dai perché era monarchico e insieme moderno, e Bao Dai fu un innovatore protetto dai francesi, ma appena questi si ritirarono, risultò troppo debole per contrastare la guerra contro il vietcong e l'influenza americana."

"Biscuter, è come se tuo padre ti avesse chiamato Alfonso XIII in omaggio a un re scavalcato prima dai repubblicani e poi dai suoi alleati iniziali, i franchisti."

"Mio padre non simpatizzava per quel reuccio. In realtà, non l'ho mai conosciuto. Dopo la guerra ci siamo nascosti in Andorra, e in seguito lui è partito per l'America e chi si è visto si è visto."

Davano già per terminata la visita all'ultimo villaggio quando un bambino si mise a correre dietro di loro e parlò all'autista prima con molta ansia e poi con fervore. Finalmente Bao Dai spiegò che era il bambino che cantava la ninna nanna: o si trattava di un caso prodigioso di conservazione o di una bugia o Bao Dai non aveva capito quel che diceva il piccolo.

"Intende dire che suo zio era il bambino che cantava *Frère Jacques* trent'anni fa. Lavora sulle montagne e torna qui ogni tre giorni. Oggi rientra a casa."

Carvalho era così disposto a verificare gli effetti delle ninne nanne francesi sugli indigeni del Triangolo d'Oro che, senza accordarsi con Biscuter, decise di aspettare tutto il tempo necessario, e si sedette su un cumulo di terra che faceva da base allo splendore di alcune poderose piante di soia. Biscuter continuò a inseguire e palpare pezzi di artigianato, ma si comprò soltanto una minuscola pipa di stagno invecchiato artificialmente dove sembrava si fosse fumato qualcosa di non eccessivamente conosciuto.

Bao Dai rifletteva sulla possibilità di restare a dormire da quelle parti nel caso avessero insistito nel loro proposito di avvicinarsi ulteriormente "a quello che non si vedeva e non si poteva vedere". L'annuncio del fallimento era stato molto poetico, ma l'autista chiarì che non erano i primi stranieri giunti con l'intenzione di visitare i laboratori clandestini di droga, i campi di papaveri e le vie e i sistemi di spedizioni. Quelli che ci riuscivano ed erano tornati ostentavano permessi rilasciati a Bangkok, e avevano addirittura volato fino ai luoghi proibiti su aerei ufficiali, accompagnati da militari thailandesi o da agenti della Dea. In quarant'anni, la memoria collettiva aveva accumulato un numero di scomparsi equivalente a quello dei viaggiatori che avevano tentato di rompere il cerchio invisibile del non meno invisibile emporio della droga.

"Forse avendo vent'anni di meno, capo."

"Il fatto è che io non tornerò più qui. Tu, non saprei, ma io, certo che no."

"Anche se tornasse, capo, andrebbe comunque in bianco. Vediamo solo quello che ci vogliono far vedere. Non diceva così proprio lei a proposito delle guerre del Golfo e della Iugoslavia? Non è mai passata un'immagine che accusasse i vincitori, non si è manco vista una foto degli eroi dell'Impero del Bene feriti o morti. Eppure, ci raccontavano che tutto veniva trasmesso in diretta. I bombardamenti sull'Iraq apparivano come punti luminosi, ma i morti veri non si sono mai visti. Tutte le distruzioni delle guerre iugoslave erano frutto della malvagità serba, non ne fu mai mostrata una come conseguenza dei bombardamenti americani o inglesi. Ricordo i suoi commenti, capo. Lei non è mai stato James Bond e non lo è neanche adesso. Solo nei film di James Bond il protagonista, e persino il suo amico, possono entrare nei laboratori della droga. Qui, ora, si può scegliere soltanto fra l'essere ucciso perché hai tentato di vedere quei presunti laboratori senza alcuna garanzia di vederli oppure lasciarli fare, lasciar passare la droga dopo aver soppesato le tue forze e quelle di chi tiene in pugno l'industria e il commercio dell'intera faccenda."

Scendeva il buio quando, tra la prima penombra e l'ultimo riverbero di un tramonto che si lasciava cadere dietro le montagne, videro un sottile polverone che accompagnava la circolazione di camion di medie dimensioni che scendevano lungo le strade forestali. Uno di loro rimase nel villaggio mentre gli altri proseguirono lungo un percorso che sembrava di routine. Dal camion fermo scese una trentina di uomini con diversi modi di camminare, ma da lontano era difficile distinguerne l'età. Uno di quegli uomini doveva essere il trentenne che nell'infanzia cantava in francese per farsi dare la mancia dai turisti, dallo stesso Carvalho, un bambino con la faccia di porcellana sotto un cappello esagonale variopinto e delle manine perfette con le quali componeva un accenno di guanciale su cui appoggiare la testa.

Frère Jacques, frère Jacques,
dormez-vous? Dormez-vous?
Sonnent les matines,
sonnent les matines,
ding, dong, dang
ding, dong, dang.

Ma di quel bambino delizioso e infrancesito, nessuna traccia, per quanto Bao Dai girasse nel villaggio rinnovando la domanda e ottenendo in cambio silenzi invece che risposte. Era finalmente scesa la notte come un'inappellabile cupola senza stelle e Bao Dai accese i fari della Range Rover per creare una zona di luce e ricordare la presenza dei visitatori in attesa.

"Andiamo via. Se non arriva tra..."

Ma arrivò. Veniva trainato dal nipote, capace di guidare con la piccola mano la manona del contadino, sproporzionata rispetto al corpo forte ma magro. L'uomo strizzò gli occhi in segno di perplessità facendoli sembrare ancor più orientali e cercò di impedire che il bambino continuasse a parlargli di Bao Dai mettendogli una mano morbida sopra le labbra. L'autista indicava i due occidentali e più che parlargli gridava, ottenendo come risposta un silenzio che sembrava sprezzante. Biscuter si mise a cantare la ninna nanna in francese e l'uomo girò la testa verso di lui, pensoso.

"Lei sa il francese?"

Non capiva la domanda rivoltagli da Carvalho per l'appunto in francese e Bao Dai gliela tradusse. No, non lo sapeva.

"E allora, come mai cantava in francese quando era un bambino di quattro anni?"

Esitò tra rispondere con il silenzio o con le parole e infine parlò con calma a Bao Dai, ma guardando in faccia i visitatori. Gli avevano insegnato alcune canzoni in francese, ma non il francese. Non ce n'era stato il tempo. Il missionario partì e lui continuò a cantare la ninna nanna ai turisti fino ai dieci anni. Poi diventò troppo grande per suscitare tenerezze e ottenere mance, e la madre non poté impedire al padre di portarlo con sé ai lavori nei campi. Era stato il mestiere dei suoi antenati e sarebbe diventato anche il suo. Carvalho gli domandò se ricordava altre canzoni francesi e l'uomo ricordò appena qualche frammento di *Les sabots d'Helène* o di *Malborough s'en va-t-en guèrre*. Ma non capiva quel che cantava.

"Nemmeno allora? Nemmeno allora capiva la ninna nanna? Non sapeva che tipo di canzone stava cantando?"

Sì. Gli avevano detto che era una canzone per fare addormentare i bambini francesi. Non ricordava il significato delle parole, ma capiva che la musica era molto dolce e delicata e che l'aveva aiutato a immaginare come fossero la Francia e il mondo dove vivevano i bambini cui cantavano quelle melodie. Poi scelse di restare nel villaggio e di non emigrare a Chang Mai, Bangkok o chissà dove.

"Gli chieda dove gli sarebbe piaciuto andare."

Aveva la risposta pronta sulle labbra: Singapore o Australia.

"E negli Stati Uniti, no? In America?"

Si mise a ridere. L'America stava in molti posti tranne che in Thailandia e a volte l'America non stava nemmeno in America. Esortato da Biscuter, Bao Dai chiese al bambino se sapeva cantare qualcosa in francese, ma no, non sapeva. Nemmeno in inglese, solo nel dialetto della sua lingua che Bao Dai non conosceva bene. E cantò nella notte, trent'anni dopo lo zio, con i fari della Range Rover come riflettori. La canzone diceva più o meno che quando piove i fiori si bagnano ma non la lumaca, i sentieri si bagnano ma non la lumaca, i bambini si bagnano ma non la lumaca, perché la lumaca è furba e si porta la casetta con sé. Finché non arrivava il suo turno di andare con lo zio a coltivare i papaveri, al bambino sarebbe stata trasmessa un'educazione in cui l'autosufficienza, sia delle lumache, sia dei bambini, li metteva in salvo, almeno dalla pioggia. Carvalho diede una mancia al cantante che lo zio rifiutò per ben tre volte.

"Gli dica che gliela diamo perché il bambino cominci a preparare il suo viaggio a Singapore quando sarà diventato ragazzo."

Allora lo zio accettò l'offerta e, dopo i saluti, se ne tornò insieme al nipote da dove era venuto e le luci dell'auto illuminarono il bambino che saltellava accanto all'uomo, avanzando come chi non ha alcuna possibilità di cambiare destinazione. Dopo aver espresso entrambi la loro stanchezza, Biscuter e Carvalho giunsero alla conclusione che un giorno sarebbero riusciti a sapere cosa si combinava tra cinquanta e cento chilometri più in là, e Biscuter scommise addirittura sulla televisione catalana come il mezzo più adatto per essere informati di tutto.

"Adorano parlare di queste cose. Scriverò al responsabile di quei programmi spiegandogli quel che ci è capitato, forse deciderà di girare un film, un reportage."

Avevano fretta di rientrare a Bangkok dopo un'intera giornata spesa a vedere elefanti e a recuperare trent'anni dopo un'emozione che portava in sé l'annuncio di un fallimento: la distanza tra il progetto di un bambino meho con possibilità di diventare una stella dell'Olympia di Parigi e il ripiego di diventare un coltivatore clandestino d'oppio. Così come, spiegò Biscuter, esiste una distanza tra mito e realtà.

"Le è già capitato a Samarcanda, ricorda?"

Semisdraiati sui rispettivi sedili, non tardarono ad addormentarsi nonostante le buche delle strade male asfaltate che portavano alla statale. Notarono il fondo stradale mutato e si incollarono al sonno come a un nastro isolante, finché d'improvviso davanti a Carvalho sorse una figura evocata che immediatamente chiamò Charoen, perché era questo il nome dell'ispettore thailandese che aveva assecondato la sua ricerca di Teresa Marsé nel 1982. Cinico e lucido, funzionario e critico, il Charoen del sogno non dava troppa retta a Carvalho, come in disaccordo con il suo ritorno in Thailandia. Cosa cercava adesso? Tossicomani? Generali corrotti? Comunisti? Bianche in fuga dalla noia dei paesi ricchi? Capimafia legati al Triangolo d'Oro? Puttanelle thailandesi adolescenti? Agenti dell'esercito di occupazione universale americano? In questo viaggio c'era una sola calamità importante da aggiungere: i malati di Aids, curati in strutture molto simili a quelle adoperate vent'anni prima per i tossicomani. Comunisti non ne erano rimasti, nemmeno nelle foreste alle frontiere con la Birmania. Invece, la specie dei generali corrotti non era scomparsa e ogni miseria succedeva a se stessa. Invano Carvalho cercava di spiegargli che questa volta non aveva nulla d'importante da cercare, che si era permesso addirittura il lusso di trovare un bambino che nei primi anni settanta gli aveva cantato una ninna nanna francese. Charoen continuava a voltargli le spalle e all'improvviso si voltò per aggredirlo, ma Carvalho fu in grado di difendersi solo con un pugno molle che si disfaceva nell'aria. Il poliziotto accusava indeterminatamente con un dito:

"Una metà della Thailandia lotta contro l'eroina e un'altra metà la sostiene, dal più alto gradino del potere fino all'ultimo intermediario. Un generale manda in galera i trafficanti e un altro li fa uscire perché è lui a dirigere il traffico. Capisce?".

Carvalho si svegliò indignato con Charoen e con se stesso, finché scoprì che si era trattato di un sogno e che, alle primissime luci dell'alba, Chang Mai era una linea nel cielo di quartieri dormitorio e templi dedicati a Buddha, non importava a quale Buddha, quello d'Oro o quello di Smeraldo. Già nei viaggi precedenti aveva scoperto la sua insensibilità davanti all'architettura religiosa buddhista della Thailandia quando era in buono stato di conservazione e aperta al culto. Gli sembravano edifici sensazionalisti dalla policromia eccessiva e con un figurativismo naïf, festoso, da parata, come quelli indiani. Quando diventavano grigie rovine, senza tutti quei colori, erano bellissimi.

Anche Biscuter si svegliò per chiedergli che cosa potevano fare a Chang Mai che non potessero fare a Bangkok.

"Andare da Chang Mai a Bangkok, per esempio."

"Ovvio."

"Ci sono quartieri di artigiani, di ebanisti che lavorano il tek, di argentieri, molto bravi, molto asiatici. Inoltre si può visitare di sera il mercato e comprarvi lacche, sigari birmani che sembrano quelle sigarette d'erboristeria che fumavamo da bambini in Spagna dopo la guerra, bellissimi giocattoli di legno. E donne quasi bianche, della stessa origine, intorno a Lampang, le puttane più apprezzate sia a Chang Mai che a Bangkok."

Biscuter taceva e, una volta in albergo, pagò Bao Dai di tasca sua, nonostante le proteste di Carvalho.

"Le offro un bambino meho che canta ninne nanne francesi."

Carvalho aveva ancora un po' di sonno stipato nel cervello, o forse solamente tra ciglio e ciglio. Se non dormiva, sarebbe stato sodomizzato dalla malinconia e dalla tristezza accumulate durante il viaggio al Triangolo d'Oro. Biscuter, invece, voleva una nuotata in piscina e fare colazione, disse, come un re, come un re straniero, per poi prendere il primo aereo per Bangkok.

Stampa Grafica Sipiel
Milano, ottobre 2004